오로지하다

3

이드 한

장편소설

오로지하다 3

초판 1쇄 인쇄일 | 2020년 07월 20일
초판 1쇄 발행일 | 2020년 07월 24일

지은이 | 이드한
펴낸이 | 박성면
펴낸곳 | (주)동아

출판등록 | 제406-2007-000071호
주소 | 경기도 파주시 문발로 115, 세종출판벤처타운 201-A호
전화 | (031)8071-5201
팩스 | (031)8071-5204
E-mail | bear6370@hanmail.net

정가 | 10,800원

ISBN 979-11-6302-365-4 (04810)
     979-11-6302-362-3 (set)

오로지하다

3

이드한 장편소설

DONGAROMANCESTORY

CONTENTS

5. 화, 火

서서히 속도를 줄인 택시가 호정고등학교 정문 앞에서 멈춰 섰다.

"고맙습니다."

택시에서 내린 로지는 기사에게 꾸벅 인사를 하고 뒷문을 닫았다. 엔진 소리와 함께 택시가 떠나자마자 등 뒤에서 민영의 목소리가 들렸다.

"어, 민영아!"

고개를 돌린 로지가 반가움에 손을 흔들었는데, 친구의 눈동자가 커다래졌다.

"너 손이 왜 그래? 다쳤어? 언제, 어디서, 얼마나 다친 거야?"

로지의 얼굴에 아차, 하는 기색이 스쳤다. 손목 보호대가 채워진 손을 급히 내리고 민영에게 샌드위치가 들어 있는 종이봉투를 안겼다.

"안 다쳤어, 그냥 보호 차원에서 한 거야. 들어가서 이야기해. 나 배고파."

짧게 혀를 찬 민영은 로지의 손에서 눈을 떼지 않고 대꾸했다.

"알았어. 우리 그럼 오늘 점심은 '호정 가든'에서 먹자. 요즘 거기가 우리 학교에서 제일 인기 있는 곳인 거 알지?"

"호정 가든?"

생소한 명칭에 눈을 동그랗게 떴는데, 민영이 깔깔대며 웃었다.

"네 남친이 만든 정원이잖아! 아직 점심시간 전이라 아무도 없을 거야."

다정히 팔짱을 낀 두 사람은 한가한 학교 운동장을 가로질렀다.

"1학년이 없으니까 학교가 휑하네. 나도 걔들 따라서 미국으로 현장 체험 학습 가고 싶다. 아니지, 뭐 하러 미국까지 가나. 그냥 김밥 싸서 가까운 산에 가도 좋을 텐데."

"그러게."

민영의 말에 공감한 로지는 하늘을 올려다봤다. 몽글몽글한 양떼구름이 파란 하늘에 높이 떠 있었다. 오토바이를 타고 달리기에 좋은 날씨라고 생각하며 빙그레 웃고 있는데, 민영이 물어 왔다.

"그나저나 월요일 아침부터 어떻게 외출 허가를 받았어?"

"교무부장 선생님께 허락받았어. 오늘 아침 일찍 면담을 했거든."

"엥? 월요일 아침부터 무슨 면담? 너희 반 애 사고 쳤어?"

민영의 시선이 다시 로지의 오른손으로 떨어졌다. 친구를 걱정시키고 싶지 않은 마음에 재빨리 입을 열었다.

"아니, 학생 문제가 아니라 내 문제로. 주말에 익명 게시판 안 봤어?"

"요즘엔 안 봤는데. 왜?"

"학교에서 일하기 전에 웹 소설 표지 일러스트를 그렸었는데, 그게 게시판에 올라왔나 봐."

걸음을 멈춘 민영이 고개를 돌렸다.

"근데 그 일로 널 왜 불러? 알바했던 게 문제가 된대?"

"그게 문제라기보다는, 일러스트 중에 수위가 높은 것도 있었거든. 몸매를 강조해서 그린?"

설명이 만족스럽지 않은지 민영이 두 눈만 깜빡였다. 로지는 휴대폰을 꺼내 자신이 작업했던 일러스트를 보여 줬다. 그림을 한 장씩 넘길 때마다 친구의 눈은 다이아몬드를 박아 넣은 것처럼 번쩍거렸다.

"어머, 어머머! 야, 너 남자를 이렇게 잘 알아? 웬일이니, 이 청바지 위로 드러난 게 설마 그거야? 어우, 사이즈 한번 무자비하다!"

일러스트에서 눈을 떼고서도 민영은 한참 동안 방정맞은 웃음을 터트렸다.

"이렇게 좋은 걸 지금까지 감춰 두다니, 좋은 건 같이 봐야 제맛인데. 아니지! 지금 그게 중요한 게 아니고. 그래서? 교무부장이 너한테 싫은 소리라도 하디?"

목소리를 낮춘 민영을 향해 로지는 밝게 웃었다.

"아니야. 다행히 게시판에 내 이름이 아니라 매그놀리아라는 닉네임만 올라가 있었거든. 학생들은 모르고 선생님들만 내가 일러스트레이터라는 걸 알아. 그 일로 교무부장 선생님하고 차 한잔하면서 좋게 이야기했고."

"그래?"

"응. 게시된 글은 이미 삭제했다면서, 내 신상이 학생이나 학부모에게 알려질 일은 없을 거라고 하셨어."

"말도 안 돼. 교무부장 선생님 완전 깐깐하기로 소문났는데, 너를 되게 좋게 봤나 보다."

발그레해진 뺨을 감추며 로지가 말을 이었다.

"나도 좀 놀랐어. 오히려 부럽다고 하시더라. 선생님 아들이 요즘 개인 방송을 시작했는데 그거 보면서 느끼는 바가 많았대. 재능이 있다면 어떤 방식으로든 써먹는 게 좋은 거 아니냐고."

민영은 안심한 얼굴로 가슴을 쓸어내렸다.

"천만다행이다. 뭐라고 했으면 내가 찾아가서 확 질러 주려고 했는데. 안 그래도 요즘 화가 쌓여서 누구 하나만 걸려 봐라, 하고 있었거든."

허공에 대고 주먹질을 하는 친구 옆에서 로지는 웃음이 나오려는 것을 겨우 참았다.

"그 덕에 외출 허가를 받았어. 오늘은 나 없이 회의하는 게 좋겠다고 하셔서. 그래서 희찬이한테 선물도 보내고, 다른 볼일도 보고, 너랑 먹을 샌드위치도 샀지."

도란도란 이야기를 나누며 걷던 두 사람은 어느새 '호정 가든' 앞에 도착해 있었다. 로지는 회양목으로 만든 울타리가 에워싸고 있는 정원을 찬찬히 둘러봤다. 아늑한 은신처 같은 공간에는 은은한 색감을 자랑하는 꽃들이 아름답게 피어 있었다.

"로지야, 여기 블루 아이리스도 있어. 정말 오랜만에 본다."

로지는 민영이 가리킨 청보랏빛 꽃을 향해 상체를 숙였다. 초록색 꽃줄기 위에 다소곳하게 핀 보라색 꽃잎 안쪽에는 노란색이 번지듯 맺혀 있었다. 꽃을 보던 두 사람이 다시 허리를 세웠을 때였다. 월―, 하고 개가 짖는 소리에 로지와 민영이 동시에 고개를 돌렸다.

"어?"

바람에 흔들리는 나뭇잎 사이로 반가운 얼굴이 보였다. 평소보다 맵시 있게 차려입은 태평과 평소처럼 귀여운 율무였다. 발목이 살짝 보이는 길이의 바지와 흰 셔츠를 입은 태평이 손을 흔들었다. 그에 질세라 율무도 탐스러운 털을 자랑하듯 꼬리를 크게 휘둘렀다.

"태평아!"

태평을 부르는 로지의 볼이 분홍빛으로 물들었다. 로지를 바라보는 그의 눈도 가느다랗게 접혔다. 단숨에 그에게 달려간 로지가 물었다.

"어떻게 알고 왔어? 너 주려고 커피 사 왔는데."

어깨를 으쓱인 그는 로지의 오른손을 조심스레 잡았다. 민영은 태평에게 손을 맡긴 친구의 얼굴을 한참 동안 바라보았다. 참으로 오랜만에 보는 정다운 풍경이었다. 흐뭇한 웃음을 지으며 그녀는 천천히 두 사람 쪽으로 걸었다.

"이제 선배는 안중에도 없다, 이거지?"

인사도 없냐는 민영의 핀잔에도 태평은 로지의 손을 주무르는 것에만 열중했다.

"당분간 오른손을 쓰면 안 되거든요. 밥 먹을 때, 부탁할게요."

"야, 나도 눈 있거든? 보호대 차고 있는 거 아까부터 봤어."

너보다 내가 로지를 더 챙긴다는 민영의 말에 태평은 동의할 수 없다는 듯 눈썹만 비딱하게 올렸다. 둘을 번갈아 보던 로지는 재빨리 태평에게 커피를 건넸다.

"잘 마실게."

커피를 받아 들자마자 태평은 순식간에 표정을 바꿨다. 눈을 가늘게 뜨며 웃는 그의 미소에 민영은 못 볼 걸 본 사람처럼 고개를 좌우로 흔들었다.

"달콤살벌한 미소라는 게 저런 건가."

혼잣말을 중얼거리던 민영이 이번엔 로지의 얼굴을 홀린 듯 바라봤다. 눈꼬리를 늘어뜨린 채 생글생글 웃는 친구가 어찌나 맑고 환했는지, 보는 것만으로도 쾌감이 느껴질 정도였다. 어렴풋이 알 것도 같았다. 태평이 왜 그토록 로지의 미소에 집착하는지.

"점심 맛있게 먹어. 하나도 남기지 말고."

눈빛만큼 애틋한 말투로 로지에게 인사를 건넨 태평은 천천히 정원에서 빠져나갔다. 민영은 벤치에 앉는 친구를 따라 앉으며 로지의 옆구리를 손가락으로 쿡 찔렀다.

"로지!"

"응?"

"둘이 뭐야?"

로지는 의아한 눈으로 민영을 쳐다봤다.

"주말에 둘이 찐한 고백이라도 했어?"

말이 끝나기가 무섭게 로지의 얼굴이 발그레 달아올랐다.

"어떻게 알았어? 태평이가 그래?"

순진하기 짝이 없는 친구의 반응에 민영이 한숨을 푹 쉬며 입을 뗐다.

"김태평이 미치지 않고서야 나한테 그런 걸 말하겠어? 오늘따라 걔가 너한테 살살 녹은 거 같아서 찔러 본 거지."

"아."

바보 같은 질문을 한 자신이 우스웠는지 로지는 작게 웃었다. 민영은 나무 그늘에 누워 개껌을 씹고 있는 개를 가리켰다.

"저 개는 뭐야?"

"율무야, 태평이가 키우는 개."

"개를 키운다고? 좀 있으면 돌아가는 애가?"

"어, 율무도 태평이 따라갈 거야. 그래서 학교에 데리고 왔어. 오늘 태평이 일 끝나고 동물병원에 가야 하거든. 검역증 받으려면 준비해야 할 게 많대."

샌드위치 포장을 벗기며 민영은 율무를 관찰했다. 눈꼬리가 축

처진 게 어딘지 모르게 창수를 연상시키는 개였다. 흥미롭게 개를 살피던 시선이 율무의 목에 걸린 목걸이로 옮겨 갔다. 이름이 적혀 있어야 할 목걸이에는 '주인도 뭅니다!'라고 쓰여 있었다.

"주인도 무는 개를 김태평이 어쩌다 키우게 됐대?"

풋, 하고 웃음을 터트린 로지는 비밀 이야기를 하듯 속삭였다.

"율무, 사람 안 물어. 내가 일부러 저렇게 써 달라고 했어. 괜히 사람들이 율무 귀찮게 할까 봐."

민영은 천천히 고개를 주억거렸다. 그럼 그렇지, 창수를 닮은 개가 사람을 물 리 없다고 생각하며. 로지가 사 온 햄치즈샌드위치를 맛있게 먹던 그녀는 빵이 반으로 줄었을 때 슬쩍 운을 띄웠다.

"너도 김태평 따라갈 거지?"

로지는 입을 꾹 다물고 애매한 표정만 지었다. 민영은 다 알고 있으니 숨기지 말라는 것처럼 코웃음을 쳤다.

"이게 누구 앞에서 시치미를 때? 주말에 프러포즈 받은 거 아니야?"

민영의 손가락이 로지의 왼손에 걸린 팔찌를 가리켰다. 햇빛을 받을 때마다 반짝거리는 빛을 뿌리는 팔찌는 누가 봐도 김태평의 취향이 반영된 물건이었다. 디자인 자체는 심플하지만 세공은 까다롭고, 널리 알려지지는 않았지만 명품에 빠삭한 사람들이 선망하는 브랜드의 팔찌였으니까.

"아, 이거? 태평이한테 받은 건 맞는데 그런 용도는 아니었어."

"그런 용도가 아니라니?"

백화점 매대에서 파는 액세서리였다는 친구의 설명에 민영이 고개를 휙 돌렸다.

"이걸 매대에서 샀다고? 누가 그래? 김태평이?"

로지는 해사하게 웃으며 그렇다고 말했다.

"내가 쇼핑하는 동안에 샀대. 너무 예뻐서 네 것도 하나 사 주고 싶었는데 하필이면 이게 마지막 상품이었다고 해서 못 샀어. 다음에 가면 다시 찾아보려고. 너는 뭐가 마음에 들어? 귀걸이로 사다 줄까?"

"아니야. 나보다는 너한테 더 잘 어울리는 디자인이네."

해맑게 웃는 로지 앞에서 민영은 애써 태연한 척 미소 지었다. 모르는 게 약이다 싶은 마음에서였다. 차마 그 팔찌가 내 연봉보다 더 비쌀 거라는 말은 할 수 없었다. 그랬다가는 로지가 지금처럼 허공에 팔찌를 흔들며 좋아하지 못할 테니까. 하여간 김태평은 특이한 놈이었다. 마음에 드는 사람 중에서 가장 재수가 없고, 재수가 없는 사람 중에서는 제일 마음에 드는 놈이랄까.

커피를 꿀꺽 삼키고, 민영은 길을 잃었던 대화를 다시 원점으로 돌렸다.

"그래서 김태평이 같이 가자는 말은 안 해?"

"그런 말이 나오기는 했는데."

아직 결정을 내리지 못했는지 우물쭈물하는 로지의 등을 민영이 부드럽게 쓸었다.

"아무 생각 말고 그냥 떠나. 율무인지 보리인지 하는 쟤도 간다는데."

입술을 살짝 깨문 로지는 민영 쪽으로 고개를 기울였다.

"율무하고 나는 다르잖아. 당장은 좀 그렇고, 준비가 되면 가려고 해."

어색한 미소를 짓는 로지를 실눈으로 바라보며 민영이 볼멘소리를 냈다.

"새삼스레 뭘. 어렸을 때도 김태평하고 결혼할까 말까 고민했으면서. 요즘 너 데이트하느라 바빠서 나랑 놀아 주지도 않잖아. 주말에는 내 연락도 안 받고. 이미 사랑과 우정 중에서 사랑을 택한 사람이 왜 망설여?"

최근 제게 소홀해 서운하다는 민영 앞에서 로지는 미안함을 숨기지 못했다.

"미안해, 연락을 안 받은 게 아니라 주말에 일이 좀 많았어. 토요일에 종일 병원에 붙들려 있었거든."

"손목 때문이지? 얼마나 심각한 거래?"

"조금 시큰거리는 정도야. 당분간 안 쓰면 좋아질 거라고 했어."

"일러스트 그린다고 손을 너무 많이 썼나 보다. 건초염이나 손목터널 증후군인가? 찜질은 하고 있어?"

보건 선생님답게 민영은 로지에게 손목에 좋은 스트레칭을 몇 가지 알려 줬다. 그걸 열심히 따라 하며 로지가 말을 이었다.

"일요일에는 납골당에 다녀왔어. 엄마 유골함 안치 계약 기간이 끝나서."

"왜? 다른 곳에 모시려고?"

"아니, 산골을 하려고 해."

합법적으로 유골을 뿌릴 수 있는 곳을 찾았다는 로지의 이야기에 민영은 조금 주저하다 입을 열었다.

"혹시……."

"돈이 없어서 그런 거냐고?"

민영의 말을 끊은 로지는 산들바람처럼 가볍게 웃어 보였다.

"여유가 없는 건 사실이지만, 연장할 돈이 없어서 그런 건 아니야. 어차피 나 아니면 납골당에 찾아갈 사람도 없고, 태평이를 조금 더 빨리 따라가고 싶어서 연장 안 했어. 내가 받은 대출은 내 힘으로 갚고 싶어서. 희찬이 문제가 해결돼서 앞으로는 목돈 들어갈 일이 없거든. 학자금 대출만 갚으면 되니까 1년이나, 2년 정도만 고생하면 될 거 같아."

진지해진 민영의 얼굴에 로지는 변명하듯 덧붙였다.

"태평이는 학교 계약만 끝나면 바로 가자는데, 이대로 따라갔다가는 방해만 될 게 뻔하잖아. 영어라도 조금 배우고 가야지. 너하고 좋은 시간도 많이 보내고."

로지의 말을 곱씹고, 또 곱씹어 본 민영은 씁쓸하게 웃었다.

"그래, 네 마음이 어떨지 알 거 같아. 남자 친구한테 모든 걸 의지한다는 게 쉬운 일은 아니지."

마지막 샌드위치를 천천히 씹어 삼킨 뒤 그녀는 로지 앞에서 지금껏 한 번도 하지 않았던 말을 털어놓았다.

"나도 창수한테 자격지심이 많아. 알면 알수록 걔가 빠지는 구석이 없더라고. 부모님 두 분 모두 건강하고 서로를 진심으로 아끼신다고 들었어. 누나들도 다 배울 만큼 배운 데다가 좋은 남편들 만나 행복하게 살고 있고. 정서적으로만 화목한 게 아니라, 경제적으로도 부족함이 없더라. 누나들이 화랑 운영하고 싶다니까 아버지가 군말 없이 투자금을 내놓으셨다는 걸 보면."

로지는 구김살이라고는 찾아볼 수 없는 창수를 떠올리며 고개를 끄덕였다.

"그래서 그런가? 한창수하고 있으면 마음이 따뜻해져. 기분이 나쁘다가도 금방 괜찮아지고, 안 좋은 일이 생겨도 긍정적으로 바라보게 되고. 나하고는 달리 회복 탄력성이 좋은 애라서 그런가 봐."

물렁물렁한 몸과는 달리 마음 근육만큼은 짱짱한 사람이 창수라는 민영의 덧붙임에 로지가 낮게 웃었다.

"로지야."

"응?"

"나 스무 살 때, 집에서 가출한 거 아니었어. 쫓겨난 거지."

로지는 말없이 표정만 굳혔다.

"수능 성적표 받고 얼마 안 지났을 때야. 이복 남동생이 내 속옷 서랍을 뒤진 걸 알게 됐어. 브래지어 몇 개가 없어져서 일하는 아주머니한테 물어봤는데 남동생 방에서 본 것 같다고 말해 주셨거든. 너무 화가 나서 죽이겠다고 달려들었어. 지금 생각해도 내가 너무 장해. 그 새끼 면상을 손톱으로 다 뜯어 놨으니까. 잘못했다고 엉엉 우는 꼬락서니가 진짜 볼 만했는데."

가늘게 떨리는 민영의 손을 로지가 마주 잡았다.

"경찰에 신고하겠다고 난리를 치고 있는데 마침 외출했던 엄마가 돌아왔어. 엄마 얼굴을 보자마자 갑자기 눈물이 막 나더라. 울면서 그 새끼가 무슨 짓을 했는지 다 일렀는데."

말을 멈춘 민영은 입술을 물었다가 놓았다.

"우리 엄마가 내 뺨을 때렸어. 그리고 뭐라고 한 줄 아니? 전부 내가 오해한 거니까 동생한테 사과하라고 하더라. 실컷 얻어맞고 나서야 알았어. 엄마가 우리 아빠를 버렸을 때, 나도 버렸다는 걸. 엄마에게는 강민영이 필요했을 뿐, 홍민영은 그냥 짐 덩어리였던 거야."

"……민영아."

"더 웃긴 건 뭔지 알아? 대학교 입학 전날 집에서 쫓겨났는데, 새 아버지가 엄마 몰래 나한테 돈을 보냈어. 오피스텔 전세금하고 학비에, 중형차 한 대 값을 더해서. 그 돈 주면서 자기 아들 이야기는 밖에서 떠들지 말라고 하더라. 나, 비겁하지만 그 돈 군소리 없이 받았어. 일단 내가 먹고살아야 하잖아. 살아야 복수든 뭐든 할 수 있으니까. 그랬더니 호정고등학교에 취업할 때도 뒤에서 손을 써 줬고. 네 엄마보다 네가 더 깔끔한 성격인 것 같다고 칭찬하면서."

착잡한 마음을 누르려는 듯 로지는 한숨과 함께 머리를 쓸어 올렸고, 할 말이 궁색해진 민영은 잠시 뜸을 들이다 입을 열었다.

"그때부터 남녀 간의 사랑도, 부모와 자식 간의 사랑도 없다고 믿으며 살았어. 생각해 보면 우리 아빠도 엄마를 사랑하지는 않았던 거 같아. 그저 아내와 자식을 위한 책임감이 크지 않았나 싶어."

민영은 로지의 손을 더욱 세게 잡았다. 이 세상 누구보다 자신에게 큰 힘이 되어 주고 있는 사람의 손을.

"그래서 남자를 볼 때 사랑이 아니라, 책임감을 보자고 결심했는데. 그러다 보니 창수한테 더 마음이 갔어. 살면서 걔만큼 책임감이 투철한 애를 못 봤거든. 아, 한 명 더 있네. 김태평 책임감도 만만치가 않지!"

로지의 다정다감한 시선이 민영의 뺨 위로 쏟아졌다. 어렸을 적 제 삶의 전환점이 되어 주었던 친구를 마주 보며 민영은 장난기 가득한 말을 뱉었다.

"아니다. 걔는 책임감이 아니라 '오로지 강박증'에 걸린 게 아닐까? 네 일이라면 눈이 뒤집혀서 달려들잖아."

아니라고 하려던 로지는 입술만 꼭 물었다. 얼마 전에 있었던 일이 떠올라서였다.

'언니!'

정아가 오랜만에 로지의 집 현관문을 두드렸다.

'언니, 지하 방 남자랑 진짜 사귀는 거야?'

문을 열자마자 그녀는 대뜸 태평에 대해 물어 왔다.

'그 남자, 완전 미친놈인 거 알아? 우리 오빠, 그 남자 때문에 원형 탈모 걸렸어!'

무슨 일이 있었냐고 묻자 정아의 얼굴이 심각해졌다.

'오빠하고 나하고 분위기 좀 잡을 때마다 그 남자가 우리 집 현관

문 앞에서 산토끼 노래를 튼단 말이야. 그 왜 애들이 부르는 거 있잖아. 산토끼, 토끼야!'

이어진 정아의 말은 저속하기 짝이 없었다. 그 동요가 들릴 때마다 남자 친구의 중요 부위가 힘을 잃어서 관계를 지속할 수가 없었다고.

'그래서 나 다음 달에 방 빼기로 했어. 아유, 어디서 굴러먹다 온 미친놈 때문에 짜증 나 죽겠네. 우리 오빠가 그러는데 언니더러 그 남자 빨리 정리하래. 그런 사이코가 여자한테 한번 미치면 정신 줄 놓고 괴롭힌다고! 여자는 남자 잘못 만나는 순간 인생 끝나는 거 알지?'

로지는 그제야 몇 주 전부터 복도에서 들리던 동요의 비밀을 알게 됐다. 산토끼 노래가 울려 퍼질 때마다 옆방에서 넘어오는 소음이 끊긴 게 우연이 아니었다는 것도.

"로지, 김태평 이름만 들어도 그렇게 웃음이 나와?"

딴생각에 빠져 있는 로지를 읽어 낸 민영이 짓궂게 물어 왔다.

"아, 아니."

급히 웃음기를 거두는 로지의 손을 민영이 가볍게 토닥였다.

"외국에서 사는 게 쉽지는 않겠지. 그래도 용기를 냈으면 해. 네가 앞장을 서 주면 나도 힘이 날 것 같아. 창수네 가족 앞에서 기죽지 않을 힘이."

아득한 표정을 지으며 로지는 잠시 민영과 제 과거를 반추했다. 자신이 과거에 묶여 있는 것처럼 민영 또한 부모의 문제로 좋아하는 사람 앞에서 위축되고 있다는 게 가슴 아팠다. 그 아픔을 달래 줄 말을 찾지 못한 로지는 친구의 마음을 절절히 통감하는 것으로 위로를 전했다.

"……로지야."

"응?"

로지가 아닌 정면을 주시하던 민영은 한참 뒤에 입술을 움직였다.

"네가 그림을 다시 그렸으면 좋겠어."

"……."

"부담된다는 거 알아. 한번 그만뒀던 걸 다시 시작하는 게 얼마나 어려운지도 알고. 그렇지만."

"……."

"너는 그림을 그릴 때 가장 빛이 나는 사람이니까."

굳건히 앞만 보고 있는 민영의 눈꼬리에 물기가 맺혔다.

"네가 진심으로 행복했으면 해. 뭐랄까, 너는 나한테 유년 시절에 이루지 못한 꿈 같거든. 지켜 주지 못한 내 어린 시절 같아서. 부모님한테 받지 못한 사랑을 우리 둘이 주고받으며 컸잖아. 그래서인가 봐. 네가 잘돼야 내가 잘될 것 같고, 너만 보면 너무 애틋하고 안쓰러워서……."

울먹이는 목소리를 인지한 민영은 더 말을 잇지 못했다. 눈물을 흘리는 친구를 차마 볼 수 없어 로지도 도서관 너머로 시선을 돌렸다. 시원한 그늘 밑에 앉아 있었지만 가슴은 불이라도 붙은 것처럼 화끈거렸다. 민영의 간절한 바람이 로지의 마음을 뜨겁게 훑어 내린 탓이었다.

잠시 석상처럼 굳어 있던 로지는 가방에서 손수건을 꺼내 민영의 눈물을 닦아 주었다.

"밥 잘 먹고 이게 무슨 주책인지."

울컥했던 마음이 진정됐는지 민영은 한층 밝아진 목소리로 중얼거렸다. 로지는 눈가가 빨개진 친구를 보며 희미하게 미소를 지었다.

"그러게. 홍민영이 이렇게 주책인 거 창수는 알까?"

안색을 붉힌 민영은 로지의 양 볼을 손바닥으로 꾹 눌렀다.

"이게 다 너 때문이야. 로지 네가 내 눈물샘인 거 몰랐어?"

자동으로 오리처럼 입술을 죽 내밀게 된 로지가 배시시 웃었다. 우스꽝스러운 그 모습에 민영도 웃음을 터트렸다. 한참을 웃던 둘은 서로의 눈가에 맺힌 눈물을 다정히 훔쳐 줬다.

"이제 들어가 봐야겠다."

손목시계를 확인한 로지가 천천히 자리에서 일어났다.

"그래, 일하러 가야지."

로지를 따라 일어난 민영은 쓰레기를 모아 종이봉투에 담았다. 화창한 봄볕을 맞으며 정원을 한 바퀴 돌고 있는데 민영이 깜빡했다는 듯 말했다.

"로지, 토요일에 전시회 있는 거 알지? 창수 누나 화랑에서."

"응, 태평이한테 들었어. 첫 전시회라서 더 열심히 준비하고 있다고."

로지는 얼마 전 태평과 나눴던 대화를 회상했다. 창수와 그의 누나들이 준비 중인 전시회를 태평도 돕고 있다는 소식에 로지의 눈이 반짝였다.

'너도 화랑 일을 돕고 있다고? 무슨 일을 하는데?'

'보면 알아. 그러니까 예쁘게 하고 오기만 하면 돼.'

'너하고 창수가 기획한 전시회라니, 내가 다 떨린다.'

상기된 로지의 볼에 입을 맞추며 태평이 속삭였다.

'나도 기대가 커.'

로지는 미묘한 미소를 짓고 있는 태평의 얼굴을 뜯어보듯 살폈다. 웃고 있는 게 분명한 그의 눈이 일순 긴장으로 떨리는 것처럼 보였다면, 그건 제 착각이었을까.

따가운 햇빛 때문에 눈을 찡그리고 있던 민영이 로지의 팔짱을 꼈다.

"그날 김태평하고 한창수 둘 다 바쁘다니까, 내가 너 데리러 갈게. 좀 일찍 만나야 할 것 같은데, 한 7시쯤?"

"그렇게 일찍?"

"응, 메이크업 숍에 들렀다가 가자. 내가 예약해 놨어."

너무 과한 거 아니냐는 로지의 말에 민영이 수줍게 웃었다.

"그날, 창수네 부모님도 오신다고 해서 신경 좀 쓰려고."

뒤늦게 민영의 마음을 헤아린 로지는 알겠다고 대답했다. 로지의 뺨을 톡 건드린 민영은 오늘 하루 잘 보내라는 말을 던지고 건물 안으로 먼저 들어갔다. 친구의 뒷모습이 완전히 사라질 때까지 기다린 로지는 휴대폰을 꺼냈다.

[홍민영! 기죽지 마. 너는 당당할 때 가장 아름다운 사람이니까.]

민영에게 직접 해 주지 못한 말을 문자로 대신하고 로지도 건물 안으로 들어갔다. 학생들과 인사하며 계단을 오르던 로지가 교무실 문을 열었을 때였다. 수군거림이 뚝, 멎더니 로지와 눈이 마주친 교사들이 당황한 얼굴로 시선을 피했다.

"안녕하세요."

떨떠름하게 인사를 건네고 자리로 향했다. 보이지 않는 주목을 받으며 의자에 앉았는데 이 선생이 얄미운 목소리로 말을 걸었다.

"자기, 외출은 즐거웠어?"

"네."

"그랬구나, 우린 자기 때문에 오전 내내 바빴는데. 익명 게시판에 올라온 질문들도 삭제하고, 학생들 입단속도 시키느라고. 특히 수학 선생님이 제일 고생했어. 매그놀리아가 누구냐고 묻는 학부모들한테 일일이 설명하느라."

수학 선생에게 커피 쿠폰이라도 보내라고 충고한 이 선생은 의자를 돌려 자기 책상을 바라봤다. 로지는 목련꽃 사진이 떠 있는 노트북 화면에 눈을 박았다.

'매그놀리아가 나라는 걸, 이 선생이 그때 알았던 거겠지.'

지난 금요일, 자신의 휴대폰에 멋대로 손을 댔던 사람도, 매일같이 익명 게시판을 들락거리는 사람도 이 선생이었다. 교무부장에게 매그놀리아가 로지라고 말해 준 사람도 그녀일 게 뻔했다.

정작 교무부장은 로지 앞에서 그런 내색을 전혀 하지 않았지만.

'누군지는 모르지만 아주 고약한 사람이에요. 오로지 선생님한테 악감정을 가진 사람 같죠? 기간제 교사로 일하기 전에 했던 일을 학교 게시판에 올린 걸 보면?'

교무부장은 익명 게시판에 올라온 게시물을 누가 올렸는지 모르는 사람처럼 말했다.

'당분간은 좀 시끄럽겠지만 금방 조용해질 거예요. 그것 말고도 다른 가십거리가 넘쳐나는 게 학교라서. 그건 그렇고 학교생활은 할 만해요?'

일러스트 문제를 대수롭지 않게 넘긴 교무부장이 물었다. 로지가 그렇다고 대답하자 그는 그럴 줄 알았다며 크게 웃었다.

'오로지 선생님 일 잘하는 거야 모르는 사람이 어디 있겠어요. 유학반 학생들 얼굴만 봐도 알지. 그 반 학생들 수업 태도가 좋아졌다고 들어가는 선생님마다 칭찬을 많이 하더라고요. 원래 학교 공부에 관심이 없는 애들이었는데.'

'고맙습니다. 그런데 그건 제가 아니라 학생들 덕분이에요.'

반 학생들의 얼굴을 되새기던 로지는 준의 얼굴을 가장 오래 떠올렸다. 창수가 일하고 있는 유채 화랑에서 아르바이트를 시작했던 그는 학교생활에도 부쩍 충실해졌다. 방탕했던 문제아가 돌연 모범생으로 뒤바뀌자 학급 분위기도 눈에 띄게 좋아졌다. 얼마 전까지만 해도 영어로만 대화하던 반 학생들은 한국어로 저들끼리 속닥속닥 떠들었다. 그리고 로지에게 칭찬이라도 받으면 뛸 듯이 기뻐하며 준에게 달려가 자랑하곤 했다. 오빠만 오로지 선생님하고 친한 게 아니라 우리도 친하다면서.

준 덕분에 학생들과 사이가 좋아졌다고 말한 로지를 향해 교무부장은 환히 웃었다.

'그게 다 오로지 선생님의 인복이죠. 학교도 그렇고 다른 회사도 그렇고 일만 잘한다고 되는 게 아니잖아요.'

엉덩이에 뿔 난 망아지 같은 민준이 누군가를 그렇게 따를 줄은 몰랐다고 혀를 내두르던 그는, 슬쩍 화제를 돌렸다.

'교사 생활이 그래서 어렵습니다. 학생들한테 인기를 얻으면 일장일단이 있거든요. 선생님들 사이에서 그런 문제로 경쟁 심리를 갖는 사람들이 있으니까요.'

로지는 시선을 올려 교무부장의 얼굴을 바라봤다. 그는 다 알고 있다는 눈빛으로 입을 열었다.

'이은경 선생님하고 잘 지내는 게 쉽지 않죠? 이 선생님이 사람을 좀 누르려고 하는 게 있어요. 안 그런 척해도 엄격하게 서열을 따지고 대접도 받고 싶어 하고.'

긍정도 부정도 하지 못하는 로지를 보며 교무부장은 빙긋 웃었다.

'나이도 어리고, 경력도 없는 교사가 왔으니 생색 좀 내고 싶었을 텐데 오로지 선생님이 아쉬운 소리도 안 하고, 일은 일대로 잘하니 심사가 오죽 꼬였겠어요? 거기에다가 유학반 학생들이 전부 오로지 선생님만 좋다고 하는데?'

칭찬인지, 타박인지 모를 말을 중얼거리며 그가 말을 이었다.

'그러니까 이은경 선생님 비위 좀 맞춰 줘요. 빈말 몇 마디 해 주면 되는걸. 조금만 띄워 주면 간이고 쓸개고 다 빼 줄 사람이 이은경 선생님이에요. 자기 사람이 되면 끔찍하게 챙기니까.'

멍하니 노트북 화면만 보고 있던 로지는 고개를 틀어 교무실 벽에 걸린 시계를 봤다. 다음 수업까지 시간적 여유가 있었다. 깊게 한숨을 내쉰 뒤 옆에 앉은 이 선생을 불렀다.

"이 선생님."

"어?"

"잠깐 저 좀 보시겠어요?"

"나를? 무슨 일로?"

"나가서 말씀드릴게요."

자리에서 일어난 로지는 교무실 문 쪽으로 걸었다. 호기심 어린 눈초리들이 로지와 이 선생을 좇아 움직였다. 숨 막히는 교무실에서 벗어나 빈 교실로 들어가자마자 이 선생이 기선 제압이라도 하려는 듯 뾰족하게 물었다.

"자기가 웬일이야? 나한테 먼저 말도 걸고?"

"할 말이 있어서요."

"뭔데?"

쏘아붙이듯 되묻는 이 선생의 목소리에 로지는 반 박자 느리게 답했다.

"앞으로 제 물건에 손대지 마세요."

"……무, 물건이라니?"

"제 휴대폰, 훔쳐보지 마시라고요."

양쪽으로 찢어진 이 선생의 눈이 화등잔만 하게 커졌다.

"자기, 어디서 생사람을 잡아? 내가 언제 자기 휴대폰을 훔쳐봤다고 그래?"

온 얼굴로 결백함을 주장 중인 이 선생을 보며 로지가 여상히 말했다.

"금요일에 제 문자 보셨잖아요."

"뭐? 내가 언제?"

아니라고 잡아뗄 게 뻔한 이 선생의 변명을 로지는 단박에 잘랐다.

"교무실 CCTV 확인해 볼까요? 문자가 길어서 화면을 꽤 오래 보고 계셨을 것 같은데요."

이 선생은 인상을 찌푸린 채 시선을 허공으로 돌렸다. 변명거리를 생각해 내고 있는 게 분명했다. 그러거나 말거나 로지는 이 선생의 얼굴을 건조하게 바라보았다. 오늘만큼은 가만히 당하고 싶지 않았다. 친구에게 용기를 주지는 못할망정 걱정까지 시킬 수는 없었으니까.

서늘할 만큼 감정이 없는 얼굴로 로지가 다시 입을 열었다.

"제가 마음에 안 드시죠?"

초조하게 손톱을 물어뜯고 있던 이 선생은 입매만 뒤틀었다.

"괜찮아요. 저도, 이 선생님 싫거든요."

"하아, 자기 진짜 말도 안 되게 당돌하다."

한숨을 내쉰 그녀는 벌레라도 본 사람처럼 눈빛을 표독스럽게 바꿨다. 서슬 퍼런 그 눈빛에도 로지의 음성은 차분했다.

"싫은 사람한테 잘 보이고 싶은 생각도 없고요."

교무부장의 조언을 깡그리 무시한 로지의 말에 이 선생은 더 못 듣겠다는 듯 손을 저었다.

"고작 그런 이야기를 하려고 부른 거야? 오로지 선생이 나 싫어하는 거 내가 모를 줄 알았어? 그리고 나도 뒤로 호박씨 까는 자기가 아주 싫어. 고고한 척은 있는 대로 다 하면서 뒤로는 외설적인 그림이나 그리고."

"이 선생님."

이 선생은 또다시 제 말을 잘라먹은 로지를 세차게 노려봤다. 고민에 잠긴 로지의 눈동자가 희미하게 떨렸다. 그걸 포착한 그녀가 카랑한 목소리로 대답을 채근했다.

"사람을 불러 놓고 왜 말이 없어? 왜? 이번엔 또 누가 날 싫어한다고 말하려고? 학교에서 꼴같잖게 연애를 하는 것도 웃겨 죽겠는데, 애들처럼 이게 뭐 하자는 거야? 싫으니까 머리채 붙잡고 싸움이라도 하자는 건지, 원."

이 선생의 빈정거림에 로지는 거북한 말을 입 밖으로 꺼낼 결심을 했다.

"남편이 아니라 본인 외도로 이혼하셨다면서요?"

허를 찔렸는지 그녀는 숨도 쉬지 못하고 입술만 달싹였다. 혼란과 충격으로 물든 그녀의 표정에서 로지는 학생들 사이에 떠돌던 소문이 유언비어가 아님을 짐작할 수 있었다. 이 선생의 불안한 눈길이 로지의 얼굴로 향했다. 칼자루가 자신이 아닌 로지 손에 쥐어져 있음을 그제야 눈치챈 것 같았다.

"……너, 너."

얼굴을 일그러트린 그녀는 말까지 더듬었다. 로지의 입에서 어떤 말이 튀어나올지 몰라 미칠 것 같은 심정이 고스란히 읽혔다. 로지는 작게 한숨을 내쉬었다. 남의 사생활을 캐는 게 취미인 사람이 어떻게 자신의 비밀은 무사할 줄 알았던 건지, 도무지 이해할 수가 없었다.

"그러니까, 더 자극하지 마세요."

"자극?"

로지는 차분하지만 단호한 어조로 뒷말을 이었다.

"제가 지금 눈에 뵈는 게 없거든요."

앞으로 말조심하며 삽시다, 하는 눈빛으로 이 선생을 주시한 로지는 그녀를 지나쳐 걸었다. 교실 문을 열 때까지 이 선생의 허망한 시선은 로지의 뒤통수만 좇았다. 그 시선을 끊어 내듯 로지는 교실 문을 제법 세게 닫았다.

한산한 복도를 걸으며 로지는 제게 찾아온 후련함을 마음 편히 즐겼다. 해결하지 못한 문제도 있고, 앞이 보이지 않을 만큼 막막한 걱정거리도 있지만 주어진 현실을 외면하지 않았다는 것에 뿌듯했다. 무엇보다, 태평과 한 걸음 더 가까워진 느낌이었다. 그가 성장했듯, 자신도 조금은 성장한 것 같았기에…… 로지의 가슴속에서는 어쩌면 태평을 만나러 갈 날이 앞당겨질지도 모른다는 희망도 함께 커졌다.

드르륵―.

교무실 문을 열자마자 따가운 시선이 얼굴에 꽂혀 들었다. 하지만 로지는 고개를 숙이지 않고 걸었다. 제 자리로 돌아와 노트북 모니터 화면에 비친 얼굴을 들여다봤다. 마르고 창백하기만 했던 얼굴에 작은 미소가 번져 있었다.

일주일간의 봄방학을 앞둔 교실에는 웃음소리가 끊이지 않았다. 시험에서 해방된 기쁨을 마음껏 누리는 학생들 틈에서 로지의 마음도 설렘으로 부풀었다. 창수와 그의 누나들이 준비한 첫 전시회가 하루 앞으로 다가온 탓이었다.

[로지야, 내일 입을 옷 있어? 없으면 쇼핑 갈까?]

점심시간에 온 민영의 메시지에 로지는 슬며시 미소 지었다. 내일 창수의 부모님과 점심을 먹게 됐다며, 땅이 꺼져라 걱정 중인 민영이 너무 귀여워서였다.

[나는 살 거 없어. 네 옷 필요한 거라면 같이 가서 골라 줄게.]

로지의 답장에 민영은 이마를 감싸 쥔 토끼 이모티콘을 보내왔다.

[아니야. 입을 옷 많은데 괜히 돈 쓰지 말고 너랑 저녁이나 먹어야겠다. 우리 오늘 뭐 먹을까?]

[너만 괜찮으면 우리 집에서 먹자. 태평이가 맛있는 케이크 사다 줬어.]

[그래? 그럼 나야 좋지. 이따가 퇴근할 때 연락할게.]

휴대폰 액정에서 눈을 뗀 로지는 창밖을 바라보았다. 초록색 잔디 위로 점심을 일찍 먹고 나온 학생들이 올망졸망 모여 있었다. 뭐가 그리 재미있는지 얼굴만 봐도 웃느라 바쁜 아이들의 모습에 새삼 민영과 창수, 그리고 태평이 떠올랐다. 7년 전까지만 해도 네 사람 역시 운동장에서 자주 모였었는데.

"저기, 오로지 선생님."

생각에 잠겨 있던 로지는 자신을 부르는 목소리에 고개를 돌렸다. 난처함으로 얼룩진 이 선생의 얼굴이 보였다.

"나하고 잠깐 이야기 좀 할 수 있을까?"

로지는 조금 놀란 눈으로 이 선생을 바라봤다. 그녀가 자신을 '자기'라는 호칭 대신 '오로지 선생님'이라고 부르는 게 낯설다 못해 충격적이었다. 의아해하는 로지의 마음이 느껴졌는지 이 선생이 한 번 더 설득했다.

"시간 많이 뺏지 않을게. 5분, 아니, 10분 정도만 어떻게 안 되겠어?"

부탁보다는 애걸하는 쪽에 가까운 이 선생의 태도에 로지는 고개를 끄덕였다. 두 사람은 교무실에서 가까운 여교사 휴게실로 들어갔다.

작은 테이블을 사이에 두고 앉은 둘은 잠시 말이 없었다. 헛기침만 여러 번 하던 이 선생은 정수기에서 떠 온 냉수를 크게 마신 뒤 어렵게 입을 열었다.

"내가 그동안 생각을 많이 해 봤는데, 잘못된 정보는 바로잡아야 할 것 같아서."

"……."

"나, 바람피워서 이혼당한 거 아니야. 협의 이혼 했어."

긴장한 목소리로 개인사를 털어놓으며 그녀는 로지의 얼굴을 빠르게 훑었다.

"전남편하고 사이가 안 좋았을 때 만났던 사람이야. 술 몇 번 마신 게 다였어. 끝까지 가지는 않았으니까. 그런데 전남편이 도덕적 결벽증이 심한 사람이었거든. 무릎까지 꿇으며 빌었는데 못 참겠다고 해서 이혼한 거야."

잠시 말을 끊은 이 선생은 남은 물을 한꺼번에 들이켰다. 초조함을 누르기 위해서였겠지만 그녀의 목소리는 한층 더 떨렸다.

"그리고 오로지 선생님이 그렸다는 웹 소설 표지 있잖아. 그거 게시판에 올린 거 나 아니야. 맹세코 교무부장 선생님한테도 입 한 번 뻥긋하지 않았어."

그녀는 억울해 죽겠다는 듯 입술을 비죽거렸다.

"오해하지 마. 그렇다고 내 잘못이 없다는 건 아니니까. 오로지 선생님 문자를 몰래 본 건 맞아. 그걸 나만 알고 넘어가면 됐을 텐데 수학 선생님한테 전했어. 변명 같지만 진심으로 후회하는 중이야. 나는 그냥 오로지 선생님이 '매그놀리아'라는 이름과 무슨 관계가 있는 건지 궁금해서 수학 선생님한테 물어봤던 건데."

이어진 이 선생의 이야기에 로지는 애써 덤덤함을 유지했다.

"우리 제주도에 다녀온 거 알지? 저녁에 다 같이 모여서 술 한잔하는데 수학 선생님이 폰만 붙잡고 있더라고. 그러더니 서울로 올라오는 비행기에서 말해 줬어. '매그놀리아'라는 일러스트레이터 이메일과 오로지 선생님 이메일 주소가 똑같다고. 그리고 그날 익명 게시판에 글이 올라온 거야."

거기까지 설명한 이 선생은 흘낏 눈을 들어 올렸다. 로지는 계속해서 침묵만 유지했다. 초연한 로지가 당황스러웠는지 그녀는 맥이 빠진 얼굴로 중얼거렸다.

"이게, 내가 하고 싶었던 이야기였는데."

벽을 응시하고 있던 로지는 시선을 옮겨 이 선생을 바라봤다.

"그래서요? 선생님은 아무 잘못이 없으니, 수학 선생님한테 가서 따지라는 말씀이세요?"

높낮이가 느껴지지 않는 로지의 음성에 이 선생은 고개를 푹 숙였다. 그녀가 다시 말을 꺼내기까지는 제법 시간이 걸렸다.

"그런 게 아니라 찜찜해서 그랬어. 오로지 선생님이 그럴 사람 같지는 않지만, 이제 와서 내 이혼이 사람들 입에 오르내리지 않았으면 해서. 기간제 교사하고 달리 나는 평생 교단에 서야 하잖아. 괜히 이상한 소문이라도 따라다니면……. 우리 애도 조만간 학교에 들어갈 텐데, 자랑스럽지는 못해도 최소한 부끄러운 엄마는 되지 말아야지."

소문, 이라는 단어를 말할 때마다 유독 이 선생의 입술이 떨렸다. 그걸 일말의 동요 없이 쳐다보던 로지가 마지못해 입술을 열었다.

"이 선생님."

"……."

"제 입단속을 부탁하실 생각이라면, 사과를 먼저 하셔야죠."

로지의 목소리가 미묘하게 격앙됐다. 제 등을 어루만지던 민영의 따뜻한 손이 떠올랐다. 그림을 다시 그렸으면 좋겠다던 친구의 진심 어린 목소리도 귓가에 맴돌았다.

소중하다는 말로는 부족한, 필요하다면 몸에 있는 장기도 기꺼이 꺼내 줄 수 있는 친구였다. 그래서 이 선생을 협박했다. 제게 따라붙는 소문은 상관없지만, 자신과 친분이 있다고 알려진 민영에게 피해가 가서는 안 되니까.

"미, 미안해. 내가 잘못했어. 전부 사과할게."

어처구니가 없을 만큼 비굴한 사과가 이 선생의 입에서 급히 튀어나왔다. 로지는 망연히 이 선생의 얼굴을 바라봤다. 자기 밥그릇을 지키기 위해서라면 손바닥을 뒤집듯 태도를 바꾸는 그녀가 이루 말할 수 없이 우스웠다.

"네, 무슨 말씀이신지 잘 이해했습니다."

짧게 답한 로지가 자리에서 일어났다. 더 들어야 할 말이 없는 줄 알았는데, 이 선생이 로지의 팔을 다급히 잡았다.

"그럼 나 용서해 주는 거야? 우리 앞으로 예전처럼 편하게 지낼 수 있는 거지? 내가 그동안 사는 게 사는 게 아니었어. 자기가 사람들한테 말하고 다닐까 봐. 나 오늘부터 발 뻗고 자도 돼?"

할 말을 잃은 로지는 미동 없이 한숨만 내쉬었다.

"그리고 하나 더 물어볼 게 있는데 누가 자기한테 그런 말을 해 준 거야? 교사? 아니면 학부모? 누군지 알아야 내가 해명을 하지. 안 그래?"

소문을 낸 범인을 색출하려는 이 선생의 노력은 눈물겹기까지 했다.

"혹시 수학 선생님이야? 내가 지난번 회식 때 3차까지 갔었는데, 그때 필름이 끊겼거든. 마지막까지 남아 있던 사람이 수학 선생님 이었는데. 내 주사 중 하나가 생각 없이 말을 막 내뱉는 거라……."

대답이 없는 로지를 살피며 이 선생은 수학 선생이 범인이라고 단정 짓는 것 같았다. 그녀가 원하는 대로 짐작하도록 내버려 둔 로지는 붙잡힌 팔을 빼냈다.

"해명하시려면 방송실로 가세요. 전교생이 다 들을 수 있도록."

"뭐?"

"선생님이 숨기고 싶어 하는 그 비밀, 이 학교에서 모르는 사람 이 없거든요."

"……."

"그리고 예전처럼 지내는 건 힘들 것 같습니다. 지금처럼 서로 할 일만 했으면 좋겠어요. 호칭은 오로지 선생님으로 불러 주시고요."

차분한 로지의 요구에 이 선생은 쓴웃음을 물었다. 자신만만하던 그녀답지 않게 심약한 미소였다.

"오로지 선생님이라."

체념한 목소리로 오로지라는 이름을 두어 번 불러 보던 이 선생이 말했다.

"오로지 선생님이 채용됐다는 소식이 들렸을 때 교무실에 난리가 났던 거 모르지? 그때 지원한 사람들 스펙이 눈이 튀어나올 만큼 화려했었는데 어디서 듣도 보도 못한 사람이 최종 합격을 했으니까."

"……."

"이제 와서 하는 말이지만 우리 학교 선생님 중에 어학연수도 다녀오지 않은 건 오로지 선생님밖에 없어. 그래서 다들 당황했는데 누가 그러더라, 오로지 선생님이 홍민영 보건 교사와 친구 사이라고. 그 말 한마디에 모두 납득했지. 아, 오로지 선생님이 뽑힐 만해서 뽑혔구나."

이 선생은 기운이라고는 전혀 없는 눈으로 허공을 보며 말을 이었다.

"나 처음부터 오로지 선생님이 싫었던 거 아니야. 처음에는 잘 보이고 싶었어. 우리 학교에서 일하는 교사 중 대다수가 오로지 선생님 같은 케이스니까. 황금 인맥을 동원해서 돈 몇천 찔러 주고 교사가 된 사람들."

로지는 떨리는 입술에 힘을 주었다. 그게 무슨 소리냐고 되묻고 싶었지만 한번 붙어 버린 입술은 다시 열리지 않았다. 마른침을 넘길 때마다 모래를 씹어 삼키는 것처럼 목구멍이 까끌거렸다. 다행히도 이 선생은 계속해서 로지가 아닌 다른 곳에 시선을 주고 있었다.

"그게 너무 부럽고, 또 너무 미웠어. 그래도 잘 지내 보려고 했는데 오로지 선생님이 내 열등감을 귀신같이 찾아 건드리더라. 영악하다고 해야 하나, 영리하다고 해야 하나. 익명 게시판으로 진상 학부모를 제압하고, 까다로운 유학반 학생들 마음도 사로잡고, 언제나 모든 화제의 중심에는 오로지 선생님이 있었으니까."

"……."

"그뿐인가? 이사장님이 물고 빠는 조경사하고도 가깝게 지내고 있잖아. 그 남자, 한국에서는 몰라도 외국에서는 제법 알려진 사람이라며."

"……."

"그러니 어떤 여자가 질투를 안 하겠어? 부잣집 친구가 일자리도 주선해 주고, 영국에서 날아온 남자가 조신하게 수발까지 들어 주는데. 나 같으면 욕을 먹어도 좋아서 웃고 다니겠네. 가진 자의 숙명이라고 생각하면서."

푸념 어린 말을 마친 이 선생은 자리에서 일어났다. 로지는 마주 선 그녀의 눈을 똑바로 보았다.

자기변명만 토해 내는 이 선생이 역겨웠다. 미안하다는 말을 하는 순간에도 자존심을 지키기에 바쁘고, 자신의 부정함을 감추기 위해 다른 사람의 치부를 찌르는 것도 혐오스러웠다. 그중 가장 싫은 건 자기 결정을 스스로 책임지지 않고 환경 탓을 하는 그녀의 비상식적인 논리였다.

혐오가 담긴 로지의 시선을 읽었는지 이 선생의 숨소리가 조금 거칠어졌다.

"왜? 내 사과 안 받아 준 거로는 모자라? 할 말 남았어?"

"네, 미안하다는 말은 아까 들었으니 이젠 고맙다는 말을 들어야 겠어요."

"고맙다고? 누가? 내가 오로지 선생님한테?"

고개를 끄덕인 로지는 또박또박하게 뱉었다.

"그래."

로지의 반말에 이 선생은 한 방 얻어맞은 사람처럼 얼이 나간 표정만 지었다. 로지는 모진 얼굴로 그녀를 쏘아보았다.

"이 선생이 나한테 배운 게 많잖아."

"웃겨 죽겠네. 네가 나한테 뭘 가르쳤는데?"

이 선생은 말도 안 된다는 것처럼 혀를 찼다. 로지는 이를 악물고 말을 이었다.

"둘 중 하나만 하라고 알려 줬잖아. 황금 인맥이 탐나면 너부터 금이 되든가, 금이 못 되겠으면 네가 돌이라는 걸 인정하든가."

괜한 열등감으로 여러 사람 피곤하게 하지 말고, 네가 쓸모없는 존재라는 걸 받아들이라는 로지의 말에 이 선생은 입을 커다랗게 벌렸다. 충격을 받아 다시 자리에 앉은 그녀를 내버려 두고 로지는 휴게실에서 빠져나왔다. 그리고 곧장 화장실로 들어갔다.

사방이 벽으로 막힌 공간을 찾고 나서야 로지는 참았던 눈물을 흘릴 수 있었다.

민영아, 미안해.

두 손으로 얼굴을 감쌌다. 어둠이 들이찬 눈꺼풀 속에서 환히 웃는 민영이 보였다. 정의롭고, 착하고, 예쁜 민영이었다. 그런 민영이 자신 때문에 엄청난 돈을 쓴 것도 모자라 로비까지 하다니, 미안해서 견딜 수 없었다.

미안해.

민영에게 닿을 수 없는 사과를, 여러 번 곱씹었다. 그때마다 뜨거운 눈물이 쉼 없이 떨어졌다. 흐르는 눈물을 막기 위해 로지는 두 눈을 꼭 감았다.

어렸을 적 로지와 민영이 보였다. 떡볶이 한 접시에 세상을 다 가진 것처럼 행복해하던 두 사람. 그때도 지금도 민영은 로지에게 깜깜한 골목길을 밝혀 주는 가로등 같은 친구였다. 하지만 자신은 여전히 친구의 어깨를 무겁게 누르는 짐 같은 존재일 뿐이었다.

"……민영아."

로지는 감고 있던 눈을 한동안 뜨지 못했다. 다시 마주해야 하는 씁쓸한 현실보다, 영원히 웃고 있을 과거의 두 소녀가 더 달콤했기에.

"로지! 우리 이게 얼마 만의 데이트지?"

학교 주차장에서 만난 민영은 퇴근의 기쁨보다 로지와 저녁을 함께 먹는다는 것에 더 들떠 있었다. 두 사람은 민영이 빌린 창수의 차에 나란히 올랐다. 차를 출발시키려던 민영이 부기가 남아 있는 로지의 눈가를 가렸다.

"눈이 왜 그래? 울었어?"

로지는 미리 생각해 둔 변명을 슬쩍 말했다.

"꽃가루 알레르기인가 봐. 오후 수업 할 때부터 이렇게 됐어."

다행히 민영은 로지의 말을 순순히 믿었다.

"나도 그래. 미세 먼지 때문인가 없던 비염까지 생겨서 난리라니까? 이따가 저녁 먹고 약 줄게. 잘 듣는 거 있어."

사이드 미러를 다시 한번 조정하고 민영은 천천히 차를 몰았다. 예상했던 대로 금요일 오후의 도로는 꽉 막힌 상태였다. 긴장한 얼굴로 운전에만 집중하던 민영이 여유를 조금 찾은 목소리로 말했다.

"참, 오늘 김태평 학교에 왔어? 한 번도 못 본 거 같은데."

"조기 퇴근 했어. 율무 수술 때문에."

"수술? 어디 아파?"

"아픈 건 아니고, 중성화 수술."

율무의 중성화 수술 소식에 민영은 웃음을 참지 못했다.

"땅콩 떼러 갔구나. 마운팅 시작했어?"

로지는 율무의 부모라도 된 것처럼 쑥스럽게 웃었다.

"아니, 아직. 그래서 지금 해야 좋대. 생후 6개월 안에 해야 그런 문제도 덜 하고, 생식기에 생기는 암도 예방할 수 있다고."

"그래, 반려견도 가족인데 건강하게 오래오래 살아야 좋지."

차는 좀 막혔지만 도란도란 수다를 떨다 보니 어느새 로지 집 앞이었다. 주차까지 완벽하게 마친 민영은 로지를 따라 집으로 들어갔다.

"볶음밥 먹고, 후식으로는 이거 먹자!"

로지는 냉장고를 열어 태평이 사다 준 케이크를 보여 줬다. 민영은 손뼉을 치며 좋아했다.

"김태평 완전 센스 있네. 우리가 케이크 귀신인 걸 어떻게 알고!"

로지가 달걀 볶음밥을 만드는 동안 민영은 옆에서 소시지를 구웠다. 두 사람이 서 있기에는 너무 좁은 공간이라 동선이 엉킬 때가 많았지만, 로지와 민영은 그때마다 까르르 웃음을 터트리며 요리를 완성했다.

"이렇게 차려 놓고 보니까 우리 둘 다 진짜 초딩 입맛이다."

작은 상 위에 올려진 볶음밥과 케첩 범벅이 된 소시지를 보며 민영이 어깨를 들썩였다. 로지는 해바라기처럼 화사하게 웃는 친구를 말끄러미 바라봤다. 순간, 다림예고 옥상에서 민영에게 들었던 말이 생각났다.

'우리 아빠 말대로 너하고 나도 꽃처럼 살면 좋겠어. 사랑을 많이 받으면 받을수록 더 예쁜 꽃을 피우는 꽃!'

부모의 사랑 대신 우린 서로의 사랑을 먹고 자란 거라고 했던 친구의 말이 그 어느 때보다 마음 깊숙이 와닿았다. 제 인생에서 민영이 사라진다면 그 상실감이 얼마나 짙을지. 앞으로 어떻게 하면 민영에게 가족보다 더 가깝고 의지가 되는 사람이 될 수 있을까, 조용히 고민을 삼키고 있는데 민영이 상 밑으로 발을 톡, 건드렸다.

"왜 안 먹어."

어서 먹으라고 눈빛으로 채근하는 민영 앞에서 로지도 수저를 들었다. 정신없이 볶음밥 한 그릇을 해치운 민영은 더 먹어야겠다며 자리에서 일어났다.

"밥은 그만 먹어. 케이크가 더 맛있으니까."

프라이팬 뚜껑을 냉큼 덮은 로지는 냉장고에서 오늘 아침에 태평이 주고 간 케이크를 꺼냈다.

"어머, 여기 케이크 진짜 맛있는데."

매끈하게 발린 생크림 위로 딸기가 올라가 있는 케이크를 보자마자 민영이 활짝 웃었다. 로지는 케이크를 커다랗게 잘라 민영에게 건넸다. 민영은 경건한 의식을 치르는 사람처럼 두 손으로 포크를 쥐고 케이크를 잘라 입에 넣었다. 로지도 크림이 잔뜩 묻은 딸기를 입에 한가득 넣었다. 달짝지근한 딸기와 부드러운 크림의 맛을 음미하던 로지가 혼잣말처럼 물었다.

"이 크림은 왜 다른 크림처럼 안 느끼할까?"

"식물성 크림이 아니라 동물성 크림이라 그럴 거야."

민영은 햄스터처럼 볼을 부풀리고 있는 로지를 사진을 찍듯 소중히 눈에 담았다.

"김태평이 은근 깜찍한 구석이 있어. 옛날 생각이라도 났나 보지?"

"옛날 생각?"

"이거 네가 제일 좋아하던 케이크잖아. 김태평 사촌 형이 사 줬다고 나한테 사진까지 찍어서 보여 줬던 거 기억 안 나? 딸기 케이크!"

"……내가 그랬었나?"

들고 있던 포크를 내려놓으며 로지는 흐릿한 과거의 일부를 되짚었다. 올리버 오빠를 친오빠처럼 따랐던 시절, 태평과 딸기 쇼트케이크를 먹었던 날이 어렴풋이 기억났다.

"맞아, 내가 그래서 오빠한테 그림을 그려 줬었는데."

작게 중얼거린 로지의 목소리에 민영의 눈이 튀어나올 듯 커졌다.

"그림을 그려 줬다고? 아니, 그 사람은 전생에 무슨 덕을 쌓았길래 김태평 돈 가져간 것도 모자라서 네 그림까지 가졌대? 나도 아직 못 받아 본 그림을?"

대꾸할 말을 찾지 못한 로지는 민영의 빈 접시에 케이크를 한 조각 더 올려놓았다. 그 모습을 물끄러미 바라보던 민영은 로지가 끓여 준 홍차를 마셨다. 로지는 케이크에 손도 대지 않고 차만 마시는 친구의 얼굴을 바라보았다. 섣불리 꺼내기 어려운 말이라도 있는지 민영은 알 수 없는 표정만 짓고 있었다.

"로지야."

마음의 결정을 내린 사람처럼, 민영이 단호하게 로지를 불렀다.

"그림 이야기가 나와서 하는 말인데."

"말해."

다시 그림을 그리라는 조언일 거라고 짐작하며 로지도 마음의 준비를 했다.

"내일 전시회에, 네 그림도 걸릴 거야."

로지의 눈가가 짧게 경련했다. 내 그림이라니? 침착함을 잃은 눈동자가 민영의 얼굴로 향했다.

"브리티시 내셔널 갤러리에 보내기로 했던 그림 있잖아. 그걸 정민하 선생님이 보관하고 계셨는데."

민영에게 그림을 찾게 된 경위를 듣게 된 로지는 손을 들어 왼쪽 가슴을 지그시 눌렀다. 심장이 터질 듯이 뛰고 있었다. 민영을 보고 있던 시선도 빠르게 흐려졌다.

태평이 영국에서 보지 못했다고 했던 그림이었다. 어디론가 사라졌다고 믿었던 그 그림을 다시 보게 되다니. 그것도 창수네 누나들이 운영하는 화랑에서.

"태평이도 알아?"

힘겹게 입술을 떼어 내고 물었다. 민영은 살며시 고개를 끄덕였다.

"그래서였구나."

뒷말을 속으로 웅얼거린 로지는 시선을 바닥으로 내렸다. 이제야 알 것 같았다. 만날 때마다 그림을 그려 달라고 했던 태평이, 최근 몇 달간 '그림' 이야기를 꺼내지 않았던 이유를……. 동시에 심장이 조여들었다. '그림'이라는 단어를 인생에서 완벽히 지우고 태평을 대하려고 했던 모든 노력이 물거품이 되어 버린 느낌 탓이었다.

"말할까 말까 고민 많이 했는데, 아무것도 모르고 그림을 보면 네가 너무 놀랄 것 같아서."

소음처럼 들려온 친구의 목소리에 고개를 들었다. 로지가 평정심을 되찾았다고 여겼는지 민영이 대화의 흐름을 바꿨다.

"깜짝 놀랄 소식 하나 더 말해 줄까? 정민하 선생님, 네덜란드에서 살고 계셔. 유학 갔을 때 만난 네덜란드 남자하고 결혼해서."

로지의 고개가 기계적으로 끄덕였다.

"선생님이 그러는데 유럽에는 신인 화가를 지원하는 프로그램이 많대. 내가 그 소식 듣고 엄청 캐물었잖아. 우리 로지 때문에!"

로지는 기대에 찬 목소리로 말하는 민영을 멍하게 바라봤다. 민영은 착한 어린이에게 줄 선물을 준비한 산타클로스처럼 환히 웃고 있었다.

"너도 유럽에 가면 화가 지원금 같은 거 받을 수 있지 않을까? 고등학교도, 대학교도 예술학과를 전공했으니까. 선생님이 서류 몇 개만 떼 오면 된다고 했어. 큰돈은 아니겠지만 재룟값만 돼도 어디니? 일단 네 마음의 부담을 덜기에도 좋고."

경제적인 준비가 안 된 상태에서 태평을 따라갈 수 없다고 했던 말을 민영은 기억하고 있는 듯했다. 전혀 위로가 되지 않는 소식이었지만, 로지는 덤덤히 웃어 보였다.

침묵이 내려앉은 방 안에서 로지와 민영은 저마다의 생각에 잠겼다. 로지는 무력한 얼굴로 민영의 얼굴을 바라보았다. 7년 동안 간직해 온 민영을 향한 고마움과 미안함, 그리고 죄책감이 뒤섞인 마음을 감추며.

박혜진에게 머리채를 잡혔을 때 나타난 민영은 그날 이후 로지에게 매일 문자를 보냈다. 사소한 안부를 묻는 것처럼 보였지만, 그 밑바닥에는 자신의 생사를 확인하고자 하는 마음이 깔려 있다는 걸 로지는 알고 있었다. 지나가는 바람 한 점에도 흔들렸던 나약한 자신을 꿰뚫어 본 유일한 친구였으니까.

'나는 그동안 민영이한테 뭘 해 줬지.'

빛 독촉에 시달리는 자신을 위해 거금을 쓴 것도, 호정고등학교에서 일할 수 있게 도와준 것도 민영이었는데, 로지는 친구에게 아무것도 준 게 없었다. 저를 위한 민영의 희생이 고마움보다는 진한 슬픔이 되어 가슴을 적셔 왔다.

'민영아, 내가 네 옆에서 떨어져 나가는 게 널 위한 일인 걸까? 네게 나는, 손끝에 박힌 가시처럼 거치적거리는 친구인 걸까? 부모님 일로 힘들어하던 네게 손수건을 건넸던 게 엊그제 같은데. 더는 내 손수건을 빌리지 않는 네가 지금은 어디에서 울고 있을지.'

한도 끝도 없이 추락하는 기분을 느끼던 로지의 입이 불쑥 열렸다.

"나, 안 보고 싶어?"

민영은 휘둥그레진 눈을 깜빡였다.

"왜 나를 멀리 보내려고 해. 나는 너 자주 보고 싶은데. 이렇게 같이 밥도 해 먹고, 수다도 떨고."

필사적인 목소리로, 로지는 민영과 떨어지기 싫다고 말했다. 지금 당장 한국을 떠날 수 없는 수많은 이유 중 하나가 바로 민영이었다. 민영에게 갚아야 할 게 너무 많았다. 해 주고 싶은 건 더 많았다. 올리버 오빠에게도 그려 주었던 그림을 민영에게는 그려 주지 못했는데.

"어우, 야! 여기 공항 아니거든? 분위기를 왜 이렇게 잡아. 그리고 네가 외국에 간다고 우리 사이가 달라져?"

민영은 두 팔을 과장되게 내저었지만, 촉촉한 물기가 배어 있는 목소리는 숨기지 못했다. 두 사람 사이를 가로막고 있던 상을 치우고 민영은 로지 쪽으로 몸을 당겨 앉았다. 그리고 두 팔을 벌려 로지를 감싸 안았다.

"우린 친구가 아니라 가족이야. 그러니까 언니 말 들어. 네 덕에 언니가 방학마다 비행기 좀 타 보겠다는 데 협조 안 할 거야?"

로지는 잠자코 민영의 어깨에 이마만 대고 있었다. 울고 싶지 않았는데, 아무래도 오늘만큼은 눈물샘이 제 바람을 들어줄 것 같지 않았다.

"김태평한테 미안한 거 알아. 나도 창수한테 매일 미안해. 좋아하는 사람 앞에서 더 좋은 사람이 되고 싶은 마음을 왜 모르겠어. 그렇지만 우리 잘못이 아니잖아. 부모를 선택해서 태어날 수 있는 것도 아닌데."

로지의 아픔이 곧 자신의 아픔이었기에, 민영의 눈에서는 기어코 눈물이 터져 흘렀다. 곪고 곪아 버린 로지의 상처를 건드릴 때마다 제 상처도 후벼 파는 느낌이었다. 하지만 그건 아픔보다는 후련함을 동반했다. 숨을 죽인 민영은 로지와 자기 가슴에 맺힌 고름을 부지런히 긁어냈다.

"시간이 약 아니겠어? 네가 마음잡고 그림만 그리면, 김태평한테 받은 거 열 배로 돌려줄 수 있을 거야. 강유준을 봐. 네 그림 베껴서 10억 넘게 벌었잖아. 미안한 마음은 나중에 갚으면 되니까 이번 한 번만 모른 척 넘겨."

웃으라고 한 소리인 걸 알았는지 로지의 몸이 잘게 떨렸다. 민영은 한결 편해진 목소리로 속삭였다.

"네가 내 친구가 아니라, 가족이니까 이럴 수 있는 거야. 내 친구였으면 배 아파서 못 가게 잡았을걸? 내 동생이면서 언니고 엄마인 오로지니까 보내 줄 수 있는 거라고."

연이어 흐르는 눈물에 민영은 다시 말을 멈춰야 했다. 로지를 붙잡고 눈물이 말라 버릴 만큼 울었던 지난날이 선명했다. 자신보다 한참 작은 친구의 품에 안겨 서러운 눈물을 펑펑 쏟고 나면 그렇게 개운할 수가 없었다. 엄마의 피를 이어받았다는 것 하나만으로 끔찍한 자기혐오에 빠져 있던 자신을 구해 준 게 로지였으니까. 로지를 만나기 전까지만 해도 민영은 수도 없이 많은 거울을 깨뜨렸었다. 엄마를 빼닮은 이목구비를 가진 자신이 저주스러웠던 탓이었다.

"민영아."

"응?"

"……그림이 싫으면 어떻게 해?"

느슨해진 빗장 사이로 흘러나온 로지의 진심을 민영은 단호하게 일축했다.

"싫은 게 아니라, 낯설어진 것뿐이야. 음, 오랜만에 재회한 연인처럼?"

"……."

"김태평하고 다시 만났을 때 너 얼마나 웃겼는지 알아? 도망치고 싶어서 죽겠다는 표정으로 말 한마디 안 했었잖아."

"……."

"그랬던 네가 지금은 김태평 앞에서 얼마나 예쁘게 웃는지 모르지?

어렸을 때보다 더 밝게 웃고 있어. 그게 바로 오로지한테는 김태평이 '그림'이라는 증거야. 한번 잃어버린 적이 있지만 결국엔 되찾았고, 네 사랑을 받으면 받을수록 더 깊어지는 인연이니까."

다정한 말을 속삭이며 민영은 로지의 등을 끊임없이 토닥였다. 혼자서 묵묵히 아픔을 견뎌 온 로지에게 자신도 있다는 걸 알려 주기 위해서였다.

가족이란 힘들 때 버팀목이 되어 주는 존재라는 것도, 가슴을 치는 고통을 위로하는 방법도 모두 로지에게 배운 민영이었다. 그래서 지금 이 순간이 마냥 행복했다. 로지의 인생을 뒤틀어 버린 강유준 때문에 지고 살아야 했던 죄책감도 잠시나마 내려놓을 만큼.

고마워, 로지야.

내게 가족보다 더 귀한 인연이 있다는 걸 알려 줘서.

내가 다시 사랑이라는 걸 해 볼 용기를 준 것도 고마워.

"율무 보호자님! 이쪽으로 오시겠어요?"

수의사의 손짓에 대기실에 앉아 있던 태평은 회복실로 들어갔다.

"잘 끝났습니다. 마이크로칩 시술도 했고요."

수술을 받고 나온 율무는 사지를 축 늘어뜨린 채 눈은 반만 뜨고 있었다. 태평은 술에 취한 사람처럼 게슴츠레 눈이 풀린 율무를 의아하게 쳐다봤다.

"얘 눈이 왜 이래요?"

"마취가 덜 풀렸거든요. 한 시간만 지나면 날아다닐 테니 걱정하지 마세요. 그리고 정말 죄송한 부탁을 드려야 할 것 같은데."

율무의 앞발에 꽂힌 링거를 든 수의사는 미안한 표정을 지어 보였다.

"율무가 원래 대형견 입원실에서 회복해야 하는데 갑자기 응급 수술이 잡혀서요. 이 베드를 다른 아이가 써야 할 것 같아요."

남은 링거를 대기실에서 맞아도 되겠냐는 수의사의 부탁에 태평은 알겠다고 대답했다. 고맙다고 말한 그는 두툼한 담요를 가지고 나와 대기실에 있는 기다란 의자에 깔았다. 그리고 아직 몸을 제대로 가누지 못하는 율무를 그 위에 눕혔다.

"마취가 깰 때 보호자가 옆에 있어 주는 게 가장 좋거든요. 율무한테는 입원실보다 여기가 더 마음에 들 거예요."

율무의 등을 쓰다듬어 준 수의사는 다시 수술실로 들어갔고, 태평은 율무 옆에 앉았다. 허벅지를 건드리는 느낌에 태평의 얼굴이 옆으로 돌아갔다. 편히 잘 줄 알았던 율무가 고개를 움찔거리고 있었다. 불편한 곳이 있나 싶어 손바닥으로 주둥이를 살짝 받쳐 줬더니, 율무는 기다렸다는 듯 태평의 허벅지에 제 턱을 내려놓았다.

"엄살은."

태평은 피식 웃으며 밤톨 같은 율무의 코를 건드렸다. 턱을 이리저리 비비적거리던 율무는 편안한 각도를 찾았는지 반쯤 열고 있던 눈꺼풀을 닫았다. 당분간 꼼짝없이 율무의 베개 노릇을 하게 된 그는 휴대폰을 꺼냈다.

[율무 수술 잘 끝났어. 한 시간 뒤에]

로지에게 보낼 메시지를 쓰고 있는데 모르는 번호로 전화가 걸려
왔다. 미간을 살짝 찡그린 그는 수신 거절을 한 뒤, 다시 문자 창을
열었다. 그런데 1초도 지나지 않아 액정에 같은 번호가 떴다.

"여보세요?"

혹시 올리버인가 싶어 짜증스럽게 받았는데, 친근한 목소리가 들
려왔다.

─벤, 이 원수 같은 놈아!

태평은 잠깐 귀에서 떼었던 휴대폰을 다시 붙이고 영어로 물었다.

「어디야?」

─어디냐고? 이 뻔뻔한 친구 좀 보게. 특종 주겠다고 해서 어렵
게 휴가받았더니 이런 개고생을 시켜? 영국에 있는 사람을 갑자기
암스테르담으로 보내질 않나, 거기에서 곧장 한국으로 갈 줄 알았
더니 이젠 일본으로 보내? 내일 인터뷰를 해야 한다면서 어떻게 밤
비행기를 타게 만들어!

참았던 포효를 내지른 해리가 씩씩거렸다. 안타까운 건 그 악에
받친 외침이 태평에게 별 타격을 주지 못했다는 거였다. 꽥꽥거리
는 목소리가 잠잠해진 뒤에야, 태평은 무릎 위에 올려 두었던 휴대
폰을 집어 들었다.

「직항은 내일모레 도착하는 표밖에 없었어. 네가 이해해라.」

간략하게 정황을 설명했지만 해리의 푸념은 끝이 없었다.

—너 때문에 지금 이틀, 아니, 사흘째 제대로 씻지도 못하고 잠도 못 잤어. 게다가 오늘은 공항에서 노숙까지 하게 생겼다고! 이래놓고 내가 제대로 인터뷰하기를 바라냐? 너 이거 근로 노동법 위반이야. 알아?

태평은 저도 모르게 실실 웃었다. 가뜩이나 체모가 풍성한 해리가 산적 두목처럼 변해 있을 모습이 떠올라서였다.

「해리.」

기껏 다정하게 불러 줬더니, 상대는 답이 없었다.

「너는 아마추어가 아니라 프로잖아.」

—……궤변 늘어놓지 마. 나 이번엔 절대로 그냥 못 넘어가니까.

잔뜩 경계 중인 해리에게 태평이 나긋하게 속삭였다.

「그 어떤 상황도 통제할 수 있어야 프로지. 환경도 의지로 바꿀 수 있는 게 프로 아니던가?」

—뭐? 의지? 말이면 다냐? 환경이 개떡 같은데, 내가 무슨 수로 바꿔!

약이 제대로 오른 어투로 해리가 쏘아붙였다. 태평은 진정하라는 듯 검지로 휴대폰을 톡톡 쳤다.

「씻기나 해. 공항에서 샤워할 수 있잖아.」

—싫은데? 내 꼬라지가 어떤지 너한테 생생하게 보여 줄 거야. 집 떠나 개고생한 꼬라지가 얼마나 처절한지 내일 인터뷰 때 거기

모인 사람들한테 다 보여 줄 거라고. 그래야 네가 반성 비슷한 걸 하지 않겠냐?

사춘기 애처럼 시비를 걸어오는 해리가 태평은 그 어느 때보다 만족스러웠다. 말싸움 하나는 타고난 놈이었다. 사람을 말로 물어뜯을 수 있는 해리의 역량이 오늘따라 눈이 부실 지경이었다. 하지만 그의 능력과 청결은 별개의 문제였다.

「더러운 꼴로 나타나면 후회할 텐데.」

―후회? 후회는 네가 하겠지. 친구 홀대한 개망신을 톡톡히 당할 테니까!

「마음대로 해. 대신 내 약혼녀 얼굴은 볼 생각도 하지 마라.」

웃음기를 지운 태평의 목소리에 해리의 숨소리가 거칠어졌다.

―……약혼? 한국에서 약혼했어? 누구하고? 그 잠꼬대 여인? 이름이 로즈였나? 언제, 어디에서 약혼했어? 결혼식 날짜도 잡은 거야?

질문이 쏟아질수록 태평의 미간은 점점 더 좁아졌다. 잠 한숨 제대로 못 잤다더니 입을 움직일 기운은 남아 있는 것 같았다.

「떠들 시간에 눈이나 붙여. 비행기 놓치지 말고.」

―불굴의 의지로 잠 다 깼어! 빨리 말해. 나 궁금한 거 못 참는 거 알잖아!

다시 추궁을 시작하려는 해리에게 태평은 내일 보자는 말만 남기고 전화를 끊었다.

"드디어 내일인가."

피곤이 쌓인 눈가를 꾹꾹 누르며 눈을 감았다. 그리고 내일 해야 할 일을 하나씩 떠올렸다. 기나긴 하루가 될 예정이었다. 강유준에게는 인생의 종착역이자, 로지에게는 인생을 새로 시작할 분수령이 될 날이었으니까. 공항으로 가서 해리를 픽업하고, 준도 시립 미술관에 데려다주고.

드디어 마지막 일정을 상상하는 순간, 굳어 있던 태평의 입매가 스르르 풀렸다.

근사한 중식당에서 만찬을 즐기고 있는 사람들이 보였다. 그곳에는 창수와 민영, 태평과 로지, 그리고 해리와 준까지 모두 모여 있었다. 모든 사람이 로지의 새 출발을 축하하는 중이었다. 강유준이 뒤집어쓰고 있던 추악한 가면을 벗기고, 로지가 받아야 했던 스포트라이트를 되찾은 것을 진심으로 기뻐하며.

행복한 상상에 빠져 있던 태평은 허벅지에서 느껴지는 축축함에 감았던 눈을 떴다. 살짝 고개를 내려 아래를 내려다본 그는 인상을 확 찌푸렸다. 혀를 길게 늘어뜨린 율무가 그의 청바지에 침을 질질 흘리며 자고 있었다.

"야!"

침으로 범벅이 된 허벅지를 강하게 퉁겼다.

"누가 침 흘리래, 어?"

율무는 안 그래도 처진 귀를 더 내리고 고개를 외로 꼬았다. 마치 '나는 아직 마취 약에 취해 있으니 암만 꾸짖어 봐야 소용없다'는 것처럼. 하지만 율무의 거짓말은 의외의 곳에서 들통났다.

태평의 시선이 율무의 꼬리로 향했다. 솜방망이를 닮은 율무의

꼬리는 '주인님아, 나 아까부터 마취 풀렸거든?'이라고 놀리듯 살랑
살랑 제 몸을 흔들고 있었다. 그는 상체를 한껏 낮췄다.

"이런 식으로 나오면, 다시 똥개로 돌아가는 수가 있어."

이름을 걸고넘어진 게 무섭긴 했는지 율무가 고개를 확 돌렸다.
쩝쩝대며 입맛을 다시는 율무에게 한마디 더 해 주려는데 때마침
수의사가 다가왔다.

"율무, 잘 쉬었지? 이제 링거 빼자."

수의사는 율무의 턱을 손가락으로 살살 긁어 주며 칭찬을 아끼지
않았다.

"이렇게 얌전한 개는 오랜만이에요. 병원에 오면 내성적인 개들
도 악마로 돌변할 때가 많거든요."

수의사가 자신을 예뻐하는 걸 알았는지 율무는 주삿바늘을 제거
할 때도, 넥 카라를 채울 때도 의젓하게 굴었다.

"율무야, 예방 접종은 끝났으니까 일주일 뒤에 소독만 받으러 와.
알았지?"

의사에게 항생제 일주일분과 소독약을 받아 든 태평은 아직 움직
이기 힘들어하는 율무를 들어 바퀴가 달린 대형견 켄넬에 넣었다.

"율무, 이제 다 큰 거 맞죠?"

묵직함을 넘어 무거워진 율무의 무게를 느낀 태평이 물었다. 수
의사는 무슨 그런 서운한 소리를 하냐는 눈빛을 보냈다.

"아직 멀었죠. 율무 발 크기 보셨잖아요. 6개월 정도 되면 급격한
성장은 멈추겠지만 더 클 거예요. 레트리버 혈통이 섞인 믹스견이니까

몸무게가 30킬로그램 중반까지는 늘 텐데, 때에 따라서는 40킬로그램이 넘을 수도 있고요."

켄넬 속에 있는 율무를 내려다보며 태평은 한숨을 쉬었다. 스페인으로 갈 즈음엔 지금보다 더 큰 켄넬이 필요할 것 같아서였다. 그런 태평의 고민이 읽혔는지 수의사가 명함 한 장을 건넸다.

"대형 켄넬을 주문 제작 하는 곳이에요. 해외로 나가는 분들이 많이 이용하시더라고요."

"감사합니다."

명함을 챙긴 태평은 켄넬을 들어 올렸다. 수의사는 친절하게 병원 문까지 열어 주며 태평과 율무를 배웅했다.

"'부전견전'이라더니 율무가 아빠를 쏙 빼닮았네."

그는 20킬로그램이 넘는 육중한 율무를 한 손으로 가뿐하게 들고 가는 태평을 흐뭇하게 바라보았다.

반지하 방에서 율무의 침으로 범벅이 된 바지를 갈아입은 태평은 **배변 패드**를 챙겨 로지의 집으로 올라갔다.

"이제 도착한 거야?"

문을 열고 나온 로지는 머리를 동그랗게 말아 올려 묶고 있었다. 방금 씻었는지 향긋한 비누 냄새까지 풍기면서. 향기에 잠시 취해 있던 태평은 대뜸 컵라면을 내밀었다.

"저녁 안 먹었어?"

로지는 가뜩이나 큰 눈을 더 크게 떴다. 태평은 눈으로 켄넬 속에 있는 율무를 가리켰다. 이 자식 때문에 저녁도 못 먹었다는 무언의 하소연이었다.

"들어와."

로지의 집 안으로 들어서며 그는 켄넬을 가볍게 두드렸다. 율무가 자신의 청바지에 실례한 걸 용서하겠다는 뜻이었다. 율무 덕에 그간 한 번도 보지 못했던 로지의 방을 둘러볼 기회를 얻었으니.

"율무야, 많이 아팠어? 왜 이렇게 기운이 없어."

태평이 바닥에 내려놓은 켄넬을 따라 로지가 고개를 숙이며 물었다. 율무는 제게 내민 로지의 손을 할짝대며 애절하게 신음했다.

끼잉―, 끼이잉―.

"율무가 왜 이러지? 수술이 힘들었나? 진통제 같은 거 안 받아 왔어?"

걱정 가득한 로지의 목소리에 율무는 읍소라도 하듯 더 구슬프게 울어 댔다. 태평은 어이가 없는 눈으로 율무를 노려보았다.

"수술 잘 받고 마취도 다 풀렸어. 차에서 먹은 간식이 몇 갠데."

사실을 말해 줬지만 로지는 자세를 더 낮추고 율무를 살폈다. 율무는 '예쁜 주인님아, 나 진짜 죽다 살아났거든?' 하고 말하듯 처연한 눈빛을 장착한 채 낑낑거렸다.

"병원에 전화해 볼까? 율무가 많이 아파하는 거 같은데."

"안 아파, 그리고 안 죽어."

단호하게 말한 태평은 바닥에 털썩 앉았다. 로지는 율무를 보기 위해 숙였던 허리를 천천히 세웠다.

"네가 말 못하는 개 상태를 어떻게 알아. 수술을 받은 건 율문데."

무심한 태평이 야속했던지 로지의 목소리 끝이 살짝 떨렸다. 먹은 것도 없는 속이 뒤틀렸다. 순진해도 너무 순진해 빠진 오로지였다. 개가 응석 좀 부린 게 무슨 대수라고.

"왜 몰라. 나도 했는데."

속에서 부글부글 끓어오르는 말을 뱉은 태평은 손으로 미간을 꾹꾹 눌렀다. 율무 걱정할 시간에 내 생각이나 할 것이지, 쓸데없이 잔정만 많아서. 유치한 질투에 사로잡혀 있는 그를 어리둥절하게 보던 로지가 천천히 입술을 열었다.

"……너도 했다고?"

물음 끝에 로지의 시선이 천천히 아래로 떨어지더니, 그의 사타구니를 콕 찍고 빠르게 올라왔다.

"그럼, 너한테도 땅콩 없어?"

이어진 로지의 질문에 태평은 어이가 없어 인상을 찌푸렸다.

"개하고 사람은 다르지. 우린 안 떼고 하잖아."

정관 수술 후기라도 들려줘야 하나 했는데 로지의 뺨이 잘 익은 복숭아처럼 붉어졌다. 올곧았던 시선 역시 가늘게 떨리고 있었다. 그의 말이 농담이든, 사실이든 자신이 감당할 수 없다는 걸 뒤늦게 깨달은 것 같았다. 급히 고개를 떨군 로지를 보며 태평은 입술 새로 웃음을 흘렸다.

"그리고 땅콩이라니. 어딜 봐서 내가 땅콩을 달고 다닐……."

"볶음밥 먹을래?"

태평의 말허리를 싹둑 잘라먹으며 로지가 벌떡 일어났다. 그의 눈은 자연스레 로지의 허리로 향했다. 주먹을 꼭 쥐고 있는 작은 손 두 개가 보였다. 어찌나 세게 움켜쥐고 있는지 동그란 뼈가 얇은 살갗 위로 도드라져 있었다. 로지의 손에서 시선을 뗀 태평은 웃음기가 사라진 얼굴로 턱을 매만졌다. 느닷없이 새카만 욕망이 깃든 영상이 머릿속에서 재생되기 시작했다.

제 밑에 누운 로지가 그를 올려다보고 있었다. 태평은 침대 위에 아무렇게나 놓인 그녀의 손을 찾아 깍지를 끼웠다. 로지도 맞잡은 그의 손을 더욱 세게 쥐었다. 작고 예쁜 손마디가 하얗게 질릴 만큼 아주 꽉.

미친놈, 발정 난 개도 너 같지는 않겠다.

속으로 욕을 지껄인 태평은 한숨을 길게 내쉬었다. 로지한테 돌아 버린 건 진즉 알고 있었지만, 손등에 솟은 뼈를 보고 몸이 달아오를 줄은 몰랐다. 돌발적인 충동을 가라앉히기 위해 심호흡을 하던 그는 돌연 로지를 원망했다. 그래, 이 모든 건 전부 오로지 때문이었다. 가만히만 있어도 예쁜 애가 왜 주먹까지 쥐어서 자신을 이리 흔들어 대는 건지. 음습한 욕망을 꾸역꾸역 누르고 있는데 가스 불이 올라오는 소리가 들렸다.

"아까 민영이랑 만들어 먹었는데 재료가 남았어."

태평은 열이 오르다 못해 이젠 아프기까지 한 하체를 숨기고 자리에서 일어났다.

"됐어, 컵라면이면 돼."

포트를 찾아 두리번대는 태평 앞을 로지가 가로막았다.

"라면보다 밥이 나아."

"너 팔 쓰는 거 싫어."

토를 다는 태평에게 로지는 왼손을 들어 보였다.

"나 요리할 때는 양손잡이야. 그리고 제발 앉아 있어. 네가 서 있
으니까 방이 너무 좁아."

태평은 천장에 닿을 듯 말 듯 한 제 정수리를 확인하고 나서야
로지의 뜻을 받아들였다. 로지가 밥을 볶는 동안 그도 부지런히 움
직였다. 율무에게 물을 떠 주고 배변 패드도 넓게 깔았다. 기운이
없긴 한지 율무는 켄넬 안에서 조용히 눈만 굴리고 있었다. 태평도
율무를 따라 로지의 방 안을 둘러봤다.

'이건 뭐, 소꿉놀이하는 것도 아니고.'

방 한 개로 부엌은 물론 침실과 거실까지 겸해 써야 하는 공간에
는 제대로 된 세간이 보이지 않았다. 바닥에는 찬기가 올라오는 걸
막으려는 듯한 유아용 매트가 깔려 있었고 책상이나 옷장 같은 가
구는 눈을 씻고 찾아봐도 없었다. 손등으로 벽을 두드려 봤다. 과장
을 조금 보태면 과자 봉지가 부스럭대는 소리도 넘어올 만큼 얇은
벽이 느껴졌다.

'미치겠네.'

로지를 집 앞까지 데려다줄 때마다 그의 귀에 들렸던 201호의

소음이 생각났다. 옆집에 사는 바퀴벌레 한 쌍이 만들어 낸 소음 공해에 그간 밤마다 시달렸을 로지를 생각하니 짜증이 솟구쳤다.

'산토끼 노래가 아니라, 아예 아래를 세우지 못하게 만들었어야 하는 건데.'

로지에게 은근한 눈빛을 보내던 옆집 남자의 느끼한 면상을 떠올리자마자 태평의 주먹에 힘이 들어갔다. 무섭게 치솟던 그의 살기는 로지가 차린 밥상을 마주하고 나서야 비로소 봄눈 녹듯 스러졌다.

"먹어 봐. 식당에서 일할 때 배운 건데 진짜 맛있어."

로지는 민영도 인정한 메뉴라며 달걀 볶음밥 한 그릇을 상 위에 내려놓았다. 볼품없을 만큼 허름한 집구석이 순식간에 환해졌다.

"잘 먹을게."

상에 올려진 그릇과 수저는 모두 로지처럼 작고 귀여웠다. 태평은 고슬고슬하게 볶아진 밥을 입 안에 넣었다. 고소한 달걀과 향긋한 파 향이 번갈아 가며 입맛을 돋게 했다. 잘 먹는 태평이 보기 좋았는지 로지는 그가 밥을 먹는 내내 말갛게 웃었다.

"설거지는 내가 해."

쌀 한 톨도 남기지 않고 깨끗하게 비운 태평이 싱크대 앞에 섰다. 허리보다 한참 낮은 싱크대 높이에 맞춰 그는 다리를 양쪽으로 넓게 벌렸다. 로지는 그의 옆에 서서 설거지를 끝낸 그릇과 프라이팬을 마른행주로 닦았다.

"칫솔 하나만 줘."

마지막 설거지를 끝낸 태평이 말했다. 로지는 싱크대 위에 달린 찬장을 열고 새 칫솔을 하나 꺼내 줬다. 그걸 받아 든 태평은 두 걸음이면 도착하는 화장실 문을 열었다.

"수건도 한 장 빌린다."

"수건도?"

의아함이 담긴 로지의 질문에 그는 턱 끝으로 율무를 가리켰다.

"의사가 오늘 하루는 밤새워 지켜보랬어. 수술 부작용으로 발작을 일으킬지도 모른다고."

"정말?"

하얗게 질린 얼굴로 로지가 되물었다. 태평은 그 어느 때보다 진지하게 답했다. 율무한테 무슨 일이 생기면 바로 병원에 달려가야 하니 오늘 밤은 자신이 율무 곁에 반드시 붙어 있어야 한다고.

"새벽에 율무 먼저 화랑에 데려다 놓고 공항으로 갈 거니까 몇 시간만 재워 줘."

"알았어."

머릿속에 율무 생각밖에 없는 로지는 그게 좋겠다며 고개를 여러 번 끄덕였다. 태평은 뿌듯함을 숨긴 채 화장실로 들어갔다. 속이 훤히 들여다보이다 못해 투명한 해파리 같은 로지를 속이는 것쯤이야 일도 아니라고 생각하며.

"방이 너무 좁아서 네가 똑바로 누울 수 있을지 모르겠어."

간단히 씻고 나온 태평에게 로지가 미안한 얼굴로 말했다. 태평은 천천히 로지의 방을 둘러봤다. 율무 때문에 공간이 더 부족해진 방이었지만, 그에게는 좁아진 방이 그렇게 기꺼울 수가 없었다.

"쓸데없는 걱정은."

율무 옆에 앉은 태평은 로지에게도 앉으라고 손짓했다. 그리고 로지의 오른손에 힐끗 시선을 던지며 물었다.

"찜질했어?"

"……오늘은 민영이가 알려 준 스트레칭 했어."

안 했다는 말이었다. 태평은 로지의 오른팔과 손목을 정성껏 주물렀다. 통증이 느껴지는지 로지의 눈썹이 팔자로 모였다가 다시 펴지기를 반복했다.

"칼은 안 대는 게 좋잖아."

로지는 말없이 태평에게 붙들린 손만 꼼지락댔다. 태평은 제 시선을 피하는 로지의 얼굴을 더듬듯 바라봤다. 살짝 내리뜨고 있는 눈가가 희미하게 부어 있었다. 로지가 많이 울었다고 알려 준 민영의 문자가 생각났다.

[로지한테 다른 건 말 안 하고 네 그림 찾았다는 말만 했어. 그것까지 숨기면 내일 놀라서 쓰러질까 봐. 네가 그 그림을 봤냐고 묻더니, 펑펑 울었어.]

가슴이 아프다 못해 화가 났다. 잃어버린 그림을 찾았다는 소식에 눈물까지 뚝뚝 흘릴 거면서, 왜 손이 이 지경이 되도록 내버려 둔 건지. 의사가 이건 나을 수 있는 병이 아니라 평생 관리해야 하는 거라고, 심해지면 수술까지 고려해야 한다는 말을 했을 때도 로지는 다른 사람의 이야기를 듣는 것처럼 무덤덤했다.

"벌써 12시네."

벽에 걸린 시계에 시선을 준 로지를 따라 태평도 고개를 돌렸다. 시곗바늘이 자정을 알리고 있었다.

"누워. 나도 자야겠다."

옆으로 누운 태평은 무릎을 적당히 구부렸다.

"미안해, 이불도 따로 못 줘서."

태평에게 담요를 덮어 준 로지는 제 몸 크기에 꼭 맞는 유아용 매트 위에 요를 깔았다. 이런 매트는 어디에서 난 거냐고 묻자, 식당에서 일할 때 친하게 지내던 매니저에게 받은 거라고 했다.

"매트리스는 이사 다닐 때 짐만 돼서. 이 매트가 가볍고 좋아. 겨울엔 따뜻하고, 여름엔 시원하고."

궁색한 변명을 길게 늘어놓은 로지는 매트 위에 옆으로 누워 태평을 마주 봤다. 커튼이 달리지 않은 창으로 가로등 불빛이 은은하게 번졌다. 그 빛 덕분에 두 사람은 어둠 속에서도 서로의 얼굴을 바라볼 수 있었다. 로지의 둥근 눈초리가 부드럽게 접혔다.

"오랜만에 같이 자는 거 같아."

"그렇네."

"나는 있지, 너하고 이렇게 누워 있을 때가 정말 좋았어."

"왜?"

"서 있으면 널 올려다봐야 해서 목이 진짜 아픈데, 누워 있으면 눈높이가 맞으니까."

태평은 소리 없이 웃었다.

"오늘 민영이한테 들었어. 그림, 찾았다고. 다행이야. 너한테 미안해야 할 일이 하나 줄어서."

로지의 뒷말을 태평이 놓치지 않고 잡았다.

"미안할 게 뭐가 또 있는데?"

"그냥, 이것저것."

더 듣고 싶어서 눈빛으로 재촉했지만 로지는 입을 열지 않았다. 태평은 로지의 볼에 손을 가져갔다.

"스페인에 있는 집, 네 마음에 들 거야. 인테리어도 네 취향에 맞게 바꿨어."

"……."

"모로코와 가까운 곳에 있는 지역이라 평균 기온도 높아. 1년 내내 봄 날씨니까."

"……."

"내가 계약한 스튜디오하고도 가깝고, 바다도 가까이에 있고, 네 작업실로 쓸 공간도 넉넉하고."

로지는 맑고 커다란 눈만 깜빡였다. 태평은 대답이 없는 그녀의 뺨을 손등으로 가만히 쓸어내렸다.

"내일 전시회만 끝나면 떠날 준비 하자. 여권 없으면 그것부터 만들고."

떠나자는 말이 떨어지기가 무섭게, 로지의 눈빛이 흐트러졌다.

태평은 심장을 찌르는 듯한 그 눈빛에 숨을 깊게 들이쉬었다.

"나한테 시간이 조금 더 필요해. 정리해야 할 게 있어서."

로지의 뺨을 어루만지던 태평의 손이 멈칫했다. 커다랗게 부풀었던 풍선이 펑, 터진 것처럼 가슴이 내려앉았다.

애가 타는 숨을 고른 뒤 그가 건조하게 말했다.

"나하고 해. 내가 다 정리해 줄 테니까."

로지는 시선을 그에게 고정한 채 입술을 깨물었다.

"다 알고 있었구나. 나한테 빚 있는 거."

대출 때문에 곤란해하는 자신의 상황을 태평이 알고 있다는 걸, 로지는 담담히 받아들이는 것 같았다. 어슴푸레한 어둠 속에서 로지와 태평은 서로의 깊어진 눈을 한참 동안 응시했다. 몇 번이나 숨을 고르던 로지가 다시 말을 이었다.

"돈 문제 말고도, 해결해야 할 게 있어서 그래. 1년만 시간을 줘."

"무슨 문젠데."

애써 감정을 통제하려 했지만, 되묻는 그의 목소리가 거칠었다. 로지는 오랫동안 준비해 온 듯한 말들을 무더기로 쏟아 냈다.

"희찬이가 고모네 집에서 잘 적응하고 있는지 조금 더 지켜보고 싶어. 부모님 일도 정리해야 하고, 민영이 얼굴도 더 많이 봐 두려고 해. 떠나기 전에 외국어 공부도 하고 싶고, 레스토랑에서 내가 먹을 음식은 내가 주문할 수 있게. 혹시 길을 잃으면 지나가는 사람한테 물어볼 수는 있어야 하잖아."

"그만."

치미는 한숨을 삼키며 태평은 로지의 몸을 끌어당겼다. 그리고 커다란 손바닥으로 로지의 뒤통수를 감쌌다. 로지의 이마가 그의 가슴에 닿는 게 느껴졌다.

아파, 너를 볼 때마다 가슴이 욱신거려 미치겠어.

심장에서 번지는 먹먹한 통증에 태평의 미간에는 주름이 깊게 팼다. 왜 이렇게 불안하고, 조바심이 나는지 모를 일이었다. 로지를 안고 있는데, 로지가 눈앞에 있는데, 로지의 숨결이 이렇게 가까이에서 느껴지는데.

로지가 자신을 알아보지 못하고 지나쳤던 날의 기억이 여전히 그를 괴롭혔다. 황폐하고 말라비틀어진 눈으로 세상을 바라보던 로지의 눈빛이 지워지지 않았다.

"1년만 줘. 1년 뒤에도 정리하지 못한 게 있으면 그때는 꼭, 너한테 도와 달라고 할게. 그게 돈 문제든, 뭐든……."

말끝을 흐리는 로지의 목소리에는 묘한 여운이 묻어 있었다. 가슴 깊이 숨겨 둔 비밀 이야기를 끄집어내려다 그만둔 것처럼. 평소의 태평이라면 그걸 놓치지 않았겠지만, 지금 그에게는 그럴 여유가 없었다.

로지의 정수리에 입술을 묻고 숨을 크게 들이켰다. 언제나 그를 들뜨게 하는, 아니, 환장하게 하는 달콤한 체취가 느껴졌다.

"그만 말해."

위압감이 느껴지는 말투로 내뱉은 태평은 양팔로 로지를 포박하듯 안았다. 로지에게 사랑한다는 말을 들었지만, 태평은 여전히 그녀를 목말라하고 있었다. 아직 자신이 로지의 근원에 닿지 못했다는 의심 때문이었다. 그 근원은 단연 그림이었다. 로지의 전부인 그림이라는 세상에 제 존재를 욱여넣기 전까지는, 로지를 향한 갈증과 허기는 채워질 수도 사라질 수도 없었다.

아니, 웃기는 소리 하지 마. 넌 내 거야. 더는 도망칠 수 없어. 너한테는 내가 전부니까. 네 전부가 되려고 살아온 게 나니까.

태평의 머릿속을 떠다니는 생각들은 위험 수위를 넘어서고 있었다. 어쩔 수 없는 일이었다. 무기력함에 취해 있던 자신의 몸에 뜨거운 피를 돌게 만든 여자였다. 그런 그녀를 독차지하고 싶다는 집착은 이미 그를 집어삼킨 지 오래였다.

태평은 로지의 뒷머리에 대고 있던 손을 그녀의 턱으로 옮겼다. 그의 가슴팍에 대고 있던 작은 얼굴이 들리며 두 사람의 시선이 허공에서 겹쳐졌다. 로지에게 병적으로 집착 중인 민낯을 숨기고 로지의 얼굴을 하나하나 뜯어보았다. 7년 전이나 지금이나 달라진 게 없는 단정하고 예쁜 로지였다. 눈으로만 보고 있는 줄 알았는데 태평의 손은 어느새 그녀의 얼굴을 더듬고 있었다. 그의 손가락이 간지러운지 로지는 눈만 도르르 굴렸다. 고개를 내린 태평은 그녀의 입술에 제 입술을 겹쳤다. 촉촉한 입술이 벌어지는 걸 느꼈지만 더 파고들지 않았다. 로지의 입 속에 숨겨진 여린 살을 맛보았다가는 오늘 이곳에서 그녀를 안아 버릴 자신을 잘 알고 있어서였다. 담백하고 정중한 입맞춤을 끝낸 그는 아쉬움을 달래듯 로지의 **뺨**에 입술을 묻었다.

"전시회 끝나고 다시 이야기해."

"……."

"사람 마음이야, 언제든 달라질 수 있으니까."

고개를 끄덕인 로지는 어렸을 때처럼 태평의 품으로 조금 더 깊이 파고들었다. 부드럽게 등을 쓸어 주자 그녀는 기다렸다는 듯 고른 숨을 뱉었다. 순순히 제 품에 안겨 잠든 로지를 따라 그도 눈을 감았다.

얼마나 시간이 흘렀을까. 혼몽에 빠져 있던 그는 반짝거리는 불빛에 눈을 떴다. 범인은 로지의 머리맡에 놓여 있는 휴대폰이었다. 그걸 집어 든 태평은 픽, 웃음을 흘렸다.

[누나, 고모하고 고모부하고 별빛 캠프 왔어요. 오줌 마려워서 일어났는데 하늘에 별이 많아요.]

희찬이라는 아이가 보낸 사진에는 밤하늘을 총총 밝힌 수많은 별이 흐릿하게 찍혀 있었다. 내일 아침에 로지가 이걸 보며 좋아할 생각을 하니 절로 웃음이 나왔는데, 그 미소는 오래가지 않았다. 정색한 태평의 눈이 이전 메시지로 떨어졌다. 그건 바로 정신과에서 보낸 문자였다.

[안녕하세요, 이전에 신청하셨던 상담 치료에 대해 안내해 드리겠습니다. 1년 정도 상담을 받고 싶다고 하셨는데 그건 담당 선생님의

소견에 따라 달라질 수 있습니다. 비용은 보험 처리가 가능하오
니…….]

'1년이라고?'

문자를 읽자마자 로지가 1년만 달라고 했던 목소리가 그의 뇌리
로 쑤시듯 밀려들었다. 초조함을 누르지 못한 태평은 제 옆에 누워
있는 로지를 품에 꽉 껴안았다. 잠결에 불편함을 느낀 로지가 몸을
비틀었지만 그는 로지를 안은 팔에 힘을 빼지 않았다. 다시 눈이 감
길 때까지 그의 귀에는 이명을 닮은 환청이 들려왔다.

오로지가 예전의 오로지가 아닌 이유는 바로 너 때문이라고.

네가 오로지를 어긋나게 만든 장본인이라고.

오로지는 널 다시 만난 걸 죽을 만큼 후회하게 될 거라고.

"저 나가요."

태평이 도착했다는 문자를 받은 준이 급하게 외쳤다. 주방에서
식빵을 굽고 있던 준의 어머니는 아들의 방문을 조심스레 열었다.

"토요일인데 어딜 이렇게 일찍 나가?"

"그럴 일이 좀 있어서요."

그녀는 말끔하게 차려입은 아들을 위아래로 훑었다. 데이트라도
있는지 청바지에 새로 산 맨투맨 셔츠를 입은 아들의 얼굴은 보기

좋게 상기되어 있었다.

"저 오늘 많이 늦을 것 같아요. 기다리지 말고 먼저 주무세요."

빠르게 말을 마친 준이 현관문으로 걸었다.

"용돈은 안 부족하니?"

준이 데이트하러 나가는 게 틀림없다고 생각한 그녀가 지갑을 찾으며 물었다.

"용돈이 문제가 아니라, 지금 타는 냄새가 나는데."

아들의 지적에 그녀는 화들짝 놀라 주방으로 걸어갔다. 준은 부산하게 움직이는 어머니의 뒷모습을 눈으로 좇으며 실실 웃었다.

"잠깐만 기다려. 먹고 나갈 시간은 있을 줄 알았더니."

도시락 통을 꺼낸 어머니는 갓 구운 식빵에 샌드위치 속을 넉넉히 펴 발랐다. 으깬 감자와 달걀에 마요네즈를 넣고 버무린 샌드위치는 준이 제일 좋아하는 메뉴였다.

"저, 빵 남은 거 있으면 하나만 더 싸 주세요."

"그래."

아들의 도시락을 먼저 싼 그녀는 찬장에서 새 도시락 통을 꺼냈다. 그리고 정성껏 샌드위치를 만들어 넣은 뒤 냅킨과 물티슈도 넉넉히 챙겨 넣었다. 쇼핑백에 도시락 통 두 개를 나란히 포개 넣은 그녀는 준을 향해 외쳤다.

"여자 친구 거는 속을 조금 덜 넣었어. 너보다 입이 작을 거 아니니."

쇼핑백을 챙겨 든 준은 신발장에서 아끼는 신발을 꺼내 신었다.

어머니는 놀란 눈으로 아들의 운동화를 내려다봤다. 한정판인지 뭔지, 꽤 비싸게 주고 산 거라며 1년에 한두 번 신을까 말까 한 귀한 운동화인데.

멍하니 생각에 잠겨 있던 그녀는 앞치마 주머니에서 만 원짜리 지폐 석 장을 꺼냈다.

"자, 이것도 받아."

진즉 말해 줬으면 어제 현금을 넉넉히 빼 왔을 거라고 말하는 어머니 앞에서 준은 너털웃음을 터트렸다. 입을 가리며 웃는 준을 그의 어머니는 물끄러미 바라봤다. 요 몇 주간 아르바이트를 한다고 수척해진 아들이 걱정이었는데, 오늘만큼은 피로라고는 느껴지지 않는 얼굴로 환히 웃고 있는 준이 좋으면서도 불안했다.

"돈은 필요 없어요. 저 오늘 데이트가 아니라, 알바하러 가는 거니까."

현관문을 열며 준이 작게 속삭였다.

"일을 하러 간다고? 그런데 도시락은 왜 두 개나……."

"샌드위치 많이 먹고 일해서, 어머니한테 효도하려고요!"

그 말만 남긴 준은 가방을 둘러메고 빠른 속도로 계단을 밟았다. 준의 어머니는 바람처럼 사라진 아들의 뒷모습을 뭐에 홀린 사람처럼 응시했다.

"효도라니, 지금까지 속 한번 썩인 적이 없었는데."

혼잣말을 중얼거리던 그녀는 어디선가 날아오는 탄내에 다시 주방으로 뛰었다. 오븐을 열자마자 새카만 숯이 되어 버린 식빵 두

쪽이 보였다. 탄식을 흘려도 모자랄 상황이었지만 그녀의 입에서는 웃음이 샜다.

"준이 다 컸네. 나를 어머니라고 부르고. 이제 정말 독립을 시켜야 하나."

눈가에 맺힌 눈물을 박박 닦으며 그녀는 울며, 웃었다. 문득 준이 했던 약속 하나가 떠올라서였다. 제가 진정한 아들 노릇을 할 수 있을 때, 자신을 어머니라고 부르겠다고 약속했던 준이……

"여보, 하늘에서 보고 있죠? 당신 아들, 아니, 우리 아들 준이가 이렇게 잘 컸어요."

두 손을 맞잡은 그녀는 하늘에 있는 남편에게 편지를 쓰듯 속삭였다.

아파트 현관문을 열자마자 준의 눈에 재규어를 연상시키는 날렵한 세단이 보였다.

"안녕하세요."

씩씩하게 인사를 한 뒤 준이 조수석에 몸을 실었다. 태평은 고개만 까딱하곤 차를 돌렸다.

"저 어제 다섯 시간도 못 잤어요. 어찌나 긴장이 되던지 밥도 안 넘어가고, 담배 생각만 나서."

엄살이 섞인 준의 목소리에 전방을 주시하던 태평의 시선이 조수석 쪽으로 향했다. 흥분과 기대로 들떠 있는 준과 달리 그는 한 치의 흐트러짐 없이 신중한 얼굴이었다.

"커피나 마셔."

준은 냉큼 조수석 옆에 있는 커피를 집어 한 모금 크게 빨았다. 그리고 어머니에게 받은 도시락을 열어 태평에게 샌드위치를 건넸다.

"어머니가 싸 주신 건데, 대박 맛있어요. 형, 아직 아침 안 먹었죠?"

어머니에게 감사 인사를 전해 달라고 말한 태평은 샌드위치를 크게 베어 물었다. 준도 빵과 커피를 맛있게 해치웠다. 물티슈로 손을 깨끗이 정리하자마자 태평은 준에게 출입증을 건넸다.

"아, 이게 있어야 들어갈 수 있겠구나."

준은 영국 언론사 로고가 선명하게 찍혀 있는 출입증을 만지작거렸다. 앞면에는 해리의 사진이, 뒷면에는 준의 사진이 박혀 있었다. 오늘 그는 해리가 일하는 언론사의 인턴 기자가 되어 전시회의 프리 오프닝 행사에 참여할 예정이었다.

"형, 어때요? 잘 어울려요?"

목에 걸린 출입증을 가리키며 준이 물었다. 태평은 그의 가슴을 힐끗 쳐다보며 물었다.

"강유준한테 받은 돈도 가져왔지?"

"그럼요. 어제 은행에서 300만 원 찾아왔어요."

"3,000이 아니라, 300이었어?"

"예."

"새끼, 후려치는 건 여전하네."

태평은 정면을 향해 낮게 욕설을 지껄였다. 그의 눈치를 보던 준이 남은 커피를 후루룩 들이켜고 입을 열었다.

"그림 한 점당 100만 원씩 계산해서 보냈나 봐요. 그런데 진짜 이렇게 연락을 딱, 끊어 버릴 줄은 몰랐어요. 그림 좀 보여 달라고 할 때는 하루에 열두 번도 더 연락하던 사람이."

300만 원을 입금한 뒤로 준에게 그 어떤 연락도 하지 않았던 강유준이었다. 간이고 쓸개고 다 빼 줄 것처럼 굴 때는 언제고, 이렇게 안면몰수를 할 줄이야.

"원래 그런 놈이야."

심드렁한 태평의 대꾸에 준은 이를 바득바득 갈았다.

"나쁜 새끼, 그 새끼 진짜 악질인 것 같아요. 내 스케치북도 꿀꺽하고, 나한테만 전시회 소식도 숨기고. 아, 생각하면 생각할수록 열받네. 우리 선생님도 이렇게 이용했을 거 아니에요. 형! 내가 딱 한 대만 갈기면 안 될까요? 강유준 옥수수라도 털어야 화가 풀릴 거 같은데. 제가 한국에선 얌전히 지내고 있지만 일본에서는 싸움 좀 했었거든요. 가끔 한국인이라고 하면 띠껍게 구는 애들이 있어서."

장난기가 가득 섞인 준의 한탄에 태평의 얼굴이 싸늘해졌다.

"준."

부쩍 탁해진 음성으로 준을 부른 태평은 짧은 침묵 뒤에 말을 이었다.

"오늘 네가 강유준을 만나야 하는 이유가 뭐라고 했지?"

준은 바로 대답하지 못했다. 여기에서 한 번만 더 까불었다가는 태평이 폭발할 거라는 걸 본능적으로 느낀 탓이었다.

"……보험이요. 나를 보호하기 위한."

정답을 말하자마자 준은 어린애처럼 날뛰었던 좀 전의 자신을 깊이 후회했다. 태평이 자신에게 피해가 없도록 마음을 써 준 걸 잊은 것도 반성하며.

"그래, 그러니까 강유준한테 해야 할 말만, 확실히 전해."

이성을 잃고 날뛰었던 준의 머리는 태평의 차분한 충고에 차갑게 식었다.

"네."

"찔러 죽여서 해결될 것 같았으면, 내가 진작 찔렀어."

준은 두 눈만 살짝 올려 뜨고 태평의 옆얼굴을 훔쳐보았다. 살벌한 말을 내뱉은 사람답지 않게 그의 얼굴에는 아무런 감정도 떠 있지 않았다. 강유준을 향한 분노와 경멸을 완벽히 숨기고 있는 태평을 보며, 준도 제 표정을 가다듬었다.

"그런데, 강유준이 제 도발에 쉽게 넘어갈까요?"

일의 중대함을 뒤늦게 인지한 준이 물었다. 혹시라도 자신의 실수 때문에 공들여 쌓은 탑이 와르르 무너질까 무서웠다.

"넘어갈 거야."

시립 미술관 주차장에 차를 세운 태평이 말했다. 준은 정말이냐는 눈빛으로 그를 바라보았다.

"너라면 강유준 정도는 씹어 먹고도 남을 테니까."

신뢰가 담긴 태평의 말은 준의 떨리는 심장을 단박에 진정시켰다. 거세게 뛰던 박동이 가라앉자 그를 둘러싸고 있던 걱정과 두려움도 옅은 안개가 되어 사라졌다.

"그렇겠죠? 하긴, 내가 누구 동생인데."

차에서 내리려는 준에게 태평은 한 가지를 더 주문했다.

"강유준하고 만난 뒤에 곧장 기자 회견장으로 가."

준은 영문을 모르겠다는 표정만 지어 보였다. 강유준만 만나고 나면 자신의 할 일은 모두 끝나는 줄 알았는데, 기자 회견장으로 가라니?

"가서 해리 옆에 앉아 있어. 바로 옆자리 말고. 너무 가깝지도, 멀지도 않은 자리를 골라서."

"해리 기자님이요? 오늘 처음 보는 사인데 완전 뻘쭘하겠네. 그런데 오늘 제가 그분하고 뭘 해야 하는데요?"

준은 기분 좋은 긴장감에 취해 물었다. 강유준을 만나는 것 말고 다른 임무가 생긴 게 말할 수 없이 기뻐서였다. 영화 속 특수 요원이 된 기분이랄까. 그런 준의 속마음을 한눈에 꿰뚫어 본 태평은 피식 웃으며 말을 이었다.

"해리가 일은 잘하는데, 잠이 너무 많아. 인터뷰 중에 졸 수도 있으니까 네가 책임지고 깨워."

준은 입을 크게 벌렸다. 특수 요원이 고작 그런 하찮은 일을 하는 사람이던가?

"나더러 지금 알람 시계가 되라고요?"

꼬치꼬치 캐묻기 시작한 준의 어깨를 태평이 가볍게 두드렸다. 더 묻지 말고 시키는 대로 하라는 뜻이었다. 입술을 죽 내민 준은 마지못해 알겠다고 대답한 뒤, 차에서 내렸다.

"자, 그럼 일단 안으로 들어가 볼까."

멀어지는 태평의 차를 지켜보던 준이 걸음을 옮겼다. 시립 미술관은 기대보다 훨씬 근사하고 경비도 삼엄했다. 검은색 정장을 입은 경호원들이 줄을 지어 서 있는 것은 물론, 유니폼을 입은 진행 요원들도 일사불란하게 움직이고 있었다. 흡연실로 들어간 준은 담배 한 대를 개운하게 피우며 피비린내가 진동할 전쟁터로 뛰어들 준비를 마쳤다.

준이 가장 먼저 찾아간 사람은 바로 강유준의 조교였다. 비둘기색 바지 정장을 갖춰 입은 그녀는 준을 보자마자 귀신이라도 본 사람처럼 손바닥으로 입을 가렸다.

"안녕하셨어요. 누나!"

"주, 준 학생이 여긴 웬일이야?"

"웬일은요. 오늘 교수님 그림 여기에서 전시한다면서요."

"강 교수님 그림 보러 온 거야? 교수님께서 너한테 연락하셨어?"

두 눈을 크게 뜬 조교를 향해 준은 해맑게 웃었다.

"네, 교수님께서 그동안 엄청 바쁘셨나 봐요. 어젯밤에 갑자기 연락하셨더라고요. 오늘 배달 일을 쉴 수 있으면 전시회 구경 오라고요."

"……그랬니?"

강유준에게 직접 전화를 받았다는 준의 말이 믿기지 않았는지 조교는 당황한 기색을 숨기지 못했다. 준은 두 눈만 빠르게 움직이고 있는 조교에게 제 출입증을 들어 보였다.

"그것 말고 일이 하나 더 있긴 했어요. 오늘 제가 이 기자님 따라 다니면서 통역하기로 했거든요."

조교는 고개를 길게 빼고 준의 가슴 언저리를 바라봤다.

"아! 해리 하워드 기자님하고 같이 온다던 인턴이 너였어?"

"네."

"교수님이 그래서 너한테 따로 연락하셨나 보다."

부쩍 친근해진 목소리로 조교가 말했다. 강 교수가 오늘 가장 신경 써야 한다고 했던 사람 중 한 명이 해리 기자였기 때문이었다.

"헤헤헤, 제가 할 줄 아는 거라곤 배달하고 영어, 그리고 일본어밖에 없는 거 아시잖아요. 오늘 그 덕 좀 봤어요."

준은 경계심을 완전히 풀어 버린 조교를 따라 걸었다. 싹싹한 준을 내심 마음에 들어 하고 있던 조교는 별다른 의심 없이 대화를 이어 갔다.

"해리 기자님하고 강 교수님하고 옥스브리지 대학 동문이래. 두 분이 학교에 다닌 시기가 달라서 서로 알고 지낸 건 아니지만."

"옥스브리지요? 처음 들어 보는데? 그게 어디에 있는 대학이에요?"

그녀는 어리숙한 표정을 짓고 있는 준을 보며 헛웃음을 터트렸다.

"교수님이 졸업한 대학도 몰라? 영국에서 제일 유명한 대학인데."

준은 한국에 있는 대학도 못 가 본 제가 어떻게 영국에 있는 대학을 알겠냐며 너스레를 떨었다.

"그런데 교수님은 어디에 계세요? 한가하실 때 인사라도 드리고 싶은데."

"어, 그래. 지금 인사드리는 게 좋겠다. 전시회 시작하면 바로 기자 회견장으로 가실 거라서."

조교는 준을 〈강유준 특별 초대전〉이라고 적힌 전시실로 데리고 갔다.

"전시실 안쪽에 대기실이 따로 있어. 지금 거기에서 준비 중이실 거야. 인터뷰 앞두고 예민하시니까 얼른 인사만 드리고 나와. 알았지?"

"고마워요, 누나! 다음에 제가 커피 한잔 살게요."

"그래, 그럼 다음에 보자. 나도 지금 할 일이 많아서."

조교와 헤어진 준은 전시실을 둘러봤다. 강유준을 위해 별도로 꾸며졌다는 전시실에는 낯익은 그림 석 점이 걸려 있었다. 마른침을 꿀꺽 삼키고 대기실 문을 두드렸다.

"들어와요."

문을 열자, 생소한 풍경이 준의 눈앞에 펼쳐졌다. 유명 아이돌 가수의 대기실을 방불케 할 만큼, 강유준은 그를 빛내기 위해 노력 중인 전문가들에게 둘러싸여 있었다.

"우리 아들이 나를 닮아서 눈썹 숱이 좀 적은 편이야. 거기 좀 빈틈없이 메꿔 줘요."

강유준의 어머니처럼 보이는 여성은 거울에 비친 아들의 얼굴을 살피며 이런저런 주문을 하고 있었다. 눈을 감은 채 메이크업을 받고 있는 강유준 대신, 그의 어머니가 준의 등장을 먼저 알아차렸다.

"누구시죠? 여기에 어떻게 들어왔어요?"

교양 있는 말투로 물었지만 그녀의 눈은 준을 날카롭게 훑어 내렸다.

"안녕하세요. 저는 강유준 교수님의 제자인데요."

준은 배에 힘을 주고 큰 소리로 자신을 소개했다. 대기실에 준의 목소리가 울려 퍼지자 나른하게 감겨 있던 강유준의 눈이 번쩍 뜨였다. 준과 눈이 마주친 그는 불시에 복부를 강타당한 사람처럼 입술을 씹었다.

"바쁘다더니 어떻게 시간을 냈어?"

비틀렸던 입술을 바로잡은 그가 준을 친근하게 반겼다. 준은 대기실에 모여 있는 사람들의 얼굴에 한 번씩 시선을 주곤 입을 열었다.

"교수님 망신당하실까 봐 달려왔어요. 밖에 걸린 저 그림들 지금이라도 빨리 내리시라고요."

귀를 의심하게 하는 준의 말에 사람들의 시선이 일제히 강유준에게 모여들었다.

"다들 잠시 나가 주시겠어요?"

아직 여유를 잃지 않은 강유준이 부드럽게 말했다. 의상, 헤어, 메이크업을 담당하던 사람들은 아무런 토를 달지 않고 대기실에서 나갔다. 마지막까지 나가길 거부한 사람은 그의 어머니뿐이었다.

"유준아, 누군데 그래? 시간도 부족한데 저 사람은 인터뷰 끝나고 만나는 게 좋지 않겠어?"

미심쩍은 눈으로 준을 바라보던 그녀가 아들에게 속삭였다. 강유준은 커다란 미소를 그리며 어머니의 걱정을 덜어 냈다.

"어머니, 제가 학생을 얼마나 아끼는지 아시잖아요. 제자가 여기까지 찾아왔는데 아무리 바빠도 차는 한잔 마셔야죠."

준은 겉으로 드러나지 않게 속 입술을 짓씹었다. 어머니 앞에서조차 위선으로 똘똘 뭉친 강유준이 역겨워서였다.

"알았어. 그럼 엄마가 딱 10분만 있다가 들어올게."

강유준의 어머니는 '10분'이라는 말을 유독 느리게 말하며 대기실에서 나갔다.

"어떻게 들어왔지? 출입증 없이는 못 들어올 텐데."

어머니가 시야에서 사라지자마자 그는 준의 꼬투리를 잡았다. 만약 준이 불법적인 방법으로 전시회에 들어왔다면 당장에라도 그를 경찰에 넘길 기세였다.

"저 그림들, 뭐예요?"

준도 지지 않고 강유준을 몰아세웠다.

"그림? 어떤 그림을 말하는 걸까?"

되묻는 그의 목소리는 새카만 속내를 숨긴 사람답지 않게 맑았다. 준은 한 마리의 미꾸라지가 된 심정으로 강유준의 치부를 헤집었다.

"저거, 교수님 그림 아니잖아요."

"……."

"왜 남의 그림을 자기 그림으로 바꿔요? 그래서 저한테 전시회 소식을 숨기신 거예요?"

"……."

"나만 속이면 될 거라고 생각하셨어요? 내가 입 다물면 교수님 죄가 없어지는 거예요? 착각하지 마세요. 이 세상에 비밀이 어디 있다고!"

말이 길어질수록 준의 목소리는 흥분으로 격양되었다. 억울함과 거친 숨소리가 섞인 그의 음성은 철없는 소년이 부리는 치기, 그 자체였다. 화를 이기지 못해 펄펄 뛰는 준 앞에서 강유준은 여유 있는 미소를 보였다.

"준아, 나는 네가 무슨 말을 하는지 전혀 모르겠다. 어디에서 무슨 말을 듣고 이러는 거니?"

전과가 있는 사람답게 강유준의 질문은 아주 영악했다. 증거가 없는 일에 휘둘리지 않겠다는 의지를 담은 것은 물론, 준의 배후에 다른 사람이 있나 떠보기까지 했으니까. 하지만 준은 이번에도 강유준의 질문을 무시하고 제가 하고 싶은 말을 지껄였다.

"모른다고요? 그럼 나한테 300만 원은 왜 보냈어요? 내 스케치북 가져간 다음 날에 나한테 돈 보냈잖아요!"

가방에서 흰 봉투를 꺼낸 준은 그걸 여봐란듯이 흔들었다. 하지만 강유준은 준의 회심의 일격에도 끄떡하지 않고, 오히려 그의 딱한 처지를 동정했다.

"배달 일을 하며 생계를 꾸리는 네 상황이 워낙 딱해서 준 장학금인데 그걸 가지고 나한테 따질 줄은 몰랐다. 대학에 가고 싶다고 했잖니. 재능은 없지만 네 꿈은 지켜 주고 싶어서, 널 아끼는 마음에 준 돈인데."

떼쓰는 아이를 달래는 듯한 강유준의 따뜻한 어투에 준의 눈가가 붉어졌다.

"나도, 나도 교수님 아껴서 여기 왔어요. 교수님 믿고 내 그림 보여 준 거였는데. 저 그림들, 전시회에 걸면 안 돼요. 그러면 교수님한테 좋지 않단 말이에요. 나 교수님 걱정해서 여기 온 건데."

뒤늦게 스승의 사랑을 깨달은 학생처럼 준은 엉엉거리며 울었다. 준의 오열에 강유준의 얼굴에도 미세한 균열이 가기 시작했다. 예고 없이 찾아와 식겁하게 만들 땐 언제고, 이제 와 자신이 걱정된다며 통곡을 하다니.

"준아, 이러지 말자. 여기에서 네가 이렇게 울면 내 입장이 뭐가 돼. 그리고 밖에 걸린 그림은 네가 나한테 보여 줬던 그림과는 아무 상관이 없어."

어깨를 잡는 강유준의 손을 뿌리친 준은 두 주먹으로 가슴을 쿵쿵 쳤다. 뜨거운 눈물과 함께 정신없이 쏟아지는 콧물 때문에 준의 발음도 옹알이하는 아이처럼 마구 꼬였다.

"허으윽, 교수님, 이러시면 안 돼요. 저 그림…… 흑, 교수님 그림도 아니고, 내 그림도 아닌데. 내 스, 스케치북, 돌려주세요."

염소도 울고 갈, 바이브레이션이 잔뜩 섞인 목소리로 말하며 준은 눈물을 쥐어 짜냈다. 그의 울음소리가 얼마나 컸는지 대기실 밖에서 기다리던 사람들도 동요하는 눈치였다. 자잘한 노크 소리가 들리는 대기실에서 강유준은 억지로 준을 달랬다.

"그만 울고, 진정하자. 우리 다음에 이야기하는 게 어떨까? 네가 지금 뭔가 오해하고 있는 것 같은데 그림 이야기는 그만하고."

강유준은 살그머니 문을 연 사람들에게 어서 들어오라고 손짓했다. 경호원들이 들이닥치는 것도 모르고 준은 대성통곡을 멈추지 않았다.

"흐윽, 교수님. 정말 좋은 사람이잖아요. 나, 이 돈 못 받아요. 이 돈 받을 자격 없어요. 저게 진짜 내 그림이라면, 교수님한테 시원하게 팔아 버릴 텐데. 저 그림, 내가 그린 게 아니라니까요! 나도 따라 그린 건데!"

눈물을 비 오듯 쏟는 준을 보며 경호원은 어떤 행동을 취해야 할지 모르겠다는 표정을 지었다. 그를 막무가내로 끌어내자니 너무 얌전히 눈물만 뚝뚝 흘리고 있기 때문이었다.

"빨리 수습하지 않고 뭐 해요."

뒤늦게 대기실로 뛰어 들어온 강유준의 어머니가 경호원을 향해 짜증을 부렸다. 그 소리에 준은 숙였던 고개를 번쩍 들었다. 그리고 눈물을 꾹 눌러 참은 뒤 큰 소리로 사과했다.

"죄송합니다. 어서 나갈게요. 그 전에 제게 주신 돈 먼저 돌려드리고요."

얼굴을 뒤덮은 눈물을 훔친 준은 들고 있던 봉투에서 300만 원을 꺼내 모두가 볼 수 있게 바닥에 내려놓았다. 사람들은 멍한 얼굴로 바닥에 깔린 수표 석 장을 응시했다.

"교수님, 아직 늦지 않았어요. 저 그림들 빨리 치워 버리세요. 저것들, 제가 그리긴 했지만 제 그림이 아니란 말이에요."

울음기 없는 목소리로 또박또박하게 말을 마친 준은 강유준을 향해 허리를 깊이 숙인 뒤 제 발로 대기실에서 나갔다. 그리고 가장 가까운 곳에 있는 화장실로 뛰어 들어갔다. 화장실 칸을 모두 살펴본 그는 아무도 없다는 걸 확인한 뒤 큰 소리로 외쳤다.

"아, 살 것 같네."

차가운 물로 신나게 세수를 한 준이 고개를 들었다. 거울에 비친 그의 얼굴은 엉망이었지만 표정만큼은 환희에 가득 차 있었다.

"마스크도 좋은 데다가, 발성도 훌륭하고. 뭣보다 감정 연기가 끝내줬지!"

소름 돋는 명연기를 펼친 자신을 칭찬하던 준은 휴대폰을 꺼내 앱으로 녹음한 음성을 저장했다.

[형! 파일 보냅니다. 그리고 나 배우를 해야 할 것 같아요. 눈물을 막 폭포처럼 흘렸는데. 크으~ 내가 우리 엄마 배에서 나왔을 때 빼고는 울어 본 적이 없다는 거 모르죠?]

녹음 파일과 장문의 문자를 보내자마자, 태평은 '수고'라는 짧은 답장만 보냈다. 무심한 태평의 문자에도 준의 날아갈 듯 기쁜 마음은 사그라지지 않았다. 얼굴에 묻은 물기를 털어 내며 그는 일주일 전, 태평과 만났던 날을 떠올렸다. 강유준에게 어떤 말을 해야 하냐고 물었을 때였다.

'애새끼처럼 굴면 돼.'

'애처럼 굴라고요?'

'어, 억울해 죽겠다는 애새끼처럼 울고불고 난리를 치라고.'

강유준 앞에서 멋진 모습을 보이고 싶던 준은 대단히 실망했다. 주먹이라도 한 방 날리라고 할 줄 알았더니, 웬 눈물? 우물거리며 선뜻 대답하지 못하는 준에게 태평은 이 일은 너밖에 할 수 없다고 설명했다.

'그래야 강유준이 죽고, 네가 살아.'

태평은 준에게 세 가지만 명심하라고 했다. 강유준이 보낸 돈의 액수를 말하고 돌려줄 것, 강유준에게 보여 준 그림이 네 것이 아니라고 밝힐 것, 마지막으로 준의 주장을 강유준 지인들도 들을 수 있게 큰 소리로 말할 것.

모든 계획을 듣고 나서야 준은 이 일이 강유준이 아닌 자신을 위한 일이라는 걸 알 수 있었다. 강유준이 벌을 받을 때 준까지 연루되지 않도록, 태평이 준을 위해 준비한 퇴로라는 것을.

"첫 번째 임무를 훌륭하게 끝냈으니, 두 번째 임무를 수행하러 가야지."

화장실에서 나간 준은 손목시계를 바라봤다.

"우리 선생님도 지금쯤 전시회를 보고 계시려나?"

휘황찬란하게 꾸며진 전시장 내부를 두 눈에 담으며 준은 미래의 어느 날을 상상했다. 시립 미술관은 물론, 전 세계에서 선생님의 그림 한 점을 전시하기 위해 애걸복걸하는 모습을.

"상상이 아니라, 곧 현실이 되겠지. 오로지 선생님 그림은 보는 사람의 마음을 짜르르하게 울리는 뭔가가 있으니까."

씩씩하게 걸음을 옮기며 준은 고개를 크게 끄덕였다. 강유준 앞에서 눈물을 떨굴 때, 그의 머릿속에는 선생님의 그림 〈모성애〉가 자리 잡고 있었다. 비록 사진으로밖에 감상할 수 없었지만 〈모성애〉를 볼 때마다 준은 돌아가신 어머니를 향한 부채감과 새어머니를 향한 미안함에 눈물을 참아야 했다.

"선생님 그림이 아니었으면, 이렇게 울지 못했을 텐데."

벌게진 눈가를 꾹꾹 누르며 준은 기자 회견장으로 들어갔다. 수십 명의 기자 중에 태평만큼 키가 큰 외국인이 한 명 보였다. 붉은색 머리카락을 가진 남자에게 다가가며 그는 선생님을 한 번 더 생각했다. 억눌러 온 제 눈물을 그림으로 터트려 준 선생님이 이번엔 자신 때문에 기쁨의 눈물을 펑펑 흘리기를 바라며.

"날씨가 어쩜 이러니? 진짜 눈이 부시다."

메이크업 숍에서 예쁘게 화장을 받고 나온 민영이 두 눈을 잔뜩 찡그렸다. 로지도 민영을 따라 눈을 작게 뜨고 바깥을 둘러봤다. 유채 화랑의 첫 전시회를 축하하듯 봄 햇볕은 포근하고 하늘은 구름 한 점 없이 맑았다.

"날씨까지 도와주는 걸 보니 전시회가 아주 잘되려나 봐."

로지의 덕담에 민영이 빙그레 웃었다.

"그랬으면 좋겠다. 다들 열심히 준비했으니까."

잠시 하늘을 보던 민영은 로지 쪽으로 고개를 돌렸다. 친구 어깨에는 봄바람을 타고 날아온 민들레 씨가 붙어 있었다. 그걸 떼어 주며 로지가 입고 있는 원피스를 감상했다. 푸른 호수에 담갔다가 꺼낸 것 같은 아름다운 하늘색 원피스가 로지의 무릎 위에서 물결치듯 하늘거렸다.

"새 옷 같은데, 그동안 왜 학교에 안 입고 왔어?"

로지는 나풀거리는 원피스의 소매 끝을 가리켰다.

"너무 화려한 것 같아서."

"에이, 이게 뭐가 화려해. 귀엽고 예쁘기만 한데. 네 피부색하고 완전 찰떡이야."

민영은 들고 있던 클러치를 겨드랑이에 끼고 로지 뒤에 섰다. 사슴처럼 긴 로지의 목 뒤에는 원피스의 장식 중 하나인 리본 끈이 앙증맞게 묶여 있었다. 리본의 매듭을 다시 매만져 주며 민영은 자신의 안목을 자화자찬했다.

"우리 로지, 오늘따라 정말 너무 사랑스럽다. 내가 이 리본 때문에 실장님한테 네 머리 높게 묶어 달라고 했어. 앞에서 보면 우아하고 뒤에서 보면 귀엽게!"

동성 친구의 칭찬도 부끄러운지 로지는 하얀 목덜미를 붉혔다.

"예쁘긴, 민영이 네가 예쁘지. 넌 옷걸이가 좋아서 뭘 입어도 다 잘 어울리잖아."

"야, 당연히 예뻐야지. 내가 오늘을 위해 쓴 돈이 얼만데!"

연한 회색 슈트를 입은 민영은 깔깔대며 웃다가 골목 끝을 바라보았다. 크고 작은 숍들이 길게 늘어져 있는 좁은 길 끝에서 택시 한 대가 엉금엉금 다가오고 있었다.

두 사람은 옷이 구겨지지 않게 조심하며 택시 뒷좌석에 나란히 앉았다. 긴 다리를 옆으로 모아 앉은 민영은 로지가 신고 있는 구두에도 눈길을 주었다.

"어? 그 슬링 백 한정판이라 우리나라에 몇 개 안 들어왔다고 했는데."

의심스러운 민영의 눈초리에 은은한 살구색 블러셔가 발린 로지의 볼이 분홍빛으로 물들었다.

"몇 달 전에 태평이한테 받았어. 옷이랑 같이."

"그럼 그렇지! 간이 코딱지만큼 작은 오로지가 그걸 제 돈 주고 샀을 리가."

작게 웃는 로지를 따라 민영도 웃으며 말을 이었다.

"자고로 좋은 옷하고 구두는 많이 입고 신어 주는 게 최고야. 봄도 짧은데 자주 입어. 선물한 사람 보람 좀 느끼게."

"그건 그런데."

말끝을 흐린 로지는 무릎을 덮고 있는 원피스 자락에 시선을 주며 다시 입을 열었다.

"나한테 징크스가 있잖아. 그래서 새 옷 입는 게 좀 조심스러워."

민영은 이해가 가지 않는다는 눈으로 로지를 바라보았다. 친구의 추궁을 이기지 못한 로지가 피식 웃으며 말했다.

"새 옷만 입으면 코피가 나서."

어렸을 적 민영이 생일 선물로 준 옷을 입었을 때도, 최근 민영에게 받은 옷을 입고 학교에 갔을 때도 코피가 났다는 친구의 말에 민영은 크게 웃어 버렸다.

"너 가만 보면 진짜 웃겨. 스트레스 때문에 코피가 난 거지, 그게 어떻게 새 옷 때문이야?"

"그런가?"

민망해하는 로지를 짓궂게 놀리던 민영은 메시지 수신음에 말을 멈추었다.

"잠깐만, 창수가 보냈나 봐."

[어디쯤 오고 있어요? 우리는 준비 다 끝냈어요.]

민영이 30분 뒤에 도착한다는 답장을 보내자마자 이번에는 로지의 휴대폰에서 알림음이 들렸다. 김태평한테 온 거냐고 물어보려던 민영은 멈칫했다. 액정을 보고 있는 로지의 눈빛이 깊게 잠겨 있었다. 어머니를 생각하고 있을 거라는 짐작이 들었지만, 모르는 척 물었다.

"누군데 그래? 학부모야?"

"아니야, 데이터 복구가 끝났다는 연락이 와서."

"데이터 복구?"

어렵게 말문을 연 로지는 지난 월요일에 휴대폰 문자 복구를 해 주는 업체를 찾아갔었다고 설명했다.

"엄마하고 주고받았던 문자가 기록된 휴대폰을 맡기고 왔거든. 너무 오래된 기계라 복구가 안 될 줄 알았는데 다행히 됐대. 그래서 오늘 찾으러 가기로 했어."

민영은 진지한 얼굴로 친구를 위로했다.

"그래, 엄마 보내 드릴 때 휴대폰도 같이 정리하는 게 낫지. 우리 저녁 약속까지 시간 많으니까 엄마하고 편안히 마지막 인사 해."

로지와 민영은 관객을 맞이하기 전에 일찌감치 유채 화랑을 둘러보고, 첫 전시회를 축하하는 파티는 저녁에 하기로 약속했다. 각자 할 일이 너무 많았기 때문이었다. 창수와 태평은 전시회를 찾은 손님과 기자를 상대하고, 민영은 창수의 부모님과 점심을 먹고, 로지는 어머니의 유골을 산골(散骨)하러 다녀와야 했기에.

"혼자 가도 괜찮겠어?"

화랑과 가까운 곳에 있는 화장터에 예약을 해 뒀다는 로지의 말에 민영이 물었다.

"그럼, 괜찮아. 가서 엄마한테 받았던 문자도 다시 읽어 보려고."

담담한 로지의 반응에 민영은 품고 있던 걱정을 한편으로 밀어냈다.

"그래, 방해 안 할 테니까 가서 엄마하고 좋은 시간 보내고 와. 엄마가 너 보면 너무 반갑고 좋아하실 거 같아. 우리 딸이 언제 이렇게 예쁘게 자랐나 하시면서."

이런저런 이야기를 주고받다 보니 30분은 금방 지나갔다. 복잡한 시가지를 벗어난 택시는 서울 근교에 있는 한적한 길에 멈췄다. 택시에서 내린 두 사람은 표지판을 따라 유채 화랑 쪽으로 걸었다.

"다들 어디에 있지?"

화랑의 정문에 들어선 로지가 두리번거렸다. 민영은 엉거주춤하게 서 있는 로지의 등을 부드럽게 밀었다.

"아직 오픈 전이라 다들 바쁠 거야. 나는 창수한테 가 볼 테니까 너 먼저 보고 있어."

"알겠어."

민영과 떨어진 로지는 야트막한 언덕 위에 있는 화랑으로 천천히 걸음을 옮겼다. 규모가 작은 편이라고 하더니 실제로 마주한 화랑은 작은 미술관이라고 봐도 될 만큼 제법 크게 느껴졌다. 창수에게 주려고 산 넥타이가 들어 있는 쇼핑백을 손목에 걸고 휴대폰을 꺼냈다.

찰칵─.

정원 사이에 있는 길을 따라 걸으며 로지는 쉼 없이 사진을 찍었다. 이곳도 태평이 손을 댔는지 궁금할 만큼 화랑을 둘러싼 정원은 탄성을 자아낼 만큼 아름다웠다. 여러 갈래로 난 오솔길마다 나무가 심겨 있었고, 그 사이로 보이는 화랑은 마치 액자의 틀 안에 담긴 그림처럼 보였다.

느릿느릿한 걸음으로 건물 앞에 도착한 로지는 적갈색 나무로 만들어진 문에 손바닥을 댔다. 햇볕을 머금어 온기를 품은 문이 자신을 반갑게 맞는 느낌이었다. 오묘한 두근거림을 느끼며 화랑 안으로 들어갔다.

정남향으로 지어진 화랑은 자연 채광 덕분에 실내가 환했다. 본격적으로 그림을 감상하기 전에 로지는 데스크를 먼저 찾았다. 방명록에는 아직 그 누구의 이름도 적혀 있지 않았다. 준비된 만년필을 들고 오로지라는 이름을 방명록의 가장 위쪽에 적었다. 고적한 화랑에는 만년필 뚜껑을 여닫는 소리만 뚜렷하게 들렸다.

경건한 분위기를 깨지 않기 위해 앞꿈치에 힘을 주고 걷던 로지는 전시회장 입구에서 걸음을 멈췄다. 그리고 벽에 걸린 패널을 살폈다.

과연 어떤 화가의 그림을, 이토록 아름다운 화랑에서 다른 사람도 아닌 내가 처음으로 감상하게 되었을까.

호기심이 어린 갈색 눈동자가 화가의 이름을 찾아 바삐 움직일 때였다.

"……!"

투명한 숨을 내뱉던 로지의 입술이 꾹 다물렸다. 숨을 참자 이번엔 두 눈이 서서히 크게 뜨였다. 커다래진 동공은 패널에 그대로 붙박였다.

[오로지 展 : 어제의 꿈(夢)을 내일의 꿈(dream)으로 바꾸다

수수하고 정갈한 외모를 가진 소녀가 이젤 앞에 앉는다. 평범해 보이는 소녀의 눈빛은 연필을 드는 순간 강렬한 힘을 발산하고, 그 에너지는 자연과 사물의 정수(essence)를 화폭에 고스란히 옮겨 담는다.

열아홉 살이라는 나이가 믿기지 않을 만큼 소녀의 작품은 단순하고 정직하며 완고하다. 그녀의 작품 속에 담긴 완고한 기질은 고집이나 아집에서 비롯된 것이 아닌, 본인에 대한 자신감에서 뿜어져 나온다.

그 자신감의 근원은 자신의 작품으로 스스로를 매혹한 소녀에게 있다. 모든 것에서 해방된 완벽한 자유를 담은 소녀의 작품은 우리를 혼란스러운 현실에서 비켜서게 하고, 한때 우리가 가졌지만 지금은 잃어버린 감각들마저 일깨운다.

자유로운 꿈이 깃든 소녀의 작품은 그래서 특별하다. 그녀의 작품은 어제 우리가 꾸었던 꿈(夢)을 고고(孤高)한 체험으로 바꾸고, 오늘 우리의 생(生)을 위로하며, 내일 우리가 새롭게 꾸게 될 꿈(dream)을 기대하게 만든다.

오로지의 작품은 우리가 흔히 볼 수 있는 풍경을 담고 있지만, 사실적인 모습을 그대로 그린 것이 아닌 감각을 덧대어 그린 추상화에 가깝다. 꿈과 현실의 경계를 자유롭게 넘나드는 그녀의 능력은 비현실적으로 느껴질 만큼 탁월하다.

냅킨에 끼적인 낙서에서도, 모래 위에 선으로만 그린 그림에서도, 스케치북에 정성을 다해 그린 유화에서도 오로지만의 고요한 울림이 가득하다.

오로지가 본격적으로 시작할 '울림의 여정'에 유채 화랑이 시작점이 되어 영광이며, 이번 전시를 통해 우리가 사랑할 수밖에 없는 작가, 오로지를 발견하는 기회가 되기를 바란다.]

패널에서 눈을 뗀 로지는 천천히 정면을 응시했다. 서너 걸음만 떼면 전시회장 안으로 들어갈 수 있는데, 다리에 힘이 들어가지 않았다. 마른 아랫입술을 이로 지그시 깨물었다. 아릿한 고통을 느끼고 나서야 꼼짝도 하지 않던 발이 바닥에서 떨어졌다.

전시회장에는 그림이 아닌 사진이 걸려 있었다. 아니, 정확히 말하자면 그림을 찍어 놓은 사진들이었다. 열아홉의 로지가 장난처럼, 혹은 진지하게 그렸던 그림들이었다. 특이한 게 있다면 사진마다 신문 기사처럼 사진이 찍힌 날짜와 시간이 기록되어 있었다.

사진 속의 그림을 바라보는 로지의 시선이 작게 흔들렸다. 분명히 제가 그린 그림인데 처음 보는 것처럼 낯설었다. 그도 그럴 것이 로지에게 열아홉 살의 기억이란 금맥이 끊긴 탄광과 같았다.

아무도 찾지 않는 폐허이자, 더는 파고들 필요가 없는 땅이 되어 버린 지 오래였으니까.

하지만 전시회장에 걸려 있는 수십 장의 사진은 로지가 묻어 두었던 과거의 영광을 고스란히 기억하고 있었다. 그걸 자신들만 간직해 온 게 억울했는지, 그림들은 먼지만 풀풀 날리고 있는 탄광을 마구 두드려 댔다. 그 두드림은 로지의 가슴에 미세한 생채기를 냈고, 그 틈새로 비집고 나온 기억들은 서서히 덩치를 불려 갔다.

"……괜찮아."

스스로를 다독이는 말을 내뱉어 보았지만, 생각의 잡음으로 시끄러워진 머릿속에서 옛 추억들이 하나둘씩 떠올랐다.

태평과 처음 만난 날 마셨던 바닐라 라테의 맛, 그의 단단한 허리를 안고 시원하게 달렸던 도로, 처음으로 두 사람이 손을 잡았을 때 느꼈던 온기, 헬멧을 쓰고 고백했던 순간의 두근거림, 그와 헤어지기 위해 퍼부었던 잔인한 말도.

로지는 고개를 들어 전시회장 내부를 바라보았다. 사방에 걸린 그림들이 한눈에 들어왔다. 가슴이 가파르게 뛰었다. 태평이 찍어 둔 게 분명한 그 사진들은 전부 로지의 과거이자, 태평의 보물이었다.

그림 속에서만 살던 자신과 살아남은 것 자체를 비극으로 여겨 온 그가 교감했던 순간을 기록한 증거였으니까.

각자의 아픔에 치여 한 치 앞도 보지 못했던 두 사람은 그림을 그리며 행복했고, 그림을 보며 사랑했었다.

차분했던 호흡이 조금 가빠졌다. 불편함을 느낀 로지는 앉을 곳을 찾아 걸었다. 매끄러운 바닥이 모래로 변하기라도 한 것처럼 걸음을 방해했다. 천근처럼 무거워진 발을 이끌고 전시장 모퉁이를 돌았을 때였다. 별실로 들어서게 된 로지의 입에서 짤막한 비명이 터졌다.

아—.

기시감을 불러일으키는 공간이 눈에 들어왔다. 언젠가 꿈에서 봤던 장면이 선명하게 떠올랐다. 로지는 넋이 나간 얼굴로 주위를 살폈다. 조도를 낮게 설정한 별실에는 단 한 점의 그림만 스포트라이트 등기구가 비추고 있었다. 전시품에만 시선이 집중될 수 있도록 배려한 인테리어였지만 로지의 눈은 그림이 아닌, 검은색 정장을 입고 있는 남자에게만 꽂혀 있었다. 그 남자 역시 자신의 꿈에 나타났던 인물이었다.

고개를 떨어트리고 남자가 신고 있는 은은한 광택이 도는 구두부터 바라봤다. 기다란 종아리를 타고 올라간 로지의 시선은 이내 코트 깃과 단단한 목덜미, 그리고 단정하게 자른 머리칼도 훑었다.

인기척을 느끼지 못했는지 남자는 말없이 그림에만 눈길을 주고 있었다. 그가 서 있는 무채색의 공간을 자신만의 화려한 색으로 물들이면서.

"태평아."

꿈에서는 얼굴을 보여 주지 않았던 남자가 몸을 돌렸다. 그는 경쾌한 걸음으로 로지에게 다가왔다.

"기대 이상인데?"

이마를 훤히 드러낸 헤어스타일을 한 태평이 로지를 사랑스럽다는 눈길로 응시했다.

"뭘 믿고 이렇게 예쁜 건지."

로지의 포니테일을 손가락으로 슬쩍 건드린 그는 허리를 낮춰 로지의 이마에도 입술을 가볍게 눌렀다가 뗐다.

"내가 수집한 그림, 잘 봤어?"

로지는 고개만 작게 끄덕였다. 태평은 뿌듯한 얼굴로 로지의 시야를 막고 있던 자신의 몸을 옆으로 치웠다.

"오늘의 하이라이트는 같이 감상해야지."

로지의 뒤에 선 태평은 그녀의 어깨를 양손으로 잡았다. 로지는 별실에 걸려 있는 그림으로 시선을 옮겼다.

〈The flames of the fire, 오로지〉

참으로 거짓말 같은 순간이었다. 로지는 짧지 않은 시간 동안 그림을 바라보았다. 7년 만에 보게 된 그림은 그대로였지만, 그림 앞에 선 자신은 7년 전과 다르다는 걸 실감하면서.

그래서였을까, 로지의 눈에는 〈The flames of the fire〉가 태평이 아닌 7년 전의 자신을 그린 자화상처럼 느껴졌다.

내가 그림이고, 그림이 나였던 시절. 추상적인 생각과 감정을 자유롭게 스케치북에 옮겼던 열아홉 살의 오로지가, 바로 지금 로지의 눈앞에서 살아 움직이고 있었다.

"이런 걸 준비했을 줄은, 몰랐어."

굼뜨고 느린 어투로 로지가 말했다. 태평은 반걸음을 옮겨 로지 옆에 나란히 섰다. 그리고 로지의 오른손을 조심스레 잡았다. 가슴에 있던 심장이 손바닥으로 옮겨 가기라도 했는지, 맞잡은 손 사이로 두근거리는 박동이 느껴졌다. 앞다투어 내달리는 두 개의 맥은, 서로 다른 이유에서 뛰고 있었다. 한쪽은 오랜 시간 품어 온 기대감으로, 다른 한쪽은 애가 타서 숨이 끊어질 것 같은 절망감으로. 그걸 두 사람 모두, 알지 못했다.

떨림을 숨기지 못한 음성으로 태평이 속삭였다.

"너를 기억하고 있는 사람들이 준비한 거야. 네가 잃어버린 것들을 되찾아 주려고."

강렬하게 찔러 오는 시선을 느낀 로지가 고개를 돌렸다. 긴장이라도 한 것처럼 태평의 가슴이 숨을 마시고 내쉴 때마다 크게 부풀었다가 꺼졌다. 묵직한 숨을 길게 내쉬며 그가 말했다.

"다시 시작하자."

"……."

"나하고, 다시 시작해."

평탄한 어조로 말했지만 로지를 비껴 보는 그의 눈동자는 설핏 떨렸다. 불안과 간절함을 담고 있는 태평의 눈빛에 로지의 머릿속은 백지처럼 하얗게 변해 버렸다. 비참하고 암담한 심정에 이대로 주저앉아 울고 싶었지만, 야속하게도 눈물은 단 한 방울도 흐르지 않았다.

"이미 시작했잖아."

중의적인 뜻을 내포한 태평의 말에 로지 역시 반쪽짜리 답을 내놓았다. 사랑은 물론 그림도 다시 시작하자는 그의 말을 전혀 이해하지 못한 것처럼.

어색할 만큼 긴 시간을 흘려보낸 뒤 태평은 잡고 있던 손을 놓고 로지의 뺨을 어루만졌다. 시선을 끌어 올린 로지는 그와 눈을 맞췄다. 며칠간 전시회 준비로 바빴던 그의 얼굴선은 눈에 띌 만큼 날카롭게 깎여 있었다.

"아니, 우린 시작하지 않았어."

로지의 얼굴을 감싸고 있던 손을 떼어 내며 태평이 말했다. 볼에 닿아 있던 온기가 사라진 탓이었을까, 그의 음성은 다정했지만 어딘지 모르게 모질게 느껴졌다. 백지가 된 지 오래인 로지의 머릿속에는 단어 하나만 떠올랐다. 그걸 간신히 뱉어 냈다.

"······왜?"

따져 묻는 로지가 당황스러웠는지 태평은 잠시 말이 없었다. 그의 대답을 기다리는 동안 로지의 불안한 눈은 계속 그를 주시했다. 이윽고 인내심을 꾹꾹 눌러 담은 태평의 목소리가 조용한 별실을 울렸다.

"그림을 그리지 않는 오로지는, 오로지가 아니니까."

고집스레 그를 응시하고 있던 로지의 눈동자가 고통스럽게 흔들렸다.

그림을 그리지 않으면 내가 아니라니? 나는 그림을 그릴 수가 없는데. 그런 나는 네게 의미 있는 사람이 될 수 없다는 거야?

홍수로 범람한 강물처럼, 로지의 가슴엔 혼탁한 탁류를 닮은 감정들이 넘쳐흘렀다. 그것들을 정돈할 새 없이 로지는 팔을 뻗었다. 놓쳐 버린 그를 잡기 위한 몸부림이었는데, 안타깝게도 태평의 손은 그의 바지 주머니로 빨려 들어갔다.

"어, 그래."

휴대폰을 귀에 붙인 태평이 음성을 낮췄다. 로지가 들으면 안 되는 일이기라도 했는지 그는 등까지 돌린 채 로지에게서 멀어졌다. 깊게 가라앉은 눈길로 태평의 뒷모습만 쫓던 로지가 중얼거렸다.

"나는 그림이 없어도, 너를 사랑하는데."

순간, 통화 중이던 태평이 뒤를 돌아보았다. 그는 제 가슴을 갈래갈래 찢어 놓은 눈으로, 무슨 말을 했냐고 물어왔다. 로지는 벌어지지 않는 입을 벌려 말했다.

"할 말이 있어."

"저녁에 하자. 지금은 급한 일이 있어서."

짧게 답한 그는 통화가 길어질 모양이었는지 바쁜 걸음으로 별실에서 빠져나갔다. 묵묵히 서 있던 로지는 무릎을 굽혀 앉았다. 낮아진 시야에 언제 떨어트렸는지 기억도 나지 않는 쇼핑백이 보였다. 억지로 그 쇼핑백에 시선을 주었다. 저것마저 시야에서 놓친다면 이대로 정신을 잃을 것 같아서였다. 무서울 만큼 고요한 별실에 있었지만, 로지의 가슴에는 태풍이 치고 있었다.

'그림을 그리지 않는 오로지는, 오로지가 아니니까.'

자신에게 그림을 그려야 하는 본성을 부정하지 말라고 했던 태평은, 아이러니하게도 지금의 로지를 부정하고 있었다. 그 말 한마디에 로지를 지탱해 온 것들이 속절없이 휩쓸려 사라졌다. 누가 목을 조르는 것처럼 숨이 턱, 막혔다.

어린 시절을 둘을 이어 주었던, 그림이라는 매개 없이 제 사랑을 전하려고 했던 로지의 다짐도 그대로 무너져 내렸다. 한번 무너지기 시작한 것들은 걷잡을 수 없는 속도로 그 형체를 잃어 갔다.

"벌을 받은 거야."

주제넘었던 자신을 후회하며 로지는 고개를 깊이 떨궜다. 태평에게 1년이라는 시간을 달라고 했을 때만 해도 희망을 품었었는데, 이젠 포기해야 할 때라고 되뇌면서.

태평이 웃는 게 좋았다. 자신이 웃지 않아도 웃을 수 있게 된 그가 좋았을 뿐이었다. 그걸 멀리에서 바라보기만 하면 되었을 걸, 함께 웃어 보려고 했던 게 결국 최악의 결말을 낳고 말았다. 막다른 길로 내몰린 로지는 이제 어디로 가야 할지 알 수 없었다.

"로지야!"

진창에 빠져 허우적대는 로지의 귀에 밝은 목소리가 들렸다.

"첫 개인전, 진심으로 축하해!"

별실로 들어온 민영의 얼굴은 흥분으로 상기되어 있었다. 친구에게 어깨가 잡힌 로지는 천천히 몸을 일으켰다.

"우리 로지, 다리에 힘이 풀릴 만큼 놀랐어? 그래도 기분 좋지? 당연히 좋아야지! 우리가 이거 준비하느라 그동안 얼마나 고생했는데."

들뜬 민영의 목소리에 창수와 그의 누나처럼 보이는 사람들도 뒤따라 들어왔다.

"선배님의 첫 개인전을 축하합니다!"

축하 인사를 크게 외친 창수는 로지에게 화려한 꽃다발을 건넸다. 그의 곁에 선 사람들도 로지에게 풍성한 꽃을 안겼다.

"오로지 작가님, 직접 만나 뵐 수 있어서 영광입니다. 작가님 그림을 유채 화랑에서 전시하게 된 것도 진심으로 기뻐요."

"이번에는 사진 속 그림을 전시했지만, 다음엔 진짜 그림을 전시할 기회도 주실 거죠?"

로지는 자신을 둘러싼 사람들의 얼굴을 차례대로 바라보았다. 만면에 미소를 띤 그들은 모두 로지에게서 저마다의 희망을 찾고 있었다.

꿈을 포기한 자신이 다시 비상하기를 바라는 친구의 마음과 존경했던 선배가 제자리를 찾아 당당하게 살아갔으면 하는 후배의 바람, 아직 세상에 알려지지 않은 무한한 잠재력을 가진 신인 화가를 찾아냈다는 사람들의 기쁨이 읽혔다.

로지를 이모저모 살펴보던 창수가 조심스레 입을 열었다.

"선배님, 괜찮으세요? 저희는 준비하는 내내 너무 좋았는데, 선배님은 많이 놀라셨을 것 같아요."

조곤조곤한 창수의 목소리에 로지의 눈빛이 깊어졌다. 제 그림에서 다양한 꿈을 엿보았다는 이 사람들은, 이제 자신을 통해 또 다른 꿈을 꾸고 있었다. 황망한 표정을 갈무리하고 숨을 쉬느라 벌어져 있던 입술에 힘을 주었다. 그리고 이 자리에 모인 사람들이 원하는 답을 뱉어 냈다.

"고맙습니다. 이런 일이, 제 인생에서 일어날 거라고는 짐작도 못했어요."

살얼음판에 서 있는 듯한 로지와 달리 별실은 뜨거운 열기로 들끓기 시작했다.

"지금 이 마음, 잊지 않을게요. 이 은혜도 언젠가는 꼭 갚겠습니다."

말을 마친 로지는 움직이지 않는 근육을 애써 움직이며 미소 지었다. 환한 미소가 되기에는 턱없이 모자랐지만, 다행히도 그녀의 희미한 미소를 문제 삼는 사람은 아무도 없었다. 얼떨떨한 친구의 심정을 이해한다는 듯 민영이 로지의 어깨에 다정히 팔을 둘렀다.

"고맙기는. 네 그림을 볼 수 있어서 우리가 더 좋았어. 이제 더는 숨지 말고 너 하고 싶은 거 다 하고 살아. 그림도, 사랑도 네 마음 가는 대로 해."

입술을 꾹 깨문 로지는 민영을 따라 별실에서 나갔다. 이제 관객이 입장할 시간이라며 마지막 점검을 서두르라는 목소리가 등 뒤에서 들려왔다.

분주해진 사람들 속에서 로지는 보이지 않는 눈물을 가슴으로 흘렸다. 가슴에 눈물이 죽죽 그어질 때마다 피가 배어 나오는 기분이었다. 이미 제 삶이 빚과 다름없다고 여겨 왔지만, 그 빚은 또다시 제 불운을 먹어 치우며 살을 찌우고 있었다. 이젠 억울하지도, 그 어떤 미련을 남기지도 못할 만큼 로지의 마음은 절절히 무너지고 있었다.

"로지야."

친구의 부름에 고개를 들었다. 로지와 눈이 마주친 민영이 활짝 웃었다. 로지의 얼굴 위로도 서서히 미소가 번졌다. 더는 소중한 사람의 마음을 아프게 할 수 없다는 일념이 만들어 낸 허상이었지만, 민영의 눈에는 수줍고 예쁜 미소처럼 보일 뿐이었다.

"형, 이제 시작해요."

해리의 뒤에 앉아 있던 준이 휴대폰에 대고 속삭였다. 강유준이 관계자들의 안내를 받으며 기자 회견장으로 들어오고 있었다.

─해리는?

준은 자기 앞을 태산처럼 가로막고 있는 남자를 살폈다. 붉은색 곱슬머리를 지저분하게 기른 거구의 남자가 간이 의자에 몸을 구겨 넣은 채 정신없이 자고 있었다.

"아직도 졸고 있는데."

─괜찮아, 다른 기자들 질문 끝나면 깨워.

"그래도 돼요?"

의아하게 묻는 준에게 태평은 서두르지 말라고 했다. 강유준 측에서 섭외한 기자들이 많을 테니 그들이 질문을 마칠 때까지 내버려 두라고 덧붙이면서.

"알겠어요. 일 생기면 바로 연락할게요."

조용해진 장내를 느낀 준은 서둘러 전화를 끊었다. 잠시 후 회견장 조명이 꺼지고 영화의 오프닝 시퀀스를 연상케 하는 화려한 영상이 스크린을 꽉 채웠다.

[강유준, 아름다운 그의 작품에 끌리지 않을 사람이 누가 있을까?]

강유준의 약력과 그의 그림을 소개하는 영상이 끝나자마자 우레와 같은 박수가 쏟아졌다. 회견장의 조명은 일제히 강유준을 비추었다. 눈부신 조명에도 눈살 한번 찌푸리지 않은 강유준은 자리에서 일어나 기자들과 내빈들을 향해 허리를 깊이 숙였다. 그의 인사치레가 끝나자 사회자가 마이크를 들고 기자 회견의 시작을 알렸다.

"오늘 이 자리에 와 주신 모든 분께 강유준 작가님을 대신해 감사드립니다. 지금부터 약 한 시간 동안 간담회를 진행하겠습니다. 질문이 있는 분께서는 손을 먼저 들어 주십시오. 마이크를 전달받은 순서대로 질문을 해 주시면 되고, 가능한 많은 분과 소통하기 위해 한 분당 질문은 세 개 이하만 받도록 하겠습니다."

사회자의 멘트가 끝나자마자 맨 앞줄에 앉아 있던 기자가 손을 번쩍 들었다. 관계자에게 마이크를 받은 그는 자기소개와 함께 첫 번째 질문을 던졌다.

"ABS 방송국 문화부 기자 김규태입니다. 〈월드 아트 페어〉에서 강유준 화가와 인터뷰를 할 수 있게 되어 영광입니다. 7년간의 공백을 깨고 오랜만에 붓을 잡으셨는데요. 그간의 근황이 궁금합니다."

강유준은 나른한 미소를 지으며 마이크 앞으로 얼굴을 가까이 가져갔다.

"특별한 걸 하며 지내지는 않았어요. 대학에서 학생들을 가르치며 제 그림도 계속 그렸습니다."

기자는 곧바로 추가 질문을 던졌다.

"화가에서 교수로 전업하신 계기가 따로 있는지 묻고 싶습니다. 영국에서 〈사계〉와 〈A Frozen Tree〉로 주목받으셨는데 작품 활동을 중단하고 강단에 서신 이유가 무엇입니까?"

기자들의 눈이 모두 강유준에게 쏠렸다. 〈사계〉와 〈A Frozen Tree〉 이후 내놓은 그의 후속작이 전작보다 못하다는 평가를 받긴 했지만 그가 화려한 꽃길을 마다하고 잠적한 이유가 지금껏 명확히 알려지지 않은 탓이었다. 이런 질문이 나올 걸 예상했는지 강유준은 머쓱하게 웃었다.

"이런 답을 하면 오만하다고 욕을 먹을 것 같은데, 제 배가 너무 불러서요. 소화 시킬 시간이 필요했습니다."

그의 흥미로운 비유에 노트북을 두드리는 기자들의 손이 더욱 빨라졌다.

"아까 약력에도 소개되었지만, 제가 아주 어렸을 때부터 붓을 잡았거든요. 운이 좋게도 그때부터 많은 사람의 관심을 받았고요. 그림을 그릴 때마다 천재라는 소리를 들었고, 부모님께서도 제게 아낌없는 투자를 해 주셨죠. 그러다 보니 그림에 대한 절실함이 사라지더라고요. 그림을 꼭 그려야겠다는 내적 동기도, 외적 동기도 생기지 않았습니다."

준은 이마를 찌푸렸다. 담임 선생님의 그림을 보자마자 침을 질질 흘리며 달려들던 그가 고뇌에 빠진 예술가라도 된 것처럼 굴다니.

"씹, 배우는 내가 아니라 저 새끼가 해야 하는 거 아니야?"

저도 모르게 욕설을 중얼거린 준은 급히 주위를 살폈다. 다행히 아무도 자신의 말에 귀를 기울이고 있는 것 같지 않았다. 뱀처럼 간사한 강유준의 대답은 계속 이어졌다.

"그림에 대한 갈망, 집착, 욕망을 어떻게 채울 수 있을까 고민하고 있었는데 아버지께서 학생들을 가르쳐 보는 게 어떻겠냐고 하셨어요. 처음에는 가벼운 마음으로 시작했는데, 그림을 향한 열정이 뜨거운 학생들을 만나며 저도 진지해졌습니다. 제가 몰랐던 세상을 접했다고 해야 할까요? 재능이 충만하지만, 가정 형편이 좋지 않은 학생들을 후원하며 많은 걸 배웠거든요. 특히 제게는 없었던 결핍이라는 감정을 가장 많이 느낄 수 있었어요. 그림을 그려 결핍을 채우고자 한 학생들을 보며, 굶주림이라는 게 무엇인지 알게 되었으니까요."

다시 기자들이 손을 번쩍 들었다.

"허난 신문 문화 예술부 기자 송희선입니다. 저는 이번 〈월드 아트 페어〉에 출품하신 그림에 관해 묻고 싶은데요. 석 점의 그림 모두 채도가 높은 따뜻한 색을 써서 그리셨더라고요. 이전 강유준 작가의 작품과는 달리 기본적인 조형 요소에 충실하면서도, 구도와 색감은 비정형적으로 느껴졌습니다. 마치 태어나서 처음 눈을 뜬 아이가 바라본 세상처럼 신선했어요. 어느덧 강 작가님께서도 30대에 접어드셨는데, 나이와 어울리지 않은 순수한 감각을 유지하고 계신 비결을 말씀해 주시겠습니까?"

송 기자의 질문이 마음에 들었는지 강유준은 넉살 좋게 웃으며 마이크에 입술을 붙였다.

"나이와 어울리지 않는다니, 송 기자님이 보시기엔 제가 노안인가 보죠? 30대 중반치고는 동안이라고 생각했는데."

그의 유쾌한 농담에 장내에는 웃음소리가 끊이지 않았다.

"비결이 따로 있다기보다는, 제 신념 때문에 젊은 감각을 유지하고 있는 것 같아요. 좋은 화가라면 시간을 역행해야 한다고 생각하거든요. 신체의 노화는 막을 수 없지만 화가의 눈만큼은 쇠퇴하면 안 됩니다. 우리는 사진을 찍거나 영상을 만드는 사람들이 아니니까요. 사진 기술이 발명되면서 화가가 사라질 거라고 예측한 사람들이 있었지만, 우리는 계속 살아남았어요. 그건 모두 화가만이 가질 수 있는 특별한 눈 때문이라고 생각해요. 지금도 저는 고민 중입니다. 내 그림이 무엇을 표현할 수 있을까, 어떻게 하면 내가 매일 보는 사물과 인간을 마치 처음 보는 것처럼 볼 수 있을까, 하는 것들을요."

기자들의 질문을 받을 때마다 강유준의 얼굴은 자신감에 차올랐고, 그에게 매료된 기자들은 강유준을 존경하는 눈빛으로 바라보았다.

"먹은 것도 없는데 토할 거 같네."

준은 고개를 흔들며 쓰게 웃었다. 짐작했던 것보다 훨씬 더 고통스러운 현실에 가슴이 답답했다. 추악한 방법으로 남의 재능을 착취해 온 강유준이나, 그가 뒤집어쓰고 있는 얄팍한 껍질 뒤에 숨은 진실을 보지 못하는 사람들이나, 모두 토악질이 날 만큼 역겨웠다. 그런 준의 심경과는 상관없이 강유준을 칭송하는 간담회는 절정으로 치닫고 있었다.

"아트 인 코리아의 편집장 한우진입니다. 〈월드 아트 페어〉에서 주최하는 '억만장자 파티'에도 초대되셨다고 들었습니다. 보통 그 파티에 초대되는 화가는 해외 갤러리와 전속 계약을 맺곤 하는데 강유준 화가도……."

준비한 질문을 읽던 한 편집장이 말을 끊었다. 입매를 굳힌 그는 경계하는 눈빛으로 고개를 돌렸다. 어디선가 짐승의 울음소리 같은 이상한 소리가 들려서였다. 잘못 들었나 싶어 다시 질문하려는데.

푸흐읍…… 파아, 그어엉…… 파아아.

점점 더 커지는 괴상한 소리에 사람들이 일제히 두리번거렸다. 소리의 출처를 찾아 헤매는 사람들의 눈은 서서히 준 쪽으로 모여들었다. 준의 눈은 믿을 수 없는 광경을 본 것처럼 크게 뜨였다. 얌전히 고개를 숙이고 자던 해리가 어느새 의자 뒤로 목을 젖힌 채 있는 대로 코를 골고 있었다.

"아저씨, 기자 아저씨!"

너무 당황한 나머지 준은 그가 외국인이라는 것도 잊고 한국말로 해리를 깨웠다. 사람보다는 거대한 곰을 닮은 해리는 귀찮다는 듯 고개를 반대로 꺾고, 더 크게 코를 골았다. 그의 양옆에 앉아 있던 기자들은 화들짝 놀란 표정만 지었을 뿐 아무도 해리를 깨우지 못했다. 키가 2미터 가까이 되는 덩치도 덩치였지만, 그의 얼굴 군데군데 묻어 있는 핏자국이 섬뜩하다 못해 끔찍한 상상을 하게 만들었기 때문이었다.

"저 사람 누구예요?"

"모르겠어요. 아까부터 졸고 있었는데."

수군대는 사람들의 목소리에 마음이 급해진 준은 에라 모르겠다는 심정으로 그가 앉아 있는 의자 다리를 발로 걷어찼다. 그 충격에 해리는 벼락이라도 맞은 사람처럼 온몸을 크게 떨며 두 눈을 번쩍 떴다.

「……크헉, 난기류! 난기류다!」

뜨악한 비명을 내지르며 일어난 해리 때문에 주변에 있던 사람들은 비명을 지르며 몸을 잔뜩 웅크렸다. 끓어오르던 회견장의 열기에 찬물을 끼얹은 해리는 눈곱이 잔뜩 낀 눈을 끔뻑거렸다.

「엉? 비행기가 아니네? 아, 한국에 도착했었지.」

잔뜩 헝클어진 뒷머리를 긁적거리며 해리가 별안간 뒤를 돌아보았다. 그와 눈이 마주친 준은 자신이 걸고 있던 출입증을 들어 보였다. 해리는 씩 웃으며 곰 앞발처럼 크고 두툼한 손바닥으로 준의 머리카락을 마구 헝클어뜨렸다.

「네가 준이니? 만나서 반가워. 벤한테 스무 살이라고 들었는데 내가 잘못 들었나? 한 열여섯 살로 보이는데? 무튼, 나는 해리 하워드라고 해. 너도 여기에 벤 때문에 온 거 맞지? 초면에 이런 말을 하는 건 실례지만, 네 미래를 생각한다면 지금이라도 벤하고 관계를 끝내는 게 좋을 거야. 그 여우 같은 자식하고 엮여 봤자 좋을 게 하나도 없다니까? 물론, 벤이 아주 나쁜 사람은 아니야. 얄밉긴 하지만 친구를 배신할 타입은 아니니까. 또 걔가 사람을 엄청 가려 사귀거든? 그래서 벤과 친구라고 하면 다들 놀라면서 부러워하는 건 있어. 특히 여자를 만날 때 벤하고 친분이 있다고 자랑하면서 사진도 보여 주면…….」

쉴 틈 없이 조잘대던 해리는 이상한 낌새를 눈치채고 고개를 돌렸다. 사회자의 지시를 받은 경호원들 몇 명이 그에게 다가오고 있었다.

「지금, 인터뷰 중이에요.」

해리에게 영어로 속삭인 준은 신경질적으로 고개를 털었다. 아침에 심혈을 기울여 세운 머리가 그의 손 때문에 폭삭 가라앉은 게 짜증이 나서였다. 바로 그때였다. 거울을 꺼내 보려던 준의 귀에 또다시 정체를 알 수 없는 소리가 들렸다.

쩍, 쩍, 쩍―.

해리가 곰 발바닥 같은 양손으로 자신의 뺨을 사정없이 내리쳤다. 살이 부딪치는 소리에 놀란 경호원이 주춤하는 사이, 턱 주변을 시뻘겋게 물들인 해리는 자신의 무례함을 정중하게 사과했다.

「실례가 많았습니다. 저는 해리 하워드라고 합니다. 나흘째 눈을 붙이지 못해 영혼이 가출한 상태였는데 방금 정신을 차렸습니다. 소란을 피운 점 다시 한번 정중히 사과드립니다.」

해리의 사과에 웅성대던 회견장은 다시 안정을 찾아 갔다. 준은 가방에서 물을 한 병 꺼내 해리의 어깨 위로 건넸다. 해리는 '굿 보이'라고 말하며 500밀리리터짜리 생수를 쉬지 않고 들이켰다.

"간담회를 다시 이어 가겠습니다. 시간이 참 빠르네요. 남은 시간이 20분 정도…….."

흐트러졌던 분위기를 정돈하려는 사회자의 멘트가 끝나기도 전에 해리가 손을 번쩍 들었다.

「영국 TGB 방송국 경제부 기자, 해리 하워드입니다. 제게도 질문할 기회를 주시겠습니까?」

뱃고동처럼 묵직한 해리의 목소리가 기자 회견장을 쩌렁쩌렁하게 울렸다. 해리의 이름과 신원을 확인한 강유준은 환히 웃으며 고개를 끄덕였다.

「물론입니다, 해리 기자님. 답변은 기자님을 위해 영어로 하겠습니다.」

회견장에 모인 사람들이 강유준의 유창한 영어 실력에 감탄하고 있을 때, 준은 이를 앙다물며 두 주먹을 꽉 쥐었다. 과연 이 곰 같은 남자가 저 재수 없는 강유준을 엿 먹일 수 있을까, 생각할수록 미덥지가 않아서였다. 그런 준의 걱정을 알 리 없는 해리는 자신에게 전달된 마이크에는 눈길도 주지 않고 말했다.

「일단 저는 경제부 기자로 일하고 있는 만큼, 예술에는 문외한이라는 것을 밝혀 둡니다. 다른 나라 문화유산까지 갈취한 대영 제국에서 예술을 모르며 자라기란 불가능한 일인데, 제가 그 어려운 걸 해낸 사람이거든요.」

시니컬한 해리의 영국식 유머에 영어를 할 줄 아는 몇몇 기자가 웃음을 터트렸다. 그들과 같이 웃던 강유준이 마이크에 대고 물었다.

「인터뷰하기 전에 여쭤보고 싶은 게 있는데요. 해리 기자님 얼굴이 피투성이라는 건 알고 계십니까?」

해리는 한 손으로 뺨과 턱을 더듬었다.

「아, 이거요? 오늘 새벽에 거울 없이 면도하다가 털만 깎은 게 아니라 살도 좀 발라냈습니다. 피를 보더라도 예의를 지켜야 한다고 제 친구가 협박하는 통에.」

강유준은 크게 감동한 얼굴로 해리를 쳐다보았다.

「오늘 제 인터뷰를 위해 많은 분이 고생하고 계시지만, 피까지 흘리며 예의를 갖춘 분은 해리 기자님밖에 없어요. 감사의 뜻으로 이따가 맥주라도 한잔 사겠습니다. 알고 계시겠지만 우리가 옥스브리지 동문이기도 하잖아요?」

영리한 강유준은 해리와 남다른 인연임을 자랑하며 그에게 빼앗겼던 회견장의 분위기를 다시 제 쪽으로 돌리려 했다. 하지만 해리 역시 그리 호락호락한 인물은 아니었다. 그는 언제부터 꽂고 있었는지 모를 무선 이어폰을 한쪽 귀에서 뽑아내며 물었다.

「옥스브리지를 졸업하신 게 맞습니까?」

기습적인 해리의 질문에 놀랐는지, 강유준은 경직된 웃음을 지었다. 해리는 언제까지 당신이 웃을 수 있는지 두고 보자는 것처럼 중얼거렸다.

「그 머리로는 입학조차 쉽지 않았을 것 같은데요. 한국에도 그런 속담이 있는지 모르겠지만 영국에 이런 속담이 있습니다. 머리가 모자라면 발이 많은 일을 한다고요. 결핍이 뭔지 알고 싶어서 학생들의 비극을 염탐했다고 하셨죠? 왜 그런 시간 낭비를 하셨습니까. 이미 강유준 화가는 결핍 덩어리잖아요. 일개 기자의 관심까지 독차지하고 싶어 안달 난 걸 보면 애정 결핍이 깊어도 아주 깊은 것 같은데.」

준은 제 귀를 의심하며 고개를 들었다. 해리가 앞서 진행된 인터뷰 내용을 모두 아는 것처럼 말하는 게 믿기지 않아서였다. 어깨를 으쓱한 해리는 불쾌한 심경을 한 번 더 강조했다.

「제가 면도를 한 이유는 따로 있습니다. 동문이고, 나발이고 간에 강유준 화가에게 잘 보이기 위해 면도한 게 아니라는 것만 알아두시죠. 그럼 시간도 얼마 남지 않았는데 질문을 해도 될까요?」

범상치 않은 해리의 태도에 준은 마른침을 삼켰다. 질문하겠다는 평범한 해리의 말이 마치 강유준에게 선전 포고를 하는 것처럼 위협적으로 느껴졌기 때문이었다. 준의 짐작이 맞았는지 해리는 강유준의 대답을 듣지 않고 곧장 질문을 던졌다.

「'그림을 탄생시키는 건 화가지만, 그림을 키우는 건 낙찰가다'라는 말을 들어 보셨는지 모르겠습니다. 경제부 기자라 그런지, 저는 그림이 얼마에 팔렸는지에 관심이 가더군요. 지난 데비지스 경매에서 강유준 화가의 작품 〈사계〉가 60만 파운드에 낙찰되었는데 본인의 그림이 그 정도 가치가 있다고 보십니까? 참고로 저는 상당히 과대평가를 받았다고 생각합니다만.」

도발적인 해리의 질문에 강유준은 표정을 차갑게 굳혔다. 강유준의 눈치를 보던 사회자는 곤혹스러운 얼굴로 마이크를 잡았다. 제 선에서 이 무례한 질문을 정리하려고 했는데, 그런 사회자의 의도를 강유준이 막았다.

「날카로운 질문 고맙습니다. 답을 먼저 드리자면 저는 제 그림의 가치가 60만 파운드 이상이라고 생각합니다.」

해리는 그게 사실이냐는 얼굴로 강유준을 쳐다봤다. 강유준은 딱딱한 영국식 영어로 해리의 도발에 반격했다.

「순수 미술의 가치를 결정하는 데 뚜렷한 기준은 없지만, 제 그림은 재현(再現)을 중시하는 전통적인 회화가 아닌 체현(體現)에 초점을 맞춘 구상 회화에 가깝습니다. 그 말인즉슨 강유준의 그림에는 그 누구도 따라 할 수 없는 강유준만의 감각이 녹아 있다는 뜻입니다.

화가의 독창성이 살아 있는 것은 물론, 쉽게 위작할 수 없는 그림이므로 60만 파운드 이상을 주고 소장할 가치가 있다고 봅니다.」

자신감 넘치는 강유준의 답변에 해리는 고개를 갸우뚱거렸다.

「흥미로운 답변이군요. 강유준만의 오리지널리티가 살아 있고, 함부로 따라 그릴 수 없는 그림이라 비싼 값을 받아야 한다니? 지금 영국에는 〈사계〉와 〈A Frozen Tree〉의 화풍이 유행이라 10파운드만 주면 위작을 살 수 있는데. 강유준 화가 그림을 개나 소나 다 따라 그리고 있는데 모르셨습니까?」

강유준은 처음으로 철판처럼 두꺼운 얼굴을 있는 힘껏 구겼다. 슬슬 화가 오르는 듯했다. 어쭙잖은 기자의 도발에 자신은 물론 회견장에 있는 사람들이 휘둘리고 있다는 점에서.

「그것들은 전부 위작 축에도 들지 못하는 허접스러운 그림입니다. 원작가인 내 눈에는 그 차이가 명확해요. 내 그림은 나만의 기법과 호흡으로 그렸으니까. 물론 해리 기자님처럼 그림을 모르는 분들에게는 별 차이가 없는 것처럼 느껴지겠죠. 작가 입장에서는 서글픈 일이 아닐 수 없습니다. 도둑질로 배설된 더러운 위작에 환호하는 사람들이 절대다수인 세상에 살고 있으니까요.」

사회자를 비롯한 관계자들의 표정이 일제히 어두워졌다. 강유준의 발언이 해리를 깎아내리는 것에서 멈추었으면 좋았겠지만, 대중의 예술적 수준까지 비하했기 때문이었다. 두 사람의 대화가 어디까지 치닫게 될지 걱정하는 기자들의 얼굴에는 낭패감이 역력했다. 다들 입 밖으로 꺼내지는 않았지만 어떻게 하면 저 외국인 기자의 입을 막을까, 고심 중이었는데, 해리는 그들에게 빈틈을 주지 않았다.

「저를 비롯한 '절대다수의 사람들'의 걱정을 뭐 하러 하십니까. 저는 의학 기술의 발달만 믿고 있습니다. 라식 수술로 시력도 회복할 수 있는 세상인데, 미적 감각이 떨어지는 눈도 개안할 시술이 곧 나오지 않겠어요?」

저 좋을 대로 맘껏 지껄이는 해리의 발언에 강유준은 벌레 씹은 표정만 지었다. 해리는 그런 강유준의 반응을 모르쇠로 일관하며 다음 질문을 신랄하게 내쏘았다.

「두 번째 질문은 강유준 화가가 가르친 학생들에 관한 것입니다. 아까 학생들을 후원하며 지난 7년을 보냈다고 하셨는데, 후원할 학생을 어떤 기준으로 선별하셨는지 듣고 싶습니다.」

강유준은 자기 앞에 놓인 컵을 들어 아주 천천히 물을 마셨다. 뻣뻣해진 턱에 힘을 빼고 시간도 벌기 위한 행동이었다. 해리가 도대체 무슨 꿍꿍이를 감춘 건지 감을 잡을 수가 없었다. 움직이지 않고 해리를 주시하던 강유준은 그를 슬쩍 비꼬았다.

「오늘 제가 많은 질문을 받았지만, 해리 기자님의 질문이 가장 인상 깊네요. 제 그림이 아니라, 제 개인적인 기준에 유독 집착 중이시니까요.」

노골적인 불만까지 대놓고 말해 보았지만, 그는 이번에도 해리의 얼굴에서 유의미한 기류를 읽어 내지 못했다. 해리는 추상화 속 주인공처럼 알 수 없는 표정을 짓고 있었다. 어떻게 보면 이 상황을 즐기는 것처럼 보이면서도, 언뜻 보면 자신에게서 무슨 실마리를 찾아내려는 것처럼 느껴진다고 해야 할까. 어느 쪽이든 반갑지 않은 유형의 사람이었기에 강유준은 그의 얼굴에 남아 있던 옅은 웃음기를 모두 지워 냈다.

「제게 영감을 주는 그림을 그린 학생 위주로 후원했습니다. 아주 현실적인 기준이죠. 예술가란 노력만으로 성공할 수 있는 직업이 아니니까요.」

해리는 강유준이 골라 쓴 '영감(inspiration)'이라는 단어를 수차례 반복하며 박장대소를 했다.

「영감이요? 영감이라고 하셨습니까? 강유준 화가에게 영감을 주는 학생을 후원하셨다고요?」

웃으라고 한 말이 아닌데, 웃지 못하면 죽기라도 하는지 해리는 허리까지 접어 가며 웃었다. 불안해진 준은 손목시계를 확인했다. 20분 뒤에 끝내겠다고 했던 기자 회견이 무려 30분이 넘게 진행 중이었다. 시간이 얼마 없다는 생각에 초조해져서 엉덩이만 들썩이고 있는데 해리의 웃음소리가 뚝, 그쳤다.

「아, 죄송합니다. 제가 너무 웃었네요. 뭐든 시작하면 끝을 보는 타입이라, 웃는 것도 창자가 꼬일 때까지 웃어야 직성이 풀리거든요. 그러면 이제 슬슬 우리 인터뷰도 끝을 내 볼까요? 마지막 질문 하나가 남았거든요. 그림 관련 질문이니 편안하게 대답할 수 있을 겁니다.」

위풍당당한 해리의 목소리에 준은 얼떨떨한 표정을 지었다. 지금껏 강유준에게 던진 질문이 한두 개가 아닌데, 아직도 물어볼 게 남았다니?

「저는 오늘 보게 된 강유준 화가의 신작 중에 저 그림이 가장 마음에 들었거든요.」

해리는 강유준의 맞은편에 걸려 있는 그림 한 점을 가리켰다. 사람들의 시선은 자석에 이끌리듯 그의 손가락을 따라갔다. 해리가 지목한 건 〈오토바이와 꽃〉이라는 제목을 가진 그림이었다.

준은 선생님이 그린 저 그림을 또렷이 기억하고 있었다. 삭막하고 낡은 아파트와 텅 빈 놀이터를 배경 삼아 오토바이 한 대가 서 있었다. 독특한 건 그 오토바이를 감싸듯 뒤덮고 있는 붉은 장미 덩굴이었다. 금속과 꽃이라는 이질적인 것들이 마치 한 몸처럼 어우러져 있는 게 너무 신기하고 아름다웠다.

「저 그림에는 강유준 화가의 어떤 오리지널리티가 담겨 있는지 물어도 될까요?」

진중한 해리의 물음에 강유준은 가시를 세웠던 눈매를 부드럽게 풀었다. 오랜만에 질문다운 질문을 받은 게 기꺼웠는지 그는 장황하게 설명을 늘어놓았다.

「〈오토바이와 꽃〉은 물질문명의 붕괴를 그린 그림입니다. 그간 우리가 등한시하고 착취해 온 자연이 인류가 쌓아 온 문명을 부수고 있는 모습을 담았어요. 다 쓰러져 가는 아파트, 어린아이가 찾지 않는 놀이터, 금속 오토바이가 문명이라면, 장미는 자연을 대변하는 소재입니다. 장미가 오토바이를 먹잇감으로 삼아 화려하게 꽃을 피운 것에 제 주제 의식을 담았고요. 이 그림에서 장미는 토양이 아닌 우리 문명을 무너뜨리고 흡수하며 성장하고 있으니까요.」

눈살을 찌푸린 해리는 손바닥으로 그의 턱을 감쌌다. 친절하게 풀어서 말해 준 강유준의 해석이 영 마뜩잖다는 것처럼. 강유준은 이제 네 차례라는 듯 해리에게 되물었다.

「해리 기자님께서는 저 그림이 왜 좋으셨습니까? 아! 이 질문을 던지고 보니 제 그림이 60만 파운드 이상의 가치가 있다는 걸 또 증명해 버렸네요. 그림을 전혀 모르는 분에게도 마음에 드는 그림이 되었으니 말입니다.」

"……미쳤네."

가늘게 다물린 준의 입술 사이로 다시 거친 말이 나왔다. 해리도 혐오스러운 눈빛을 숨기지 못했다.

「대답하기 전에, 한 가지만 더 묻겠습니다. 강유준 화가가 그린 그림의 배경 말입니다. 저 놀이터는 어디에 있는 놀이터입니까?」

가지런히 정돈되어 있던 강유준의 입이 비틀렸다.

「어디라고 말하면 당신이 알아요?」

헛웃음도 나오지 않는다는 표정으로 그는 이죽거림을 이어 갔다.

「해리 하워드 기자님, 저 그림의 배경은 내 머릿속에서 나온 겁니다. 실재하는 게 아니라 내가 상상한 거라고요. 아무리 그림을 볼 줄 모른다지만 풍경화와 추상화도 구분 못 합니까?」

무시무시한 눈으로 강유준을 쏘아보고 있던 해리의 동공이 한순간 커졌다. 그의 손에 들려 있던 이어폰도 바닥에 떨어졌다. 그걸 알아채지 못한 해리는 싸늘한 목소리로 대꾸했다.

「보고 그린 게 아니라, 상상으로 그리셨다? 그렇다면 이 사진에

찍힌 놀이터는 건축가가 당신 머릿속을 들여다보고 만든 겁니까?」

해리는 그의 옆에서 두 눈을 현란하게 깜빡거리고 있는 기자에게 사진 한 장을 건넸다. 사진을 받아 든 기자는 숨을 고르며 강유준의 그림과 사진을 번갈아 봤다. 짧은 침묵 뒤에 기자가 황당한 목소리로 말했다.

"사진 속의 놀이터와, 강유준 화가 그림 속의 놀이터가 똑같은 장소처럼 보이는데요. 여기는, 제가 알기로는 얼마 전에 재개발이 된 아파트 단지인데……."

준은 제 역할을 잊지 않고 해리에게 기자가 한 말을 영어로 전했다. 해리는 처진 눈꼬리를 한껏 접으며 강유준을 스산하게 쳐다봤다.

「당신 그림이 60만 파운드 이상의 가치를 가진 걸 증명했다고 하셨습니까? 증명은 그쪽이 아니라 다른 쪽에서 한 것 같은데요. 강유준이 아주 형편없는 예술가, 아니, 예술가라는 호칭이 가당치 않은 인간 말종이라는 걸 당신 입으로 증명했으니까.」

두런두런하는 목소리가 여기저기에서 들리기 시작하며 강유준의 얼굴이 붉게 달아올랐다. 해리는 형형한 눈으로 물었다.

「나는 기자입니다. 고로 내 입과 글로 말하죠. 강유준은 화가입니다. 고로 그림으로 말해야 하죠. 내 전제에 동의합니까?」

순간 강유준의 모든 움직임이 정지했다. 그의 질문에 함정이 도사리고 있다는 걸 알고 있었지만, 딱히 반박할 말이 없어서였다. 그렇다고 여기에서 간담회를 무를 수도 없었다. 개떼처럼 달려들기 좋아하는 기자들 앞에서 꼬리를 내리고 도망쳤다가는 괜한 의심만 살 테니까. 결국 그는 마지못해 고개를 끄덕여 보였다.

「그런데 내가 왜 당신 그림에 무엇이 담겨 있냐고 물었을까요? 내 눈앞에 그림이 버젓이 걸려 있는데 말입니다.」

해리가 쳐놓은 덫의 실체가 뭘까, 거듭 골몰하느라 강유준은 쉽사리 입을 열 수 없었다. 잠시 우물거리던 그는 누구나 예상할 수 있는 평이한 답을 내놓았다.

「그거야 해리 기자님의 안목 탓 아닐까요? 본인 입으로 말씀하시지 않았습니까. 예술 쪽에 조예가 깊지 않다고요.」

「아니죠, 그게 바로 당신이 형편없다는 증거 아니겠습니까?」

해리는 웃느라 접었던 눈을 크게 떴다. 강유준을 노려보는 그의 눈빛에 불이 붙었다.

「저 그림들이 나한테 아무 말도 안 해서, 하도 답답해 물었습니다. 시각도 청각도 촉각도 모두 제거당한 죽은 그림에서 도대체 뭘 느끼라는 겁니까? 그릴 때 이상하지 않았어요? 시체를 그리는 기분이었을 텐데.」

신랄한 해리의 비판은 강유준의 말문을 틀어막았다.

「물질문명의 붕괴라고요? 갖다 붙일 거면 제대로 갖다 붙이셔야죠. 살아 있는 그림을 죽은 그림으로 바꾼 거로 부족했습니까? 파렴치한 사람 같으니라고! 어디서 원작의 본질을 해치는 그런 쓰레기 같은 감상을 강요하는 건지, 원작가가 알면 기함하겠네.」

해리의 입에서 튀어나온 'the original artist(원작가)'라는 말에 잠잠했던 기자들이 떼를 지어 웅성거렸다.

"분위기가 왜 이래요? 지금 저 기자가 뭐라고 했어요? 아까 꺼낸 사진과 관련이 있나?"

"제대로 들었는지 모르겠는데 강유준 화가 그림의 원작이 따로 있다는데요?"

"예에? 말도 안 돼! 그럼 저 기자가 강 작가 그림이 위작이라고 주장 중이라고?"

동요하는 기자들 때문에 해명할 타이밍을 놓친 강유준의 얼굴은 하얗게 질렸다. 해리는 연어 사냥에 성공한 불곰이라도 된 것처럼, 물 밖으로 꺼낸 강유준을 사정없이 물어뜯었다.

「원작의 주제는 당신이 말한 것과 아무 관련이 없었습니다. 뭘 그렸냐고 물을 필요도 없었어요. 보자마자 내 모든 감각을 통렬하게 일깨웠으니까!」

물레로 실을 뽑아 내듯, 해리의 입에서는 원작에 대한 감상이 막힘없이 술술 흘러나왔다.

「야생마를 연상케 하는 오토바이와 관능적인 열정이 살아 숨 쉬는 장미꽃이 사랑을 나누는 그림이었어요. 소름이 끼칠 만큼 놀라웠던 건 차가운 금속 덩어리인 오토바이는 뜨겁게 느껴지고, 그 어떤 꽃보다 화려해야 할 장미는 소박한 서정미를 표현하고 있었다는 겁니다. 종 자체가 완전히 다른 두 객체가 온몸으로 서로를 사랑하는 광경을 본 순간, 두 눈을 뜨고 있는 내게 감사했어요. 살아 있음이 행복해 미칠 것 같았습니다. 그런 경이로운 그림을 고작 이런 졸작으로 둔갑시키다니. 형편없어도 너무 형편이 없는 화가라는 걸 스스로 자백한 꼴 아닙니까? 오리지널리티는 고사하고 위작에도 재능이 없다는 걸 대놓고 증명했으니.」

수선스럽던 회견장의 분위기가 한꺼번에 가라앉았다. 영어에 능통한 기자들의 얼굴은 충격으로 물들었고, 그렇지 않은 사람들조차도 심상치 않은 일이 일어났음을 직감하고 눈치를 보았다. 강제된 침묵 속에서 께름칙한 목소리 하나가 튀어 올랐다.

"조만간 진흙탕 싸움이 벌어질 것 같은데?"

아무도 그 말에 대놓고 동의를 표하지는 않았지만, 기자들의 머릿속에는 공통적인 의견 하나가 돋아나고 있었다. 해리 하워드 기자 입에서 나온 말을 단순히 강유준을 향한 일방적인 비방이나 날조된 주장으로 치부할 수 없다는 판단이었다.

해리의 주장에 무게가 실린 건, 두 가지 이유에서였다. 하나는 그가 영국 공영 방송의 기자라는 것, 다른 하나는 기자만 가진 특유의 촉이었다. 그 촉에 강하게 의지하고 있는 또 다른 기자가 입을 열었다.

"위작인지 아닌지는 몰라도, 강유준 화가 쪽이 불리하지 않을까요? 일단 이런 문제가 일어나기 시작하면 불똥이 오만 곳으로 튀잖아요."

불똥이 어디로 튈지 누구보다 잘 알고 있는 기자들은 보이지 않게 고개를 끄덕거렸다. 〈월드 아트 페어〉에 강유준이 신작을 발표한다는 소식은 불과 몇 주 전에, 그것도 갑작스럽게 발표됐다. 아티스트의 참가 신청서를 1년 전에 받는 〈월드 아트 페어〉의 절차를 고려하면 꽤 이례적인 일이었다. 아무도 그걸 문제 삼지 않은 건,

강유준의 집안과 시립 미술관 사이에 얽혀 있는 깊은 커넥션 때문이었다.

"조금 더 지켜봅시다. 나 잘났소, 하고 떠들던 광고가 이제 막 끝났잖아요. 본 방송은 보고 가야지."

눈싸움이라도 시작한 것처럼 기자들은 정면을 응시했다. 과연 이 사건이 단순 해프닝으로 끝날까, 아니면 시립 미술관의 명성까지 쥐고 흔드는 대참사로 이어질까. 어떤 엔딩이건 간에, 수많은 추문이 파생될 수 있는 최고의 헤드라인 감이었다. 기자들이 조성한 팽팽한 긴장감에 눌려 숨도 쉬지 못하고 있던 사회자는 자신의 허벅지를 툭, 건드는 느낌에 막힌 숨을 토해 냈다.

"정리 안 하고 뭐 하십니까."

복화술을 구사하듯 입술을 움직이지 않고 강유준이 속삭였다. 그 말에 퍼뜩 놀란 사회자가 간신히 입을 열었다.

"간담회는 이것으로 마치겠……."

마이크를 타고 흐르는 사회자의 떨리는 목소리를, 해리가 기다렸다는 듯 단숨에 먹어 치웠다.

"유채 화랑!"

외계어를 내뱉듯 '유채 화랑'을 한국어로 외친 해리는 강유준이 아닌 기자들 쪽으로 고개를 돌렸다.

「유채 화랑으로 가 보시죠. 그곳에서 원작을 전시 중입니다. 실제 배경을 토대로 그린 〈오토바이와 꽃〉의 원작이 어떤 그림인지 두 눈으로 확인하고 싶으면.」

기자들은 재빨리 휴대폰을 꺼내 유채 화랑을 검색했다. 조명이 어둡게 깔린 기자 회견장 안은 마치 안개꽃이 피기라도 한 것처럼 수십 개의 휴대폰 액정이 발산하는 빛으로 가득 차올랐다. 그 광경에 잠시 넋을 놓고 있던 강유준이 번뜩 정신을 차렸다.

「증거, 있습니까?」

강유준의 목소리는 낮고 작았지만, 회견장에 있던 사람들의 이목을 집중시키기에는 충분한 파급력이 있었다.

「내가 다른 사람 그림에 손을 댔다는 증거가 있냐고 물었습니다.」

의뭉스럽게 느껴질 만큼 그는 단정하게 물었다. 증거도 없이 이런 일을 벌였다면 가만두지 않겠다는 다짐과, 혹 증거가 있더라도 그걸 무용지물로 만드는 것쯤은 일도 아니라는 자신감이 기저에 깔린 말투였다.

「증거는 저기 있잖아요.」

해리는 턱 끝으로 강유준의 그림 석 점을 가리켰다. 강유준은 고개를 비딱하게 기울인 채 헛웃음을 지어 보였다.

「당신, 기자 아니지? 신분증 위조라도 한 거 아니야? 무슨 기자가 이렇게 근본도 없이 사람을 매도합니까? 그림을 볼 줄 모르면 모르는 사람답게 입 닫고 있어요. 앞뒤 분간 없이 날뛰다가 타국에서 험한 꼴 보기 전에.」

이성을 잃은 강유준은 악다구니를 쳤고, 준은 망설임 없이 주머니에서 휴대폰을 꺼냈다. 태평에게 보낼 메시지를 쓰고 있는데, 놀랍게도 액정에 'Ben 형'이라는 이름이 떴다. 상체를 깊이 숙인 준은 그 어느 때보다 반갑게 태평의 전화를 받았다.

"형!"

―언제까지 해리 뒤에 숨어 있을 거야?

귀신의 목소리라도 들은 사람처럼 준의 등허리가 움찔거렸다. 태평이 전지전능한 신이 아니고서야 해리 뒤에 자신이 그림자처럼 숨어 있다는 걸 알 수 없는데, 혹시 여기에 와 있기라도 한 걸까. 혼이 나간 준에게 태평은 태연하게 용건을 말했다.

―해리가 이어폰을 잃어버린 것 같은데, 그것 좀 찾아봐.

고개만 간신히 끄덕인 준은 재빨리 의자에서 내려왔다. 무릎을 땅에 대고 부드러운 카펫이 깔린 바닥을 손바닥으로 더듬었다. 얼마 지나지 않아 그의 손끝에 동그란 플라스틱이 만져졌다.

"찾았어요."

해리의 의자 밑에서 무선 이어폰을 찾아낸 준이 속삭였다.

―잘했어. 그리고 준!

이어폰을 한 손에 꼭 쥐고 있던 준은 다정하게 그를 부르는 태평의 음성에 귀를 기울였다.

―네 잘생긴 얼굴, 강유준한테 자랑하는 거 잊지 말고.

그 말만 남긴 채 태평은 전화를 끊었다. 휴대폰이 귀에서 떨어지자마자 해리와 강유준의 고성이 번갈아 준의 귓가를 때렸다.

「내가 그림을 볼 줄 모른다고? 강유준, 당신이야말로 예술의 쥐뿔도 모르는 사람이잖아! 아프리카 소년의 눈에도, 영국 노숙자의 눈에도, 이제 막 태어난 갓난아기의 눈에도 푸른 하늘과 초록 잎이 무성한 나무와 맑은 호수는 아름답게 보이는 법입니다. 좋은 그림이란 바로 그런 거죠. 자연처럼 존재 자체만으로도 아름다움을 전하는 게 진정한 그림 아닙니까? 비틀스 음악이 인종, 학벌, 국적을 가리는 거 봤어요? 도둑놈 주제에 어디서 감히 나를 가르치려고 들어?」

'도둑놈'이라는 지칭에, 태연함을 가장하던 강유준의 얼굴이 눈에 띄게 떨렸다. 동시에 그의 무의식 속에 잠들어있던 불쾌한 기억도 삐죽 솟아올랐다.

'……그림을 배 터지게 훔쳐 먹은 거로는 성에 안 찼어? 이 악마 같은 새끼야?'

살벌한 목소리가 환청처럼 들리면서 등줄기가 서늘해졌다. 어딘지 모르게 지금 상황이 눈과 귀에 익었다. 불안감의 싹을 잘라 내야 할 때였다. 강유준은 이 난장판을 강 건너 불구경하듯 보고 있는 경호원에게 소리쳤다.

"일 안 합니까? 당장 끌어내지 않고 뭐 하는 거야!"

고용주의 불호령에 경호원들은 즉시 해리 쪽으로 걸음을 옮겼다. 바로 그 순간이었다. 부단히 상황을 파악하던 준의 직관이 그에게 속삭였다. 이제 네 잘난 얼굴을 한번 보여 줘야 하지 않겠냐고.

"그럼, 얼굴값은 이럴 때 해야지."

준은 자리에서 벌떡 일어났다. 태평이 왜 이런 지시를 내렸는지, 그의 사고가 어느 방향으로 흐르고 있는지 짐작할 수 없었지만 지금 그런 걸 따질 때가 아니었다.

"……너, 너는."

해리 뒤에서 고개를 **빼꼼** 내민 준과 눈이 마주친 강유준은 입술만 달싹였다. 머리끝까지 치밀었던 화가 가시면서 밑도 끝도 없는 두려움이 몰려왔다. 영악한 그의 머릿속에서는 이리저리 흩어져 있던 퍼즐 조각이 정신없이 맞춰지고 있었다.

대기실로 찾아와 300만 원을 돌려주며 통곡하던 준의 얼굴과 공개적인 장소에서 자신의 치부를 무자비하게 난도질한 해리의 얼굴이 겹쳐졌다.

오늘 이 사건의 배후에 두 사람이 있었다는 걸 파악하자마자, 정수리 위로 펄펄 끓는 쇳물이 쏟아져 내렸다. 그 열기는 남은 그의 이성을 흔적도 없이 녹여 버렸다.

"이런 개자식들! 내가 저 피자 배달부 새끼 그림을 훔쳤다고?"

강유준은 제 앞에 놓인 마이크를 집어 던졌다. 회견장 안의 소음이 한꺼번에 멎으며, 모든 사람의 눈과 귀가 그의 얼굴에 달라붙었다.

"다들 저 사기꾼이 하는 말, 무시하세요. 〈월드 아트 페어〉의 개막을 알리는 날에 소동을 일으키고 싶지 않아 참아 왔는데 할 말은 해야겠습니다. 지금부터 제가 하는 말 똑똑히 듣고 기사 쓰세요. 만약 확인되지 않은 괴담을 퍼뜨렸다가는 강경하게 대처할 테니 그 점 명심하시기 바랍니다."

모멸감에 치를 떠는 얼굴로 강유준은 울분을 터트렸다.

"오늘 아침에 절 만나러 온 학생이 있었습니다. 제가 후원하고 있던 학생이었죠. 전시회를 축하하러 온 줄 알았더니, 절 협박하더군요. 제가 자기 그림을 따라 그렸으니 오늘 전시회를 취소하라고요.

바로 저 기자와 똑같은 주장을 하면서요."

강유준에게 쏠렸던 사람들의 시선이 순식간에 해리 쪽으로 쏟아졌다.

"제 말에 두서가 없더라도 이해해 주시기 바랍니다. 그만큼 제가 큰 충격을 받았거든요. 저를 모욕한 학생과 해리 하워드 기자가 한패라는 걸 이제야 알게 됐으니까요."

진이 빠진 듯한 강유준의 목소리는 아주 잠깐이지만 기자들의 동정을 샀다. 유명인을 공갈 협박해서 돈을 갈취하는 사람이 널리고 널린 세상이었다. 기자들은 어느 쪽이 진실을 말하고 있는지 파악하기 위해 신중한 눈으로 강유준과 해리를 번갈아 주시했다.

"더 끔찍한 사실은, 그 학생이 제게 거금을 내놓으라고 요구했다는 겁니다. 만약 돈을 주지 않으면 오늘 개망신을 당할 거라고 했습니다. 공갈·협박에 넘어가지 않았더니 이런 식으로 보복할 줄은 몰랐어요. 참고로 이 사건을 목격한 사람은 저만이 아닙니다. 열 명이 넘는 사람들이 보고 들은 팩트입니다."

준은 입술만 꾹 깨물었다. 들끓는 마음을 참아 내기 위해서였다. 당장에라도 저 남자가 우리 선생님 그림을 도둑질한 사람이라고 외치고 싶었지만, 치밀어 오르는 성질을 누르고 또 눌렀다. 태평은 준에게 얼굴 자랑만 하라고 했다. 그 말인즉슨, 여기까지가 자신의 역할이란 뜻이었다. 준은 말없이 그리고 꼿꼿하게 강유준의 더러운 시선을 견뎠다. 자신의 침묵이 그를 더 자극하기를 바라며.

"저 기자는 왜 저러고 있지? 설마 무릎이라도 꿇을 생각인가?"

"말이 되는 소릴 해. 뭘 찾고 있는 거 같은데?"

해리의 반박을 기대하고 있던 기자들이 크게 술렁였다. 그들의 목소리에 준은 자기 앞에 서 있던 해리가 사라졌다는 걸 깨달았다. 고개를 내리자 쪼그리고 앉아 있는 해리가 보였다. 그는 손바닥으로 바닥을 두드리며 작게 투덜거렸다.

「뭐라고 하는지 알아들을 수가 있어야지. 왜 갑자기 한국어로 말하는 거야.」

이어폰의 존재를 떠올린 준은 해리의 등을 급히 두드렸다. 상체를 들어 올린 그는 이어폰을 보자마자 함박웃음을 지었다.

「오, 준! 역시 마음에 들어!」

이번에도 준의 머리를 헤집은 해리는 이어폰을 귀에 꽂았다. 그 틈을 타서 강유준은 주먹을 불끈 쥔 손으로 제 가슴을 내리치며 억울함을 드러냈다.

"오늘 절 찾아온 학생에게 제가 얼마나 많은 애정을 쏟은 줄 아십니까? 오토바이를 타고 배달 일을 하던 청년에게 대학 등록금을 주고, 그가 그린 그림을 성심성의껏 봐주며 지도했어요. 그 작은 보람 하나를 얻고자 교수로 일해 왔습니다. 저는 이미 화가로서 누릴 수 있는 건 모두 누렸거든요. 더 올라갈 곳이 없는 제가 뭐가 아쉬워서 배달 일을 하는 청년의 그림을 훔쳐 그렸겠습니까? 내 그림은 오롯이 나를 담아 그린 내 그림입니다!"

가소롭고 역겨운 강유준의 면상을 더는 볼 수 없었던 준은 고개를 돌려 해리를 바라보았다. 그는 음악 감상이라도 하는 사람처럼 이어폰을 꽂지 않은 귀를 손가락으로 막고 있었다.

「해리, 뭐라고 좀 해요!」

참다못한 준이 구시렁대자 해리는 귓구멍을 틀어막았던 손가락을 떼어 냈다. 초조한 준의 눈이 해리의 얼굴을 빠르게 훑어내렸다. 잿빛이 섞인 푸른색 눈동자가 타오르는 분노를 억누르고 있었다. 해리는 뒤로 반걸음을 옮겨 준의 어깨에 팔을 올렸다.

「지금, 청년이라고 했습니까?」

강유준은 애매한 얼굴로 나란히 서 있는 해리와 준을 응시했다.

「그러니까 당신 그림의 원작가가 남자 아티스트라는 거죠?」

해리는 'a male artist'라는 단어를 힘주어 발음했다. 강유준은 비릿한 웃음을 흘리며 두 눈을 치켜떴다.

「누가 지금 동시통역이라도 해 주고 있나 보지? 그 이어폰으로? 통역가한테 똑똑히 전해. 어디 가서 그 실력으로 통역했다가는 큰 코다칠 거라고. 말은 똑바로 해야지. 내 그림은 내가 그렸으니까 원작가는 나고, 공갈 협박범이 남자라고. 네 옆에 서 있잖아. 눈 가리고 아웅이라도 할 생각이야? 사이 좋게 감방 동기가 될 사이끼리 왜 그러실까?」

해리는 가슴을 들썩이며 차갑게 탄식했다.

「나는 원작가가 남자라고 한 적 없어. 네가 멋대로 넘겨짚은 이 청년은 협박범도 아니지만 네 그림의 원작가도 아니라고.」

「그건 또 무슨 개소리지?」

언성을 높여 묻는 강유준 앞에서 해리는 그곳에 모인 기자들을 손으로 가리켰다.

「여기 모인 사람들은 이미 네 그림의 원작가가 누구인지 다 알고 있단 뜻이야.」

확신에 찬 해리의 목소리에 강유준은 코웃음만 쳤다. 그 비웃음에 준이 결국 폭발했다.

"이 씨발 새끼가 어디서 처웃고 있어! 내가 언제 널 협박했냐. 이 쓰레기 같은 새끼야. 감방 갈 새끼는 내가 아니라 바로 너야. 아직도 모르겠냐? 네가 누구 그림을 베꼈는지? 눈깔이 썩어도 존나 썩었으니 알 리가 있나. 메일 아티스트가 아니라 피메일 아티스트라고, 이 빡대가리 새끼야!"

이를 사리물고 욕설을 쏟아 낸 준은 그래도 분이 풀리지 않아 씩씩댔다. 기자들은 뒤늦게 유채 화랑을 검색했을 때 얻은 정보를 교환했다.

"여류 화가라고 하던데, 저는 들어 본 적이 없는 이름이었어요."

"그게 본명일까요? 이름이 특이해서 가명이라고 생각했는데."

"오로지라는 이름이 튀긴 하죠. 그런데 그 사람하고 강유준 화가 사이에 어떤 연결고리가 있으려나."

뒤죽박죽 섞인 소음 너머로 들려온 '오로지'라는 이름에 강유준의 턱이 꿈틀댔다. 눈앞이 흐릿해진 그는 손으로 관자놀이를 짚었다. 그럴 리가 없었다. 오로지가 전시회를 열다니, 7년 전에 자퇴했다는 애가 무슨 수로 그림을……

"저, 강유준 작가님. 이것 좀 보시죠."

공포로 얼룩진 그의 시야에 사회자가 제 휴대폰을 내밀었다. 액정을 훑던 그의 눈앞이 캄캄해졌다.

[오로지 展 : 어제의 꿈(夢)을 내일의 꿈(dream)으로 바꾸다]

가난에 찌든 티를 숨기지 못했던 오로지가 보였다. 물감을 살 돈이 없어서, 물감보다 물을 더 많이 써서 수채화를 그리던 여자애였다. 친구들이 쓰다 버린 연필을 주워 모아 정성을 다해 깎아 쓰던 아이, 자신과 눈도 제대로 맞추지 못하고 낯을 가리던 소녀. 그런데 그런 별 볼 일 없는 애가 그린 그림은 눈이 부실 만큼 아름다웠다.

유준은 당시 민영의 학업을 돕기 위해 영국 유학을 중단하고 한국에 돌아온 게 아니었다. 영국에서 버틸 힘이 남아 있지 않아서였다. 사실 그는 유학으로 얻은 게 아무것도 없었다. 자신의 비루한 실력과 재능의 한계만 여실히 느꼈을 뿐이었다.

어머니의 반대를 무릅쓰고 사촌 여동생을 돕겠다는 핑계로 한국에 돌아왔을 무렵, 그는 보는 눈만 한껏 높아져 있을 뿐, 실력은 그에 미치지 못하는 불행한 화가였다.

그런 그에게 오로지의 그림은 희망이자, 절망이었다. 자신의 그림을 무시했던 사람들을 그의 발밑에 엎드리게 할 수 있는 구원의 손길이자, 뭐 하나 부족함 없이 살아온 그를 구정물에 처박게 할 수도 있는 악마의 속삭임이었으니까.

유혹에 약한 게 인간이라면, 유준도 인간이 맞았다. 그는 악마가 내민 달콤한 과일을 기꺼이 베어 물었다. 로지와 민영이 화실을 비웠던 날, 그는 로지의 가방에서 스케치 노트를 꺼냈다. 그리고 노트에 빼곡히 그려져 있는 그림 중 하나를 베껴 영국으로 보냈다.

영국에 그가 보낸 소포가 도착했다는 문자를 받았던 날, 담당 교수에게서 전화가 걸려왔다. 그동안 단 한 번도 유준의 안부를 물은 적 없던 교수는 당장 영국에 돌아오라고 권유했다. 그가 준비하고 있는 대형 프로젝트의 핵심 멤버가 되어 달라고 부탁하며.

그날, 내 기분이 어땠더라. 하늘을 나는 기분이었던가?

과거를 회상하던 유준이 눈썹을 구겼다. 그의 마음속에 불쑥 찾아든 불순물 같은 얼굴 때문이었다. 이 모든 건 그 남자 때문이었다. 오로지를 그림자처럼 따라다니며 자신을 수상한 눈으로 바라보던 학생, 오로지와 작은 인사를 나누는 것조차 방해했던 놈, 오로지의 스케치 노트가 들어 있는 가방을 보란 듯이 내 눈앞에서 안고 다니던 새끼.

그 새끼 때문에 갈비뼈까지 부러졌었는데, 이름이 뭐였더라.

불순물의 이름을 기억해 내기 위해 기억을 들쑤시던 유준은, 누군가 그의 앞에 서 있다는 걸 한참 후에 알아차렸다.

"머리 굴려 봐야 소용없어. 사방이 꽉 막혔으니까."

흐릿한 시야에 잡힌 남자의 얼굴에 유준의 심장이 욱신거렸다. 일반 남성들보다 월등하게 큰 키와 단단한 체격, 정이라곤 한 톨도 느껴지지 않는 날카롭게 찢어진 눈매, 가만히만 있어도 상대의 기선을 제압하는 위압적인 분위기를 가진 남자가 점점 또렷하게 보였다.

남자는 이마 밑으로 흘러내린 몇 가닥의 머리카락이 거슬렸는지, 그 걸 손으로 거칠게 쓸어 올렸다.

"내 말이, 말 같지가 않았나 봐. 같은 짓을 반복하다니."

남자의 입술에서 흘러나온 음성은 7년 전보다 더 깊고 낮아져 있었다. 유준은 간신히 숨만 헐떡였다. 누군가의 칼에 찔리기라도 한 것처럼 온몸에 돌던 피가 한순간에 빠져나가는 기분이었다.

"로지 그림이라면 환장을 하는 것도 여전하고."

재미있다는 얼굴로 피식 웃는 태평 앞에서, 유준은 어금니를 꽉 깨물었다. 하지만 그의 두 다리는 이미 통제를 잃은 지 오래였다. 무릎을 꿇듯 바닥에 앉은 그의 시야에 회견장 안으로 들어서는 경찰들이 보였다. 그의 눈이 향한 쪽으로 힐끗 시선을 준 태평이 사형 선고를 내리듯 차갑게 속삭였다.

"특별 사법 경찰이야. 7년 전에는 없었던 '미술품 유통법'이라는 게 생겨서 위작을 만드는 새끼도, 거래하는 새끼도 같이 벌을 받는다던데. 일이 아주 재미있게 흘러가지?"

침착한 태평의 눈이 아수라장으로 변해 버린 전시회장을 유유히 훑었다. 강유준의 어머니는 아들의 그림을 벽에서 떼어 내리는 경찰의 멱살을 움켜쥐고 있었다. 몇몇 기자들은 울부짖는 그녀의 사진을 찍어 대고 있었고, 또 다른 기자들은 태평 앞에서 무릎을 꿇고 있는 유준에게 모여들었다.

"오로지 화가가 강유준 화가의 화실 제자였다는 게 사실입니까?"

"〈월드 아트 페어〉에 참석할 욕심에 위작을 하신 건가요? 유채 화랑에서 오로지 작가전이 열리고 있다는 건 알고 계셨습니까?"

"오로지 화가를 후원하고 있는 익명의 영국인이 강유준 화가를 고소하겠다고 나섰는데."

아우성을 치는 기자들의 질문에 유준은 손바닥으로 귀를 막았다.

"아니야, 절대 아니야. 이건 꿈이야, 꿈일 거야."

들리지도 않을 만큼 작은 목소리로 중얼거리던 그는 눈앞에 보이는 다리를 움켜잡았다. 흠칫 놀란 태평이 제 다리를 붙든 유준을 내려다보았다.

"아니지? 네가 설마 오로지 후원자야? 이걸 네가 다 꾸몄다고?"

이미 답을 알고 있는 질문을 던진 유준은 저도 모르게 흐느꼈다. 살면서 이렇게 고통스러운 순간은 경험해 본 적이 없었기에, 그에게는 지금 이 순간이 뼈가 타는 것처럼 아팠다.

"자, 잘못했다. 잘못했습니다. 내가 다 잘못했으니까, 나 좀 살려 주세요."

자존심이라곤 전혀 없는 목소리로 유준이 빌었다. 기자에게 망신을 당해도 괜찮았다. 전시회를 취소해도 상관없었다. 돈이 얼마가 들더라도 오늘 일만큼은 반드시 작은 해프닝으로 끝내야 했다. 자신의 명예는 물론, 온 집안의 명예가 걸린 일이었다. 그뿐만 아니라 시립 미술관의 관장과 〈월드 아트 페어〉의 명성에도 흠이 갈 수 있는 최악의 상황이었다. 국내에서만 망신을 당하는 게 아니라, 전 세계에서 손가락질을 받을 수 있는 초유의 사태에 유준은 정신을 잃을 지경이었다.

눈물을 줄줄 쏟고 있는 그를 바라보던 태평이 상체를 숙였다. 그 움직임에 유준의 손은 갈퀴가 된 것처럼 태평의 허벅지를 긁어내렸다.

"돈이든 뭐든, 오로지가 원하는 보상이라면 뭐든 다 하겠습니다. 내가 오로지를 찾아가서 무릎이라도 꿇을게요. 이번 한 번만 봐주세요. 제발 이번 한 번만 넘어가 주시면……."

진정성이 가득한 사과였지만, 태평에게는 유효 기간이 지나도 한참 지나 버린 부패한 사과일 뿐이었다. 그는 악취를 참아 내는 표정을 지으며 유준 쪽으로 고개를 내렸다.

"내가 그랬잖아. 한 번만 더 내 거에 손대면, 죽여 버리겠다고."

낮게 뇌까린 태평은 제 다리에 매달려 있는 그를 뜯어내듯 강하게 밀쳤다. 맥없이 나가떨어진 유준은 몸을 말고 신음했다.

"안 돼, 이럴 수는 없어. 내가, 여기까지 어떻게 왔는데."

발작이라도 하듯 거친 호흡을 뱉으며 유준이 몸을 일으켰다. 이미 지옥으로 가는 열차에 탄 마당에 뭐가 더 무서울 게 있을까. 오로지의 그림에 손을 댄 순간 이미 그의 영혼은 갈가리 찢긴 것과 마찬가지였다.

"나만, 나만 지옥으로 갈 수는 없지."

광기 어린 그의 눈이 시뻘겋게 변했다. 7년 전에도 자신을 우습게 보던 새끼가 눈앞에서 아른거리고 있었다. 이젠 그가 가진 것은 물론 그의 가족 전부의 숨통을 손아귀에 쥐고 흔들면서. 재킷을 더듬던 그는 속주머니에 손을 넣었다. 원하던 물건을 찾아낸 그의 손끝이 기쁨으로 전율했다.

딸깍―.

유준은 만년필 뚜껑을 열었다. 몸통은 18K 화이트 골드로 만들어졌고 클립 링과 펜촉에는 붉은 루비가 박힌 펜은 〈사계〉가 60만 파운드에 낙찰된 날, 그의 아버지가 준 선물이었다. 검지로 펜 끝을 꾹 눌렀다. 따끔한 통증과 함께 붉은 핏방울이 손바닥을 타고 흘렀다. 눈물로 흥건한 뺨을 손에 묻은 피로 훔쳐 냈다. 비릿한 피 냄새가 원초적인 본능을 일깨웠다. 머리로 감당하기 힘든 절망은, 몸으로 해소하면 된다고.

"……너만 죽으면 돼. 너만 죽으면 다 끝난다고"

유준은 쥐고 있는 펜촉으로 정확히 태평의 등을 조준했다. 심장이 미친 듯이 내달렸다. 저 새끼만 사라지면 모든 게 다 제자리를 찾을 거라는 목소리가 자신을 응원하고 있었다. 진동하듯 떨리던 손이 잠잠해지길 기다린 그는 태평을 향해 냅다 달렸다. 팔을 한껏 공중으로 쳐든 순간, '형!' 하고 외치는 소리가 귓가에 어렴풋이 들리는 것 같았는데.

쾅, 하는 굉음과 함께 유준의 세상이 거꾸로 뒤집혔다. 바닥에 처박힌 그는 고통에 찬 신음을 흘렸다. 턱이 빠지기라도 한 건지 아래턱이 덜덜 떨리며 침이 흘러나왔다. 눈물이 차오르는 시야에 제 머리채를 움켜쥐고 있는 태평이 보였다. 그제야 유준은 자신이 태평의 구둣발에 밟힌 상태라는 걸 깨달았다. 태평은 실망스럽다는 표정으로 바닥에 떨어진 만년필을 들어 올렸다.

"새끼, 고작 이런 걸로 날 죽이려고 했어?"

태평을 보고 있던 유준의 눈이 미친 듯이 떨렸다. 사람의 피부도 단번에 베어 낼 만큼 날카로운 펜촉이 그의 눈꺼풀로 날아든 탓이었다.

"으윽."

동공이 꿰뚫릴 거라는 공포감에 아랫도리가 축축하게 젖어 들었다. 반사적으로 감긴 그의 두 눈을 뜨게 만든 건 나지막하게 나무라는 목소리였다.

"눈 떠, 이 개새끼야."

유준이 젖은 눈꺼풀을 들어 올렸다. 살의로 뒤덮인 눈을 제게 박아 넣고 있는 태평이 보였다. 눈도 깜빡이지 않고 유준을 응시 중이던 태평이 온 체중을 실어 그의 머리를 짓이기듯 밟았다. 신체적인 고통보다 더 끔찍한 모욕감에 그의 눈에서는 증오의 피눈물이 뚝뚝 떨어져 내렸다. 하지만 그 알량한 반항마저도 태평의 혀는 용납하지 않았다.

"유준아, 지금 위아래로 지리고 있을 때가 아니야."

"……."

"너도 한번 겪어 봐야지. 죽이고 싶은데, 죽일 수는 없었던 내 심정이 어땠는지."

"……."

"반성하는 것도 잊지 말고. 네가 싸지른 오물로 질척거리는 저 밑바닥에서, 태양처럼 빛날 오로지를 우러러보면서."

매끈한 웃음을 흘린 태평은 몸을 일으키자마자 거칠게 바지를 털었다. 자신의 바짓자락이 유준의 손에 닿았던 게 불쾌해 죽겠다는 것처럼.

지옥으로 추락하는 기분을 느끼며 유준은 절규했다. 턱이 빠진 사람이 내지르는 고통스러운 비명에 사람들이 그에게 모여들었다. 구급차를 부르라는 외침 너머로, 태평의 웃음소리가 유준의 귀에 닿았다. 제 귀를 막을 힘조차 남아 있지 않았던 그는 두 눈을 질끈 감았다.

제발 누군가 저 만년필로 제 눈을 파내고, 고막을 찢어 달라고 악마에게 기도하며.

"형! 괜찮아요?"

태평에게 달려온 준은 두 팔로 그의 어깨와 상체를 마구 더듬거렸다.

「준, 벤은 괜찮아. 오히려 저기, 누워 계신 분을 걱정해야지. 이 자식 주먹에 맞으면 턱이 돌아가거나, 이 몇 개는 나가야 정상이니까.」

해리의 핀잔에 준은 태평에게서 손을 뗐다.

「그나저나 내가 오늘은 드디어 잠 좀 잘 수 있는 거냐? 이 자식아! 너 때문에 카페인 중독으로 저세상에 갈 뻔했어. 간담회 중에 돌아가신 할머니하고 하이파이브하고 왔다니까?」

태평과 눈이 마주치자마자 해리가 기다렸다는 듯 투덜거렸다. 태평은 대답 대신 비웃음을 돌려줬지만 친구를 바라보는 그의 시선에는 무수한 목소리가 담겨 있었다. 눈으로 대화 중인 둘을 바라보고 있던 준은 어서 나가자고 손짓했다. 세 사람은 재난 현장을 방불케 하는 회견장에서 빠른 걸음으로 나갔다.

지하 주차장으로 내려간 세 사람은 지체 없이 태평의 차에 탔다. 차창에 비친 세 사람의 얼굴은 모두 달랐지만, 그 위에 켜켜이 쌓여 있는 감정들은 비슷했다. 해리는 오랜 긴장감에서 비로소 해방되었다는 후련함과 진실을 밝혀냈다는 만족감을 만끽하고 있었다. 그리고 준은 휴대폰으로 창수에게 문자를 보내느라 바빴다.

[창수 형, 형 말이 맞았어요. 벤 형이 풀 파워로 때리니까 강유준 강냉이도 날아가고, 턱주가리도 돌아갔습니다!]

준은 터져 나오려는 웃음을 간신히 참으며 창수와 포장마차에서 소주 한잔을 했던 날을 떠올렸다. 술만 마시면 무덤까지 가져가야 할 비밀도 전부 털어놓는 게 주사인 창수는 준에게 태평과 몸싸움을 한 적이 있다고 털어놨다. 대낮에 카페에서 서로의 얼굴에 주먹을 한 대씩 꽂았다고.

'준, 내가 태평이 주먹에 맞는 순간, 뭘 느꼈는 줄 알아? 내가, 아주 그냥 벅찬 감동을 했어. 이 자식이 이성을 잃었을 때도 날 친구로 여기고 있구나, 싶어서. 왜냐고? 그 자식 주먹에 맞았는데 입술밖에 안 터지고 다른 데는 멀쩡했거든. 그놈이, 날 있는 힘껏 때리지 않았던 거야. 맘만 먹으면 뼈도 부러뜨릴 수 있는 놈인데. 그래서 입술이 터졌을 때 알았지. 아, 내가 김태평의 단 한 명밖에 없는

친구구나! 그걸 김태평의 주먹도 알고 있구나.'

킥킥대는 준의 웃음소리에 정면을 보고 운전 중이던 태평의 광대도 움찔거렸다. 하지만 그는 죽을힘을 다해 자신의 미소를 갈무리했다. 원래 웃는 것에 인색한 성격 탓이기도 했지만, 소중한 건 로지와 단둘이 나누고 싶었다. 행복한 순간을 아껴 둔 태평은 기분 좋게 액셀을 밟았다. 내친김에 차창도 활짝 열었다. 맑고 훈훈한 봄 공기가 밀려들었다. 로지를 닮아 따뜻하고 예쁜 봄바람이었다.

6. 화, 花

"로지야, 조심해서 다녀와! 율무는 내가 잘 보고 있을게."

화랑 앞에 멈춰 선 택시 문을 열어 주며 민영이 로지를 배웅했다. 로지는 해바라기 모양 넥 카라를 한 율무의 머리를 부드럽게 쓸었다.

"고마워, 너도 창수 부모님하고 좋은 시간 보내."

민영은 대답 대신 시원한 웃음만 지어 보였다. 그 미소에 안도한 로지는 친구에게서 시선을 떼어 내고 택시에 몸을 실었다.

"어서 오세요. 어디부터 갈까요?"

수염이 거뭇하게 난 기사가 라디오 볼륨을 줄이며 인사를 건넸다.

오늘 하루 택시를 대절하기로 했던 로지는 집 주소를 먼저 말했다.

"알겠습니다. 벨트 매셨죠?"

기분 좋은 음성으로 출발을 알린 기사는 30분 만에 로지를 집 앞에 데려다 놓았다. 긴 시간은 아니었지만 로지에게는 눈 깜짝할 새처럼 짧은 30분이었다. 차를 세워 놓을 곳을 찾던 기사가 물었다.

"얼마나 대기하고 있을까요?"

5분이면 된다고 답한 로지는 차에서 내렸다. 쏟아지는 햇빛에 로지의 어깨가 움츠러들었다. 이상하게도 아침에는 기분 좋았던 햇살이 지금은 버겁게만 느껴졌다. 햇살과 함께 어깨에 내려앉은 마음의 짐을 손으로 툭툭 털어 내며 집으로 올라갔다. 현관문을 열자 새벽에 준비해 둔 쇼핑백이 보였다. 쇼핑백과 에너지 드링크를 챙겨 나온 로지는 다시 택시에 타서 기사에게 음료를 권했다.

"이거 드세요."

"허허허, 고맙습니다."

음료를 달게 마신 기사는 로지가 전해 준 데이터 복구 업체 주소를 보며 고개를 느리게 끄덕거렸다.

"이쪽 동네가 조금 복잡해서요, 내비로 찍고 가는 게 낫겠는데."

끼고 있던 흰색 장갑을 벗은 그는 마디가 굵은 손가락으로 내비게이션에 주소를 입력했다. 차가 출발하자 로지는 등받이에 몸을 기댔다. 흐름이 빠른 차선을 찾아 요리조리 움직이던 택시가 신호 대기에 걸렸을 때였다. 이번엔 기사가 로지에게 무언가를 건넸다.

"우리 딸이 아침에 잔뜩 주고 갔어요. 담배 좀 끊으라고 난리를 치면서."

로지는 제 손바닥에 올려진 청포도 맛 사탕 세 개를 바라보았다.

"어렸을 때는 아빠 말이라면 껌뻑 죽더니, 이젠 지도 컸다고 와이프보다 잔소리를 더 해요."

사탕을 까서 먹는 기사를 따라 로지도 연둣빛 사탕을 입에 넣었다. 인위적이지만 싱그러운 포도 향이 말라 있던 침샘을 자극했다. 한쪽 볼을 불룩하게 만들었던 사탕이 콩알만 한 크기로 작아졌을 무렵, 속도를 늦춘 택시가 공영 주차장 안으로 들어갔다. 복잡한 상가 쪽을 바라보며 기사는 시간을 확인했다.

"주차가 30분이 무료라니까 천천히 일 보고 오세요. 나도 화장실에 좀 다녀올 테니."

고맙다고 말한 로지는 일주일 전에 방문했던 센터를 찾아 걸었다. 각종 전자 상가가 밀집된 탓인지 눈에 보이는 곳마다 많은 사람으로 붐비고 있었다. 사람들을 피해 걷던 걸음이 부엉이 풍경이 달린 문 앞에서 멈춰 섰다.

딸랑―, 딸랑―.

풍경 소리가 나자마자 컴퓨터 모니터를 보고 있던 직원이 기계처럼 인사를 건넸다.

"어서 오십쇼."

"저, 문자 복구가 다 됐다는 연락을 받아서요."

로지는 지갑에서 영수증을 꺼내 내밀었다.

"아아, 그 2G 폰 말씀하시는 거죠? 잠시만요."

자리에서 일어난 직원은 A4 용지가 가지런히 끼워져 있는 투명한 파일을 꺼내 들었다.

"문자 데이터가 엑셀 파일 형식으로 추출되거든요. 그대로 인쇄했으니까 보기 편하실 거예요. 종이 인쇄까지 부탁하신 거 맞죠?"

"예, 맞아요."

확인을 끝낸 직원은 파일을 서류 봉투에 담아 줬다.

"2G 폰은 데이터 용량 자체가 적어요. 새로운 데이터가 들어오면 자동으로 덮어 쓰기가 되거든요. 옛날에 받은 문자보다는 최근에 받은 문자들이 많이 남아 있을 거예요. 그래도 사용을 중지한 폰이라서 복구율은 좋은 편이었어요."

"고맙습니다."

로지는 소중한 기록이 담긴 봉투를 들고 밖으로 나왔다. 느릿느릿한 걸음으로 공영 주차장으로 돌아왔을 때였다. 택시 옆에 서 있는 기사가 눈에 걸렸다. 가만 보니 그는 그냥 서 있는 게 아니라 휴대폰을 귀에 붙이고 누군가와 통화 중이었다. 잠시 망설이던 로지는 부러 발소리를 크게 내며 걷기 시작했다.

"딸! 아빠가 한다면 하는 사람인 거 몰라? 오늘 한 대도 안 피웠다니까? 네 엄마한테 물어봐라. 내가 지키지 못할 약속을 하는 사람인지."

로지의 노력에도 그녀가 택시 쪽으로 걸어오고 있는 걸 눈치채지 못한 기사는 다시 큰소리를 쳤다.

"어이구, 그래! 아빠가 약속한다니까? 내가 금연 못 하면 너하고 네 엄마, 유럽 여행 시켜 준다. 까짓것 그게 얼마나 한다고! 가서 에펠 탑도 보고 스위스에서 요들송도 실컷 부르고 와!"

자신이 뱉은 농담이 우스웠는지 기사는 껄껄 소리를 내며 웃었다. 한참을 웃던 그는 웃음 끝에 목소리를 낮춰 물었다.

"너 지금 아빠 담배 피우라고 기도하고 있지? 유럽 가고 싶어서? 내가 네 시커먼 속을 모를 줄 알고?"

입가에 깊은 주름을 만들며 웃던 그는 사이드 미러에 비친 로지를 보곤 급히 전화를 끊었다. 로지는 통화를 방해한 사람이 된 것 같아 미안한 표정을 지어 보였다.

"우리 딸이 모처럼 주말에 약속이 없나 봐요. 나한테 안 하던 전화까지 한 걸 보면."

운전석에 앉으며 기사가 너스레를 떨었다.

"따님하고 사이가 좋으신가 봐요."

그는 선글라스를 끼며 쑥스럽게 웃었다.

"사이가 좋다고 해야 할지, 나쁘다고 해야 할지. 그래도 친구들 말로는 아들보다 딸이 더 좋다고는 합디다. 아들놈 때문에 속 썩는 애들이 수두룩하거든요. 웃기는 놈들! 내가 딸 낳았다고 했을 때, 아들 하나 더 낳아야 한다고 듣기 싫은 소리만 골라서 하더니. 아, 글쎄! 지금은 내 딸을 며느리로 달라고 난리라니까요? 여기 이 선글라스하고 장갑도 우리 딸이 사 준 거라고 했더니, 얼마나 부러워했는지 몰라요."

딸 자랑에 시간 가는 줄 모르던 기사는 무료 주차 시간이 다 된 것 같다며 겸연쩍게 웃었다.

"이번에는 어디로 갈까요? 마음 같아서는 고속 도로나 시원하게 달리면 좋겠는데. 날씨가 무슨 그림처럼 보기 좋아서요. 먼지 없는 봄날 보기가 워낙 어려운 세상이 됐으니."

저장해 둔 주소를 보여 주려고 휴대폰을 꺼낸 로지는 시간을 먼저 확인했다. 기사의 빠른 운전 솜씨 덕에 저녁 약속까지 꽤 많은 시간이 남아 있었다. 휴대폰에서 미끄러진 로지의 눈길이 엄마의 유골함이 담긴 쇼핑백을 잠깐 훑고 떨어졌다.

"저, 서울에서 조금 먼 곳도 가능할까요? 차로 두 시간 정도 걸릴 것 같은데."

추가 비용이 발생하면 따로 챙겨 드리겠다는 로지의 말에 기사는 고개를 절레절레 흔들었다.

"하루를 대절했는데 무슨 추가 요금을 받겠어요. 어딘지 말만 해요."

로지는 원래 가려고 했던 화장터가 아닌 다른 곳의 주소를 불렀다. 기사는 고속 도로 상황이 나빠지기 전에 서둘러 가자며 급히 핸들을 잡았다.

분주한 시내에서 벗어난 택시는 고속 도로 톨게이트를 통과하자마자 속도를 내기 시작했다. 목적지로 바쁘게 달려가는 택시 안에서, 로지는 흘러가는 시간에 몸과 마음을 맡기고 있었다. 멍하니 바깥을 보고 있는 로지가 심심해 보였는지 기사는 라디오를 틀기도

하고, 못다 한 딸 이야기도 하다가, 고된 택시 기사의 삶도 털어놓았다.

"이 직업이 혼자 일하는 직종이잖아요. 운전하다 보면 어느 순간, 한없이 외로워질 때가 있어요. 그럴 때마다 혼잣말도 해 보고, 괜히 손님한테 말도 붙여 보는데. 요즘 젊은 손님들은 나이 많은 택시 기사가 말 걸면 싫어하니까."

로지는 거울로 자신의 눈치를 힐끔 보는 기사를 향해 고개를 흔들었다.

"아니에요. 말씀을 너무 재미있게 하셔서 저는 좋아요."

기사는 마음이 맞는 말동무를 찾은 게 기뻤는지 흡족해진 얼굴로 물었다.

"자식 자랑은 팔불출이라지만, 애를 낳아 놓고 보니 날 닮은 내 자식이 세상에서 제일 예쁘더라고요. 아가씨 아버지도 어디 가면 딸 자랑하느라 바쁘겠어요. 아버지하고 내가 비슷한 연배일 것 같은데, 실례지만 무슨 일을 하시나?"

무감했던 로지의 눈에 쓰디쓴 자조감이 깃들었다. 그걸 내색하지 않고 로지는 천천히 입을 열었다.

"선생님이세요. 고등학교 수학 선생님이요."

룸 미러에 비친 기사의 얼굴에는 그럼 그렇지, 라는 확신이 떠올랐다.

"어쩐지, 처음 봤을 때부터 예사롭지가 않드만. 너무 바르고 참한 아가씨라서 어떤 부모가 이렇게 예쁜 딸을 키웠나 했거든요. 아버지가 교육자셨다니 이해가 가네요. 허허허, 갑자기 우리 딸이 생각나네. 그놈은 어렸을 때 내가 택시 기사인 게 그렇게 부끄러웠대요. 양복 입고 출퇴근하는 직장이 아니라고, 왜 나더러 은행원이나 학교 선생님이 안 됐냐고 따졌었는데. 자식, 그래도 내가 이 택시 하나로 저 하나만큼은 남부럽지 않게 먹여 살린 것도 모르고.”

기사의 넋두리를 듣다 보니 시간은 금방 흘러갔다. 차는 어느새 포장되지 않은 도로 위를 덜컹거리며 달리고 있었다. 생경하면서도 낯이 익은 풍경을 바라보던 로지는 알림 소리가 나는 휴대폰에 시선을 주었다.

[안녕하세요. 효자요양병원입니다. 오제근 환자가……]

문자의 앞줄을 읽자마자 휴대폰을 뒤집어 옆좌석 위에 올려놓았다. 서늘한 한기가 느껴지면서 극도의 오한이 밀려들었다.

‘왜 자꾸 문자를 보내는 거지? 그것도 엄마한테, 아니, 나한테 일이 생길 때마다. 오제근 소식 같은 건 듣고 싶지 않은데. 무서워, 무서워 죽을 것 같아. 만약 태평이가 이 사실을 알게 된다면.’

스멀대는 두려움에 진저리를 치고 있는데, 택시가 한적한 저수지 앞에서 멈추었다. 기사는 차창을 완전히 내리고 맑은 공기를 가슴 깊숙이 들이마셨다.

“담배를 끊어서 그런가, 오늘은 공기도 달게 느껴지네. 서울에 7시까지 올라가면 된다고 했죠?”

"예."

"그럼 두 시간 뒤에 여기로 올게요. 차가 막힐지 모르니까 일찍 출발하는 게 좋겠어요."

로지가 알겠다고 대답하자, 그는 국밥 한 그릇만 먹고 오겠다며 차를 돌렸다. 흙먼지를 뽀얗게 일으키며 멀어지는 택시를 바라보다가 저수지 쪽으로 고개를 틀었다.

호수를 닮은 고즈넉한 저수지가 한눈에 들어왔다. 사람의 손을 타지 않아 제멋대로 자란 들풀들을 헤치며 물가 쪽으로 걸었다. 찰랑거리는 물을 코앞에 둔 곳에 자리를 잡은 로지는 가방에서 두툼한 손수건을 꺼내 깔고 앉았다. 때맞춰 바람 한 점이 잔잔한 저수지의 물결을 흔들며 달려왔다. 비릿한 물 내음을 느끼며 로지는 엄마에게 인사했다.

"화장터보다는 여기가 나을 것 같아서. 엄마도 그렇게 생각하지?"

엄마의 허락을 구하고 쇼핑백에서 유골함을 꺼냈다. 처음에는 화장터에 설치된 공용 항아리에 엄마 유골을 담으려 했지만, 충동적으로 계획을 바꿨다. 엄마의 마지막 순간과 유년 시절을 기억하고 있을 이곳이 엄마를 보내 주기에 더 적합한 장소인 것 같아서였다.

작은 돌멩이 하나를 집어 들고 구멍을 팠다. 그리고 그 안에 엄마의 뼛가루를 부은 뒤 7년 전에 엄마를 위해 만들었던 연보라색 조화도 얹었다. 파헤쳤던 흙을 모아 구덩이를 메우고 정면을 바라봤다. 먼발치에서 빛바랜 현수막이 바람에 날려 펄럭이고 있었다.

[저수지의 철새 보호 및 서식 환경 보호를 위해 수영, 낚시, 야영을 금지합니다.]

저수지에 인적이 없는 이유를 알게 된 로지는 파일에 담겨 있던 A4 용지를 꺼냈다. 입술을 아프게 물었다가 놓고 나서야, 종이에 인쇄된 문자가 읽혔다.

[우리 예쁜 딸! 청소년 미술대전에서 대상 받은 거 축하해. 엄마 지금 인터넷 보다가 놀라서 기절할 뻔했잖아. 아빠한테도 바로 연락했어. 아빠가 바빠서 답은 못 했지만 분명히 우리 로지를 무척 자랑스러워하고 계실 거야. 사랑해!]

[딸! 엄마 지금 시장 보러 나왔다가 다시 집으로 가고 있어. 오늘 세계 청소년 미술 교류대회 발표 날 맞지? 아빠가 아침에 결과 확인하고 문자 달라고 했는데 엄마가 깜빡했지 뭐야.]

[로지야, 점심은 먹었니? 너무 좋은 소식이 있어! 아빠가 지난 주말에 우리 로지 그림을 유명한 미대 교수님한테 보여 줬는데, 너무 좋다고 하셨대. 로지가 아빠를 쏙 빼닮긴 했어. 아빠는 수학 천재고, 로지는 미술 천재니까! 엄마는 우리 딸이 아빠를 닮은 게 너무 자랑스럽고 행복해.]

문자를 읽던 로지는 고개를 들었다. 무연히 저수지를 응시 중인 눈에 서글픔이 물밀 듯 밀려왔다. 가슴이 시렸다. 유재희라는 사람의 세상에는 딸과 그림, 그리고 남편밖에 없었다는 것에.

"엄마 문자인데, 왜 엄마가 없을까."

꾹꾹 눌러 참았던 눈물이, 엄마의 마지막 문자를 읽는 순간 터져 흘렸다.

[부족한 엄마 밑에서 바르고 착한 딸로 자라 줘서 고마워. 아빠 잘 챙겨 드리고. 아빠가 표현은 잘 못하지만 우리 로지를 정말 많이 사랑하는 거 알지?]

딸에게 이 문자를 마지막으로 보낸 엄마는 지금 로지 눈앞에 보이는 저수지에 몸을 던졌다. 당시 엄마는 무슨 생각을 했을까. 그건 아무도 알 수 없지만 한 가지는 확실했다. 숨이 끊어지는 순간에도 엄마는 자신이 아닌 다른 사람을 걱정하고 있었겠지.

"학교 선생님이 뭐가 대단하다고 그런 사람을 좋아했어. 살아 봐서 별로였으면 이혼을 했어야지."

로지의 눈앞에 택시 기사의 얼굴이 스쳐 지나갔다. 엄마가 그 아저씨 같은 사람을 배우자로 선택했다면 지금쯤 자신도 엄마와 행복하게 살고 있지 않았을까.

"나하고 둘이 살아도 됐잖아. 내가 엄마한테 그렇게 의지가 안 됐어? 나는 엄마한테 남이 아닌데, 피가 섞인 딸이잖아. 엄마의 유일한 핏줄은 그 남자가 아니라, 나였잖아."

엉엉 우는 소리에 놀랐는지 로지를 둘러싸고 있는 갈대들이 몸을 떨었다. 저수지에서 텀벙거리던 청둥오리 몇 마리도 푸드덕 소리를 내며 하늘로 날아올랐다. 그 바람에 저수지가에는 괴괴한 적요만 감돌았다. 그 고요함을 밀어 낸 유일한 소음은 섧디 설운 흐느낌뿐이었다.

엄마가 죽었다는 소식을 들었을 때도, 엄마의 장례가 끝났을 때도 로지는 소리 내 울지 못했다. 아빠 앞에서 우는 게 무섭기도 했지만 근본적인 이유는 엄마의 죽음이 믿기지 않아서였다.

엄마 없는 시간이 한 달 정도 지났을 즈음이었다. 혼자 집에 있던 로지는 전화 한 통을 받았다.

—안녕하세요, 정수기 필터 교체 때문에 연락드렸습니다. 유재희 씨 맞으시죠?

로지는 엉겁결에 엄마가 지금 집에 없다고 둘러댔다.

—아, 딸이에요? 엄마는 언제 집에 와요?

입술만 달싹이던 로지는 수화기를 내려놓고 방으로 뛰어 들어갔다. 그리고 이불을 뒤집어쓴 채 소리 없이 눈물만 흘렸다. 그제야 실감이 났다. 유재희라는 이름을 가진 사람도, 로지가 엄마라고 부를 사람도 다시는 돌아오지 않는다는 걸.

로지에게 엄마의 죽음이란 자신을 지탱하던 한 귀퉁이가 무너져 내릴 만큼 충격적인 일이었지만, 이 세상은 고작 한 인간의 죽음 따위에 흔들리지 않았다. 아침이면 어김없이 해가 떴고, 계절이 바뀔 때마다 꽃이 피고, 나뭇잎은 졌다.

"엄마가 죽었다고 해서, 달라지는 건 아무것도 없었단 말이야.

아무것도 변하지 않았는데."

변하지 않은 건, 일상뿐 아니라 오제근 역시 마찬가지였다. 로지 없이 엄마의 장례를 치르고 돌아온 그는 한마디만 남긴 채 다시 학교로 돌아갔다.

'네 엄마 소원이 널 예고에 보내는 거였다. 그 소원 내가 들어줄 테니 넌 지금처럼 계속 그림을 그려. 죽은 네 엄마가 원통하지 않도록.'

소름이 끼칠 만큼 차가웠던 오제근의 목소리는 죽은 아내를 안타까워하기는커녕, 유일하게 남은 피붙이마저도 거추장스럽게 여기고 있었다.

젖은 기침을 토해 내며 울음을 삼킨 로지는 가방에서 일회용 라이터를 꺼냈다. 앞으로 나아갈 수 없다고 해서, 과거까지 쥐고 있을 수는 없었다. 희망을 버렸다고 해서 절망이 그 빈자리를 차지하게 내버려 두고 싶지도 않았다. 이 다짐을 마음속으로 반복하며 엄마의 마지막 흔적을 지울 준비를 했다.

"……어?"

A4 용지 끄트머리에 라이터를 가져갔던 로지는 두 눈을 세게 감았다가 떴다. 투명한 눈물막이 사라진 눈에 엄마의 문자가 아닌 다른 사람의 문자가 보였다. 들고 있던 라이터를 내려놓고 두 손으로 종이를 움켜쥐었다.

[김태평이야. 11시까지 와. 일이 좀 생겼어.]

"이날은, 엄마 생일인데."

문자가 전송된 날짜를 더듬던 머리에 번개가 내리치듯 그날의 기억이 떠올랐다. 약속했던 시간보다 한 시간 가까이 늦었던 태평을 홀로 기다렸던 날이. 스팸 문자만 남아 있을 줄 알았던 종이를 다시 읽었다. 놀랍게도 태평의 문자는 계속 이어지고 있었다.

[액정이 맛이 갔으면 갔다고 진작 말해야 할 거 아니야! 사람 바보 만드니까 좋냐? 몸은 또 왜 그렇게 약해 빠진 거야. 심장 떨어질 뻔했네.]

[넌 죽을 때까지 그림만 그려야겠다. 한국에 두기 아까울 정도야. 비실비실한 게 어디서 그런 힘이 나오는 건지.]

[내가 진짜 이 말까지는 안 하려고 했는데. 너 왜 한창수는 창수라고 부르고, 나는 성까지 꼬박꼬박 붙여서 김태평이라고 불러? 후배를 아끼는 선배가 되기는 개뿔, 한창수보다 내가 못한 게 뭐가 있다고.]

조금 전까지 눈물을 떨구던 로지의 눈이 살포시 접혔다. 열일곱 살의 김태평이 제 귀에 대고 투덜거리는 것 같아 입에서는 피실 웃음마저 샜다.

[뱁새, 뱁새가 너라고! 한창수가 아니라, 오로지가 뱁새라고. 눈치도 더럽게 없네.]

[나, 강유준이 아주 마음에 안 들어. 특히, 그 음침한 눈이! 혹시 강유준이 널 좋아하는 건 아니겠지? 그러기만 해 봐! 내가 밟아 놓을 테니까.]

[오늘은 네 아버지가 진짜 싫다. 네가 나처럼 고아였다면 차라리 나았을 텐데.]

얼마 남지 않은 태평의 문자에서 '아버지'라는 단어를 발견한 로지는 조용히 숨을 삼켰다. 이후에 태평이 보낸 문자는 누군가에게 보내는 메시지라기보다는, 일기처럼 그의 심경을 기록하는 수단으로 바뀌어 갔다.

[오로지! 착한 사람은 복을 받는 게 아니라, 도태되는 거야. 내가 다큐멘터리 보면서 느낀 건 그것밖에 없어. 그러니까 내 옆에 붙어 있어. 뱁새 멸종 안 되게 내가 알아서 할 테니까.]

[뽀뽀 정도는 괜찮지 않냐고? 이 뱁새가 남자 무서운 줄을 모르네. 너 그러다가 내가 덮치면 어쩌려고 그러냐? 눈에 뵈는 게 없다더니.]

[뱁새, 넌 앞으로 죽을 때까지 맥주 금지야! 뭐? 벤 위쇼가 잘생겼다고? 이게 입이 아니라 눈으로 술을 마셨나! 내가 벤 위쇼보다 키도 크고, 나이는 더 어린 거 몰라? 아, 짜증 나네. 나한테는 뱁새보다 예쁜 사람이 없는데.]

다음 문자로 넘어가려던 로지의 눈이 '벤 위쇼'라는 이름을 여러 번 읽었다. 태평과 처음이자 마지막으로 봤던 영화 〈향수〉가 어렴풋이 기억났다.

"내가 벤 위쇼를 잘생겼다고 했었나?"

화가 잔뜩 나 있는 듯한 태평의 문자를 다시 읽던 로지가 멈칫했다. 얼마 전에 그가 물었던 질문이 일순 머리를 스쳤다.

'내 영어 이름이 왜 벤인 줄 알아?'

'그것도 모르면서, 질투는 무슨.'

창백했던 로지의 뺨이 붉게 물들었다. 철없던 시절에 흘린 제 말 한마디가 지금 태평이 쓰고 있는 영문 이름에 영향을 주었다니. 좋기도, 미안하기도 한 마음을 다독이며 다음 장으로 넘겼다. 달콤 쌉싸래했던 지금까지의 문자와 달리 이어진 문자는 부쩍 짧고 건조해졌다.

[네 아버지, 정상 아니야. 불안해 미치겠네.]

[나만 믿으면 돼. 네 주변은 다 쓰레기야. 그러니까 나만 믿어.]

[우리 도망치자. 아무도 모르는 곳으로.]

잠시 말라 있던 로지의 눈가가 다시 습해졌다. 여름 방학을 기점으로 끊어져 버린 태평의 문자에 로지는 두 눈을 느리게 감았다가 떴다.

그리고 마지막 종이를 훑어 내렸다. 여름 방학이 끝나고 2학기가 시작되었을 무렵, 태평은 다시 로지에게 문자를 보냈다. 띄엄띄엄 보낸 그 문자들은 로지의 휴대폰이 정지되기 직전에 수신된 마지막 메시지였다.

[오늘 병원에서 퇴원했어. 팔다리도, 머리도, 눈도 멀쩡해. 내 걱정 같은 거 안 했겠지만 일단 말해 둔다. 내일 영국으로 가. 내가 어떤 마음으로 떠나는지 넌 죽어도 모르겠지. 알아 달라고 할 생각도 없지만.]

[공항이야. 나는 잘 먹고 잘 살 테니까 너도 씩씩하게 살아. 다른 건 아무것도 안 바랄 테니까, 네 아버지한테서만 도망쳐서 숨어 있어. 홍민영하고 한창수한테 빌붙어서라도 살아만 있으라고.]

[약속 지킬 거야. 내가 너한테 했던 약속들, 전부 지킬 거라고. 장미꽃 들고 데리러 갈 테니까 넌 나만 기다리고 있으면 돼. 이 말만 똑똑히 머리에 박아 둬. 나를 살아 보고 싶게 만든 게 너니까, 숨이 붙어 있는 날 책임질 사람도 너밖에 없다는 거!]

[비행기 뜬다. 갑자기 소크라테스가 했던 말이 하나 떠오르네. The hour of departure has arrived, and we go our ways - I to die, and you to live. Which is better God only knows. 떠날 때가 되었으니 각자 갈 길을 가자. 난 죽기 위해, 넌 살기 위해. 어느 쪽이 더 나을지는 오직 신만이 알겠지만.]

두 눈을 뿌옇게 만든 눈물이 소리 없이 떨어졌다. 흙바닥에 떨어지는 눈물을 응시하던 로지는 가방에서 펜을 하나 꺼냈다. 그리고

A4 용지를 반대로 뒤집어 바닥에 내려놓았다.

"……제발. 태평이를 생각해서라도."

간절히 속삭이며 펜을 들었다. 이면지를 스케치북 삼아 눈에 보이는 것들을 하나씩 그려 넣었다. 하늘을 떠다니는 구름도, 저수지 수면 위에서 물장구를 치는 오리들도, 자신을 포근하게 품어 주고 있는 갈대도.

스케치를 끝낸 뒤 두 눈을 감았다. 원인 모를 열감이 뺨에 오르는 게 느껴졌다. 겁을 먹어서인 것 같기도, 은근한 기대를 품은 탓인 것 같기도 했다. 두근거리는 심장을 느끼며 오늘 전시회에서 보았던 그림을 한 점씩 되새겼다. 최면에 걸린 듯 자신의 옛 그림에 빠져 있던 로지의 눈꺼풀이 서서히 열렸다.

초점이 맞기 시작한 눈에 스케치북 대신으로 쓴 종이가 보였다. 그걸 우두커니 살펴보던 로지는 제 입술을 깨물었다. 비릿한 피가 혀를 타고 넘어온 순간, 발밑에 놓인 종이를 마구 찢었다.

"엄마."

억눌린 흐느낌이 로지의 입에서 터졌다. 이번에도 실패였다. 이미 수천 번은 넘게 경험했지만, 매번 받아들일 수가 없는 현실이었다. 로지가 그린 건 그림이 아니었다. 선과 면이 제멋대로 찌그러진 형체를 알아볼 수 없는 낙서였을 뿐.

"엄마, 나 좀 도와줘."

눈물 때문에 숨이 막힌 로지는 연신 기침을 해 댔다. 시야가 까맣게 먹혔다가 다시 하얗게 밝아질 때마다 민영이 보였다. 제게 그림을 그려야 한다고, 너는 그림을 그릴 때가 가장 예쁘다고 말해 준 친구였다. 그 옆에는 창수도 서 있었다. 로지의 기운을 북돋기 위해 무던히 노력해 온 고마운 후배가.

"내가, 다시 그림을 그릴 수 있게 도와줘, 엄마."

유채 화랑에서 자신을 기다리고 있던 태평의 마음은 어땠을까. 어렸을 때 그린 제 그림을 모두 사진으로 찍어 뒀던 그의 노력은 어떻게 보상해야 할지.

'내가 수집한 그림, 잘 봤어?'

화랑에서 마주했던 태평의 진중한 눈빛이 머릿속에서 수없이 재생됐다. 아무것도 담지 못하는 자신의 눈에 생기를 불어넣고자 애를 쓰던 그 눈빛이.

"나도 그리고 싶어. 할 수만 있다면, 그리고 싶은데……."

언제부터였을까, 보이는 것들을 그릴 수 없게 되었던 것이. 처음에는 그림을 너무 많이 원망해서 받게 된 벌이라고 생각했었다.

따지고 보면 로지의 불행은 언제나 '그림'이 불러왔으니까.

애초에 그림을 그리지 않았으면 될 일이었다. 그랬다면 오제근이 엄마의 목에 올가미를 씌울 일도, 김동우가 로지의 사진이 실린 기사를 읽을 기회도, 태평이 억울하게 영국으로 쫓겨갈 일도 없지 않았을까?

"그림에 손을 대지 말걸. 그러면 나한테는 엄마가 있고, 희찬이한테는 아빠가 있었을 텐데."

그림이 초래한 비극들 앞에서 로지는 무력했고, 그림이라는 암초를 만난 그녀는 산산조각이 나 버렸다. 하지만 이 모든 것보다 로지를 더 아프게 한 건 바로 태평의 존재였다.

"태평아, 미안해."

로지는 온몸을 떨며 울었다. 태평만큼 순수하게 자신과 자신의 그림을 봐 준 사람이 또 어디에 있을까.

태평 덕분에 로지는 그림이 가진 본연의 역할이 무엇인지 깨닫게 됐다. 그림이란 말과 글로는 표현할 수 없는 화가의 심중을 드러낸 언어라는 걸. 그리고 그 언어를 해석할 수 있는 사람을 만난다면 특별한 교감을 나눌 수 있다는 것도.

그렇게 소중했던 그림이, 제게 칼을 겨눌 줄은 몰랐다. 태평과 자신을 찢어 놓은 것도 모자라 저를 그림 밖의 세상으로 내동댕이쳐 버릴 줄은.

산이 높으면 계곡이 깊다고 했다. 작용하는 힘이 크면 반작용도 그만큼 큰 법이었다. 그림을 사랑했던 로지는, 사랑한 만큼 그림을 미워했다. 애증의 대상이 되어 버린 그림을 되찾기로 결심했을 때는 너무 늦어 버린 뒤였다.

"그림을 그리지 못한다는 말을, 내가 어떻게 네게 할 수 있겠어."

죽어도 이 사실만큼은 태평이 몰라야 했다. 고통을 주워 담으며 살았던 지난 7년이 주마등처럼 스쳐 지나갔다. 나날이 무거워져 가는 고통의 무게를 이기지 못해 자신이 가진 것들을 하나씩 포기하며 살았던 날들이. 태평과 나눌 수 없는, 아니, 나눠서는 안 될 기억들이었다. 그 아픔을 공유하게 된다면 태평의 심장마저 제 심장처럼 찢길 테니까.

"1년만, 1년만 버텨 보고 말하려고 했는데."

태평과 잠시 떨어져 있는 시간이 필요하다고 느꼈다. 암담한 상황을 홀로 이겨 내는 게 쉽지는 않겠지만, 그래도 다시 시작해 보고 싶다는 용기가 솟았으니까.

하지만 전시회장에 들어섰을 때, 로지가 간신히 피워 놓은 이 희망의 불꽃은 너무 쉽게 꺼져 버렸다. 그녀를 향해 날아든 간절한 바람들 때문이었다. 로지를 응원하는 사람들의 마음들이 아이러니하게도 로지의 용기를 단숨에 꺾어 버렸다.

"태평아."

감당할 수 없는 감정이 기도를 짓눌렀다. 숨을 쉴 때마다 날카로운 칼끝이 폐부를 찔러 대는 기분이었다. 숨이 막힌 몸에서 펄펄 끓는 열기와 뼛속까지 얼릴 냉기가 번갈아 느껴졌다. 정신이 아득해지는 순간, 로지는 이 모든 것들을 벗어 버리기를 바라고, 또 바랐다.

엄마의 유골을 뿌리고, 오제근과의 연도 끊고, 정신과 상담도 꾸준히 받고, 되든 안 되든 매일 그림을 그리다 보면 태평을 따라 홀가분하게 떠날 수 있지 않을까.

어느 순간 가빴던 숨이 평온해지면서 머리가 하얗게 비워졌다. 세상이 뒤집히더니 로지는 어느새 하늘 위를 날고 있었다. 모처럼 찾아온 안락함이 온몸에 고여 있던 긴장을 빠짐없이 풀어 냈다. 옥죄고 있던 고통에서 해방된 걸 기뻐하며 로지는 한 마리의 나비가 된 듯 하늘 높이 날아올랐다. 가능하다면 지금 꾸고 있는 이 꿈에서 계속 살고 싶었는데, 저 아래에서 자신을 찾는 목소리가 들려왔다.

"오로지!"

"……."

"로지야, 오로지!"

"……."

"내 목소리 들려?"

가슴을 강하게 내리누르는 압박감에 물이 잔뜩 들어찼던 폐가 움찔거렸다. 폐가 비틀리는 느낌에 구역질을 느낀 로지가 물을 크게 토해 냈다.

콜록ㅡ, 콜록.

물을 쏟아 내자마자 기다렸다는 듯 시린 공기가 기도를 뚫고 들이쳤다. 어떻게 숨을 쉬는지 까먹은 사람처럼 가쁜 숨을 헐떡이던 로지가 두 눈을 떴다. 세상이 뒤집혔다고 느낀 게 꿈이 아니었는지, 태평도 하늘 위에 떠서 자신을 내려다보고 있었다.

"나 보여?"

로지는 여전히 뿌연 눈을 깜빡이며 태평을 올려다봤다.

'아직도 꿈을 꾸고 있는 건가. 태평이가 어떻게 내 눈앞에 있지?'

혼란에 빠진 로지는 두 눈만 연신 깜빡였다. 태평의 모습이 너무 낯설어서였다. 급한 숨을 몰아쉬는 것도 이상하고, 눈가가 지나치게 붉어져 있는 것도 그렇고, 무엇보다 왜 이렇게 젖어 있는 건지. 로지는 태평의 머리카락 끝에 매달려 있다가 제 뺨으로 떨어지는 물방울을 이상하게 바라보았다.

"태평아."

꽉 막혀 있던 목구멍을 열고 태평을 부르자, 그가 상체를 내려 로지를 부둥켜안았다.

"씨발…… 하나님, 감사합니다."

귓가에 속삭인 태평의 목소리에 로지는 서서히 패닉에 빠졌다. 그에게 안긴 제 몸의 상태를 뒤늦게 알아챈 탓이었다. 경련이라도 일으키는 것처럼 덜덜 떨고 있는 로지의 몸은 온통 물에 젖어 있었다. 옷을 입고 수영장에 뛰어들기라도 한 것처럼.

그 후 로지의 머리는 수명이 다 된 형광등이 깜빡거리듯, 기억을 드문드문 주워 담았다. 넋을 놓고 있다 보니 병원이었고, 다시 정신을 차렸을 때는 태평의 차 안이었다. 기억만 간헐적으로 남은 게 아니라 다른 감각도 온전치가 않았다. 차창 밖을 바라보았지만 모든 사물이 암암해 보였고, 소리 역시 물속에서 듣는 것처럼 먹먹하게 들렸다. 운전하는 내내 말이 없던 태평은 빌라의 지하 주차장에 차를 세운 뒤에야 차갑게 입을 열었다.

"내리자."

맥이 풀린 로지의 시선이 차에서 내리는 태평을 따라 움직였다. 조수석 문을 연 그는 담요를 두르고 있는 로지를 안아 올렸다. 로지는 움직이지 못하는 인형이 된 것처럼 그의 품에 안겨 엘리베이터에 탔다. 현관문을 열고 집으로 들어간 그는 곧장 욕실로 향했다.

"벗어."

버석하게 마른 음성으로 말하는 태평을 올려다보았다. 추를 매단 듯 무거운 눈빛이 로지의 뺨을 짓누르듯 쏘아보고 있었다. 로지는 말없이 원피스 지퍼를 내렸다. 그는 옷을 벗기 시작한 로지를 확인한 뒤 몸을 돌려 욕실에서 나갔다. 로지의 시선이 제가 벗어 놓은 원피스로 떨어졌다. 진흙과 물이끼로 범벅이 된 원피스는 본래의 아름다운 색감을 잃고 흙투성이가 되어 있었다. 급한 대로 물에 헹구기라도 해야 할 것 같아 옷을 주우려고 했는데.

"비켜."

다시 욕실로 돌아온 태평이 로지보다 먼저 원피스에 손을 댔다. 로지는 그가 들고 온 쓰레기봉투로 시선을 돌렸다. 그 안에는 오늘 자신이 신었던 슬링 백이 담겨 있었다. 주저 없이 원피스를 봉투에 집어넣은 그는 턱 끝으로 로지의 몸에 붙어 있는 옷을 가리켰다.

"마저 벗어."

로지는 제 상체를 훑는 태평의 시선을 따라 고개를 내렸다. 이제 남은 거라고는 슬립과 속옷밖에 없는데. 망설이는 로지를 바라보던 태평이 들고 있던 쓰레기봉투를 내려놓았다. 그리고 시범을 보이겠다는 듯 그가 입고 있던 셔츠의 단추를 하나씩 끌러 내렸다. 바지를 벗는 태평을 멍한 얼굴로 쳐다보던 로지는 그의 손가락이 드로어즈를 파고드는 순간 다급히 몸을 돌렸다.

"……!"

시야는 차단했지만 뚫려 있는 귀까지 막을 수는 없었다. 부스럭 대는 소리가 들리는 걸 보니 그는 자신이 입고 있던 속옷도 모두 벗어 쓰레기봉투에 넣은 것 같았다.

"벗겨 줘?"

등 뒤에서 넘어온 무심한 어투에 로지는 고개를 저었다. 그리고 느린 속도로 슬립과 속옷을 벗어 내렸다. 얇팍한 천들이 바닥에 떨어질 때마다 태평은 거침없이 그것들을 주워 쓰레기봉투에 넣었다. 왼쪽 손목에 걸고 있는 팔찌를 제외하고 알몸이 된 로지는 어서 태평이 욕실 밖으로 나가기만을 기다렸다. 하지만 그는 자신을 등지고 서 있는 로지를 지그시 내려다볼 뿐 꼼짝도 하지 않았다. 로지는 고개를 들어 정면을 바라봤다. 샤워 부스에 흐릿하게 비친 태평이 보였다. 제 목덜미에 꽂혀 있는 그의 적나라한 시선에 놀라 허둥대는 사이, 연약한 로지의 어깨가 절로 움찔거렸다. 자신의 등을 어루 만지는 태평의 손 때문이었다. 차가운 말투와 달리 맨등에서 느껴진 그의 손은 뜨거웠다. 사람의 체온이 이렇게 높아도 되는 걸까, 불쑥 일어난 걱정에 휩싸이는 동안 로지는 그의 힘에 밀려 샤워 부스 안으로 들어갔다.

솨아아—.

로지를 따라 들어온 태평이 샤워 헤드를 바닥에 내리고 온수를 틀었다. 발바닥 사이로 느껴지던 차가운 물이 따뜻한 물로 바뀌자 그는 두 사람의 머리 위로 물이 떨어지게 조절했다. 로지는 태평에게 등을 보인 채 가만히 서 있었다. 저수지에 빠졌을 때 정신머리도 빠뜨리고 온 건지, 머릿속이 멍하기만 했다.

샤워기를 타고 흐르던 물줄기가 멎은 순간, 낮게 잠긴 음성이 로지를 감싸듯 울렸다.

"머리부터, 감길 거야."

태평은 거품을 낸 샴푸를 로지의 머리에 묻히고는 조심스럽게 머리카락을 비비기 시작했다. 샴푸가 끝나자 그는 샤워 볼에 보디 샴푸를 묻혀 로지의 등과 어깨도 고루 문질렀다. 로지는 그가 건넨 민트 향이 나는 샤워 볼을 받아 그의 손길이 닿지 않은 앞몸에 거품을 묻혔다.

연인이 같이 샤워를 한다는 건, 으레 야릇한 상상을 불러일으키기 마련이지만 두 사람에게는 거리가 먼 이야기였다. 태평과 로지는 맹수와 초식 동물처럼, 한쪽은 잔뜩 날을 세우고 있었고, 다른 한쪽은 방어하기에 급급했다. 차곡차곡 쌓여 가는 긴장감을 이기지 못할 즈음, 샤워는 끝났다.

"입어."

로지는 태평이 건넨 분홍색 샤워 가운을 입었다. 걸리적거리는 허리끈을 묶으려 할 때였다. 그가 끈을 잡은 로지의 손을 매섭게 쳐냈다.

"이건 필요 없잖아."

표정을 굳힌 태평은 멀쩡한 허리끈마저 빼내어 쓰레기봉투에 넣고 로지의 팔을 잡았다. 왜 그러는 거냐고 묻고 싶었지만 잠자코 그를 따라 거실로 걸었다. 로지를 식탁 의자에 앉힌 그는 드라이어로 로지의 젖은 머리도 꼼꼼히 말렸다. 불퉁한 말투와 무표정한 얼굴이 믿기지 않을 만큼 머리를 말리는 그의 손길은 조심스럽고 부드러웠다.

"가만히 앉아 있어."

머리가 다 마르자 태평은 전자레인지로 무언가를 조리하기 시작했다. 냉장고 문을 열 때도, 숟가락을 꺼낼 때도 그의 시선은 감시라도 하듯 로지를 연신 훑어 내렸다. 묘한 긴장감 속에 로지는 애꿎은 주먹만 쥐었다가 폈다.

"먹어."

혼란스럽게 떨리는 로지의 눈이 식탁 위에 놓인 작은 볼로 향했다. 뜨거운 김이 오르고 있는 볼 안에는 수프도, 죽도 아닌 걸쭉한 음식이 담겨 있었다.

"오트밀이야. 그거밖에 없어."

술 한 병과 유리잔을 꺼내온 그는 로지와 마주 앉았다. 아무것도 먹고 싶지 않았지만 로지는 숟가락을 들었다. 태평은 로지가 오트밀을 한 수저씩 먹을 때마다 달콤한 과일 향이 나는 투명한 술을 연거푸 들이켰다. 오트밀을 거의 비우자 그는 약국에서 받아 온 약과 물을 로지 앞으로 밀었다.

"……."

눈길을 떨어트리고 있었지만, 로지는 제 얼굴에 달라붙어 있는 맹렬한 시선을 느낄 수 있었다. 그가 조성한 강압적인 분위기에 압도되어 약을 입에 털어 넣고 의자에서 일어났다. 억지로 음식을 집어 넣은 탓인지 속이 좋지 않았다. 끈이 없어 자꾸만 벌어지는 가운의 앞섶을 쥔 채 욕실로 걸어가는데, 태평이 뒤따라왔다. 그리고 욕실 문을 닫으려는 로지를 저지했다.

"열어 놔."

날카롭게 뱉은 그의 협박이 고막으로 스며들었다. 태평 몰래 먹은 것을 게워 내려던 로지는 뜨끔한 시선을 위로 올렸다. 그는 의미를 알 수 없는 눈빛으로 로지를 노려보며 이죽거렸다.

"한 번이면 충분하잖아?"

뭐가 한 번이면 충분하다는 건지, 로지는 그의 질문이 도저히 이해가 되지 않았다. 할 수 있는 거라곤 황망한 눈으로 그를 바라보는 것이었다. 펄펄 끓고 있는 검은 동공이 내뿜는 열기가 로지의 얼굴을 뒤덮었다. 형언할 수 없을 만큼 깊은 분노를 담고 있는 눈빛에 숨이 턱 막혔다. 그가 어마어마하게 화가 났다는 걸 본능으로 읽어 낸 로지는 뒷걸음질을 쳤다. 그리고 태평은 로지가 물러선 만큼 한 걸음 더 다가왔다. 두 사람이 만들어 낸 발소리가 어지럽게 뒤엉키면서, 로지의 허리춤으로 태평의 손이 들어왔다. 곧 로지의 상체가 그의 가슴팍에 밀착됐다. 여느 때처럼 따스한 체온이 뺨에서 느껴졌지만, 로지의 몸은 긴장을 풀지 못하고 뻣뻣하게 굳었다. 시간이 멈춘 듯한 정적 속에서 그가 천천히 입술을 움직였다.

"문, 열어 놔."

"……."

"목을 맬 거라고는, 네 머리카락밖에 없다고 생각했는데. 샤워 호스가 남아 있더라고."

쐐기를 박는 목소리에 로지의 심장이 철렁 내려앉았다. 떨리는 손으로 끈이 없는 가운을 더듬던 로지는 태평이 자신을 감시 중인 이유를 깨닫고 눈을 지그시 감았다. 그제야 알 것 같았다. 태평의 눈에 자신이, 자살할 기회만 호시탐탐 노리는 시한폭탄처럼 보이고 있다는 걸.

먹먹한 가슴을 누르고 발을 틀어 욕실 안으로 들어갔다. 그리고 변기가 아닌 세면대 앞에 섰다. 그곳에는 얼마 전에 자신이 썼던 분홍색 칫솔이 놓여 있었다. 등 뒤로 따라붙는 그의 시선을 느끼며 로지는 천천히 이를 닦았다.

양치를 끝내자마자 태평은 로지에게 침실을 가리켰다. 무표정한 얼굴이지만 눈빛은 형형히 타오르고 있는 그를 자극하고 싶지 않아 침실로 걸었다. 태어나서 처음 보는 크기의 침대 위로 올라가 모로 누웠다. 웅크리고 누운 몸 위로 얇고 부드러운 이불이 덮였다. 깃털처럼 가볍고 따뜻한 소재로 만든 이불이었지만, 죄책감 탓인지 납덩이를 덮고 누운 것처럼 무겁게 느껴졌다.

한숨을 깊게 쉰 태평은 방 안의 조명을 낮추고 침대 위로 올라왔다. 탄력이 좋은 매트리스가 저수지의 물처럼 가볍게 출렁거렸다.

'내가, 왜 그랬을까.'

저수지에서 있었던 일을 여러 번 곱씹어 봤지만, 로지의 뇌는 그 어떤 실마리도 내놓지 않았다. 마치 누가 단칼에 싹둑 베어 내기라도 한 것처럼, 로지는 태평에게 발견되기 전의 기억을 찾을 수가 없었다.

'많이 놀랐겠지.'

자투리만 남은 기억 속에 선명한 건 온통 태평과 관련된 것뿐이었다. 절박하다 못해 괴로움에 물들었던 얼굴, 제 이름을 부르던 갈라진 목소리, 자신을 끌어안은 팔이 무섭게 떨리던 느낌까지.

이성을 잃은 태평은 흡사 미친 사람처럼 굴었지만 로지의 머리를 감싸며 끌어당기던 그의 손은 평소처럼 부드러웠다. 코끝에 눌린 그의 가슴팍에서는 익숙한 냄새가 났고, 물기에 젖은 그의 몸은 로지의 떠는 몸을 달래 줄 만큼 따뜻하다 못해 뜨거웠으니까.

'집에 가자.'

집으로 가자는 태평의 목소리가 너무 다정해서, 로지는 하마터면 아무 일도 일어나지 않았다고 착각할 뻔했다. 자신을 안고 걷던 태평의 다리가 여러 번 휘청이지 않았다면, 그의 입술이 눈물을 참듯 부들부들 떨리는 걸 보지 못했다면, 이 모든 게 악몽이었다고 생각하며 간단히 넘겼을 수도.

'이제 어쩌면 좋지.'

로지는 마른 입술만 달싹였다. 불필요한 오해는 풀고, 태평에게 준 상처도 다독여야 한다는 걸 알고 있었지만 머리가 생각하는 대로 굴러가지 않았다. 그저 숨이 막힐 뿐이었다. 물에 빠졌을 때도 편했던 호흡이, 왜 지금은 질식할 것처럼 막혀 오는 건지 알 수 없었다.

옆으로 누웠던 몸을 바로 했다. 늘 봤던 천장과 비교가 안 되는 높은 천장이 보였다. 까마득하게 높은 천장을 보다가 천천히 고개를 돌렸다. 태평은 이불 없이 짙은 남색 가운만 입고 로지에게 등을 보인 채 누워 있었다.

'태평아.'

크게 부풀었다가 꺼지는 태평의 등은 소리 한 점 내고 있지 않았다. 로지의 편안한 잠을 방해하지 않기 위해 무던히 애를 쓰고 있는 게 분명했다. 몸을 돌려 태평 쪽으로 다가갔다. 손바닥을 펼쳐 그의 등에 댔다. 두툼한 소재로 된 가운 너머로 뜨뜻한 체온이 감지됐다. 안도감이 밀려왔다. 자신이 여전히 로지인 것처럼, 그도 여전히 태평인 것 같아서.

"건드리지 마."

사나운 말투에 로지의 손이 반사적으로 그의 등에서 떨어졌다. 당황해서 어쩔 줄을 모르고 있는데 가시 돋친 소리가 다시 들렸다.

"뭐가 문제야."

"……"

"내가 다 해결해 줬잖아."

"……"

"돈이고, 사람이고, 복수고. 너 귀찮게 하는 것들은 내 손으로 다 치웠는데, 뭐가 또 문제냐고."

자제력을 잃은 심정을 대변하듯, 태평의 목소리는 전에 없이 격양되어 있었다. 잠시 숨을 고르던 그가 다시 입을 열었다.

"네가, 나한테 어떻게 이럴 수 있어."

"……"

"내 눈앞에서, 내 부모가 불에 타 죽었다고 했잖아. 사람 살 타는 냄새가 아직도 코끝에 진동해. 내 발목을 붙잡고 살려 달라고 말하는 목소리가 고막을 찢고 싶게 만든다고."

"……."

"그런 내가, 이젠 네가 죽는 것까지 봐야 하는 건가?"

거친 언사가 섞인 태평의 말에 로지의 얼굴은 고통으로 얼룩졌다. 로지는 멍한 눈으로 그의 등을 좇았다. 눈앞에 있던 태평의 등이 자꾸만 멀어지고 있었다. 이대로 내버려 두면 안 된다는 두려움에 다시 손을 뻗었다.

"건드리지 말라고 했잖아!"

순식간에 몸을 돌린 태평이 상체를 세웠다. 로지는 자신을 양팔로 가둔 그의 얼굴을 올려다보았다. 일그러진 눈이 분노로 치민 압력을 이기지 못하고 붉어져 있었다.

"이게 네가 말한 사랑이야?"

"……."

"날 버리지 말라고 했더니, 너를 버리는 게?"

"……."

"내가 고작 이런 꼴을 보려고, 한국에 온 줄 아냐고!"

고집스럽게 로지를 보고 있던 눈이 무너져 내렸다. 둑을 터뜨리고 쏟아진 태평의 분노 앞에서 로지는 아무 말도 할 수 없었다. 자살하려고 했던 게 아니라고, 오해하게 해서 미안하다고, 나도 나를 모르겠으니 용서해 달라는 말들이 입가에 맴돌았지만 차마 뱉어지지 않았다.

말이 없는 로지가 기가 막혔는지, 코웃음을 친 태평이 싸늘하게 입술을 벌렸다.

"네가 뭔데 날 이렇게 비참하게 만들어."

곧이어 그는 한 손으로 로지의 어깨를 움켜쥐듯 잡았다.

"너한테 미쳐 있는 새끼, 가지고 노니까 재미있어?"

로지는 어깨를 잡은 그의 손을 느끼며 입술만 깨물었다. 자신을 죽일 듯이 노려보는 태평의 눈에 실핏줄이 터져 있었다.

"말해 봐. 내 앞에서 한 번도 아니고, 두 번이나 죽으려고 한 이유가 뭐냐고!"

소리를 치는 그의 턱이 화를 누르지 못하고 덜덜 떨렸다. 그러면서도 태평의 손은 로지의 목덜미에 닿지 않기 위해 조심하고 있었다. 자제력을 상실하지 않은 그 손길은 로지의 사고를 하얗게 탈색시켰다. 머리끝까지 화가 치솟았음에도, 그의 온 신경은 오제근에게 목이 졸렸던 제 상처를 헤집지 않으려 본능을 거스르고 있었다. 로지는 핏줄이 돋친 그의 손등 위에 제 손을 포갰다.

'차라리 이 손이, 내 목을 졸랐으면.'

태평의 손에 죽고 싶다는 생각이 들 만큼 로지의 머릿속은 엉망진창이었다. 그에게 준 고통의 크기를 가늠할 수도, 그를 갈기갈기 찢어 놓은 게 저 자신이라는 것도 감당할 수가 없었기에 말 그대로 이 자리에서 죽어 버리고 싶었다.

이런 비극적인 바람을 읽어 냈는지 태평의 얼굴이 엉망으로 구겨졌다.

"그래, 재미있겠지. 나 같은 장난감이 어디 있겠어."

말을 끝낸 그가 차갑게 웃었다. 코미디 영화를 보고 있는 사람처럼 어깨까지 가볍게 떨면서.

"사지가 벌벌 떨릴 만큼 화가 나도, 심장을 찢어발기고 싶을 만큼 아파도, 널 놓을 수 없는 등신 같은 새끼가 나니까."

넋 나간 꼴로 중얼거리던 태평이 얼굴에 떠 있던 웃음기를 천천히 지워 냈다. 공허한 눈으로 로지를 한참 동안 바라보던 그는 눈빛만큼 스산한 목소리로 속삭였다.

"사랑해, 오로지."

"……."

"이 빌어먹을 절망도 사랑이라면, 내가 너를 사랑하는 거겠지."

"……."

"그래도 적당히 가지고 놀아. 네 장난감은 시체가 아니니까. 너 때문에 죽어 있던 오감이 되살아난, 사람이라고."

생살이 찢기는 아픔을 네 덕에 고스란히 알게 됐다는 눈으로 태평은 말을 맺었다. 그리고 로지의 어깨를 쥐고 있던 손을 떼어 냈다. 그대로 멀어질 줄 알았던 그의 손은 로지의 코끝에 잠시 머물렀다.

"고맙네, 살아 있어 줘서."

로지가 내뱉는 습기 어린 숨을 손가락으로 확인하며 그는 자신을 비웃듯 쓰게 웃었다. 쓰디쓴 그의 웃음은 증오 대신 체념을 택하고 있었다. 로지와 자신의 장래가 암담하리만큼 기약이 없다는 걸 끝내 인정한 사람처럼. 부서진 그의 표정에 로지의 마음도 부서져 내렸다.

가쁘게 뛰던 심장이 누가 잡아 흔드는 것처럼 내달렸다. 심장이 쿵쿵거릴 때마다 칼끝이 장기를 파고드는 것처럼 아팠다. 로지는 마른 입술을 벌려 그를 불렀다.

"태평아."

자신을 부른 게 의외라는 듯 그는 입술을 짓깨물었다. 로지는 태평의 얼굴로 손을 가져갔다. 냉랭함을 유지하려 애를 쓰고 있지만, 그는 불씨가 꺼지지 않은 재를 삼킨 사람처럼 아린 표정을 숨기지 못하고 있었다.

"미안하고, 고맙고 사랑해."

태평을 마주할 때마다 자석처럼 따라붙던 감정들을 로지는 하나씩 꺼내 놓았다. 그에게 사랑을 받을수록, 그를 향한 제 사랑이 깊어질수록 그보다 더 큰 죄책감을 삼켜야 했던 지난날이 떠올랐다. 다시 그림을 그려 달라는 그의 작은 부탁도 들어줄 수 없는 자신이 답답하고, 끔찍하고, 혐오스러울 만큼 싫었던 과거가.

"너를, 너무 사랑해서 그랬어."

목 끝까지 찰랑거리며 차오른 이 죄책감은 결국 로지를 스스로 단죄하게 만들었다. 저도 모르는 새에 저수지로 뛰어든 게 바로 그 증거였다.

순간, 태평이 로지의 손을 피해 고개를 틀었다.

"……사랑? 사랑 좋아하시네."

로지의 고막을 꿰뚫듯 빈정댄 그는 커다란 손으로 로지의 빰과 턱을 감싸 쥐었다.

"네 사랑이라면, 이제 지긋지긋해."

자신을 향한 경멸 섞인 시선을 견디다 못해 로지가 두 눈을 질끈 감았을 때였다. 태평의 입술이 로지의 입술을 덮쳤다. 차갑고 날이 선 말을 내뱉던 그의 입술은 믿을 수 없을 만큼 뜨거웠다. 높은 콧날을 로지의 뺨에 짓누르며 그가 고개를 비틀었다.

"······읍."

결합이 깊어진 입술 사이로 거친 숨이 터졌다. 이어 코냑 향을 머금은 혀가 로지의 입술을 비집고 들어왔다. 끈적한 혀가 뒤섞이면서 뜨거운 열기가 두 사람을 적셨다. 그 열기는 불꽃을 품은 태평의 가슴에 기름을 들이부었고, 녹지 않는 얼음을 숨긴 로지의 가슴을 속절없이 무너뜨렸다. 태평이 로지의 아랫입술을 물어 당기며 거친 숨을 토했다. 로지는 제 뺨을 타고 흐르는 뜨거운 숨결로 그가 자신을 열렬히 원하고 있음을 알아차렸다.

"하아······."

고개를 비튼 로지가 억누른 숨을 몰아쉬었다. 태평은 로지의 목을 이로 질근질근 씹으며 중얼거렸다.

"너한테 사랑한다는 말 같은 거, 다신 듣고 싶지 않아."

"······."

"차라리 내 뺨을 후려갈겨. 그편이 나한테는 훨씬 나으니까."

"······."

"7년 전에 네게 맞았을 때도, 내 얼굴에 네 뜨끈한 피가 쏟아졌을 때도 이렇게 아프지는 않았어."

고개를 든 그는 짙게 물든 눈으로 로지를 마주 봤다. 흥분의 불씨를 담은 그의 눈빛에 로지의 가슴이 아프게 조여 왔다.

"나 봐, 오로지."

애원하듯 뱉어 낸 그의 목소리에 로지의 눈가가 움찔거렸다. 눈물이 터질 것 같아 고개를 돌리며 두 눈을 감았을 때였다. 그의 손이 로지의 얼굴을 잡아 다시 제 쪽으로 돌렸다.

"눈 떠!"

감겼던 눈이 그의 외침에 놀라 다시 떠졌다. 침잠한 태평의 눈에서 해갈되지 못한 감정이 읽혔다. 타는 듯한 목마름도, 몸속의 일부를 도려낸 듯한 고통도, 삶의 의미를 잃은 듯한 상실감도 한데 뒤섞여 너울거렸다. 참담한 기분에 휩싸인 로지는 온몸이 가라앉는 느낌이었다. 빛이 닿지 않는 축축하고 어두운 바닥으로 한없이 추락하는 것처럼.

"눈 감으면, 죽여 버릴 거야."

경고를 끝냄과 동시에 태평은 로지의 입술에 제 입술을 묻었다. 거칠지만 뜨겁고, 성급하지만 진심이 담긴 키스였다. 로지에게서 납득할 만한 답을 듣지 못했던 그는 스스로 답을 찾아내려는 듯 로지의 입 안 구석구석을 탐했다. 혀를 부드럽게 얽으며 회유도 해 보고, 입천장과 치열을 핥으며 구슬려도 보던 그는 벌이라도 주듯 로지의 혀 밑에서 솟기 시작한 타액을 거칠게 빨아들였다.

"흐으……."

간신히 떨어진 입술 새로 로지가 밭은 숨을 뱉었다. 흐려진 시야에 툭 튀어나와 있는 태평의 목울대가 크게 움직이는 게 보였다. 무언가를 달게 삼킨 그는 입고 있던 가운을 벗어 침대 밑으로 던졌다. 속옷 한 장 걸치지 않은 태평의 나신은 조도를 낮춘 방 안에서도 존재감을 뚜렷하게 드러냈다. 단단하게 꽉 짜인 상체의 근육이 그가 말을 할 때마다 꿈틀거렸다.

"네 사랑이 어떤 건지는 충분히 알았고."

갸름하게 뜬 태평의 눈이 살짝 벌어져 있는 로지의 가운 사이로 떨어졌다. 창백했던 로지의 목덜미가 붉어졌다. 살갗이 아닌, 눈빛만 닿았을 뿐인데 그의 눈이 훑고 지나간 곳마다 불덩이가 내려앉은 것처럼 뜨거웠다. 입술을 살짝 깨문 로지는 태연한 척 태평을 바라보았다.

"이젠 네 차례야."

탁하게 가라앉은 목소리로 속삭인 그는 로지의 눈가와 뺨, 콧등에 퍼진 홍조를 따라 입술을 눌렀다가 뗐다.

"내 사랑, 받아 줄 거지?"

로지의 눈에 물기가 어렸다.

"……미안해."

고르고 골라 봤지만, 미안하다는 말 이외에는 할 수 있는 말이 없었다. 사랑한다는 말보다 더 힘겹게 꺼낸 로지의 사과에 태평의 얼굴 위로 쓰디�쓴 열망과 뼈아픈 원망이 차례대로 떠올랐다 사라졌다. 재빨리 표정을 지운 그는 혀를 내어 로지의 눈꼬리에 맺힌 눈물을 핥았다.

"달다. 네 눈물은. 네 말은 지독히도 썼는데."

로지의 눈가가 다시 붉어졌다. 눈물 이외에는 제가 가진 모든 것이 그에게 쓰게 느껴진다는 사실이 너무 아팠다. 한참 동안 로지의 눈물 맛을 음미하던 그는 그녀의 목선을 따라 입맞춤을 퍼부었다. 끈적한 입술이 닿은 부위마다 견디기 어려운 간지러움이 솟아올랐다. 어깨를 살짝 모으고 있던 로지는 머뭇거리는 팔로 태평의 등을 감싸 안았다. 금방이라도 온몸을 덮칠 듯한 향기에 긴장이 됐지만, 담담한 척 그의 귓가에 속삭였다.

"하고 싶어."

젖은 입술을 쇄골에 누르고 있던 태평이 굳는 게 느껴졌다. 로지는 고개를 틀어 그의 볼에 제 입술을 안착시키듯 입을 맞췄다.

"……너하고, 엉망이 될 만큼."

감정을 억누르고 뱉은 목소리가 깃털처럼 가볍게 흩어졌다. 태평은 말없이 로지를 당겨 안았다. 로지는 맞붙은 그의 몸을 하나도 빠짐없이 느꼈다. 탄탄한 허벅지의 근육도, 길고 단단한 목덜미에서 쿵쿵 뛰는 맥도, 상처가 가득 뒤덮여 있을 너른 등도.

한동안 로지를 안고 있던 그가 고개를 모로 틀었다. 그리고 오싹하리만큼 낮은 음성으로 경고했다.

"오늘은 안 멈춰. 울어도, 날 때려죽여도 끝까지 갈 거라고."

로지는 부러 눈을 부릅뜨고 그를 응시했다. 심장까지 꿰뚫어 버릴 깊은 눈빛을 띤 그의 얼굴이 천천히 다가왔다. 입술이 맞닿는 순간 로지는 힘을 주고 있던 눈꺼풀을 천천히 닫았다. 그는 서두르지 않고 로지의 아랫입술과 윗입술을 번갈아 빨아들였다. 온몸이 타는 듯 뜨거워진 로지가 입술을 열었다. 부드럽게 입술을 가르고 들어온 그의 혀가 질척질척 안을 파고들었다. 로지는 기꺼이 그의 혀를 제 혀로 감았다. 자잘한 돌기가 돋은 혀가 얽혀 들며 젖은 소리가 방 안에 울려 퍼졌다.

"……아."

번개가 치듯 번쩍거리는 쾌감에 로지의 허리가 침대 시트에서 떨어졌다. 그 바람에 가운이 벌어지며 봉긋한 가슴이 드러났다. 투명하리만큼 흰 속살이 로지가 숨을 쉴 때마다 작게 부풀었다가 꺼졌다. 그 모습을 경이로운 눈으로 관찰하던 그가 제 손을 로지의 가슴에 조심스레 얹었다.

심장 근처에서 퍼지는 뜨뜻한 체온에 로지의 머릿속을 헝클어트렸던 생각들이 알코올처럼 휘발되어 날아갔다. 태평에게 악몽 같은 기억을 남겼다는 죄책감도, 불확실한 미래에 대한 두려움도, 사랑이 공포처럼 느껴지던 지난날의 기억들도.

생각을 지워 버린 로지는 온몸을 새빨갛게 물들인 채 태평의 입술에 제 입술을 밀어붙였다. 마치 이 세상에 남은 사람은 자신과 태평밖에 없는 것처럼 그의 몸을 만지고, 그와 입을 맞추는 것에만 집중했다.

로지 위로 몸을 내린 태평은 감미로운 키스를 퍼부었다. 입술과 뺨, 어깨로 이어지는 그의 입맞춤에 로지는 아이스크림이 된 것처럼 녹아내리는 기분이었다. 그는 혀의 넓은 면을 이용해 제 어깨를 부드럽게 핥기도, 혀끝으로 목덜미를 살짝 건드리기도, 연한 살을 가볍게 문 뒤 입 속에서 우물우물 빨기도 하면서 로지를 끊임없이 희롱했다. 맨살에 감기는 태평의 끈적한 혀에 로지는 입술 사이로 뜨거운 숨만 조금씩 뱉어 냈다.

"자, 잠시만."

가운을 벗겨 낸 그의 손이 골반 쪽으로 향하는 걸 느낀 로지의 입이 다급히 열렸다. 놀란 로지의 얼굴 위로 태평의 달아오른 숨결이 쏟아져 내렸다. 그리고 그는 믿을 수 없을 만큼 공손한 말투로 사과를 해 왔다.

"미안."

"……."

"서두르고 싶지 않은데."

지금은 그럴 여유가 없다는 말을 흘리며 그는 종전과는 달리 거칠게 입을 맞춰 왔다. 그의 입술이 닿는 곳마다 저릿한 파문이 일었다. 그 파문은 얼마 지나지 않아 해일이 되어 로지의 온몸에 휘몰아쳤다. 낯선 쾌감에 연신 몸을 비트는 로지에게 숨이 막힐 만큼 깊은 키스를 이어 가던 태평이 그녀를 온몸으로 뒤덮듯 안았다.

"오로지."

흥분을 감춘 목소리가 로지를 찾았다. 로지는 감았던 눈을 떴다. 온 정신을 로지에게 집중한 그는 그녀의 얼굴을 소중히 어루만졌다.

"나 봐."

불안함과 안타까움이 도사린 태평의 눈빛에 로지의 눈가가 일그러졌다. 벌어진 입술 사이로 참지 못한 흐느낌도 터졌다. 차라리 이

자리에서 흔적도 없이 사라져 버리고 싶을 만큼, 뜨겁고 격렬한 통증이 심장을 움켜쥐었다.

아픈 얼굴을 감춘 로지는 태평의 목덜미를 작은 손으로 감싸 안았다. 감당하기 어려운 이 고통 속에서도 절박한 희망 하나가 선연하게 보였다. 자신 때문에 아파서 몸부림을 치는 태평도, 그에게 미안해서 죽고 싶을 만큼 괴로운 로지도, 아직은 서로를 끔찍하게 원하고 있다는 것이.

"⋯⋯하으."

약한 신음을 흘리며 로지가 허리를 비틀었다. 어느새 뒤엉켜 있는 하체에서 잔뜩 성이 난 태평이 느껴졌다. 긴장한 로지를 달래듯 그는 로지의 손가락에 입을 맞췄다. 잇새에서 낮은 숨을 흘리는 그가 좋았다. 태평의 손길에 민감해진 자신의 몸이 전율하는 것처럼, 이성이란 장막을 걷어 낸 그가 무서우리만큼 본능적 행위에 몰두 중인 것도.

"흡⋯⋯."

차오르는 숨을 삼키지 못한 로지의 입술을 태평이 다시 빨아 당겼다. 아랫입술을 물어뜯는 듯한 키스에 로지의 호흡은 뚝뚝 끊어졌고, 태평의 손은 로지의 가슴을 뭉개듯 움켜잡았다. 갈급한 그의 다른 손은 로지의 허벅지와 무릎 뒤 연한 살도 더듬었다. 음란한 입맞춤이 길어질수록, 둘의 몸은 저속하게 비벼졌고, 로지의 입에서는 앓는 듯한 신음이 샜다.

"⋯⋯으흣."

태평의 어깨를 붙들고 있던 로지의 손에 힘이 들어갔다. 그는 바들바들 떨리는 로지의 몸을 아주 조심스레 파고들었다. 아래에서 퍼진 작열감이 척추를 타고 올라와 머리까지 지글지글 끓게 만들었다. 로지는 고개를 뒤로 젖힌 채 가쁜 숨만 헐떡였다. 쾌감을 동반한 고통에 얼굴을 찡그린 로지에게서 태평은 시선을 떼지 않았다. 심연을 닮은 새까만 그의 눈동자에는 뚜렷한 희열감이 감돌고 있었다. 태평은 땀으로 촉촉해진 로지의 목덜미를 핥아 올리며 말했다.

"사랑해."

"……."

"사랑해, 오로지."

로지는 숨이 막힐 듯 그를 와락 껴안았다. 그리고 울음 섞인 목소리로 고백했다.

"나도, 사랑해."

태평은 크게 기꺼워하는 표정으로 로지의 입술에 입을 맞췄다. 지금 이 순간, 로지가 온전히 그를 의지하고 있다는 게 기뻐서 미치겠다는 것처럼.

"……태평아."

태평의 어깨에 이마를 묻고 로지는 그의 이름을 여러 번 불렀다. 그 속삭임은 모조리 태평의 귓속으로 빨려 들어갔다. 태평은 정신없이 그의 이름을 부르는 로지의 입술을 덮쳤다. 달뜬 로지의 숨소리를 먹어치우며 그는 제 몸의 일부를 착실히 밀어 넣는 것도 잊지 않았다.

"닿을 거야. 네 전부에."

로지를 파고들 때마다 태평은 알 수 없는 말을 중얼거렸다. 자신이 로지의 안에 있다는 걸 확인하고 싶은 사람처럼 로지를 한계까지 몰아붙이며. 힘겨운 신음을 터트리던 로지가 그의 목덜미를 꽉 안았다. 아릿한 고통 속에서도 처음 맛보는 밀도 높은 충만함이 느껴졌다. 자신도 알지 못했던 공백을 채웠다가 빠져나가는 태평이 몰고 온 아찔한 쾌감에 숨이 자꾸만 모자랐다.

"아흐……."

약에 취한 사람처럼 미친 듯이 제 몸을 탐하는 태평 때문에 로지의 시야도 마구잡이로 흔들렸다. 잠시라도 긴장을 놓칠 때마다 로지의 입에서는 제 목소리가 아닌 듯한 소리가 튀어나왔다. 그 소음들은 고스란히 태평의 입 안으로 삼켜졌다.

"더, 더는."

암흑으로 변했던 세상이 총천연색으로 물들 때쯤 로지는 결국 울음을 터뜨렸다. 쾌감을 이기지 못하고 눈물을 흘리는 로지를 끌어안는 태평의 입에서도 짐승이 내는 듯한 짧은 신음이 터졌다. 등줄기를 타고 올라온 쾌감이 머릿속을 강타하며 온 세상이 하얗게 점멸했다. 그악스럽게 로지와 사랑을 나눈 태평은 꼼짝도 못 하고 늘어져 있는 로지의 목덜미에 얼굴을 묻었다.

"로지야."

긴 경주를 끝낸 마라토너처럼 그는 한참이나 숨을 골라야 했다. 그의 입술을 타고 무질서한 숨결과 '로지'라는 단어가 번갈아 흘러

내렸다. 안고 있는 사람의 이름이 '오로지'라는 걸 확인하고, 또 확인하듯.

"……로지."

태평은 올가미처럼 양팔로 로지를 가두듯 안고 옆으로 누웠다. 그리고 뼈가 도드라진 로지의 등을 핥았다. 그가 핥고 빨아들인 곳마다 붉은색 도장이 찍히듯 흔적이 남았다. 그 모습에 잠시 식었던 그의 몸이 다시 뜨거워졌다. 오늘 알게 된 이 열락 속에서 로지와 영원히 머물고 싶다는 욕망이 불끈 일었지만, 그걸 누르며 그는 로지의 뺨을 제 쪽으로 돌렸다.

"오로지."

풀리지 않은 화를 담아서 그는 로지의 관자놀이에 입을 맞췄다.

"로지."

내 서러움 좀 달래 달라는 부탁도 담아서 이번엔 그녀의 눈두덩에 입술을 눌렀다가 뗐다.

"뱁새."

마지막으로 나를 사랑해 달라는 애원을 녹여 그는 로지의 입술에 제 입술을 포갰다. 로지는 입꼬리를 간신히 끌어 올리고 몸을 돌려 누웠다. 태평은 제게 쏟아지는 로지의 몸을 단숨에 당겨 안았다.

"내가, 사랑하는 거 알지?"

대답할 기력을 그에게 모두 빼앗긴 로지는 그의 품에서 고개만 간신히 끄덕여 보였다. 태평은 눈물로 얼룩진 로지의 눈가를 손으로 훔쳐 주었다. 그의 손끝에 파르르 떨리는 로지의 속눈썹이 느껴졌다.

뱁새의 작은 날갯짓을 닮은 간질간질한 그 느낌에, 앙금처럼 가라앉아 있던 오늘의 기억이 다시 부유했다. 강유준을 완벽히 끌어내리기 위해 남은 일을 처리한 뒤였다. 태평은 로지에게 전화를 걸었다. 아직 화장터에서 출발하지 않았다면 그가 직접 데리러 갈 생각에서였다.

'……어엉? 여보세요?'

로지가 아닌 걸쭉한 남자의 목소리에 태평은 심장 한쪽이 떨어져 나가는 공포를 느꼈다.

'어이구, 아가씨가 휴대폰을 택시에 두고 내렸었네.'

국밥을 먹으러 왔다는 택시 기사는 로지와 두 시간 뒤에 만나기로 했다며, 안전하게 데리고 올라가겠다고 했다. '올라가겠다'는 말이 이상하게 들린 태평은 거기가 어디냐고 물었다.

'여기요? 나는 지금 시내에 나와 있고 아가씨는 저수지에 내려주고 왔는데?'

저수지의 이름을 듣는 순간 반쪽만 남아 있던 심장도 마저 떨어졌다. 전화를 끊자마자 그는 차로 달려갔다. 무슨 생각으로 그곳까지 달려갔는지는 기억에 없었다. 저수지 근처에 도착하자마자 차를 버려 두고 두 발로 뛰었다.

별일이 없을 거라고 믿었다. 로지가 엄마와 작별 인사를 하고 홀가분한 얼굴로 자신을 맞게 해 달라고 빌고, 또 빌면서.

하지만 그의 간절한 바람은 저수지에 떠 있는 사람을 발견한 순간 산산조각이 났다. 잔잔한 물결을 따라 흔들리는 하늘색 옷감을 보자마자 그는 미친 사람처럼 물로 뛰어들었다.

물 밖으로 꺼낸 로지는 평소보다 창백했을 뿐, 아침에 보았을 때 그대로였다. 그녀는 무서우리만큼 평온한 얼굴로 두 눈을 감고 있었다. 이번 생에 그 어떤 미련도 남겨 두지 않은 사람처럼.

갈비뼈가 부러질 만큼 로지의 심장을 세게 압박했다. 태평의 입에서는 그도 알아들을 수 없는 욕설이 쏟아졌다. 얼마나 반복했을까, 로지의 입술이 열리더니 물이 쏟아져 나왔다. 그러고는 무슨 일이 있었냐는 듯 말간 눈으로 태평을 올려다봤다.

"……으음."

끔찍한 기억에 잠식되어 있던 태평은 로지의 잠꼬대 소리에 정신을 차렸다. 그는 뒤척이는 로지를 거세게 껴안았다. 상체를 휘감은 팔이 답답할 법도 한데 로지는 죽은 듯이 눈을 감고 있었다.

"로지야."

"……."

"오로지."

"……응."

잠기운이 섞인 대답에 안도한 그는 이불을 끌어 올려 로지와 제 몸 위에 덮었다. 미적지근한 공기가 실오라기 하나 걸치지 않은 두 사람의 몸 사이로 배어들었다.

"살아 있으면 됐어."

애끓는 심정을 담아 속삭인 그는 이불이 된 것처럼 그녀의 몸에 감겨들었다. 로지에게 밀착된 그의 심장이 두근두근 뛰었다.

그 박동이 과거 어느 날의 기억을 불러왔다. 태평의 몸에 난 화상 자국을 보고 놀란 로지가 제 몸으로 그의 온몸을 덮어 줬던 날이었다. 그날부터 로지의 체온은 그의 혈관을 타고 온몸에 퍼져 흐르고 있었다.

전생처럼 아득한 기억을 되새기던 태평은 로지를 꽈악, 끌어안았다. 전생이든 현생이든 내생이든 로지의 곁에는 언제나 자신이 있을 거라 중얼거리며, 그는 나락 같은 잠에 빠져들었다.

고르게 흩어지는 숨소리가 정수리를 규칙적으로 간질였다. 이상한 느낌에 로지는 본능적으로 눈에 힘을 주었다. 그런데 눈꺼풀이 마음대로 올라가지 않았다. 뜨뜻한 온기가 느껴지는 베개에 감은 눈을 비볐다. 하얗게 말라붙은 눈물 자국이 떨어지면서 눈이 힘겹게 떠졌다.

가장 먼저 보인 건 커다란 침대였다. 눈처럼 흰 이불 위에는 반쯤 열린 우드 블라인드 살 사이로 쏟아진 햇살이 세로무늬를 그리고 있었다. 그걸 멍하게 바라보다가 몸을 일으키려 했는데, 손끝 하나 움직여지지 않았다. 그제야 로지는 온몸이 통증을 호소 중이라는 걸 깨달았다.

"일어났어?"

머리 위에서 들린 낮은 목소리에 고개를 돌렸다. 제게 팔베개를 해 주고 있는 태평이 보였다. 뒤늦게 찾아온 부끄러움에 눈을 피했는데 그는 아무렇지 않은 얼굴로 로지의 뺨에 입술을 붙였다 떼어 냈다.

"다시 잘까?"

뺨을 마주 댄 채 그가 물었다. 단순하고 평범한 질문이었는데 로지는 쉬이 답하지 못했다. 어젯밤의 격렬했던 섹스가 머리를 번뜩 스치며 '잘까?'라는 말이 중의적으로 해석된 탓이었다. 칼칼한 목을 마른침으로 축이고 작게 속삭였다.

"씻고 싶어."

"그래."

몸을 일으킨 태평은 가운을 주워 입고 홀로 방에서 나갔다. 이불을 뒤집어쓰고 있던 로지도 끙끙 앓는 소리를 내며 가운을 챙겨 입었다. 잠시 후 다시 방으로 들어온 그는 예고 없이 침대에 앉아 있는 로지를 달랑 들어 올렸다. 그대로 욕실로 옮겨진 로지의 눈에 물이 반쯤 받아진 아이보리색 욕조가 보였다.

"너무 뜨거우면, 찬물 좀 섞고."

"고마워."

태평은 로지를 조심스럽게 바닥에 내려놓고 다시 욕실에서 나갔다. 가운을 벗은 로지는 월풀 기능이 있는 원형 욕조 앞으로 걸어갔다. 깊이감이 남다른 욕조에는 시트러스 향을 풍기는 입욕제가 녹아 있었다. 손으로 물 온도를 체크하고 욕조 안으로 들어갔다. 바닥에서 부드럽게 소용돌이를 일으키는 물줄기에 쌓였던 피로가 조금씩 녹아내렸다. 옥신옥신한 팔다리를 주무르고 있는데 욕실 문이 열리는 소리가 들렸다.

"물 마실래?"

고개를 끄덕이자 태평이 얼음물을 건넸다. 그걸 허겁지겁 마시고 있는데 난데없이 그가 입고 있던 가운을 벗었다. 당황해서 눈을 피한 사이 그는 욕조 안으로 성큼 들어왔다. 잔잔했던 물이 크게 흔들리더니 로지의 가슴 언저리에 맞춰져 있던 물 높이가 어깨선까지 올라왔다.

"이쪽으로 와."

로지는 제 허리를 감싼 손에 이끌려 태평의 가슴에 등을 기대고 앉았다. 규칙적인 그의 숨소리에 집중하다 보니 최면에 걸린 것처럼 어젯밤의 일이 생생하게 떠올랐다.

'힘들어?'

신음을 참고 묻던 태평의 목소리에 로지는 응, 이라고 답했지만 고개는 좌우로 흔들었다. 그만큼 신경이 제멋대로 날뛰었다. 우는 건지 웃는 건지 모를 신음이 잇새로 새어 나왔다. 아픈 건 아닌데 눈물이 났고, 멈췄으면 좋겠다고 생각하면서도 육체는 그에게 매달렸다. 저를 꽉 채우는 감각에만 의존해 모든 걸 잊은 로지는 떼를 쓰듯 태평을 조르고, 또 졸랐다.

'관두지 마. 계속 안아 줘.'

불장난을 처음 해 본 아이가 된 것처럼 로지도 제 몸을 달군 불덩이가 얼마나 뜨거운지 체험하고 싶었다. 태평은 로지의 바람대로 무섭게 집중해 왔다. 똑같이 본능에 의지하고 있었지만 그는 로지가 어떤 움직임에 더 반응하는지를 면밀히 살폈다.

'괜찮아, 다 놔 버려도.'

잡히지 않는 무언가를 잡기 위해 애를 쓰는 로지를 태평이 달랬다.

'다 놔 버려. 그래야 끝나니까.'

로지의 입을 제 입으로 틀어막은 그는, 그녀의 아랫입술을 꾹 물었다. 아릿한 아픔에 작은 신음을 터트리는 순간, 로지는 한껏 부풀어 온 풍선이 터지듯 완벽하게 터져 버렸다. 온몸을 부숴 버린 절정은 그녀를 완벽한 무(無)의 상태로 들어서게 했다. 죽음으로도 얻지 못했던 해방감을, 로지는 자기 자신마저 망각시킨 절정의 끄트머리에서 비로소 얻을 수 있었다.

"섹스가 이런 건 줄 몰랐어. 숨이 끊어질 것처럼 괴로운데, 머릿속에서는 불꽃이 튀고, 몸에서는 열이 펄펄 끓고. 나중에는 물 위에 떠 있는 것처럼 온몸이 침대 위로 붕 떠오르는 기분이었는데."

태평은 말없이 따뜻한 숨결만 로지의 귓가에 뱉었다.

"그림으로 그린다면 환상적으로 아름다울 거야. 서로를 먹고, 서로에게 먹히는 본능이 이성을 지배하는 짜릿한 쾌감을 그릴 수만 있다면."

욕실을 울리는 목소리가 소멸하기 직전의 불씨처럼 점점 힘을 잃어 갔다. 그 불씨가 완전히 꺼지기 전에 로지는 다시 입을 열었다.

"내가, 그림을 안 그리는 게 아니야."

편히 숨을 쉬고 있던 태평의 가슴이 움직임을 멈췄다.

"그리지 않는 게 아니라, 못 그려. 아무것도 그릴 수가 없어."

긴 통로를 밝히고 있던 촛불을 한꺼번에 불어 꺼 버리듯, 로지는 자신과 태평 사이에 존재했던 희망을 가차 없이 꺾어 버렸다. 그것이 비록 태평을 더 절망에 빠뜨릴지라도, 더는 사랑하는 사람 앞에서 자신의 상처를 감추고 싶지 않았다. 그게 제 목숨을 구해 준 태평을 위한 은혜이자 대가라고 생각했으니까.

"그림을 못 그린다고?"

침전된 목소리로 태평이 되물었다.

"응."

"언제부터?"

"오래됐어."

"얼마나 오래됐는데."

정확한 시점을 묻는 말에 로지는 몸을 웅크렸다. 그는 침착하게 양팔로 로지를 감싸 안았다. 아무에게도 말하지 못했던 기억들이 로지의 가슴을 북북 찢으며 되살아났다.

"그림이라는 게 나한테 뭐였을까."

열아홉 살까지 살았던 집에는 그 흔한 TV도, 라디오도 없었다. 들리는 거라고는 엄마가 집안일을 하며 내는 소리가 유일했다. 그마저도 아빠라는 사람이 집에 돌아오는 즉시 멎었다. 그가 돌아오면 엄마는 서둘러 저녁을 차렸고, 식사가 끝나면 세 사람은 각자의 구역으로 돌아갔다. 아빠는 안방으로, 엄마는 거실로, 로지는 작은 방으로.

방에 들어가기 전 로지는 반드시 화장실에 들렀다. 밤사이 변기 물을 내리는 소리에 아빠가 깰까 무서워서였다. 언젠가 배탈이 나서 새벽에 화장실에 간 적이 있었다. 식은땀을 흘리며 볼일을 보고 나온 로지의 얼굴은 하얗게 질렸다. 거실 소파에서 잠을 자던 엄마가 보이지 않았다. 로지의 시선은 곧장 안방 문으로 향했다. 기이한 두려움에 입술이 바들바들 떨렸다. 분명 아빠와 엄마가 함께 있을 안방에서는 끔찍할 만큼 아무 소리도 들리지 않았다.

"불도 켤 수 없고, 소리도 내면 안 되는 밤이, 나한테는 참 길었던 것 같아."

어두운 방에서 혼자 놀던 로지는 자연스레 제 감각을 예민하게 발달시켰다. 그 감각들은 평범한 사람들이 의식하지 못하는 것들도 놓치지 않고 주목했다.

복도를 지나가는 걸음 소리, 현관문을 여닫는 소음, 그리고 저 멀리에서 들려오는 사이렌 소리가 로지의 귀에는 신비로운 음악처럼 들렸다. 방범 창 틈으로 스미는 달빛과 아파트 복도를 밝히고 있는 주황색 백열등, 경비원 아저씨가 순찰할 때 쓰는 손전등 불빛도 절대 놓쳐서는 안 될 진귀한 볼거리였다.

"방에 있는 거라고는 노트하고 연필밖에 없었거든. 그래서 그림을 그리기 시작했던 거 같아. 시간 가는 줄 모르고 그렸어."

방에서만 그리던 그림은 어느샌가 밖에서도 그리게 됐고, 잠들기 위해 그렸던 그림은 어느 순간 눈을 뜨고 있으면 그려야 하는 그림으로 바뀌었다. 로지는 그릴 수 있는 거라면 뭐든 그렸다. 엄마의 시디플레이어에서 나오는 노래도, 창밖을 통해 들어오는 시원한 바람도, 엄마가 구워 준 핫케이크의 맛까지도.

말을 멈춘 로지의 입에서 쿡, 가벼운 웃음이 터졌다. 사회성이 지독히도 떨어졌던 어린 시절의 일화가 떠올라서였다.

"초등학교에 입학했는데, 여름 방학이 될 때까지 학교에서 한마디도 못 했어. 친구들이 하는 말이 하나도 이해가 안 됐거든. 엄마, 아빠하고 놀러 간 적도 없었고 TV에서 나오는 만화도 몰랐고, 가족끼리 외식을 하지도 않았으니까."

그제야 로지는 자신의 집이 평범한 가정이 아니라는 걸 알게 됐다. 하지만 자신을 불쌍히 여기지는 않았다. 로지에게는 엄마가 있었으니까.

인생이 꼬이기 시작한 건, 로지의 침대 밑에서 수십 권의 노트가 발견된 날이었다. 그날 저녁 남편에게 로지의 그림을 보여 준 엄마의 얼굴은 환희로 물들었다. 남편이 처음으로 로지를 자신의 딸로 인정했기 때문이었다.

"그날 이후, 그림이 내 존재의 이유가 되어 버렸던 거 같아. 내가 그린 그림이 쌓여 갈수록 엄마의 행복도 커졌거든. 그래서 그림을 그렸는데. 내 그림이 엄마를 죽게 만들 줄은 몰랐어."

로지는 물속에서 태평의 손을 찾아 잡았다.

"그러다가 너를 만났어. 네가 처음이었어. 내가 그린 그림보다, 그림을 그리고 있는 나를 더 좋아해 준 사람은."

까마득히 멀어진 기억 속에 로지가 보였다. 그 옆에는 태평이 함께 있었다. 로지가 뭔가를 그릴 때마다 그는 숨을 죽인 채 제 옆을 지키곤 했었다. 연필이 부러지면 연필을 깎아 주고, 목이 마르진 않을까 따뜻한 물도 챙겨 주고, 시끄러운 소리가 들리면 이어폰을 찾아 귀에 꽂아 주기도 하면서.

"내 그림만이 아니라, 그림을 그리던 나까지 봐 준 사람도 너밖에 없었어. 낯설지만 따뜻했어. 서툴지만 달콤했고, 두렵지만 계속 간직하고 싶었어. 그런 마음이 사랑이라는 걸 나중에 알았고."

태평을 만나기 전까지만 해도 로지의 그림은 어두웠다. 본인도 자각하지 못한 공포와 두려움, 어딘가에서 벗어나야 한다는 절박함, 엄마의 갑작스러운 죽음으로 인한 충격과 슬픔이 온통 그림 속에 뒤섞여 있었기에.

그랬던 그림이 차츰 밝아지기 시작한 건 모두 태평을 만나고 나서부터였다. 로지는 어제 화랑에서 봤던 자신의 그림을 떠올렸다. 쥐죽은 듯 살았던 사람이 그린 그림이라고는 믿을 수 없을 만큼 그림 속의 로지는 '자유' 그 자체였다. 거침없이 파헤친 내면은 순수했고, 순수하게 드러낸 감정은 아름다웠으며, 그 아름다움은 이 세상 어떤 것에도 억압받고 구속되지 않았다.

"오제근만 아니었더라면, 너를 놓지 않았을 텐데."

로지는 오제근이 자신의 제자였던 학생들을 이용해 태평을 다치게 했던 날을 기억해 냈다. 그 두려움을, 어떻게 말로 표현할 수 있을까.

"……로지야."

깊은 한숨을 흘리며 태평은 로지의 얼굴에 입을 맞췄다. 공포로 떨리는 눈꺼풀에도, 눈물을 참기 위해 빨개진 코끝에도, 미안함에 힘이 들어간 턱 끝에도. 순서 없이 쏟아진 그의 입맞춤은 시원한 비가 되어 바싹 말라 있던 로지의 가슴을 적셨다.

"너한테 못된 말을 했던 날, 병원에서 도망쳤어. 나를 아는 사람들한테서 벗어나고 싶다는 생각만 가득했거든. 반년 정도는 내가 원했던 대로 살았어. 고시원에서 지내며 이런저런 아르바이트를 하느라 바빴지만."

그림 같은 건 생각할 겨를이 없던 날들이었다. 집을 떠나 홀로서기를 해야 했던 로지에게 하루하루는 전쟁과 같았으니까. 월세를 마련해야 하고, 부족한 생필품도 사야 하고, 생각지도 못한 지출에 대처하느라 그 무엇도 떠올릴 여유가 없었다. 태평만 제외하고는.

"고시원에 들어설 때마다 주위를 두리번거렸어. 교복을 입은 네가 불쑥 나타날 것만 같아서. 쓰러지듯 잠이 들었다가도, 오토바이 소리가 들리면 벌떡 일어났고. 그럴 때마다 내가 한심하고 바보 같았어. 헤어지자고 한 건 나였잖아……. 그래 놓고 네 걱정만 하며 하루하루를 보냈어. 병원에서 마지막으로 봤던 모습이 자꾸 떠올라서."

참다못한 로지는 아르바이트를 하던 곳에서 만난 아주머니에게 휴대폰을 빌렸다. 그리고 올리버에게 문자를 보냈다. 태평이 치료는 잘 받았는지만 알려 달라고, 아직도 눈이 보이지 않는다면 자신의 눈이라도 떼서 주고 싶다고. 절대 태평에게 연락하지 않을 테니 괜찮은지만 말해 달라고 부탁하는 문자였다. 물론, 올리버는 그 어떤 답도 들려주지 않았다.

"그래도 그때가 행복했던 거 같아. 몸은 힘들어도 너를 생각할 여유는 있었으니까. 그 사람이 찾아오기 전까지는 그런대로 잘 버텼던 것 같은데."

어느 날 고시원으로 찾아온 여자가 있었다. 바로 오제근의 누나, 오미경이었다. 태어나서 처음 보는 고모와 만났던 날, 로지는 태평이 했던 말이 모두 사실이었다는 걸 알게 됐다.

"나한테 친아빠가 따로 있다고, 그 사람이 우리 엄마를 강제로 안아서 내가 생겼다고 했던 네 말을 그때까지도 부정하며 지냈었거든. 너무 현실감이 없는 말이잖아. 그냥 네가 나한테 너무 화가 나서, 내 마음을 돌리려고 지어낸 이야기라고 믿었는데."

오미경은 고상한 목소리로 로지를 찾아온 이유를 설명했다.

"그 사람이, 오제근 대신 내게 사과하고 싶다고 했어. 자기 동생이 가정을 꾸린다고 했을 때 말렸어야 했는데 그러지 못했다고. 몰랐는데 오제근이 자기애성 인격 장애를 앓고 있었대. 그래서 가족들 전부 그 사람을 정신병자처럼 취급했고, 어린 제자와 결혼한다고 했을 때도 인간쓰레기 하나 수거해 줘서 고맙다는 심정으로 아파트 한 채를 사 줬다고 하더라."

오랫동안 열리지 않았던 태평의 입이 처음으로 열렸다.

"자기애성 인격 장애?"

"응, 나도 그때 처음 들었어. 자기 자신을 과장되게 평가하고, 다른 사람의 마음은 공감하지 못하는 병이래. 인정에 대한 욕구가 너무 강해서 타인에게 부정적인 말이나 평가를 들으면 폭력적인 성향을 보인다고 했어."

오미경은 그게 모두 집안 탓이라고 했다. 조부모 때부터 이어져 내려온 학업에 대한 압박감이 자기 남동생을 망쳐 놓은 것 같다고. 다른 자식들에 비해 이렇다 할 성과를 내지 못했던 오제근은 불안에 떨며 형제, 자매를 이간질하고 싸움을 걸며 괴롭혔다고 했다.

"그런 사람들은 평생 자기를 위한 희생양을 만든대. 끊임없이 자기를 존경하고 칭찬하는 사람이 곁에 있어야 불안감이 줄어드니까. 그게 엄마와 나였던 것 같다고 했어. 그 말을 듣고 보니 다 이해가 됐어. 그 남자는 엄마를 무시할 때마다 우월감에 취했고, 내가 그림으로 상을 받아 오면 그게 다 자기 때문이라며 자화자찬을 했으니까. 엄마하고 나는 그 남자한테 하나의 도구였던 거야. 감정적인 착취를 하기 위해 잡아 둔 포로였던 거지."

오제근의 과거를 자세히 설명한 오미경은 그의 최근 소식도 전해 주었다.

"오제근이 알츠하이머를 앓고 있다는 것도 그때 알았어. 병의 진행 속도가 다른 환자보다 빠르다고 하더라. 자기한테 기억 장애가 생겼다는 걸 믿지 못해서 스트레스를 많이 받아 그런 것 같다고."

동생을 요양병원에 입원시키기로 했다는 오미경은 로지에게 필요한 것이 있냐고 물었다. 이제 와서 고모 역할을 할 생각은 없지만 최소한의 보상은 해 주고 싶다면서. 로지는 대학에 입학할 수 있게 도와 달라고 했다. 정신이 하나도 없었지만, 엄마처럼 고등학교도 졸업하지 못한 채 살면 안 된다는 생각 때문이었다. 일은 일사천리로 해결됐다. 그녀는 대학 입학에 필요한 서류를 준비해 줬고, 로지가 혼자 해결할 수 없던 것들도 정리해 주었다.

"그 사람이 나한테 마지막으로 했던 말이 아직도 생생해. 오제근이 1년에 한두 번 가족에게 안부 전화를 했는데 그때마다 내 이야기를 했었대. 내 딸은 당신들이 가지지 못한 예술적인 재능을 타고났다고, 날 무시했던 당신들이 언젠가 후회할 날이 올 거라면서."

오미경은 자기 동생이 허언을 일삼는 사람이지만, 로지에 대한 것만큼은 허언이 아니길 바란다고 말하며 인사를 건넸다.

허탈한 웃음을 흘리는 로지를 태평이 보듬어 안았다. 그에게 안긴 로지는 다음 말을 쉽게 잇지 못했다. 여기까지만 이야기해도 되지 않을까, 이만하면 그림을 그리지 못하는 이유가 되지 않을까, 하는 고민에 빠져 있었는데.

"말해. 할 말, 남은 거 알아."

눈치가 빠른 태평은 로지의 머뭇거림을 단박에 읽어 냈다. 로지의 눈시울이 금세 뜨거워졌다. 그의 목소리가 묘하게 슬퍼서였다.

"대학에 입학한 지 얼마 안 돼서, 김동우라는 남자가 찾아왔어. 무서워서 도망가니까 네 이름을 말했어. 김태평이라는 친구를 만났었는데, 자기 이야기를 못 들었냐면서."

혹시 태평의 소식을 들을 수 있을까 기대하며 로지는 김동우를 따라갔다. 그는 로지를 엄마가 빠져 죽었다는 저수지로 데리고 갔다. 저수지 앞에 선 그는 유재희라는 여자를 진심으로 사랑했다고 토로했다. 오제근만 아니었더라면 지금쯤 세 사람이 한 가족이 되어 행복하게 살고 있었을 거라고.

"나한테 아빠가 되어 주고 싶다고 했어. 아들이 하나 있는데 나하고 많이 닮았다면서. 아내가 착한 여자라 사정을 설명하면 나를 친딸처럼 여겨 줄 거라고."

로지는 그의 제안을 단번에 거절했다. 엄마를 아프게 했던 사람과 가족이 되고 싶지 않았고, 무엇보다 그는 이미 가정을 꾸린 사람이었기에 그 어떤 인연도 맺고 싶지 않아서였다. 그랬더니 김동우는 버럭 화를 냈다. 김태평이란 질 나쁜 놈과 어울리더니, 너도 네 엄마처럼 남자 때문에 자기를 배신하려는 거냐고 소리치면서.

"그 사람의 연락을 무시했더니, 아내가 학교로 찾아와서 나한테 돈을 갚으라고 했어. 그맘때 민영이를 다시 만났고, 민영이 도움으로 김동우한테 받았던 돈은 돌려줬는데, 얼마 지나지 않아서 그 사람이 죽었다는 소식을 들었어. 나 때문에 생긴 가정불화를 비관하다가 술을 많이 마셔서 사고를 당했다고."

이미 대학교에 입학했을 때부터 예전 같지 않았던 로지의 그림은, 그날을 기점으로 바람에 낙화하는 벚꽃처럼 하루가 다르게 소실되어 갔다.

"처음에는 채색이 되지 않다가, 다음 날에는 스케치가 안 됐어. 당황해서 상담도 받아 보고 정신과도 찾아갔었는데. 기대를 너무 많이 해서 그런 거라고, 그림에 대한 부담감을 내려놓으라고 했어. 명작을 그리려 하지 말고 취미처럼 여겨 보라고."

전혀 도움이 되지 않는 조언이었다. 반드시 대작을 남기겠다고 욕심낸 적도, 그림이 부담스러웠던 적도 없었기에. 그림을 되찾기 위해 로지는 일러스트 과목을 수강하기 시작했다. 회화는 아니더라도 뭐든 그리는 게 도움이 될 것 같아서였다.

"내 나름대로 노력하고 있었는데. 너를 다시 만나고 마음이 급해져서 1년만 더 노력해 보려고 했어. 너, 너한테 이런 말까지는 안 하고 싶어서."

말을 채 끝맺지 못했는데 눈가가 뜨거워졌다. 뜨거워진 눈앞에 투명한 물막이 어렸다. 눈물을 거칠게 훔친 로지는 흐느끼며 말했다.

"믿어 줘, 어제 정말 죽으려고 한 게 아니었어. 죽고 싶은 순간이야 많았지만 자살은 생각해 본 적도 없어. 그건 나만 죽이는 게 아니라, 나를 사랑하는 사람들도 죽인다는 걸 엄마 때문에 배웠단 말이야. 엄마를 생각할 때마다 내 심장에서 칼이 돋아. 그 칼날이 움직일 때마다 찔러 대. 엄마를 지켜 주지 못한 내가 너무 원망스러워. 그런 아픔을, 민영이에게 주고 싶지 않아서 악착같이 살았는데. 그리고 너도 다시 만났는데……. 내가 왜 죽어."

고통을 비집고 흘러나온 눈물은 로지의 뺨 위로 쉼 없이 떨어져 내렸다.

"나만, 나만 그림을 그릴 수 있으면 모두 행복해질 수 있는데. 민영이도, 창수도, 내가 이 세상에서 가장 사랑하는 너도."

입술을 깨물어 봤지만 한번 터지기 시작한 눈물은 멈추지 않았다. 태평은 상체를 숙여 로지를 온몸으로 끌어안았다.

"됐어, 그만 말해."

그만하라는 태평의 목소리에도 로지는 아이처럼 소리를 내며 울었다. 그 울음소리가 어찌나 처량하고 서글펐던지, 욕실도 작은 메아리를 일으키며 로지를 따라 울었다.

"손목이 아픈 건 아무렇지도 않아. 팔이 없으면 발로 그리면 되고, 발이 없으면 입으로 그리면 되잖아. 그림만 그릴 수 있으면 팔다리 하나쯤은 없어도 되는데. 태평아, 미안해. 내가, 너한테 너무 미안해서 말을 못 했어."

태평은 참지 못하고 로지를 당겨 안았다. 숨이 막히도록 그녀를 껴안은 태평은 저 자신을 찢어발기는 심정으로 사과했다.

"그만해. 내가 잘못했어. 전부 내 탓이니까 제발 그만해."

그의 절절한 사과에 로지는 손바닥으로 귀를 틀어막았다. 자신에게 미안해하는 태평을 보고 싶지 않았다. 지금까지 그에게 이 말을 하지 못한 것도, 바로 이런 순간 때문이었다.

로지가 다시 그림을 그렸으면 하는 태평의 염원이, 날카로운 비수가 되어 그의 심장에 고스란히 박혀 들 게 뻔했으니까. 자신이 그림을 그리지 못하게 된 걸 태평이 자기 탓으로 돌릴까 봐, 가능하다면 죽을 때까지 비밀로 하고 싶었다.

어룽어룽 눈물이 고인 눈으로 로지가 입을 열었다.

"태평아. 나는, 언제쯤 네게 고맙다는 말이나 미안하다는 말보다, 사랑한다는 말을 먼저 할 수 있을까."

"······."

"예전에는 할 필요가 없던 그 말이, 지금은 너무 간절해졌어."

"……."

"말보다 그림을 먼저 배웠던 게 나라서. 그림이 아닌 말로 사랑을 전하는 게 너무 어려워. 너한테 그림을 그려 주지 못해도, 내 사랑은 꼭 보여 주고 싶었는데."

로지는 더 말을 잇지 못했다. 태평의 손바닥이 로지의 얼굴을 뒤덮었기 때문이었다. 눈도 귀도 차단당한 로지는 와락 울음을 터트렸다. 숨을 헐떡일 만큼 격렬히 우는 로지를 태평은 으스러질 듯 세게 끌어안았다.

로지야, 로지, 내 오로지.

아픈 눈물을 어지럽게 쏟아 내고 있는 로지의 귓가에 태평은 그녀의 이름을 퍼붓듯 중얼거렸다. 로지라는 이름을 뱉어 낼 때마다 그는 제 사랑도 담아 흘려보냈다. 쉬지 않고 귓가를 파고드는 태평의 묵직한 고백에, 로지는 제 몸을 감싼 그의 상체가 들썩이고 있다는 건 미처 알지 못했다.

태평은 심각한 얼굴로 로지 이마에 손을 얹었다. 손바닥에서 뜨끈한 열이 감지됐다. 로지는 창백한 얼굴로 거친 숨을 뱉고 있었다. 초조하게 입술을 씹다가 수건으로 식은땀이 맺힌 이마를 가볍게 눌렀다.

욕조에서 서러운 눈물을 쏟았던 로지는 결국 심한 몸살로 앓아

누웠다. 그럴 수밖에 없었다. 저수지에 빠져 생사를 오간 것도 모자라, 그에게 밤새 시달렸으니.

안타까운 눈으로 로지를 바라보던 태평은 조용히 그 옆에 몸을 누였다. 로지를 끌어안고 깊이 숨을 들이마셨다. 열 때문에 높아진 체온 탓에 안고 있는 몸이 평소보다 뜨겁게 느껴졌다.

"미안해."

로지의 목덜미에 얼굴을 묻고 속삭였다. 욕실에서 내내 눌러 삼켰던 말이었다.

"내가, 네 입을 틀어막았어."

깊이를 알 수 없는 태평의 눈동자가 크게 일렁였다. 그동안 로지의 심장을 도려냈던 말들이 하나씩 떠올랐다.

'다시 그리라고요. 내 그림.'

'4개월 줄게요. 내 그림 완성할 때까지.'

'그림을 그리지 않는 오로지는, 오로지가 아니니까.'

너무 쉽게 뱉었던 말들이 후회돼서 미칠 것 같았다. 왜 보지 못했을까, 그림을 그리라고 할 때마다 흔들렸던 시선과 무너져 내리던 얼굴을.

"네가 아니라, 날 원망했어야지."

가라앉은 태평의 눈이 로지를 훑어내렸다. 눈을 꼭 붙이고 있는 로지의 얼굴은 티끌 한 점 없이 맑고 깨끗했다.

"나처럼, 내가 아니라 남을 미워하고 증오하고 저주하며 살았어야지."

이뤄질 수 없는 바람을 말하며 그는 숨을 크게 들이마셨다. 로지의 포근한 체향에 굳어 있던 몸이 이완됐다. 처음 이 향기를 맡았던 지하철에서 그는 정신없이 잠에 빠졌었다. 그 이유를 알고 싶어서 무작정 로지를 쫓아다녔는데.

"로지야."

애틋하게 로지를 부르며 태평은 열일곱 살 이전의 그를 되짚었다.

고아가 된 이후, 태평은 타고났던 인간다움을 서서히 태워 버렸다. 부모 대신 보호자가 되어 주겠다던 이모와 이모부는 그가 물려받게 된 유산 앞에서 탐욕스러운 눈빛을 숨기지 못했고, 친형처럼 믿고 따랐던 올리버 역시 그를 동생이 아닌 보험으로 여겼으니까.

믿음, 사랑, 존경과 같은 감정들은 타고 남은 잿더미처럼 흔적만 남았고, 태평은 탈선한 기차처럼 철로 없는 길을 달렸다. 결승선이 없는 트랙을 달리는 것처럼, 그는 자기 자신을 극단으로 내몰았다. 지독한 인간 혐오를 피하기 위해서였다. 더불어 자기혐오에 빠지지 않기 위해 그는 스스로를 고문하듯 괴롭히며 살았다.

영국에서 꽃과 나무를 만지는 일에 관심을 가진 것도 그런 이유에서였다. 식물은 인간과 달리 가식적인 미소를 짓지도, 위선 섞인 말을 하지도, 자신이 가진 돈을 탐하지도 않았으니까. 오히려 돌보는 사람의 손길이 닿지 않으면 죽을 수도 있는 게 꽃과 나무였다. 태평은 제 손에 오롯이 생명을 맡긴 꽃을 가꾸며 묘한 희열을 느끼곤 했다. 그게 자신이 마지막까지 놓지 못한 인간성이었다는 걸, 그때는 몰랐다.

"너는, 내 꽃이야."

태평은 로지의 머리칼을 조심스레 넘겨 주었다. 로지를 만나고 나서야 알았다. 이 세상에는 인간으로 환생한 꽃 같은 사람도 존재한다는 것을. 그만큼 로지는 무해하고 무독한 생명체였다. 비가 오면 비를 맞고, 바람이 불면 바람에 흔들리고, 해가 나오면 온몸으로 햇볕을 쬐는 꽃처럼. 태평이 로지 옆에서 편히 잠을 잘 수 있는 것도 그런 이유에서였다.

순수하다는 말로는 부족한, 그림에 대한 열정만으로 똘똘 뭉쳐 있던 로지는 잿더미만 남은 줄 알았던 태평의 가슴에 불씨가 되었다. 그 불씨는 점차 커다란 불길이 되어 태평을 활활 태웠다. 마모되었던 감정들이 점차 본래의 모습을 되찾으면서 태평은 그가 딛고 있는 땅에 조금씩 정을 붙여 갔다. 제대로 살고 싶다는 의지가 솟았다. 그토록 찾아 헤매던 목표가 생겼기 때문이었다.

"꽃은 언제나 꽃이랬어. 씨앗이었을 때도 꽃이 졌을 때도."

아름다운 꽃을 키우는 것처럼 로지를 지키고 싶었다. 온화한 온도를 유지해 주고, 시원한 물도 주고, 벌레가 꼬이는 걸 막으며 아꼈을 뿐인데. 그 욕심이 로지를 말라 죽게 할 줄은 몰랐다. 꽉 닫혀 있던 태평의 턱이 꿈틀거렸다. 모든 게 자신의 조급함 때문이었다. 열일곱 살 때부터 지금까지 이어져 온 다급함이 로지를 자유롭게 하기는커녕 속박하고 있었다니.

"미안해, 내가 잘못했어."

흙 밖으로 뿌리를 드러낸 채 괴로워하는 로지를 마주하고 나서야 알았다. 그가 꽃다운 로지에게 꽃답지 않은 것들을 강요했다는 걸. 꽃은 때가 되면 알아서 꽃을 피우고, 자연히 꽃이 지는 순간도 찾아오는 법인데 그는 늘 로지의 절정만 기대하고 있었다.

"그림이고 뭐고 다 잊자."

로지의 손을 잡아 깍지를 꼈다. 맞닿은 손 사이로 오랫동안 그리워했던 온기가 느껴졌다.

"그래도 죽고 싶으면, 그땐 내가 같이 죽어 줄게. 절대로 너 혼자 안 보내."

말을 끝낸 태평은 두 눈을 감았다. 적막이 흐르는 방에는 조금 편해진 로지의 숨소리만 들렸다. 그걸 자장가 삼아 태평도 짧지만 깊은 잠에 빠졌다.

그윽하고 고요한 공기가 태평과 로지 위로 이불처럼 내려앉았다. 두 손을 꼭 잡은 연인은 다정한 숨을 나누며 소중한 순간을 만끽했다. 평행선을 달려온 둘에게 절실했던 휴식이자, 고단했던 둘의 삶을 조금은 풍요롭게 만들어 줄 안식과도 같은 시간을.

[지금 엘리베이터 탔어.]

집으로 올라오는 중이라는 창수의 문자에 태평은 현관 쪽으로 걸음을 옮겼다. 문을 열자 율무를 아이처럼 안고 엘리베이터에서 내리는 창수가 보였다. 그가 들고 있는 짐을 받아 들며 태평은 거실로 가라고 손짓했다.

"율무가 밥은 잘 먹었는데 잠은 설쳤어. 우리 집이 낯설었나 봐."

하룻밤을 창수네 집에서 보내고 온 율무는 태평을 보자마자 그의 허리춤에 앞발을 올리고 꼬리를 흔들었다. 태평은 율무의 턱을 간질인 뒤 친구가 마실 커피를 준비해 거실로 갔다.

"선배는 좀 어때?"

소파에 앉자마자 창수는 로지의 안부를 물었다.

"자고 있어."

"많이 놀랐나 보다. 몸살까지 날 정도면. 하긴 그럴 만도 하지. 민영 선배도 걱정 많이 했어. 괜히 비밀로 해서 로지 선배 놀라게 한 거 아니냐고."

태평은 말없이 창수가 가져온 것들을 꺼내 보았다. 쇼핑백 하나에는 죽과 몸살 약이 있었고, 다른 쇼핑백에는 민영이 챙겨 준 속옷과 옷가지가 들어 있었다.

"로지 선배 집에는 들어가 보지도 못했어. 기자들이 쫙 깔려서. 포기하고 민영 선배 옷 가져왔다."

"휴대폰은?"

창수가 깜빡했다는 얼굴로 주머니에서 로지의 휴대폰을 꺼냈다.

"고맙다."

"고맙기는. 더 일찍 왔어야 했는데 화랑 일이 너무 바빠서 이제 왔는걸."

해가 완전히 진 바깥을 둘러보던 창수는 뺨을 씰룩거리며 웃었다.

"우리 누나들이 좋아 죽는다. 첫 전시부터 대박을 터트렸으니 그럴 만도 하지. 기자들은 말할 것도 없고 관람객까지 넘쳐서 내일부터는 인터넷으로 예약한 관람객만 받기로 했어. 양보다는 질이 우선이라나? 시장터 같은 분위기에서 로지 선배 그림을 보여 줄 수는 없다고. 자기들이 그린 그림도 아닌데 자부심이 대단해."

피식대던 창수가 태평의 얼굴을 힐끔 훑었다. 시큰둥한 친구의 얼굴에 그는 조금 머무적거리다가 입을 열었다.

"강유준은 네 예상대로 움직이고 있어. 변호사 선임하자마자 입을 닫더라. 회견장에서 자기가 했던 말은 전부 심신 미약 상태에서 했던 헛소리였다는 말만 하고."

미간을 좁힌 태평은 태연하게 창수의 말을 받았다.

"그랬겠지."

"그래도 도망갈 수는 없을 거야. 위작이라는 증거가 너무 명백하니까. 이미 대중들 사이에서는 표절 작가로 낙인찍혔어. 강유준이 기자 회견에서 했던 말들을 조롱하는 영상들이 SNS에 미친 듯이 퍼지고 있거든. 해리 기자 덕을 아주 톡톡히 봤지. 해외까지 들썩이고 있다니까?"

창수는 '강유준 화법 재해석'이라는 태그가 붙은 영상을 검색해 태평에게 보여 줬다.

[강유준 ㅂ : 그림을 꼭 그려야겠다는 내적 동기도, 외적 동기도

생기지 않았습니다. = 따라 그리고 싶을 만큼 내 마음도 울리고, 세상도 울리는 그림을 찾는 건 매우 어려웠다.]

[강유준 ㅂ : 재능이 충만하지만, 가정 형편이 좋지 않은 학생들을 후원하며 많은 걸 배웠습니다. = 가난한 애들 그림일수록, 훔치기도 쉬웠다. 그림값도 입금했으니 나는 죄가 없다.]

[강유준 ㅂ : 신체의 노화는 막을 수 없지만 화가의 눈만큼은 쇠퇴하면 안 됩니다. = 내가 베낀 그림을 너희도 인정하고 좋아했잖아. 거봐! 내가 보는 눈이 좀 있다니까?]

[강유준 ㅂ : 강유준의 그림에는 그 누구도 따라 할 수 없는 강유준만의 감각이 녹아 있다는 뜻입니다. = 앞으로 더 치밀하게 베낀 티가 나지 않도록 그려 보겠다.]

[강유준 ㅂ : 잘못했다. 잘못했습니다. 내가 다 잘못했으니까, 나좀 살려 주세요. = 한 번만 넘어가 주라. C8, 내가 이렇게 빌잖니.]

[강유준 ㅂ : 돈이든 뭐든 오로지가 원하는 보상이라면 뭐든 다하겠습니다. = 오로지 님, 이번 한 번만 눈감고 넘어가 줘. 나, 조금만 더 해 먹으면 안 될까?]

영상을 일시 정지한 창수는 쓴 커피를 달게 마시고 입을 열었다.

"대중들도 난리가 났지만 시립 미술관 쪽도 심상치 않아. 아트페어 쪽에서는 내일 폐막식을 없던 일로 하자고 한 데다가, 지금 강유준 집안하고도 싸우고 있다는 소문이 돌고 있어. 서로 자기 책임이 아니라고 발뺌하면서. 어제오늘 뉴스에도 로지 선배하고 강유준 소식밖에 안 나오고 있고. 너도 봤어? 아! 그러고 보니 로지 선배는 어디까지 알고 있는 거야? 선배 학교생활이 힘들어질지도 모르겠다. 기자들이 학교에도 찾아올 텐데."

머그잔을 내려놓던 창수가 일순 움직임을 멈췄다. 감흥 없는 태평의 표정 때문이었다. 이상하리만치 무감한 친구를 바라보다가 물었다.

"로지 선배하고 싸웠어?"

"아니."

평온하게 답하는 태평을 창수는 한참 동안 응시했다. 그의 눈동자에는 보이지 않는 물음표가 떠 있었다. 원래도 속을 알 수 없는 태평이, 오늘따라 더 신경이 쓰였다. 제 생각을 읽어 내려는 시선이 성가셨는지 태평이 화제를 돌렸다.

"어제 해리하고 저녁은 먹었어?"

창수는 그럴 리가 있냐는 듯 어깨만 올렸다가 내렸다.

"로지 선배도 없고 너도 없는데 무슨. 있던 약속도 취소해야 할 판이었어. 어제 자정 넘어서 집에 들어갔거든. 우리만 바쁜 게 아니라 해리 기자도 정신없어 보이더라. 방송국에서 연락 왔다고 저녁은 다음에 하자고 했어."

"내일 먹자. 밖은 시끄러울 테니까 우리 집에서."

태평의 말에 창수의 까만 동공이 크게 확장됐다.

"진심이야? 여기에서 다 같이 저녁을 먹자고?"

"그게 낫잖아. 나갔다가 사람들이 로지 알아보면 귀찮으니까."

"어, 그건 그렇지. 듣고 보니 진짜 좋은 생각이네. 우리가 먹을 거 사 가지고 오면 되겠다. 해리 기자는 뭘 좋아하려나? 매운 것도 몇 개 준비해 볼까? 로지 선배는 케이크 좋아하지? 맛있는 케이크도 하나 사고. 우리 민영 선배가 사랑하는 소고기도 구워야겠네."

피곤으로 찌들어 있던 창수의 얼굴에 보기 좋은 생기가 돌았다. 그런 친구에게 태평이 퉁명스레 한마디 더 뱉었다.

"적당히 일해. 무리하지 말고."

창수는 두 눈을 찢어질 듯 크게 뜨고 속삭였다.

"사랑의 힘이 이렇게 위대하구나. 김태평한테 이런 따뜻한 말을 듣는 날이 오다니."

"쓸데없는 소리 말고 일어나. 오늘도 자정 지나서 들어가고 싶지 않으면."

벽시계를 힐끗 쳐다본 창수는 시간이 이렇게 된 줄 몰랐다며 자리에서 일어났다. 현관문 앞에서 구두를 신는 창수에게 태평은 한 가지를 더 부탁했다.

"내일 민영 선배는 뭐 해?"

"아무 일 없을걸? 필요하면 화랑에 나와서 일 도와준다고 했으니까."

"그러면 오전 중에 우리 집에 좀 와 달라고 전해 줘."

허리를 숙이고 있던 창수가 고개를 꺾어 태평을 올려다봤다.

"내일 집을 잠깐 비워야 해서."

아픈 로지를 혼자 집에 두고 싶지 않다는 그의 마음을 이해했는지 창수가 활짝 웃었다.

"그래, 어려울 거 없지. 내가 화랑으로 출근할 때 선배 내려주고 갈게."

북, 부욱, 북북북—.

낯선 소음에 로지의 눈꺼풀이 열렸다. 블라인드가 쳐진 탓인지, 해가 진 저녁이라 그런 건지 방 안은 온통 어둡기만 했다. 두 눈만 굴리고 있는데 다시 뭔가를 긁어내리는 소리가 들렸다. 문 쪽으로 시선을 두자마자, 방문이 천천히 열렸다. 틈 사이로 들어온 빛과 함께 커다란 그림자 두 개가 길게 늘어졌다.

"……율무?"

당장 침대 위로 뛰어오를 기세였던 율무는 태평의 혀를 차는 음성에 금방 꼬리를 내렸다.

"저녁 먹자."

방 불을 켠 태평은 들고 온 쟁반을 침대 옆 테이블 위에 올려놓았다. 상체를 반쯤 일으켰던 로지는 그의 도움으로 몸을 완전히 세워 앉았다.

"율무는 언제 왔어?"

"아까 창수가 데려다줬어."

"언제?"

"너 잘 때."

얼마나 잤는지 시계를 보는데 이마를 짚는 태평의 손이 느껴졌다.

"열은 좀 떨어진 거 같네."

안심했다는 얼굴로 그는 죽 그릇과 숟가락을 집어 들었다. 로지는 졸음이 가시지 않은 얼굴로 그가 떠 준 죽을 천천히 받아먹었다.

"율무가 예뻐진 거 같아."

먹는 내내 태평의 눈치를 살피던 로지가 율무를 가리켰다. 침대 아래 앉아 있던 율무는 온몸을 크게 털며 월ㅡ, 하고 짖었다.

"창수 부모님이 털 엉키면 안 된다고 빗겼대. 두 시간이 넘게 걸렸다던데."

부지런히 로지에게 죽을 떠 준 태평은 마지막으로 몸살 약과 물도 건넸다. 목이 잔뜩 부은 탓에 로지는 약을 하나씩 따로 삼켰다. 태평이 빈 그릇을 치우러 간 사이 율무가 기다렸다는 듯 제 머리를 들이밀었다.

"율무, 이제 안 아파? 넥 카라 떼도 괜찮은 거지?"

부드러운 율무 털을 만져 주던 로지의 시선이 탁자 위에 닿았다. 그 위에는 흰 종이 한 장이 올려져 있었다. 호기심에 팔을 뻗어 그걸 집었다. 복잡 미묘한 시선이 종이 위로 박혀 들었다. 종이에는 뜻밖에도 로지가 그려져 있었다.

"더 필요한 거 있어?"

다시 방으로 돌아온 태평이 물었다.

"아니."

건성으로 대답한 로지는 계속해서 그림을 바라보았다. 침대에 누워 있는 자신은 옷을 걸치지 않은 상태였다. 연필로 그린 소묘였지만 붉은색으로 채색이 된 부분이 있었다. 뺨과 입술, 그리고 유두였다.

"나 잘 때 그린 거야?"

그림에서 시선을 떼지 않고 물었다. 태평은 그렇다고 대답하며 로지 옆에 앉았다. 로지는 노곤한 눈을 깜빡이며 제 몸을 살폈다. 개운함이 느껴지는 몸에서 태평이 즐겨 쓰는 보디로션 향기가 났다. 자는 사이 그가 씻겨 준 것 같았다.

"나 몰래 벗겨 놓고 그린 거구나."

혼잣말처럼 중얼거렸는데 태평이 후우, 긴 숨을 내쉬었다. 이어서 못마땅한 눈빛이 로지의 뺨으로 쏟아졌다.

"내가 변태야? 의식이 없는 널 홀딱 벗겨 놓고 그림을 그리게?"

"이거, 누드화잖아."

어벙한 얼굴로 말하는 로지를 단숨에 당겨 안은 그가 입술을 포개 왔다. 쪽쪽 소리를 내며 뺨과 입술에 연거푸 입을 맞춘 그는 한결 누그러진 얼굴로 입을 열었다.

"밤에 봤잖아. 그때 내 머리에 콱, 박힌 잔상으로 그린 거라고."

태평은 손가락으로 총 모양을 만들어 그의 관자놀이에 갖다 댔다. 입꼬리만 살짝 올린 로지는 다시 그림을 감상했다.

"그랬구나. 어쩐지, 눈앞에서 보고 그렸으면 이런 그림이 안 나왔을 텐데."

로지의 손가락이 그림 속의 여자를 그려 보듯 움직였다. 다시 봐도 너무 사랑스러운 몸을 가진 여자였다. 살짝 부풀어 오른 가슴과 완만한 곡선을 그리는 둔부도 아름답고, 가느다라면서도 보드랍게 물결치는 머리카락도 예뻤다. 홀린 듯 그림을 보고 있는 로지를 보며 태평이 낮게 웃었다.

"실제로 보면서 그리면, 더 잘 그릴 수 있는데. 예쁘지 않은 구석이 없어서, 어떻게 해 버리고 싶은 어떤 여자를."

로지의 뺨을 살짝 깨문 그는 유혹하듯 속삭였다. 한 번만 더 기회를 주면 인생의 역작을 그려 보겠다면서.

"아니야, 이거면 돼."

그림을 다시 탁자 위에 올려놓은 로지는 떨리는 손으로 눈가를 문질렀다. 욕실에서 눈물을 터트린 이후 눈물샘이 고장이라도 난 건지 시도 때도 없이 눈물이 났다.

"이리 와. 재워 줄게."

베개에 팔꿈치를 괴고 누운 태평이 어서 누우라고 손짓했다. 로지는 쓰러지듯 침대에 누웠다. 이불을 턱 끝까지 올려 준 그는 로지의 어깨를 가볍게 도닥였다.

"내일 민영 선배가 올 거야."

"민영이?"

"응, 둘이서 편히 놀아. 나는 오전에 나갔다 와야 해서."

"알겠어."

"저녁에는 다 같이 모여서 밥 먹기로 했어. 준하고 해리도 불러서."

날짜가 지나가는 것도 몰랐던 로지는 지난 금요일에 했던 약속을 떠올리곤 고개를 끄덕였다. 태평은 그녀의 어깨를 가만히 쓸며 말을 이었다.

"아무 걱정하지 말고 푹 자. 무서운 꿈 꾸면 내가 깨워 줄 테니까."

밤마다 밀려오는 악몽과 사투를 벌였던 로지는 어미 품을 찾는 강아지처럼 그의 품으로 파고들었다. 태평은 로지를 단단히 고쳐 안고 속삭였다.

"변한 건 아무것도 없어. 앞으로도 없을 거고."

로지는 말없이 태평의 가슴에 이마를 댔다. 가만가만 머리칼을 만져 주는 손길이 좋아서 무거운 눈꺼풀이 스르르 감겼다. 긴장이 풀리자 태평이 그려 준 그림이 다시 생각났다.

"태평아."

작게 소리를 내어 그를 불렀다. 태평은 로지의 머리카락에 코를 박은 채 왜, 라고 답했다.

"……네가 그려 준 그림, 정말 좋아."

그림에는 그린 사람의 애정이 듬뿍 담겨 있으니까. 뒷말을 웅얼거리며 로지는 그의 가슴팍에 뺨을 비볐다. 자신을 그려 준 사람은 태평이 처음이었지만 로지는 확신할 수 있었다. 그 어떤 화가도 자신을 이보다 더 아름답게 그릴 수는 없을 거라고.

지끈거리는 두통이 안개처럼 몰려왔지만, 로지의 마음은 잔잔한 평화 위에 떠 있었다. 자신이 털어놓은 비밀이 날카롭게 벼려진 칼이 아닌, 무딘 칼이었다는 걸 태평이 알려 줬기 때문이었다. 그는 다치지 않았다. 변함없이 로지를 안아 주는 따스한 품이 그 증거였다.

그림을 잊고 살기 위해 노력했던 날들이 떠올랐다. 망각하려는 노력 자체가 그림을 갈망하고 있다는 반증이었는데. 정신이 완전히 희미해질 무렵, 문득 그런 생각이 들었다. 이제는 정말 그림을 놓아 줄 수 있을 것 같다고.

다음 날 아침, 민영이 양손에 짐을 한가득 들고 집으로 들어왔다.

"너 아프다고 해서 내가 보양식이란 보양식은 다 싸 왔어."

민영은 어제 집에서 끓인 거라며 삼계죽을 꺼내 데웠다. 고소하고 맛있는 냄새가 집 안에 퍼지자 로지는 물론 율무의 입에도 침이 고였다. 콩고물이 떨어지길 바라며 갖은 애교를 떠는 율무에게 간식을 챙겨 준 로지는 민영과 마주 앉아 근사한 아침 식사를 했다.

"민영아, 진짜 맛있다."

쫄깃한 닭고기 살을 우물거리며 로지가 엄지를 치켜들었다.

"그치? 내가 은근 못하는 게 없다니까?"

연신 후후, 소리를 내며 죽을 먹는 로지를 뿌듯하게 바라보던 민영은 바깥세상 소식을 전해 주었다. 탄산수를 마시던 로지는 친구의 얼굴을 넋이 나간 눈으로 바라봤다.

"……뭐? 강유준 교수가 수사를 받고 있다고?"

"그렇게 놀랄 거 없어. 다 자기가 자초한 일인데. 지금은 발뺌 중이지만 수사하면 다 밝혀질 거야. 증인으로 서겠다는 사람이 한둘이어야지. 준이도 있고, 나도 있고, 창수도 있고."

"준이라니?"

준이라는 이름에 퍼뜩 정신을 차린 로지가 되물었다. 기가 막힌다는 듯 웃음부터 터뜨린 민영의 눈에 서서히 강유준을 향한 경멸이 깃들었다.

"강유준이 유채 화랑에 걸린 네 사진 속의 그림을 또다시 베껴 그렸어. 그걸 〈월드 아트 페어〉에 내놨다가 꼬리를 잡혔지. 준이 너 몰래 네 그림을 그려서 강유준한테 보여 줬거든."

로지는 저도 모르게 이마를 짚었다. 과부하가 걸린 머리가 지끈거렸다.

"준이, 태평이하고 친하게 지냈던 게."

학교에서 태평을 열심히 따라다니던 준이 생각났다. 다른 사람의 일에는 눈곱만큼도 관심이 없는 태평이 준에게 아르바이트 자리를 줬다고 했을 때 눈치를 챘어야 했는데.

"준이 지금 어디 있어? 설마 준도 조사받는 건 아니지? 가뜩이나 졸업이 늦었는데, 이번 일로 더 늦어지면."

핏기가 사라진 로지의 얼굴에 놀랐는지, 민영이 지체 없이 입을 열었다.

"아니야, 절대 그럴 일 없어. 준한테 아무 피해 없게 김태평이

다 손을 써 놨거든."

"정말이야? 나한테 거짓말하는 거 아니지?"

민영은 양손으로 로지의 볼을 가볍게 쥐었다가 놓았다.

"그래, 너 나 못 믿어? 준한테 좋지 않은 일이었다면 김태평이나 창수가 그걸 하게 놔뒀겠어? 암튼, 준이 얼마나 귀여운 줄 알아? 해리 기자가 말해 줬는데, 걔가 우리 선생님 복수는 제 손으로 하겠다면서 도끼눈을 뜨고 강유준한테 덤볐대. 스무 살이라고는 하지만 그럴 때 보면 완전 애라니까? 너한테 친구 복하고 남자 복이 있다는 건 알았는데 제자 복까지 있을 줄 몰랐다."

준이 무사하다는 말에 로지의 손은 급히 민영의 손을 찾아 잡았다.

"넌 괜찮아? 강유준 교수 일이라면, 민영이 너한테도……."

주저하는 로지의 목소리에 진심 어린 걱정이 묻어났다. 민영과 강유준이 호적상으로는 사촌 지간이었기에 친구에게 피해가 가면 어쩌나 하는 마음에서였다. 민영은 어느새 눈물을 그렁그렁 매달고 있는 로지를 보며 웃음을 터트렸다.

"어우, 야! 나는 이제 그 집하고는 아무 상관 없거든? 나야 사이다를 원샷한 기분이지! 그 나쁜 새끼가 포승줄에 묶여 끌려가는 장면을 보게 생겼는데. 아직 이 대한민국의 정의는 살아 있다, 이거야! 조만간 뉴스하고 신문에 대문짝만하게 실릴 그 새끼 머그샷을 생각하면. 어? 맞다! 우리 뉴스 봐야 하는데?"

중요한 일이 떠오른 듯 말을 멈춘 민영은 로지의 팔을 붙잡고 거실로 갔다.

"리모컨 어디 있어?"

로지가 리모컨을 찾아 건네자 민영은 곧바로 채널 번호를 입력했다.

"김태평한테 들었지? 해리라는 기자가 너 도우려고 영국에서 왔거든. 그런데 일이 너무 잘 풀려서 오늘 방송 출연까지 하게 됐대. 어? 저기 나온다! 저 사람이야!"

혼란스러운 로지의 두 눈이 TV 화면으로 향했다. 붉은색 머리카락을 가진 남자와 나이가 지긋한 앵커의 얼굴이 화면에 크게 잡혔다.

〔안녕하십니까. '문화예술광장' 진행자 진규태입니다. 오늘은 굉장히 특별한 손님을 스튜디오에 모셨는데요. 바로 지난 〈월드 아트 페어〉 전시회에서 강유준 작가와 설전을 벌였던 해리 하워드 기자입니다. 이날 해리 기자가 쏘아 올린 공 때문에 한국 문화 예술계가 크게 흔들리고 있죠. 현재 강유준 작가는 모든 것이 음모라고 호소 중이지만, 해리 하워드 기자는 강유준 작가의 그림이 위작이라고 강력히 주장하고 있습니다. 오늘 '문화예술광장'에서는 해리 하워드 기자를 모시고 그와 관련된 소식을 전할 예정입니다.〕

진행자의 소개가 끝나자 해리가 시청자를 향해 반갑게 인사했다. 이미 녹화를 해 둔 인터뷰였는지 해리가 입을 열 때마다 화면 하단에 한글 자막이 떴다.

〔안녕하세요. 영국 TGB 방송국 경제부 기자, 해리 하워드입니다.

본의 아니게 좋지 않은 일을 폭로하게 되었지만, 이번 일로 한국 문화 예술이 더 아름답게 발전하기를 바라고 있습니다.]

로지는 계속 얼떨떨한 얼굴로 화면만 주시했다.

[어려운 자리에 나와 주셔서 다시 한번 고맙습니다. 본격적인 인터뷰에 앞서 묻고 싶은데요. 경제부 기자로 활동 중이시면서, 경제 쪽과는 거리가 먼 문화 예술 분야에서 특종을 터뜨리셨습니다. 강유준 작가 관련 보도를 맡게 된 계기가 따로 있으신지요?]

해리는 멋쩍은 미소를 흘리며 입을 열었다.

[글쎄요. 특별한 계기가 있다기보다는, 복권에 당첨됐다고 해야겠죠. 7년 전에 어떤 친구에게 20파운드를 빌려준 적이 있어요. 언제 그 돈을 갚을 거냐고 독촉했더니, 제게 'TGB 탐사보도상'에 도전해 보지 않겠냐고 묻더군요. 20파운드보다 조금 더 비싼 정보를 주겠다고 하면서요. 그 친구 덕에 강유준 작가를 제대로 알게 됐고, 오늘 이 자리에도 나오게 되었습니다.]

조금 놀란 기색을 내보이며 앵커가 짧게 물었다.

[그 말씀은, 정보원이 따로 있다는 뜻입니까?]

제법 날카로운 앵커의 질문에 해리는 여유롭게 웃었다.

[정보원인 제 친구에 대해서는 노코멘트하겠습니다. 앞선 질문에 제대로 답하죠. 제가 강유준 작가의 이름을 처음 듣게 된 건, 데비지스 경매 건 때문이었어요. 〈사계〉라는 그림이 워낙 고가에 팔렸기에 영국에서도 꽤 크게 보도가 되었거든요. 이후 대학 동문회에 나갔다가 우연히 강유준 작가의 이름을 다시 듣게 되었습니다. 제가 강유준

작가와 같은 대학 출신이거든요. 거기 모인 친구들이 강유준 작가 이야기를 한마디씩 하고 있을 때였죠. 누군가 그러더군요. 강유준 작가가 우리 대학에 큰돈을 기부하고 입학했다고요.]

〔강유준 작가가 옥스브리지 대학에 기여 입학을 했다는 말입니까?〕

〔그렇다고 들었습니다. 기여 입학이 불법은 아니니 그건 귀담아 듣지 않았는데, 이어진 이야기가 더 흥미로웠습니다. 강유준 작가의 화풍이 어느 날 갑자기 마법처럼 바뀌었다는 소문이 예술 대학 쪽에서 돌았다고 했어요. 그전까지만 해도 졸업이 불가능할 만큼 학점이 엉망이었는데, 이후 성적도 최고점을 찍기 시작했다고요. 더 재미있는 건 이 모든 게 그가 한국에 갔다가 다시 영국에 돌아온 뒤에 일어난 변화였다는 거죠.〕

진행자의 표정은 더욱 진지해졌다.

〔그렇다면 해리 기자는 강유준 작가가 〈월드 아트 페어〉보다 훨씬 전부터 위작을 해 왔다고 짐작하시는 건가요?〕

〔네, 그래서 오늘 이 방송에 나오게 되었습니다. 강유준 작가가 〈월드 아트 페어〉에 출품한 작품 세 점 말고도, 그의 전작 〈사계〉와 〈A Frozen Tree〉도 위작이라는 걸 밝히려고요.〕

로지와 민영은 어느새 두 손을 마주 잡은 채 화면을 보고 있었다.

〔그게 만약 사실이라면, 말이 안 되는 일이 생길 것 같은데요. 어떻게 그 주장을 뒷받침하실 수 있나요?〕

〔제보자가 있습니다. 영상을 함께 보시면 좋을 것 같군요. 영상

안에 증거도 있거든요.]

화면이 넘어가면서 해리가 직접 녹화한 것 같은 영상이 흘러나왔다. 얼마 지나지 않아 로지와 민영은 동시에 짧은 비명을 질렀다. 영상 속에 등장한 여자의 얼굴 때문이었다.

[안녕하세요. 저는 오로지 씨를 3년 동안 가르쳤던 미술 교사 정민하입니다.]

"서, 선생님이 어떻게 저기 나오지? 네덜란드에 이민 가셨다고 했는데."

떨리는 민영의 목소리만큼 로지의 동공도 쉴 새 없이 흔들렸다. 갓난아이를 안고 있는 선생님은 화면 속에서 수줍게 웃고 있었다.

[조금 부끄럽네요. 이제야 이런 말을 꺼낼 수 있게 된 게…….]

얼굴을 붉힌 선생님의 옆에는 해리도 나란히 앉아 있었다.

"저 사람, 설마 네덜란드에 가서 선생님을 만나고 온 거야?"

기함하는 민영의 목소리에 로지는 아무 말도 할 수가 없었다. 선생님이 안고 있는 아기에게 다정히 웃어 보인 해리는 그녀를 만나러 온 목적을 주저 없이 밝혔다.

[메일로 말씀드렸듯이 저는 강유준 작가 그림이 위작이라는 소문의 진상을 파악하는 중입니다. 영국에서 그런 소문이 돈 지 꽤 오래되었거든요. 그래서 정 선생님을 찾아오게 되었고요. 제게 보내신 메일에서 강유준 작가가 모방한 그림의 원작가가 오로지라는 한국인이라고 하셨는데, 사실입니까?]

잔잔한 표정을 유지하고 있던 선생님의 이마에 주름이 잡혔다.

〔네. 저는 강유준 작가의 〈사계〉가 로지 그림의 표절작이라고 확신하고 있습니다.〕

〔정 선생님께서 그런 생각을 하게 되신 이유는 뭔가요?〕

〔7년 전에 강유준 화가가 〈사계〉라는 그림을 발표했을 때 큰 충격을 받았어요. 그 당시에 제가 일하고 있었던 다림예술고등학교에 〈사계〉와 무척 비슷한 그림이 걸려 있었거든요. 로지가 그렸던 그림이었고, 제목은 〈모성애〉였습니다.〕

〔선생님 말씀대로라면 학교에 전시 중인 그림을 강유준 작가가 따라 그렸다는 건데, 그게 사실이라면 왜 아무도 문제를 제기하지 않았나요? 학교에 보는 눈이 많았을 텐데요.〕

입술을 깨문 선생님이 시선을 떨어뜨렸다. 방관자들을 향한 해리의 비난이 선생님의 가슴에도 생채기를 낸 것 같았다.

〔부끄럽네요. 저도 보는 눈 중의 하나였는데. 변명부터 하자면 강유준 작가의 〈사계〉가 한국이 아닌 영국에서 발표되었기에 그림을 본 사람이 적었어요. 제 경우에는 영국 여행 중에 우연히 강유준 작가의 그림을 봤고요.〕

그림을 본 뒤 어떤 생각이 들었는지, 해리는 무심히 물었고 선생님의 대답이 이어졌다.

〔한국에 돌아가자마자 동료 교사에게 강유준 작가의 그림을 보여 줬어요. 그림을 본 선생님들 모두 놀랐고요. 의견이 분분했어요. 강유준 작가를 옹호하는 선생님들은 로지 그림을 모티브로 삼아 그린 정도라고 했고, 다른 선생님들은 이건 좋게 봐 줘야 오마주

표절과 다름없다고 했고요.]

심상히 고개를 끄덕이던 해리가 말을 잘랐다.

[정 선생님께서 언급한 용어를 잠깐 정리하고 넘어가면 좋겠습니다. '모티브'라는 뜻은 원작에서 영감을 얻어 그린 그림이라는 뜻이고, '오마주'는 원작가를 향한 존경을 담아 그린 그림이라고 알고 있는데, 제가 이해하고 있는 게 맞나요?]

[예, 맞아요. '오마주'는 사실 영화에서 유래된 단어예요. 후배 감독이 선배 감독의 재능을 존경하고 찬사를 보내는 마음을 담아서, 선배 감독 영화의 특정 장면이나 대사를 그대로 살려 표현하는 걸 말하죠. 그래서 오마주와 표절의 경계가 모호해요. 분명한 건 강유준 작가의 〈사계〉가 로지의 〈모성애〉를 연상시킨다는 거였죠. 위작이냐, 아니냐를 떠나서 그 부분은 모두 동의했어요.]

[자꾸 따져 묻는 것 같아 죄송합니다만, 교사들 사이에서도 논란이 일었던 문제가 왜 공론화되지 않았던 건가요?]

[……그건.]

작은 한숨을 내뱉은 선생님은 화면 밖에 있는 누군가를 향해 손을 들었다. 서글서글한 외모의 외국인 남자가 다가와 선생님에게 안겨 있던 아이를 조심스레 들어 올렸다. 아이의 무게를 덜어 냈음에도, 선생님의 오그라든 어깨는 쉽게 펴지지 못했다.

[많은 이유가 있었지만 가장 컸던 건, 강유준 작가가 다림예고의 자랑일 뿐만 아니라 한국 미술계의 자존심 같은 존재였거든요. 그런 사람의 명성에 흠집을 낸다는 건 있을 수 없는 일이었어요. 단지

개인의 잘잘못을 따지는 문제가 아니었으니까요.]

막막히 허공을 바라보는 선생님의 입술이 달싹였다. 그녀를 짓누르고 있는 무언가를 이겨 내려는 것처럼.

[로지에게 강유준 작가의 그림을 봤냐고 묻지도 못했어요. 그때 로지가 강유준 작가의 개인 화실에 다니고 있었거든요. 두 사람이 고등학교 선후배이면서 사제 지간이기도 했기 때문에, 얽혀 있는 게 너무 많아서 섣불리 말할 수가 없었어요. 어느 쪽이 상처를 받게 될지, 제 눈엔 너무 빤히 보였으니까요.]

말을 멈춘 선생님은 잠시 침묵했다. 몇 초밖에 되지 않았지만 수 분처럼 느껴지는 시간이 흐른 뒤, 선생님의 입술이 느리게 움직였다.

[더 안타까웠던 건, 로지의 편이 되어 줄 만한 사람이 없었다는 거예요. 질투하고 시기하는 사람들이 더 많았죠. 또래 학생들도 그랬지만 선생님들도요. 보석을 본 적이 없는 사람이라도, 다이아몬드를 보면 길가에 떨어진 돌과 다르다는 걸 알 수 있잖아요. 로지가 그랬거든요. 다이아몬드처럼 반짝거리는 그림을 그렸어요. 그걸 시샘하는 사람들이 많았는데, 로지 그림이 '브리티시 내셔널 갤러리'에 전시될 거라는 소식에 모두의 열등감이 화산처럼 터졌죠.]

해리는 짐작이 간다는 듯 가만히 고개를 끄덕였다.

[그림을 그리는 사람이라면 누구나 한 번쯤 꿈꾸는 곳이 '브리티시 내셔널 갤러리'잖아요. 그곳에서 최연소 나이에 데뷔를 앞둔 학생이 되었으니, 온 학교가 말도 못 하게 술렁였어요. 그리고 로지를

동정하던 여론도 사라졌죠. 도와주지 않아도 알아서 잘될 애인데, 우리까지 나설 필요가 있겠냐면서요.]

어두워진 표정을 숨기지 못한 선생님은 눈언저리를 가볍게 문질렀다. 찰나였지만 시간이 멈춘 듯한 고요함이 두 사람 사이를 비집고 들어왔다. 해리는 느슨해진 인터뷰 분위기를 다시 팽팽하게 조였다.

[상황이 복잡했다는 건 충분히 이해가 됩니다. 하지만 여기에서 또 의문이 생기네요. 오로지 씨의 그림이 어찌 된 영문인지 '브리티시 내셔널 갤러리'에 전시되지 않았습니다. 정 선생님께서 이에 대해 알고 계신 것이 있으신지요?]

선생님은 처음으로 고민 없이 답했다.

[아니요, 저도 전시가 왜 취소되었는지 그 이유는 정확히 몰라요. 전달받기로는 로지의 소재가 확실치 않아 그림을 걸 수 없다고 했어요. 로지가 고등학교 3학년 여름 방학 이후로 학교에 나오지 않았거든요.]

[그랬군요. 그런데 정 선생님께서 제게 보낸 메일에는 오로지 씨가 전시회에 보낼 그림을 완성했다고 하셨는데요.]

[네, 로지가 여름 방학 중에 제출했어요. 전시회가 취소된 이후 로지의 행방을 몰라서 제가 보관하고 있었고요.]

해리는 짐짓 긴장한 눈빛으로 선생님을 응시했다. 그 긴장감에 전염이 된 것처럼 선생님도 입술에 힘을 주고 말했다.

[학교에 나오지 않는 로지를 걱정하고 있었는데, 어느 날 강유준

작가의 제자라는 사람들이 찾아와 그림을 달라고 했어요.]

　선생님은 명함 한 장을 꺼내 원목 테이블 위에 올려놓았다.

　[이 명함을 받았던 날, 확신했어요. 강유준 작가가 로지 그림 〈모성애〉를 표절했다는 걸요. 개인 화실에서 따로 그림을 가르쳤던 제자가 학교에서도 집에서도 사라졌는데 사람이 아닌, 그림을 먼저 찾는다는 게 제 상식으로는 이해가 되지 않았습니다.]

　해리도 석연치 않은 표정을 지으며 선생님의 의견에 동의한다는 뜻을 표했다.

　[학교에 걸려 있던 로지 그림도 그맘때 사라졌어요. 동료에게 물었지만 〈모성애〉의 소재를 알고 있는 사람이 없었습니다. 소름이 끼칠 만큼 무서웠어요. 로지가 사라진 것도 혹시 그림 때문인가 싶어서요.]

　말을 잇는 게 어려웠는지 선생님은 테이블 위에 놓인 명함을 잠시 내려다보았다.

　[……진실을 밝힐 용기도 내지 못했으면서, 진실을 알고 있는 것 자체만으로도 버거웠어요. 교사 생활에 회의를 느낀 건 당연하고, 무력감과 배신감도 컸죠. 동시대에 태어난 것만으로도 감사하다고 느꼈던, 정말 눈부신 재능을 가진 학생이 그렇게 쉽게 꺾일 수 있다는 걸 제 두 눈으로 보았으니까요. 그래서 한국에서의 삶을 정리하고 네덜란드로 오게 됐어요. 로지 때문만은 아니고, 때마침 원서를 넣었던 네덜란드 대학에 합격했다는 소식을 들었거든요.]

　"이런 나쁜 새끼."

분을 못 이긴 민영이 욕설을 중얼거렸다. 로지는 피로에 질식할 것 같은 얼굴로 화면만 보고 있었다.

〔유감입니다.〕

짤막한 해리의 위로에 선생님은 선선히 미소 지었다.

〔네덜란드에 와서도 종종 로지 생각을 했어요. 죄책감이 느껴질 때마다, 로지 그림 한 점은 지켰으니까 괜찮다고 위안했죠. 나를 선생님이라고 부르면서 믿고, 따라 준 학생에게 나는 그래도 신의를 지켰다고 변명하면서요.〕

선생님은 미리 준비해 둔 것 같은 사진 액자를 해리에게 건넸다.

〔강유준 작가가 자신의 그림 〈사계〉를 로지의 〈모성애〉보다 먼저 그렸다고 주장할지도 모르겠네요. 필요하다면 이 사진을 증거로 드릴게요. 〈사계〉가 발표되기 1년인가 2년 전에 찍은 사진이에요.〕

화면에는 오래된 사진 한 장이 크게 잡혔다. 로지와 선생님이 함께 찍은 사진이었다. 얼굴은 흐릿하게 처리되어 있었지만 로지가 입은 교복 재킷에는 오로지라는 이름이 선명하게 보였다. 로지 옆에는 지금보다 더 앳돼 보이는 선생님이 〈모성애〉를 배경 삼아 활짝 웃고 있었다. 선생님과 같이 사진을 바라보던 해리는 정중하게 인터뷰를 마무리했다.

〔정 선생님의 용기가 헛되지 않도록 오늘 인터뷰는 꼭 필요한 순간에 쓰도록 하겠습니다. 선생님의 개인사까지 들춰서 죄송하고요. 마지막으로 하실 말씀이 있다면 편히 해 주시죠.〕

〔글쎄요. 음, 혹시 이걸 로지도 보게 될까요?〕

해리는 원한다면 오로지 씨에게 보여 주겠다고 대답했다. 선생님은 옷매무새를 바로잡은 뒤 카메라 렌즈를 똑바로 바라보았다. 로지도 화면 속의 선생님과 눈을 맞췄다.

〔로지야.〕

인터뷰 내내 영어로 말하던 선생님의 입에서 처음으로 한국어가 흘러나왔다.

〔오랜만에 한국어를 쓰니까 어색하네. 잘 지냈니?〕

로지의 대답을 기다리듯 선생님은 가만히 렌즈만 응시했다. 로지는 선생님이 눈앞에 있는 것처럼 고개를 끄덕였다.

〔민영이도 옆에 있을 것 같아. 늦었지만 보건 교사가 된 거 진심으로 축하해.〕

"선생님."

울음 섞인 목소리로 민영이 선생님을 불렀다. 이 영상이 공중파 뉴스에 나오게 될 거라고 예상하지 못했을 선생님은 편지를 쓰듯 조곤조곤 말했다.

〔로지가 〈The flames of the fire〉 그림도 잘 받았는지 모르겠어. 포장하기 전에 한 번 본 게 다지만 지금도 선생님 기억에 생생한 그림인데.〕

말끝을 흐린 선생님은 앨범 속 사진을 가리켰다.

〔여기 이 사진 찍었던 날 기억나니? 로지는 부끄러워서 찍기 싫다고 했는데 민영이가 억지로 찍어 줬잖아. 그 잠깐의 결정이 오늘 이렇게 귀중하게 쓰일 줄 누가 알았겠어. 사람 일은 정말

아무도 모르는 거야.]

　사진에서 눈을 뗀 선생님이 다시 카메라를 바라보았다. 선생님과 눈을 맞추고 있는 로지의 커다란 눈에 눈물이 차올랐다.

　[한국만 떠나면 다 잊을 줄 알았는데, 기억이라는 게 그렇게 쉽게 사라지지 않더라. 매일 아침 문화 예술 뉴스를 찾아서 보고 있어. 오늘은 로지 이름을 보게 되지 않을까, 기대하면서…….]

　눈물을 꼭 참고 있는 로지의 얼굴에 안개 같은 미소가 서렸다.

　[이 인터뷰가 어디에서 어떻게 쓰일지 모르겠지만, 별 효과가 없어도 실망하지 말았으면 해. 선생님도 큰 기대는 안 하고 있거든. 세상이 늘 우리 뜻대로 움직이는 건 아니니까. 아마 그래서 신이 우리에게 꿈을 허락한 게 아닌가 싶어. 현실에서 이루지 못한 것들을 꿈에서나마 이룰 수 있도록.]

　"……선생님."

　로지의 손을 꼭 붙들고 있던 민영이 구슬 같은 눈물을 떨궜다. 선생님은 두 사람을 보고 있기라도 한 것처럼 로지와 민영을 위로했다.

　[로지가 그림을 그리지 않고 있다고 들었는데. 그 이유를 나는 감히 물을 수 없지만, 언젠가 로지 그림을 암스테르담에서 볼 날이 오기를 꿈꾸고 있어. 그 꿈이 이뤄지는 날, 우리 아들 손잡고 미술관에 갈 거야. 아들한테 로지 그림 보여 주면서 자랑하려고 해. 이 그림을 그린 사람이 엄마 제자였다고 말하면서.]

　암스테르담에서 날아온 인터뷰 영상은 그렇게 끝이 났다. 앵커와 해리는 남은 질문과 답을 주고받았지만 로지의 귀는 그 어떤

소리도 담지 못했다. 미안함이 켜켜이 내려앉은 선생님의 얼굴이, 잔상처럼 눈앞에 맴돌아서였다.

로지가 학교에서 유일하게 정을 준 선생님이었다. 그런 선생님이 용서를 구하고 있었다. 로지가 그림을 손에서 놓은 이유가 자신의 비겁함 때문이면 어쩌나 자책하면서.

선생님에게 편지라도 한 장 써야겠다고 생각하며 미지근한 눈물을 손등으로 닦을 때였다.

"로지야! 누가 왔는데?"

현관문 벨 소리에 민영이 자리에서 일어났다. 고개를 돌린 로지의 눈에 현관으로 달려가는 율무가 보였다. 문틈에 코를 박은 율무는 킁킁 소리를 내며 낯선 이의 정체를 파악했다.

"……어어어?"

월 패드 앞에 서 있던 민영이 갑자기 TV를 가리켰다. 로지는 여전히 켜져 있는 벽걸이 TV에 시선을 주었다. 해리가 강유준의 그림을 가리키며 무언가를 열심히 설명하고 있었다.

띠릭―.

민영이 열어 줬는지 문이 열리는 소리가 들렸다. 창수가 찾아왔나 싶었는데.

"로오지?"

로지는 제 이름을 부르는 사람을 보며 입만 크게 벌렸다. 현관문 앞에 서 있는 남자는 다름 아닌 뉴스에 등장한 해리였다. 휘둥그레진 눈으로 자신을 보고 있는 로지가 웃겼는지 해리는 시원하게 웃었다.

「잠시만요.」

로지도 알아들을 수 있는 말을 영어로 한 해리는 휴대폰에 대고 무슨 말을 중얼거렸다. 잠시 후 그의 휴대폰에서는 기계음이 섞인 한국어가 흘러나왔다.

"안녕하세요. 내 이름은 해리입니다. 나는 오늘 아침에 면도했어요."

해리는 다시 휴대폰에 입을 붙였다. 음성 번역 앱은 그의 말을 즉시 한국어로 바꿔 말했다. 그것도 여성스러움이 물씬 풍기는 여자 목소리로.

"나는 벤 맥어보이의 가까운 친구입니다. 나는 벤의 약혼녀를 만나러 왔습니다. 실례가 안 된다면 내가 집 안으로 발을 들여놓아도 되겠습니까?"

거구의 영국 남자와 사근사근한 여자 목소리가 빚어내는 기묘한 앙상블 속에서 민영이 먼저 정신을 차렸다. 고개를 끄덕이는 민영을 보고 해리가 현관에 들어서자, 율무가 낮게 으르렁거렸다. 하지만 경계 태세를 갖춘 율무의 노력이 무색하게 해리는 '굿 보이!'라고 말하며 투박한 손을 개의 머리 위에 얹었다. 아연한 눈으로 해리를 바라보던 로지는 짧지만 깊은 생각에 잠겼다. 무슨 말을 하면 좋을까, 고민 끝에 로지의 입이 천천히 열렸다.

"나, 나이스 투 밑츄 투."

진심으로 환영한다는 뜻이 전해졌는지 해리가 입매를 길게 늘이며 웃었다.

띠링―.

운전 중이던 태평의 시선이 거치대에 올려진 휴대폰 액정에 닿았다.

[벤! 나 심심해.]

해리가 보낸 문자라는 걸 확인하자마자, 무심한 시선이 다시 정면으로 돌아갔다.

[기사도 다 썼고, 방송국에도 다녀왔더니 할 일이 없네.]

답이 없어도 태평이 보고 있다는 걸 알았는지 해리의 주절거림은 계속됐다.

[저녁 약속이면 정확히 몇 시지? 6시쯤? 그때까지 뭘 하면 좋을까?]

꽈배기를 먹기라도 했는지, 배배 꼬아서 말하는 해리 때문에 짜증이 오른 태평이 얼굴을 확 구겼다.

[호텔에만 있으려니 갑갑한데. 집이야? 창수 씨 말로는 지금 네 여자 친구하고 자기 여자 친구가 같이 있다던데 나도 껴서 놀면 안 되나?]

눈으로 문자를 읽던 태평의 입에서 높은 목소리가 튀어나왔다.
"안 돼."

[물어봐야 뭐 하나, 안 된다고 하겠지. 한국 사람들은 마음이 따뜻하기로 유명하다던데, 너를 보면 꼭 그런 것 같지도 않고.]

띠링─, 거리는 소리가 거슬려 무음으로 바꾸려는데, 그새를 못 참고 메시지가 도착했다.

[냉정한 너한테 구걸하기 싫어서 난 지금 택시를 탔다. 오로지 씨가 너보다는 더 친절할 것 같아서.]

무음으로 바꾸려던 태평의 손가락은 결국 통화 버튼을 누르고 말았다. 신호음이 가기도 전에 해리의 목소리가 들렸다.
─벤, 좋은 아침!
「택시를 탔다니.」
─방금 기사 아저씨한테 집 주소 보여 줬어. 저녁 먹기 전에 로지 씨하고 친해지고 싶어서.

이를 꽉 물며 생각에 잠겼지만, 해리를 막을 뾰족한 방도가 떠오르지 않았다.

「빈손으로 가지 마.」

─내가 그렇게 예의 없는 사람은 아니지. 베이커리에 먼저 갈 거야. 인터넷으로 찾아봤는데 근처에 케이크 부티크가 있더라고.

「샤워는 했어?」

기분 나쁘라고 던진 질문이었는데 해리는 껄껄 소리까지 내며 웃었다.

─당연하지. 나 오늘 호텔에서 피부 벗겨 내는 거 했어. 아저씨가 나한테 그거 되게 많다고 했는데. 한국어로 뭐라고 하더라? 대? 때? 암튼 피부에서 피 나는 줄 알았잖아. 와, 그래서 한국 사람들 피부가 그렇게 좋은가? 맨날 문질러서?

두서없이 떠드는 해리의 수다를 라디오 대신 듣다 보니 목적지가 보였다. 태평은 딸기 케이크를 사라는 말로 인사를 대신하고 통화를 끝냈다.

야외에 있는 공영 주차장에 차를 대고 시동을 껐다. 차에서 내리자마자 후끈한 열감이 느껴지는 햇볕이 정수리에 내려앉았다. 여름이 다가오고 있다는 신호였다. 우렁우렁 우는 매미 소리가 금방이라도 들릴 것 같은 날씨에 태평의 미간이 좁아졌다.

"사람은 안 변하지."

피식 웃음을 흘린 그는 햇볕을 퉁겨 내듯 고개를 가볍게 털었다. 예나 지금이나 더운 날씨는 질색이었다. 일렬로 늘어서 있는 차들을 빠르게 지나치며 걸었다. 그의 걸음이 멈춘 곳은 낡은 빌라 사이에 있는 건물 앞이었다. 제법 낯이 익은 건물 안으로 들어간 태평은 엘리베이터를 기다리며 조금 들뜬 호흡을 골랐다.

"허허허, 오랜만입니다."

엘리베이터 문이 열리자마자 강필승이 그에게 반갑게 인사를 건넸다. 가볍게 악수를 나눈 태평은 그를 따라 사무실 안쪽에 있는 테라스로 걸었다.

"오늘은 정말 봄인지, 여름인지 분간이 안 가네요. 더워도 너무 더워서. 아직 사무실 에어컨에 가스도 못 넣었는데. 아차차! 마실 건 뭐로 드릴까요? 커피? 녹차? 주스?"

아이스커피를 부탁한 태평은 테라스라고 하지만, 텃밭에 가까워 보이는 공간으로 들어섰다. 상추와 호박을 심어 놓은 스티로폼 상자를 둘러보던 그는 플라스틱 의자에 앉았다. 잠시 후 강필승은 아이스커피 두 잔을 들고 나타났다.

"요즘엔 직원들한테 커피 심부름도 못 시켜서 대표가 타야 해요. 간 안 맞으면 말하세요. 내가 더 찐하게 타 드릴 테니까."

태평은 제 앞에 놓인 컵을 바라봤다. 맥주 회사 로고가 시원하게 박힌 유리컵 밑에는 아직 다 녹지 못한 인스턴트커피 알갱이가 붙어 있었다. 커피 맛을 바라고 온 게 아니었기에 본론부터 꺼냈다.

"모레 있을 행사는 차질 없이 진행되고 있습니까?"

"그럼요. 적당한 가수도 초대했고, 봉사 단체도 여럿 불러서 제법 규모가 될 겁니다. 부탁하신 대로 환자하고 가족들 모두 효자요양병원 대강당으로 모일 거고요. 그러면 오제근이 있는 병동도 한산해지겠죠."

말하기 좋아하는 강필승은 그 어느 때보다 기세 좋게 떠들었다. 의사와 간호사는 물론 간병인까지 모이도록 했으니 오제근은 홀로 병실을 지키게 될 거라면서.

만족스러움에 고개를 끄덕이며 태평은 건조하게 물었다.

"보험 문제도 다 확인하셨고요?"

강필승은 반색하며 입을 열었다.

"것도 제가 다 정리해 놨죠. 따로 손을 쓸 필요도 없었어요. 생명보험의 경우, 수익자는 당연히 자식한테 가게 되어 있으니까요. 오제근 형하고 누나들은 그깟 보험금 몇 푼에 관심이 있을 위인들이 아니더라고요. 거의 다 외국에서 자리를 잡고 살고 있는 데다가 부모한테 물려받은 재산도 많던데요? 뭣보다 오제근을 아예 자기들 동기로 취급을 안 하고 있드만요. 요양병원에서 오제근이 하루에도 몇 번씩 자해 중이라고 연락을 했는데, 다들 전화를 피하더래요. 그 사람 한 명만 빼고요. 오미경이라고."

로지에게 들었던 이름을 기억한 태평이 눈썹을 찌푸렸다.

"오미경이요?"

"예, 오제근 누나인데 그나마 그 여자만 의사하고 몇 번 통화했대요. 오제근이 하도 죽겠다고 난리를 치는 바람에 의사도 죽을 맛이었겠죠. 간병인을 붙잡고 죽여 달라고 빌지를 않나, 포크로 제 목을 찌르기도 하고, 또 뭐더라? 그 병원에 봉사 활동 하러 온 학생들한테

농약을 사 달라고 했다던데. 하여간, 병원 관계자들 모두 오제근은 감당하지 못하겠다고 난리를 쳤나 봐요. 그래서 사무장이 오제근 상태가 이 정도로 나쁘니 제발 다른 요양병원으로 옮기면 안 되겠냐고 부탁하니까 오미경이 그랬대요. 관리가 어려우면 안정제를 투여하든 침대에 묶어 놓든 마음대로 해도 좋다고요. 그리고 앞으로는 오제근이 죽기 전엔 연락하지 말라고 했다네요. 그게 무슨 뜻이겠습니까. 돌려 말했지만, 사실은 자기 동생이 하루라도 빨리 관에 들어갔으면 한다는 거죠."

제 성과를 길게 말한 강필승은 얼음만 남은 컵을 요란하게 흔들었다. 태평은 그제야 구경만 하던 유리컵으로 손을 뻗었다. 대충 갈증만 달랠 생각이었는데 목구멍으로 넘어간 커피 맛이 생각보다 좋았다. 태평의 눈빛에 스친 일말의 호기심을 읽어 낸 강필승은 뭉근한 말투로 말을 붙였다.

"콜롬비아 원두래요. 구수하니 괜찮죠?"

"뭐, 그럭저럭이네요."

뜨뜻미지근한 태평의 반응에 그는 더 날카롭게 촉을 세웠다.

"그런데 정말 오제근을 만나시려고요? 그것도 사람들이 없는 틈을 타서? 정신이 나가도 한참 전에 나간 사람인데 무슨 이야기를 할 게 있다고."

태평은 아무 말 없이 커피만 마셨다. 그의 침묵이 불편했는지, 강필승은 변변찮은 변명을 덧붙였다.

"오지랖이라면 오지랖이지만 오로지 씨가 자꾸 눈에 밟혀서 물었어요. 돈 받고 이 일을 하고 있지만, 사실 흥신소라는 게 기본적으로 인간에 대한 애정이 없으면 할 수가 없는 일이거든요. 얼마나 기구한 사연이 많은 줄 아십니까? 남편한테 죽도록 얻어맞고 살던 여자가 남편이 못 찾도록 자기 흔적을 지워 달라는 걸 보면 마음 한구석이 짠하고. 평생 폐지 팔아 모은 돈을 사기꾼한테 홀랑 날리고 찾아온 할머니 때문에 콧잔등이 찡할 때도 있고요. 오로지 씨 같은 경우에는 거 뭐냐, 무슨 종합 선물 세트잖아요. 희찬이라는 애하고 같이 있던 모습이 아침저녁으로 기억나더라고요."

지난 4개월간 로지를 샅샅이 조사한 사람답게 그는 로지의 삶을 하나하나 꼬집어 가며 말했다.

"호적상 아버지는 치매 환자에, 친아버지는 알코올 중독자였다가 사고로 죽고, 어머니는 자살해 버렸으니 그 여린 소녀가 미치지 않은 게 다행이죠. 이놈의 조물주는 생명을 잉태만 시켜 놓고, 그 생명이 어찌 자라는지는 신경도 안 쓴다니까요? 막말로 박혜진을 떼어 놓지 않았으면, 오로지 씨 인생이나, 희찬이라는 애 인생이나 걸레짝이 되고 말았을 텐데."

끝을 모르는 강필승의 푸념에 지친 태평은 그가 듣고 싶어 했던 답을 말했다.

"결혼 허락 받으러 갑니다."

"……네에?"

가뜩이나 큰 입을 더 크게 벌린 통에 태평은 강필승의 어금니에 씌워진 금니 개수까지 확인할 수 있었다. 크게 벌어졌던 강필승의 입은 태평이 바지 주머니에서 꺼낸 물건을 보고 다시 닫혔다.

"오늘 요양원에 가시죠?"

"예, 오후에 가기로 했는데."

태평이 손에 들고 있던 물건을 그의 유리컵 옆에 놓았다.

"그것 좀 오제근한테 전해 주세요."

"이걸요?"

강필승은 태평의 얼굴이 새겨진 지포 라이터를 유심히 바라보며 중얼거렸다.

"암만 봐도 여기에 새겨진 얼굴이, 김태평 씨 얼굴인 거 같은데."

"맞습니다."

"맞죠? 크으, 누가 만들었는지 아주 귀신같이 새겼네. 복사기로 복사한 것처럼. 아니, 근데 이걸 오제근한테 왜 줍니까? 한눈에 봐도 귀한 물건인 것 같은데?"

라이터가 귀중한 물건이라는 걸 감지한 강필승은 희한하다는 얼굴로 태평을 응시했다. 비식, 하는 웃음이 태평의 입에서 터졌다. 의도한 건 아니었지만 강필승의 눈엔 그게 쑥스러움을 참다 터진 웃음처럼 보였다.

"제 장인이 되실 분이니, 사위 될 사람 얼굴 정도는 기억해야죠."

다정한 미소를 지으며 태평은 문자를 입력했다.

[안녕하세요. 효자요양병원입니다. 얼마 전에 알려 드린 대로 이틀 뒤에 효자요양병원에서 행사가 열릴 예정입니다. 트로트 공연,

마술 쇼, 노래자랑과 같은 환자와 보호자가 함께 참여할 행사를 준비했으니 바쁘시더라도 꼭 참석하시어……]

강필승은 문자를 쓰느라 바쁜 태평의 얼굴을 조용히 응시했다. 그의 얼굴에는 미소가 떠 있었지만, 묘하게도 웃는 표정에서 드러나야 할 유쾌함이나 흥겨움 같은 감정은 읽히지 않았다.

"그러면 사진을 주시죠. 라이터보다는 그게 낫잖아요."

잔소리 비슷한 걸 흘리며 강필승은 라이터를 테이블 위에 올려놓았다. 휴대폰을 보던 태평의 시선이 라이터로 향했다. 잠시 그걸 물끄러미 바라보던 태평은 오래도록 묻어 두었던 서러움 한 조각을 끄집어냈다.

"어렸을 때 사진 한 장, 제대로 찍을 시간이 없었어요."

어린 시절의 기억이 태평의 눈앞에서 출렁거렸다. 로지를 두 눈으로 보기에 바쁜 나날이었다. 찰칵, 하는 셔터 소리도 기다려 줄 수 없을 만큼 그는 로지에게 온 신경을 쏟았다. 그래서 로지를 둘러싸고 있는 것들을 제대로 살피지 못했다.

로지를 따라 납골당에 가지 않았더라면, 검은색 마스크를 쓴 남자를 무시했더라면, 눈, 코, 입이 없는 로지 아버지의 그림을 보지 못했더라면, 로지와 사진 한 장 정도는 제대로 찍을 여유가 있었을까?

"지금도 그렇지만, 그땐 더 미쳐 날뛰는 애새끼였거든요."

꾸준히 제 속도로 흐르는 시간이 야속하기만 했었다. 가능하다면

미성년자인 자신이 성인이 될 때까지만 시계를 빨리 감아 버리고 싶었을 만큼, 미래로 날아가고 싶던 그였다.

훗날 오제근이 치매에 걸려 병원에 감금될 줄 알았더라면, 김동우에게 로지를 만날 기회를 한 번만 주었더라면, 올리버를 더 강하게 의심했더라면, 로지가 지금보다는 덜 아팠을까?

"오제근한테 이것보다 좋은 선물은 없어요."

태평은 팔을 뻗어 라이터를 쥐었다. 장난감을 가지고 놀 듯 손으로 라이터를 굴리던 그는 엄지로 뚜껑을 밀어젖혔다. 찰카당ㅡ, 하는 소리와 함께 라이터에서 주홍색 불기둥이 올라왔다. 넋이 나간 눈으로 불꽃을 바라보던 태평은 쓴웃음을 지었다.

"……2년이나 잡아먹을 줄은 나도 몰랐지."

라이터를 켜고 불꽃을 응시하기까지 2년이 걸렸다. 가스 불 앞에서 파스타 면을 삶는 10분이라는 시간을 버텨 내기까지는 3년, 철판 위에서 춤추는 불을 보고 정신을 놓지 않기까지는 다시 2년이라는 시간을 보내야 했다. 그렇게 불과 친해지려 노력했는데, 제 트라우마였던 불이 로지에게도 옮겨붙을 줄이야.

문득 로지와 같이 빙수를 먹었던 날이 떠올랐다. 덥지 않은 날씨에도 굳이 빙수를 먹겠다는 걸 말렸더니 로지가 말했다.

'네가 차가운 거 좋아하잖아. 너 좋아하는 거, 나도 좋아하고 싶어서.'

라이터를 쥔 손에 지그시 힘을 주었다. 자신이 좋아하는 거라면 뭐든 함께 좋아하고 싶다고 말했던 로지는 결국 태평의 트라우마까지 손에 넣고 말았다.

태평에게 '불'이 영원히 극복할 수 없는 트라우마인 것처럼, 로지에겐 '그림'이 영원히 닿을 수 없는 세상이 되어 버렸으니까. 죽어도 인정하고 싶지 않지만, 그 트라우마는 태평이 직접 로지 손에 쥐여 준 것과 다름없었다.

"바보 같은 뱁새."

나지막이 읊조린 그는 상념을 끝내듯 라이터를 단번에 껐다. 그리고 강필승에게 다시 라이터를 건넸다.

"금연하느라 고생이 많으셨나 보네. 힘들면 전자 담배라도 해요. 요즘 젊은 사람들은 그거 하나씩 다 챙겨 다니드만."

라이터를 받아 재킷 주머니에 넣으면서도 강필승의 입은 모터가 달린 것처럼 움직였다. 자리에서 일어난 태평은 잘 부탁한다는 말을 하며 묵례를 했다.

"최선을 다해서 깔끔하게 마무리할 테니 발 뻗고 푹 자요. 오로지 씨가 마음고생이 얼마나 심했을지 안 봐도 눈에 훤하니까. 친구하나가 정신과 의사인데 걔가 그러더라고요. 요즘엔 치료가 필요한 미친놈들이 정신과를 찾는 게 아니라, 미친놈들한테 시달리는 멀쩡한 사람들이 상담을 받으러 온다고요. 하긴, 그렇게 미쳐 돌아가는 세상이니, 형사 짓 하던 내가 남의 뒤나 캐면서 이렇게 먹고사는 거겠지만."

강필승의 배웅을 뒤로하고 태평은 건물 밖으로 나왔다.

차에 막 타려는데 휴대폰이 울렸다. 액정에 뜬 집 번호를 확인하자마자 태평의 얼굴에는 좀처럼 보기 힘든 짙푸른 미소가 떠올랐다.

"여보세요?"

―태평아. 나야, 로지.

"알아."

―언제 와?

"지금 가려고."

―진짜? 빨리 오면 좋겠다.

"왜?"

―음, 보고 싶어서.

"……."

―아침에 봤는데, 이상하게 또 보고 싶어졌어.

잔잔한 로지의 음성이 파랑이 되어 태평의 가슴에 휘몰아쳤다. 기분 좋은 울렁거림이 밀물과 함께 밀려왔다. 밀물이 쓸고 지나간 자리에는 희미했던 실루엣이 조금 더 선명하게 존재를 드러내고 있었다.

그건 바로 자신감이었다. 아니, 확신에 가까웠다. 트라우마가 생겼건, 손목이 아프건 로지는 반드시 행복해질 거라는 확신이 점점 커졌다. 열일곱의 김태평이 로지 덕에 웃을 수 있었다면, 지금의 벤 맥어보이는 로지 때문에 눈물이 날 만큼 행복했으므로.

불현듯 잠에서 깬 로지는 시계부터 찾았다. 실눈을 뜨고 침대맡에 놓인 전자시계를 바라봤다. 평소라면 출근 준비를 시작해야 할 시간이었다. 습관이 무섭다고 생각하며 고개를 돌렸다. 부유스레한 여명 사이로 깊이 잠든 태평의 얼굴이 보였다.

"······태평아."

작게 깨워 보았지만 태평은 미동도 하지 않았다. 편히 자는 얼굴이 신기해서 한참을 바라보았다. 깨어 있을 때와 자고 있을 때가 전혀 다른 사람 같아서였다. 눈을 뜨고 있을 땐 짓궂어 보이는 얼굴이, 눈을 감고 있을 때는 수줍음을 숨긴 소년처럼 보였으니까. 예나 지금이나, 그리고 싶은 얼굴이 참 많은 태평이었다.

"후음."

뒤척이며 내쉬는 태평의 숨결에서 희미한 와인 향이 느껴졌다. 달콤한 와인 향이 이젠 추억이 되어 버린 어제저녁의 기억을 떠올렸다.

민영, 창수, 해리 그리고 준까지 함께한 저녁은 그 어느 때보다 풍성하고 떠들썩했다. 특히 해리 때문에 웃음이 끊이지 않았다.

'맛있습니다. 민영! 사랑합니다.'

민영이 만들어 온 삼계죽을 맛보자마자 해리는 손가락 키스를 마구 퍼부어 댔다. 태평 말로는 이탈리아인들이 맛있는 걸 먹었을 때 쓰는 제스처 중 하나라고 했다.

'많이 먹어요. 정력에 좋은 음식이니까.'

삼계죽이 보양식이라는 민영의 설명에 해리는 눈을 하얗게 뒤집으며 '맘마 미아'를 외쳤다. 웃음 많은 민영이 깔깔대며 웃었는데 그 모습에 눈이 뒤집힌 남자가 한 명 더 있었다.

'해리!'

추상같은 호령을 내지른 창수에게 모두의 시선이 모여들었다. 이미 와인에 잔뜩 취한 창수는 무거운 눈꺼풀을 끔뻑거리며 해리를 쏘아보고 있었다.

'민영이한테 수작 부리지 마라. 민영이 내 여자라고. 네가 아무리 키가 크고 나이가 많아도, 나한테는 안 돼! 내가 몇 년을 기다린 줄 알아? 저 아래에 털이 나기 전부터 우리 민영이만 보면서, 우리 민영이를……'

더 내버려 두면 흔적도 없이 소멸했을 창수의 명예를 지켜 준 건 바로 준이었다. 준은 창수의 입을 틀어막은 채 그를 거실 소파에 눕혔다.

'형! 술 좀 적당히 마시라고 했잖아요. 말 못 해 죽을병이라도 걸렸나! 술만 마시면 사람이 깨도 너무 깨네. 아주 그냥 홀딱 깨!'

'어? 우리 준이 두 명이네. 준아, 형이 너 사랑하는 거 알지?'

뽀뽀 귀신이 들러붙기라도 했는지 창수는 준의 얼굴에 연신 입술 박치기를 날렸다. 준은 진저리를 치면서도 끝까지 창수를 챙겼다. 그 틈을 타 해리는 다시 음성 번역 앱을 실행시켰다.

'창수는 물 대신 술을 마셔야 합니다. 창수가 술에 취하니까 박력이 생겼습니다.'

교양이 넘치는 여자 목소리가 들려준 해리의 말에 거실에는 커다란 웃음이 물결처럼 번졌다. 꿈같은 시간이었다. 창수를 바라보는 민영의 따뜻한 눈빛에도, 태평과 아웅다웅하는 해리의 익살맞은 표정에도, 나이는 가장 어리지만 속은 그 누구보다 깊은 준의 마음에도 웃음이 마구 나왔으니까.

"언제 일어났어?"

나직한 목소리에 로지는 퍼뜩 정신을 차렸다. 태평의 팔이 로지를 가두듯 끌어안았다.

"좀 아까."

"그래? 꿈꾸는 줄 알았는데."

아직 졸음이 가시지 않은 눈을 비비며 태평이 고개를 내려 로지를 바라봤다. 쌍꺼풀 없는 긴 눈매 사이로 드러난 시선이 나른했다.

"꿈?"

되묻는 로지의 이마에 태평이 입을 맞췄다.

"침대가 흔들릴 만큼 웃길래."

"내가 그렇게 웃었어?"

몰랐냐는 태평의 눈빛에 로지는 순간 말문이 막혔다. 인지하지 못하고 웃은 것도 놀라운데, 제 웃음이 곤히 자고 있던 그를 깨웠다니. 허를 찔린 듯한 로지의 표정이 재미있었는지 태평이 낮게 웃었다.

"어제 나 없을 때 해리하고 무슨 말 했어?"

곰곰이 생각에 잠겼던 로지는 살포시 웃었다. 해리와 차를 마시며 나눴던 대화가 생각나서였다.

'로지 씨, 벤은 악마입니다.'

다짜고짜 태평을 악마라고 말한 해리는 친구의 악행을 낱낱이 고발했다. 룸 셰어를 했을 때 하루라도 샤워를 거르면 방에 들어오지도 못하게 했다고. 밤낮으로 아르바이트해서 돈을 많이 벌었으면서도 자기한테 맥주 한잔 사지 않았다고. 마음에 드는 여자가 생겨서 도와 달라고 불렀더니, 그 여자가 벤한테 푹 빠져 버려서 자기는 고백도 하기 전에 차였다고.

번역 앱 목소리에 귀를 기울이고 있던 로지의 얼굴은 점점 알쏭달쏭해졌다. 태평이 악마 같다고 하기에는, 어쩐지 그 이유가 조금 궁상맞게 느껴진 탓이었다.

'하지만 로지 씨는 천사입니다. 나는 심장을 걸고 놀랐습니다. 로지 씨 그림을 글로 쓸 수 없었습니다. 내가 속물적인 기자이기 때문입니다. 로지 씨 그림은 너무 성스러워서 내 글이 그걸 해칠지도 모릅니다.'

글로 옮기는 게 어려울 만큼 자신의 그림이 좋았다는 말에 로지의 온 얼굴이 붉어졌다. 사실 낯은 뜨거웠지만 마음은 뿌듯했다. 붓이 만들어 낸 결을 따라 누군가와 교감을 한 게 얼마 만이었는지, 그 울컥한 감정은 마치 오랫동안 잊고 지냈던 친구와 해후한 느낌과 같았다.

소중한 추억을 하나씩 갈무리한 로지는 태평의 가슴 언저리를 톡톡 건드렸다.

"해리가 널 보고 악마래."

태평은 눈언저리를 찌푸리며 짧게 웃었다.

"내가 악마면, 너는 천사고?"

"응, 그래서 우리 둘이 안 어울린대."

"그럴 리가 있나……."

말끝을 길게 늘어뜨리는 목소리가 묘하게 유혹적이었다. 어느새 로지의 허리에 감겨든 팔에도 힘이 들어가는 게 느껴졌다.

"신의 축복을 받아야지. 천사와 악마가 결합하겠다는데."

음욕이 번지기 시작한 눈으로 바라보며 그는 로지를 제 쪽으로 힘주어 당겼다. 부쩍 가까워진 하체 사이로 그가 잔뜩 흥분했다는 게 느껴졌다.

"내 말이 틀려?"

로지의 정수리에 입술을 묻으며 태평이 물었다. 자연스레 태평의 가슴에 이마를 붙인 로지는 소리 죽인 숨을 내쉬었다. 매끈한 맨살에 부딪쳤다가 돌아온 숨결에는 시원한 보디 샴푸 향기와 청량한 체취가 묻어 있었다. 그 냄새가 태평과 첫 밤을 보냈던 날 느꼈던 야릇한 쾌감을 다시 일깨웠다.

"딴생각하지 마. 그러면 더 흥분되니까."

뺨에 입술을 붙인 태평이 짓궂게 속삭였다. 부드러운 건 이 목소리가 처음이자 마지막일지도 모른다는 걸 로지는 그와 입술을 겹치는 순간 직감했다.

"너무, 밝은데."

햇살이 내리쬐기 시작한 방을 의식한 로지의 말 한마디에 그는 온 방을 어둠으로 물들였다. 전동 암막 블라인드로 빛을 차단한 방 안에서 그는 로지의 쾌감을 끌어내기 위해 안간힘을 썼다. 로지는 치열하게 제 빈틈을 채우려는 그의 행위를 빠짐없이 눈에 담았다. 섹스에 몰두한 남자는 그만큼 아름다웠다. 정염으로 타오르는 눈, 다물려 있는 입술 안쪽에서 터지는 낮은 신음, 본능 앞에서 만신창이가 되어 버린 이성 때문에 더 야하게 보이는 표정까지 전부.

"흐웃, 태평아."

잔잔했던 물결은 서로를 치열하게 탐하며 급류로 바뀌었고, 둘이 하나로 얽혀 드는 순간 폭포로 변해 쏟아져 내렸다. 그 물살에 모든 생각은 휩쓸려 날아갔고, 비어 있는 공간에는 모조리 쾌감이 들이찼다.

"하……."

꽉 여민 입술 사이로, 기어코 터진 그의 짤막한 신음에 로지는 온몸을 부르르 떨었다. 그는 숨을 고르며 로지의 눈가에 맺힌 눈물을 혀로 빠짐없이 핥았다.

"로지야."

"……응?"

"로지야, 오로지."

"왜?"

금방이라도 혼절할 것 같은 기분을 느끼며 대답했는데, 태평이 미친 듯이 웃어 댔다. 한참을 웃던 그는 잔류 중인 열기에 취해 있는 로지를 나른하게 응시했다. 그의 눈에 다시 위험한 욕망이 스며들고 있음을 눈치챈 로지가 입술을 움찔거렸다.

"아니지?"

설마 또 하려는 건 아닐 거라고 믿으면서도 로지는 두 팔로 그의 가슴을 밀쳤다. 하지만 그건 상상 속에서나 일어난 저항이었을 뿐, 기운이 빠진 로지의 팔은 이불 위에서 꼼짝도 하지 않았다. 이윽고 태평이 다시 입을 맞추며 로지 위로 무게를 실어 왔다.

"날 이렇게 만든 건 너야."

지나가는 바람처럼 산뜻하게 속삭인 그는 몇 번이나 로지를 달구고 또 달궜다. 잠을 자다 깨면 태평에게 안겨 있고, 까무룩 정신을 잃었다가 다시 차려 보면 또 태평의 품이었다. 그리고 다시 눈을 떴을 땐 블라인드의 도움 없이도 방이 어두워져 있었다.

반나절이 넘게 침대와 한 몸이 되어 보낸 로지는 천천히 시선을 올렸다. 태평이 기다렸다는 듯 물을 건넸다. '찬물은 몸에 해로우니 미지근한 물을 마셔야 한다'는 뻔뻔한 주장을 하며 그는 제 입에 머금은 물을 로지의 입술에 흘려 넣었다. 저항할 기력이 하나도 없었던 로지는 그가 주는 물을 달게 받아 마셨다.

"정신없이 자던데."

다시 로지의 옆에 누운 태평이 묘하게 웃었다. 검고 짙은 그의 미소에 로지의 얼굴에는 부끄러움과 걱정이 동시에 내려앉았다.

"저기, 물어보고 싶은 게 있는데."

"뭔데?"

은근해진 목소리로 되묻는 태평의 눈빛이 순식간에 젖어 들었다.

"……수술, 정말 받은 거야?"

로지를 응시하던 길쭉한 눈매가 일그러졌다. 무슨 수술을 말하는 거냐는, 의문을 담은 눈짓이었다.

"콘돔이, 필요 없는 거 맞지?"

확실히 짚고 넘어가야 할 문제라 물었는데, 대답은 생각보다 빨리 돌아오지 않았다. 로지를 안고 있던 그는 바람 빠지는 소리를 내며 웃었다.

"의사가 돌팔이가 아니라면 그렇겠지."

그의 말뜻을 되새기며 로지는 느리게 눈을 굴렸다. 사랑을 나누는 것만 생각하면 좋은 일이었지만, 태평이 왜 그런 수술을 받은 건지.

"계획 없는 임신으로, 네 발목 잡으면 안 되니까."

로지는 제 마음을 읽은 듯한 태평을 빤히 바라봤다. 그는 손으로 로지의 귓바퀴를 쓸며 놀리듯 말했다.

"오늘처럼 밤낮으로 너한테 달려들 내가 훤히 보이기도 했고."

"……."

"너 아프게 하는 것도 싫어. 다른 건 내가 다 해 줄 수 있는데, 애를 낳는 것만큼은 내가 해 줄 수 없잖아."

내용은 의미심장했지만 그걸 전하는 목소리는 낮고도 나긋했다. 로지는 더 물어볼까 하다가 그만두었다. 태평의 눈동자에 비친 자신의 얼굴 때문이었다. 또랑또랑한 눈망울을 가진 여자의 입술에는 엷은 미소가 어려 있었다. 분명 매일 보는 제 얼굴이었는데, 행복함에 취해 웃고 있는 얼굴이 조금 낯설게 느껴졌다.

무구한 로지의 눈빛을 묵묵히 받아 내고 있던 태평이 로지의 입술에 쪽, 소리가 나게 입을 맞췄다.

"천사가 맞긴 한 것 같네. 끊임없이 타락시키고 싶은 걸 보면."

더럭 겁을 먹은 로지는 두 눈을 감았다. 태평은 더 자고 싶다고 웅얼대는 로지의 뺨을 가볍게 깨물고는 기분 좋게 웃었다.

"로지야."

"……."

"잘 자. 좋은 꿈만 꾸고."

"……."

"사랑해."

다시 잠들기 전까지 그는 로지의 귀에 사랑한다는 말을 흘려 넣었다.

거의 만 하루를 침대 위에서 보낸 로지는 미명의 새벽빛에 눈을 떴다. 눈을 뜨고도 몸을 움직이기까지는 시간이 꽤 걸렸다. 사정없이 몰아친 정사에 온몸이 아파서였다. 보송보송한 이불 속에서 팔다리를 꼼지락거리다가 강렬한 허기에 몸을 일으켰다. 자신이 일어난 걸 진즉 알고 있었는지 태평도 냉큼 따라 일어나 귓가에 입술을 붙여 왔다.

"아침은 나가서 먹을까?"

"아니, 너무 배가 고파서 나갈 기운도 없어."

태평은 몸을 축 늘어뜨린 로지를 안아 욕실로 옮겨 줬다. 내친김에 씻겨 주겠다는 그를 욕실에서 간신히 쫓아낸 로지는 느긋하게 샤워를 즐겼다. 손가락 하나 들어 올릴 힘이 없을 만큼 배가 고팠지만 지금은 씻고 싶은 욕구가 더 컸다.

"아, 개운하다."

촉촉한 보디로션을 온몸에 듬뿍 바르고 나온 로지는 주방으로 걸었다. 눈부신 아침 햇살을 만끽하며 아침 식사를 준비하고 있는데 인기척이 느껴졌다.

"집에 빵이 있었어?"

로지만큼 오랜 샤워를 끝내고 나온 태평이 식탁을 둘러보며 물었다. 식탁 위에는 먹기 좋게 구워진 식빵이 놓여 있었다.

"응, 해리가 케이크 살 때 사은품으로 받았다고 주고 갔어."

대충 고개를 끄덕인 그는 커피 두 잔을 내려 식탁 의자에 앉았다. 로지도 자리에 앉으며 두 눈을 반짝였다. 식빵이 진수성찬으로 보일 만큼 군침이 돌았다. 태평은 식빵을 반으로 찢어 로지의 입에 가져다 댔다. 기다렸다는 듯 입을 크게 벌리고 빵을 받아먹었다. 식탁 옆에 자리를 잡은 율무도 오도독, 소리를 내며 사료를 씹었다.

언뜻 보면 평온한 하루의 시작이었지만, 태평을 좇는 로지의 시선에는 망설임과 걱정이 묻어 있었다. 엊그제 들었던 해리의 말 때문이었다.

'나는 벤의 약점을 알고 있습니다. 아무도 모르는 약점입니다.'

민영이 화장실에 간 사이, 해리는 로지를 향해 은밀하게 속삭였다.

'벤은 화기를 무서워합니다. 벤이 부엌에 있는 날에는 오븐도 쓸 수 없었습니다.'

'……화기요? 파이어?'

'파이어'라는 말을 알아들었는지 해리는 고개를 주억거렸다.

'핼러윈 파티에 친구들과 불꽃놀이를 했습니다. 벤이 갑자기 속에 있던 것들을 다 꺼내 놓더니 쓰러졌습니다. 열도 심하게 나서 병원에 가야 했습니다.'

놀란 눈을 하기도 전에 해리가 다시 말을 이었다.

'병원에서 그랬습니다. 벤은 불 트라우마가 있습니다. 그런데 나한테 파스타 만드는 법을 알려 달라고 했습니다. 그리고 매일 면을 삶았습니다. 물이 부글부글 끓을 때마다 벤이 화장실로 달려갔습니다. 로지, 나는 심각합니다. 벤은 아무래도 자기 학대를 즐기는 악마임이 틀림없습니다.'

더 자세히 묻고 싶었지만 때마침 민영이 거실로 돌아왔다. 해리는 태평이 마음에 안 들면 펄펄 끓는 물에 파스타를 삶으라며 윙크를 날렸다. 웃음을 참는 척하며 고개를 끄덕였지만, 이미 로지의 속에서는 작은 의심 하나가 똬리를 틀어 버린 뒤였다.

"왜 먹다가 말아?"

로지의 얼굴을 기민하게 살피던 태평이 물었다.

"먹다가 말다니?"

생각에 잠겨 있던 로지는 앵무새처럼 따라 물었다. 그는 손가락으로 로지의 앞접시를 가리켰다. 그 위에는 손도 대지 않은 식빵이 덩그러니 남아 있었다. 먹으려고 손을 뻗었는데 태평이 재빨리 앞접시를 치웠다.

"새로 구워 줄게. 식어서 맛없어."

"아니야, 괜찮은데."

"괜찮기는."

자리에서 일어난 태평은 미니 오븐이 있는 곳으로 걸어갔다. 식빵을 오븐 트레이에 올린 그가 타이머를 돌리려는 순간이었다.

"내가 할게."

로지의 입에서 새된 목소리가 튀어나왔다. 오븐 앞에 서 있는 태평을 막아야 한다는 생각이 앞선 탓이었다. 당황한 로지의 반응이 귀여웠는지 태평이 입술을 당겨 웃었다.

"이게 뭐라고. 그냥 앉아 있어."

보란 듯이 타이머를 돌린 태평이 어깨를 으쓱여 보였다. 타이머 소리가 흐르는 동안 로지는 태평의 얼굴을 뚫어져라 바라봤다. 똑딱거리는 소리가 들릴 때마다 그동안 봐 왔던 그의 얼굴이 덧칠하듯 겹쳐졌다. 어릴 때 닭갈빗집에서 식은땀을 흘리며 괴로워하던 얼굴도, 몇 달 전 철판 코스 요릿집에서 봤던 건조한 얼굴도, 파스타 면을 넣은 뜨거운 냄비 앞을 지키던 온화한 얼굴도.

"남기지 말고 다 먹어. 나는 율무 산책 시키고 올게. 아, 그리고 네 휴대폰은 TV 밑 선반에 뒀어."

빵을 가져다준 태평은 율무를 데리고 정원으로 나갔다. 로지는 앞접시를 들고 거실로 자리를 옮겼다. 분홍색 소파에 앉아 정원으로 시선을 돌렸다. 유난히 들떠 보이는 얼굴로 태평은 율무와 장난을 치느라 바빴다.

"……방학이 끝나면 바로 병원에 가 봐야겠어."

습관처럼 오른팔을 주무르던 로지는 주위를 두리번거렸다. 태평의 집에서 지낸 이후 존재를 잊고 살았던 휴대폰을 찾기 위해서였다. 휴대폰은 태평의 말대로 TV 밑에 놓여 있었다. 소파에서 몸을 일으킨 로지는 오랜만에 휴대폰의 전원을 켰다.

"전화로 예약하는 게 낫겠지."

미리 알아 둔 정신과 이름을 떠올리며 포털 창을 열었다. 도움이 되든, 안 되든 자신을 위해 마음을 모아 준 사람들을 위해 지푸라기라도 잡아 보고 싶었다. 특히 불 앞에서 의연해지기 위해 피나는 노력을 해 온 태평을 생각해서라도.

"이게, 다 뭐지?"

어지러운 광고가 난무하는 사이트를 훑던 로지의 눈이 흠칫 놀랐다. 어찌나 놀랐는지 잠시 초점이 나갈 정도였다. 고개를 흔들고 눈꺼풀을 여러 번 깜빡였다. 조금씩 선명해지는 시야에 실시간 검색어를 도배 중인 이름 석 자가 보였다.

[오로지]
[오로지 모성애]

[오로지 유채 화랑]

[오로지 The flames of the fire]

[오로지 강유준]

[오로지 정민하 선생님]

[오로지 호정고등학교]

[오로지 강유준 실형]

얼음물을 뒤집어쓴 것처럼 머리부터 발끝까지 차가워졌다. 덜덜 떨고 있던 손가락이 액정을 건드렸는지, 자극적인 헤드라인이 달린 기사가 스르륵 나타났다.

오로지, 고깃집 서버로 일했던 당시 아름다운 외모 때문에 생긴 일은?

화가 오로지의 과거가 재조명되고 있다. 오로지는 지난해까지 서울의 유명 한우 고깃집에서 일했는데 그곳에서 함께 일했던 봉효덕(48) 씨가 재미있는 사연을 제보했다. 처음에는 오로지의 아름다운 외모 때문에 식당을 찾았던 손님들이 나중에는 오로지가 볶아 주는 볶음밥을 먹기 위해 줄을 지어 방문했다고 심지어 오로지가 받은 팁이 아르바이트생의 주급보다 많았던 적도 있다고 했다. 봉 씨는 오로지가 그림에 재능이 있다는 걸 진즉 알아봤다며, 오로지가 볶은 볶음밥은 그 색이 유난히 고왔다고 덧붙였다.

"……봉 매니저님?"

손바닥으로 입을 가린 로지는 다시 포털 사이트를 살펴보았다. 실시간 검색어뿐 아니라 뉴스에서도 제 이름이 심심찮게 보였다.

[오로지 그림 "참고 YES 위작 NO" 강유준, 실형 가능성은?]

[위작을 전시한 시립 미술관 관장도 실형, 미술 시장 혼란 가중]

[오로지 그림 위작 건으로 "수백억 대 소송 위기", 수렁에 빠진 강유준과 시립 미술관]

[英 옥스브리지대생, "강유준 학교 명예 실추로 추방" 탄원]

[12억에 낙찰된 강유준의 〈사계〉, 하루아침에 폐지 신세로 전락]

액정 위를 방랑하던 로지의 시선이 다시 창밖으로 향했다. 태평은 싱그러운 미소를 지으며 율무와 그 어느 때보다 느긋한 시간을 보내고 있었다.

"이러면 안 되는데."

저도 모르게 손톱을 물어뜯으며 로지는 발만 동동 굴렀다.

"내 얼굴은 알려지지 않았으니까, 괜찮지 않을까?"

혹시나 하는 희망을 품은 것도 잠시였을 뿐, 로지는 고개를 푹 숙였다. 우리나라에 자신과 같은 이름을 가진 여자가 몇 명이나 될까. 살면서 동명이인을 만난 적도, 오로지라는 이름을 가진 사람이 있다는 것도 듣지 못했다.

"얼마 후면 방학도 끝인데."

개학을 앞둔 학생처럼 눈앞이 캄캄해졌다. 민영이 로지 옷이 아닌 자기 옷을 챙겨다 준 것부터 이상하다고 생각했지만, 짐작보다 일이 더 커진 것 같았다. 심란한 마음을 애써 가라앉히고 있는데, 띠링―, 하는 소리가 들렸다. 지난 금요일부터 지금까지 확인하지 않은 문자 알림이었다.

[안녕하세요. 효자요양병원입니다. 오제근 환자의 보호자 동의가 필요한 문제가 생겨서 연락드렸습니다. 잦은 자해 시도로 오제근 환자의 상태가 급속도로 나빠지면서 환자의 폭력성도 나날이 심해지고 있습니다. 동실 환자에게 욕설하거나 폭력을 행사할 때가 많아 1인실로 옮겨야 할 것 같습니다. 간병인은 물론 의료진에게 폭력을 행사해 상해를 입힌 적도…….]

병원에서 온 문자 한 통에, 조금 전까지 걱정했던 문제들이 순식간에 자취를 감췄다. 심장 끝을 짓누르는 둔통을 누르며 로지는 작은 한숨을 토했다.

'어떻게 하지? 오제근이 다른 사람에게 피해를 줬다니.'

오제근, 이라는 이름을 속으로 부르는 것만으로도 피곤이 몰려왔다. 지금처럼 오제근을 닫아 버린 채 살고 싶었지만 더는 버티기 어려울 것 같았다. 그가 다른 환자까지 괴롭히고 있다는데 모른 척할 수는 없으니까. 일단 요양병원으로 가서 오제근을 격리하는 데 동의한 뒤, 앞으로 그와 관련한 일로 연락하지 말아 달라고 부탁하는 게 최선인 듯싶었다.

"가긴 가야 할 텐데, 태평이한테는 뭐라고 둘러대야……."

갑자기 쓴웃음이 흘러나왔다. 언행 불일치가 이런 거구나 싶어서였다. 입으로는 요양병원에 가야 한다고 말하고 있지만, 로지의 몸은 마비라도 된 것처럼 손끝 하나도 움직여지지 않았다.

"커피 한 잔 더 줄까?"

등 뒤에서 기습처럼 들려온 목소리에 로지의 고개가 번쩍 들렸다. 긴장으로 둔해진 얼굴을 천천히 돌리자 율무를 데리고 들어온 태평이 보였다. 굳은 로지를 보자마자 그는 걱정스러운 눈으로 한 걸음에 다가왔다.

"열은 없는데."

로지의 이마에 붙였던 손을 떼어 내며 태평은 슬쩍 미간을 좁혔다. 식빵이 남아 있는 접시를 확인한 탓이었다. 못마땅한 그의 눈동자가 다시 로지의 얼굴에 꽂혔다.

"빵은 왜 남겼어?"

"천천히 먹고 있었어."

"천천히 먹을 게 따로 있지. 빵은 따뜻할 때 먹어야 맛있는데."

낮게 대꾸하는 음성에 로지의 시선이 저절로 떨어졌다. 다정한 말이었지만, 그의 어투는 묘하게도 날이 서 있었다. 냉막해진 분위기에 어떻게 대처할까 고민하던 로지는 소심하게 물었다.

"오늘은, 일 안 해도 돼?"

태평은 말없이 로지의 어깨에 붙은 머리카락을 집어 바닥으로 떨어뜨렸다. 그녀의 질문을 곱씹어 볼 시간이 필요한 사람처럼.

폭풍 전야처럼 느껴지는 침묵이 흐른 뒤, 그는 취조하듯 물었다.

"왜, 나 내보내고 뭐 하려고?"

마땅한 단어를 찾지 못한 로지는 대답을 망설였다. 입꼬리를 휜 태평은 빈틈을 포착한 맹수처럼 로지의 입술을 갑작스레 덮쳤다. 턱을 억세게 붙든 손에 이끌려 로지의 고개가 돌아갔다. 벌어진 입술 사이로 뜨거운 숨이 오가며 로지는 그와 혀를 마주 섞었다. 이대로 있다가는 다시 침실로 가게 될 것만 같았는데 태평은 깊숙이 넣었던 혀를 거뒀다. 감겼던 눈을 뜨자 뜨거운 열기와 함께 예리함이 녹아 있는 태평의 눈동자가 보였다. 묘한 미소를 머금은 그는 로지의 입술 선을 따라 촘촘히 입을 맞추며 그녀가 쥐고 있던 휴대폰을 가볍게 가로챘다.

"……아."

뒤늦게 팔을 들어 보았지만 태평은 로지의 손이 닿지 않는 높이에서 여유롭게 휴대폰을 확인했다. 로지가 띄워 놓은 문자를 빠르게 읽은 그는 핏줄이 불거진 손으로 턱을 쓸어내렸다.

"일어나. 지금 다녀오면 되겠네."

"어디를?"

"요양병원."

병원으로 가자는 말에 당혹감을 느낀 로지는 눈썹을 찡그렸다. 동그란 모양을 잃은 그녀의 눈매에는 명백한 반감이 어려 있었다. 태평은 거부감이 깃든 로지의 표정에 눈길조차 주지 않고 무심히 스마트 키를 챙겼다. 아랫입술을 지그시 깨문 로지는 제 뜻을 또렷하게 밝혔다.

"내가 알아서 해결할게. 네 도움은 필요 없어. 아직 방학 남았으니까 내일쯤."

"내일?"

위압적인 태평의 되물음에 로지는 생각해 두었던 변명을 까맣게 잊었다.

"내일로 미뤘다가 오제근이 오늘 엄한 사람이라도 죽이면 어쩌려고."

"……."

"다른 환자들, 걱정 안 돼?"

고저 없이 물었지만, 태평의 말투에는 은근한 힐난이 묻어 있었다. 마치 로지의 의사를 묻기보다는 그녀의 등을 떠밀기 위한 것처럼. 갖가지 상념으로 흔들리는 로지의 눈동자에 서늘한 두려움도 포개졌다.

"그건, 아니야."

부러 무뚝뚝하게 대답한 로지는 그의 뜻에 따라 외출 준비를 시작했다.

요양병원까지 가는 길은 순조로웠다. 평일 오전의 도로는 한산했고, 고속 도로도 막힘 없이 뚫려 있었다. 로지는 시선을 옆으로 틀고 태평을 훔쳐봤다. 그는 묵묵히 운전에만 몰두하고 있었다. 밀려오는 두통에 길고 짧은 한숨을 뱉고 있는데, 태평이 목적지에 도착했음을 통보했다.

"생각보다 가깝네."

태평의 차는 효자요양병원 주차장을 가리키는 표지판을 따라 날렵하게 움직였다. 주차장에 세워진 차에서 내린 로지는 잠시 주변 풍경에 눈길을 주었다. 구름 한 점 없는 하늘과 병원을 둘러싼 짙은 녹음이 퍽 아름다웠다.

"잠깐만."

걸음을 옮기려는 로지 앞에 태평이 무릎을 꿇고 앉았다. 그리고 로지가 입고 있는 청바지 바짓단을 접어 올렸다.

로지는 제가 입고 있는 옷을 살폈다. 모두 민영의 옷이라 바지도, 셔츠도, 운동화도 조금씩 사이즈가 컸다.

손등을 덮은 셔츠의 소매도 접어 준 그는 내일 원룸에 다녀오자고 말했다.

"그래야겠지?"

힘없이 대꾸한 로지는 태평의 손을 찾아 잡았다. 그런데 건조해야 할 손바닥에서 축축한 습기가 느껴졌다.

"더워?"

로지는 엉거주춤 서서 태평을 의아하게 올려다봤다. 잠자코 눈을 내리깐 그는 고개를 내려 로지의 귓가에 속삭였다.

"내가 아니라, 네 땀이야."

주머니에서 손수건을 꺼낸 그는 로지의 손바닥을 꼼꼼히 닦고,

언제 맺혔는지 모를 이마의 식은땀도 꾹꾹 눌러 주었다. 어깨를 축 늘어트린 로지를 가만히 쳐다보던 태평이 건물 앞 벤치를 가리켰다.

"저기에 앉았다가 가자."

로지는 무거운 발걸음을 벤치 쪽으로 한 발씩 내디뎠다. 벤치에 앉자마자 한적한 풍경이 들이찼다. 참 아이러니한 일이었다. 세상은 고요하기만 한데, 왜 제 마음은 이토록 심란한 건지. 가슴을 촘촘하게 메운 답답함을 한숨으로 바꿔 흘려보내고 있을 때였다. 우려가 깃든 목소리가 로지의 고막을 스쳤다.

"오제근하고 만날 일 없어. 동의서에 사인만 하라고 데려온 거야."

"……."

"내가 동의서 받아 올 테니까 여기 있어."

"아니야, 내가 해야지."

의지를 담아 말했지만, 로지의 목소리는 거짓말을 하지 못했다. 기운 없는 제 음성에 민망해진 로지가 고개를 떨궜다. 태평은 로지의 두 뺨을 잡아 올렸다. 그러곤 그 어느 때보다 다정하고 부드러운 눈빛으로 로지의 눈을 찾아 부딪쳐 왔다.

"병원에서 보낸 문자 다 읽었어."

"……."

"다시는 너한테 면회 독촉 못 하도록 내가 말하고 올게."

"……."

"넌 사인할 준비만 하고 있어. 가 봤자 오제근 얼굴 보고 가라고 할 텐데, 그런 소리 들을 필요 없잖아."

로지의 동공은 봄바람에 나부끼는 나뭇잎처럼 혼란스럽게 흔들렸다. 반면에 태평의 눈동자는 미동조차 없었다. 서늘한 그의 눈은 내가 널 오제근과 만나게 내버려 둘 것 같냐고 말하고 있었다. 자신의 뜻을 제대로 이해했는지 확인하듯 눈으로 물어본 태평은 벤치에서 일어났다. 로지는 제게서 멀어지는 그의 뒷모습을 응시하며 입술을 움직였다.

"미안해."

한심하기 짝이 없었다. 어렸을 적 일로 아직까지 오제근을 두려워하고 있다니. 그깟 목이 졸린 게 뭐가 어때서, 목소리를 내지 못하고 살았던 게 무슨 대수라고.

끊임없이 자신을 무장시켜 봤지만, 심장을 쑤시는 극심한 공포에 로지의 눈시울이 붉어졌다. 악랄한 오제근의 얼굴을 떠올리는 것만으로도 온몸의 장기가 파업을 선언한 것처럼 지독한 무력감을 호소했다.

벗어날 수 없는 공황과 자책에 빠져 있던 로지는 태평이 주고 간 볼펜을 그러쥐었다. 힘을 주어 잡았는데도 펜은 자꾸만 손에서 헛돌았다.

"오제근……."

눈동자에 맺힌 눈물을 밀어 넣으며 로지는 오제근의 이름을 불렀다.

"당신은 나한테 아무것도 아니야."

사춘기 때도 느껴 보지 못했던 반항심이 올라왔다. 오제근에게 주먹은 날리지 못해도 고함은 치고 싶어졌다. 당신은 내 인생에 그 어떤 영향도 끼치지 못했다고, 그리고 내가 사랑하는 사람을 다시는 다치게 할 수 없을 거라고.

얼마나 그 상태로 있었던 걸까. 볼펜을 쥔 손에 쥐가 난 걸 느낀 로지는 주위를 살폈다. 태평이 건물 안에 들어간 지 꽤 오랜 시간이 흐른 것 같아서였다.

"자선 공연 행사가 있다더니."

현수막에 프린트된 행사 날짜와 장소를 확인한 로지는 오제근이 입원해 있는 병동으로 시선을 돌렸다. 그곳은 기분이 나쁠 만큼 조용한 침묵만 감돌고 있었다.

"휴대폰도 집에 두고 왔는데."

휴대폰을 찾던 손이 의지와 상관없이 목을 매만졌다. 차가운 뱀 한 마리가 목덜미에서 스멀거리는 느낌이었다. 예상치 못한 상황에 소스라치게 놀란 로지는 자리에서 몸을 일으켰다. 태평을 찾으러 가기 위해서였다. 건물 쪽으로 걸을 때마다 로지의 발끝에 힘이 들어갔다. 평지였지만 오르막길을 오르는 것처럼 숨이 가빠 왔다. 숨을 고를 틈 없이 병원 문에 손을 댄 순간이었다.

챙그랑—.

정적을 찢어발기는 듯한 파열음이 귓가를 파고들었다. 이어서 뭔가 부서지는 둔탁한 소리가 들렸다. 소리가 난 쪽으로 고개를 돌렸다. 건물 밖에 꾸며진 화단 위로 보조 의자 하나가 나뒹굴고 있었다. 병실에서 던진 게 분명했다. 하지만 놀랄 일은 그게 끝이 아니었다.

"부, 불이야!"

건물 밖에 있던 사람이 외쳤다. 로지의 시선이 건물을 타고 올라갔다. 깨진 창문 사이로 커튼에 옮겨붙은 시뻘건 불길이 아지랑이처럼 일렁이고 있었다.

"……2층, 3, 4층."

떨리는 눈으로 몇 층에서 일어난 일인지 가늠해 보던 로지가 건물 안으로 뛰어 들어갔다. 매캐한 연기가 뿜어져 나오고 있는 병실은 5층에 있었다. 악몽 같은 현실에 로지는 터질 것 같은 심장을 부여잡았다. 끔찍하게도 오제근이 쓰고 있는 병실은 502호였다.

"태평."

몸이 발작이라도 일어난 것처럼 제멋대로 허우적거렸다. 그래도 앞만 보며 엘리베이터 쪽으로 달렸다. 5층에서 내리자마자 로지는 복도에 비치된 소화기를 집어 들고 화재경보기부터 내리쳤다.

읍―.

요란한 경보음 속에서 502호 병실 문을 연 로지는 눈을 질끈 감았다. 매캐한 연기가 폐부를 찌르는 통에 숨도 제대로 쉴 수가 없었다. 콜록거리는 기침을 뱉던 로지는 다시 눈을 치켜떴다. 숨통을 꺼트릴 듯한 시커먼 연기 속에서 벽에 기대서 있는 태평이 보였다.

"태평아. 태, 태평아!"

로지가 다가서자마자 태평의 몸이 스르르 무너졌다. 어디에서 그런 힘이 솟았는지 로지는 가녀린 등으로 그를 단단히 받쳤다.

"정신 좀 차려 봐. 응? 내가 왔어."

연기 때문에 충혈된 로지의 눈에서 눈물이 줄줄 흘렀다. 그를 밖으로 데리고 나가야 한다는 생각에 팔에 힘을 주고 있는데, 철컥―, 하고 문이 닫히는 소리가 들렸다.

"로지니?"

성대를 긁힌 듯 갈라진 음성에 로지의 고개가 느릿하게 돌아갔다. 방금 자신이 열었던 문 앞에 어떤 남자가 서 있는 게 보였다.

"아빠를 보러 왔으면, 아빠한테 먼저 인사를 해야지."

맨발인 그 남자는 로지 쪽으로 두어 걸음 옮겨 걸었다. 눈물로 뿌옇게 변한 눈에 오제근의 얼굴이 들어찼다. 병원에서 난동을 부리고 있다더니 그는 한눈에 봐도 정상이 아니었다. 기괴할 만큼 창백한 얼굴에는 혈색 하나 없었고, 온몸은 겨울 나뭇가지처럼 바싹 말라비틀어져 있었다.

으윽―.

뜨거운 화기에 로지는 본능적으로 몸을 움츠렸다. 침대마다 옮겨 붙은 불길이 점점 거세게 타오르고 있었다. 문 쪽으로 걸음을 옮기려는데 그가 광기 어린 목소리로 말했다.

"문은 내가 해결했다. 염병할 놈들이 자꾸만 내 집에 찾아와서 시끄럽게 하는 통에, 내가 아예 잠가 버렸어."

불쾌한 농담이길 바랐지만, 문밖에서 들려오는 고함은 그의 말이 사실이라는 걸 증명하고 있었다.

"오제근 환자! 문 좀 열어요! 이러다 큰일 납니다!"

"그냥 부숩시다. 연장 가진 거 없어요?"

"스프링클러는 작동하고 있나?"

쿵쿵거리는 소리에 정신을 차린 로지가 울부짖었다.

"안에 사람 있어요! 도와주세요!"

처절한 로지의 외침에 죽어 있던 오제근의 눈빛이 살아 움직였다.

"이 나쁜 년, 날 또 버리려고? 그 새끼가 뭐라고! 내가 오늘만큼
은 기필코 저놈을 죽일 거야. 내 손으로 죽일 거라고!"

마구잡이로 주먹을 휘두르는 오제근의 앞을 로지가 막아섰다.

"태평이한테 손대지 마! 이번에도 그러면 내가 당신을, 당신을!"

분기 어린 목소리로 소리치던 로지의 얼굴이 공포에 부들부들 떨
렸다. 어설픈 주먹질 중인 오제근의 손에 들린 물건 때문이었다. 그
건 바로 로지가 태평에게 선물했던 지포 라이터였다.

"당신이, 불을 지른 거였어?"

오제근은 입술을 비틀며 갑자기 제 머리를 부여잡았다.

"아아, 머리가 아파. 너무 아프다. 제근이, 머리가 너무 아파요"

불안한 얼굴로 울상을 짓던 그는 치매기가 도졌는지 이내 기억
을 잃고 세상과 단절됐다. 때맞춰 스프링클러에서도 물이 쏟아져
내렸다.

"재희야, 재희 맞지? 나 여기 무서워. 나 여기 싫어. 우리 집에 가
자. 응?"

웅얼거리는 소리로 엄마 이름을 부르던 오제근은 로지 앞에 무릎
을 꿇고 앉았다. 밖에서는 문을 부수기로 했는지 둔기로 문손잡이
를 때리는 소리가 들려왔다.

"내가 좋다고 했잖아. 나 따라 서울 가서 살고 싶다며. 네 자식은 좋은 유치원에 보내고, 예쁜 옷도 입히면서 키우고 싶다고 했지? 너는 고아라서 그런 거 모르고 자랐잖아. 그거, 내가 다 해 줄게. 그러니까 나 여기에서 좀 꺼내 주라. 나만 여기에서 꺼내 주면."

로지를 엄마로 착각한 오제근은 눈물겨운 구애를 이어 갔다.

"우리 형이랑, 누나들은 다 병신이야. 지들보다 내가 더 잘났는데, 그걸 아직도 몰라. 나한테 덜떨어진 놈이라고 했어. 하지만 재희는 내가 얼마나 대단한지 알지? 넌 나한테 천재라고 했잖아. 수학 선생님, 선생님은 천재 같아요. 그래, 나를 알아주는 건 우리 재희밖에 없지. 시디플레이어 하나에 내 청혼을 받아 준 여자애도 너밖에 없었어."

파리했던 로지의 얼굴에 의미를 알 수 없는 표정이 스쳤다. 얼핏 보면 경멸하는 것도 같고, 다르게 보면 절망하는 것도 같은.

그리고 로지에게는 그토록 기다렸던 시발점이 찾아왔다. 오제근과의 단절을 선언할 바로 그 순간이……. 오래전에 부서진 엄마의 시디플레이어를 생각하며 로지는 자비 없이 입을 열었다.

"선생님."

로지의 부름에 오제근의 몸이 움찔거렸다. 그러고는 조심스럽게 로지를 올려다봤다. 모든 것을 내려놓은 눈으로 그를 쏘아보며 로지는 엄마가 해야 했던 말을 입 밖으로 꺼냈다.

"선생님은 천재가 아니에요."

"……."

"그리고 저는 선생님이 아니라, 다른 사람을 좋아하고요."

"……."

"그러니까 선생님은 평생 혼자 사세요. 선생님 이름도, 얼굴도 기억해 줄 사람 하나 없는 여기에서요."

버림받은 아이처럼 불쌍한 표정을 짓고 있던 오제근이 얼굴을 일그러뜨렸다. 로지는 그가 속에서부터 무너져 내리고 있다는 걸 느낄 수 있었다. 소리 없이 미소를 지으며 말을 이었다.

"선생님부터 선생님을 잊어 가고 있잖아요. 선생님 이름이 뭔지 기억나세요?"

"……나, 나는. 내 이름은."

이름이 기억나지 않아 화가 났는지 오제근은 앉은 채로 발을 굴렀다. 시멘트 바닥에 맨발이 부딪치는 소리가 듣기 싫어 고개를 돌렸는데 병실 문이 조금씩 열리는 게 보였다.

"저는, 선생님이 오래오래 살았으면 좋겠어요."

로지의 입가에 조소가 흩어졌다. 이미 제 안에서 죽은 사람인 그를 더는 경멸하고 싶지도, 애도하고 싶지도 않았다. 그저 그에게 단 한 가지만 깨우쳐 주고 싶었다. 그는 유재희와 오로지뿐만 아니라, 오제근이라는 자신도 영영 잃었다는 것을.

"모든 걸 다 비우고 껍데기만 남을 때까지요. 화가 나지도, 눈물이 나지도, 웃을 일도 없는……. 그게 바로 선생님의 남은 인생이거든요."

"……."

"더는 나한테 얻을 수 있는 게 없을 테니까."

"⋯⋯."

"내 그림은 나를 위해서였지, 단 한 번도 당신을 위해 그린 적은 없었어."

오제근은 짐승이 우는 것처럼 이상한 소리로 울부짖었다. 그의 울음소리에 로지는 더욱 정신을 다잡았다. 그를 밀어 내려 했던 노력이 실상 부질없었다는 걸 깨달으면서. 더는 오제근 때문에 자신을 망가뜨리고 싶지 않았다. 과거로 회피 중인 오제근처럼 살기보다는 미래를 기다리며 살고 싶었다. 어느 방향으로 가야 좋을지는 알 수 없었지만, 이젠 어느 길로 들어서도 상관없었다.

바뀐 것도, 바뀌지도, 바뀔 일도 없는 태평이 곁에 있었으니까.

로지는 태평의 힘없는 팔을 제 어깨에 매달고 문이 열리기를 기다렸다. 이번만큼은 태평을 반드시 제 손으로 지켜 내겠다고 결심하면서. 그때 헝클어진 검은 머리카락 사이로 태평의 죽 뻗은 눈매가 서늘하게 빛났다. 그는 로지의 어깨를 꽉 움켜쥔 채, 잔뜩 쉰 목소리로 말했다.

"⋯⋯여길, 왜 왔어."

로지는 그의 갈라진 입술에 입을 맞춘 뒤, 느릿느릿 답했다.

"보고 싶어서, 네가 너무 보고 싶어서 왔어."

미소를 짓는 로지를 보며 태평이 입술을 움직였다. 그가 무슨 말을 할까, 귀를 기울이고 있던 로지의 눈이 점점 커졌다. 섬뜩한 예감이 뇌리를 관통한 탓이었다. 육감이 보낸 그 경고와 함께 병실을 채우고 있던 모든 소리가 일제히 사라졌다. 스프링클러에서 떨어지는 물소리도, 문을 부수던 소음도, 거친 태평의 숨소리도.

"태평아!"

불길한 징조를 느낀 로지가 태평을 불렀다. 태평도 그걸 느꼈는지 남은 힘을 모아 로지의 얼굴을 제 가슴 쪽으로 강하게 당겼다. 콰장창, 하고 무언가 부서지는 소리가 들리더니 오제근의 비명도 이어 들렸다. 그리고 병실에는 조금 전까지 들리던 인기척 하나가 사라졌다. 아주 잠깐이지만 무서우리만큼 조용한 침묵이 흐른 뒤, 병실 문이 떨어져 나갔다.

"괜찮으십니까?"

낯선 사람의 목소리가 점점 가까워졌다. 의사처럼 보이는 그는 허물어지기 시작한 태평을 부축했다.

"걸을 수 있겠어요? 일단 여기에서 나가는 게……. 아니, 그런데 환자는 어디에 있지? 오제근 환자!"

환자를 찾는 의사의 음성에 로지를 지탱하고 있던 다리에 힘이 풀려 갔다. 풀썩, 하고 바닥에 쓰러진 로지는 서서히 정신을 잃었다. 의식이 저물어 가면서도 그녀는 애끓는 목소리로 태평을 찾았다.

"……태, 태평아."

감고 있는 로지의 눈에서 한 줄기의 눈물이 길게 흘렀다. 죽는 건 두렵지 않지만, 태평 없는 삶은 상상할 수 없었기에 로지에게 지금은 마치 지옥 같았다.

로지가 다시 눈을 떴을 때, 그녀는 낯선 침대 위에 누워 있었다. 뻑뻑한 눈을 천천히 깜빡였다. 흐릿하게 보이던 것들이 조금씩 제 윤곽을 드러냈다. 희미한 소독약 냄새가 이곳이 병원이라는 걸 짐작하게 했다.

"정신이 드세요?"

청진기를 목에 건 의사가 시야에 들어왔다가 사라졌다.

"태평이는요?"

꽉 잠긴 목소리가 밖으로 퍼지지 않았다. 코와 입을 한꺼번에 덮고 있는 호흡기 때문이었다. 뿌연 김이 잔뜩 서린 호흡기를 벗어 던졌다. 좁아진 목구멍에서 그을음이 섞인 탄내가 훅 끼쳤다.

"쓰고 계셔야 해요. 그래야 호흡이 편하니까."

어린애를 타이르듯 말하며 의사가 다시 로지에게 호흡기를 씌웠다. 그 손길을 거부하며 외쳤다.

"태평이요? 김태평은 괜찮아요?"

고개를 갸웃거리던 의사가 마침 지나가던 간호사를 불렀다.

"김태평이라는 환자도 들어왔어?"

"아뇨, 그런 이름은 못 들어 봤는데. 함께 들어온 환자는 영어 이름이었거든요. 성은 모르겠고 이름은 벤이라고."

"맞아요. 그 사람이 김태평이에요."

다급한 로지의 목소리에 간호사를 보던 의사가 다시 시선을 내렸다.

"그분은 지금 1인 병실에서 치료 중인데요. 무슨 관계이신지."

1인 병실이라는 말에 로지의 입술이 덜덜 떨렸다. 7년 전에 온몸에 붕대를 감고 누워 있던 태평의 모습이 떠오른 탓이었다. 목구멍 밑으로 커다란 덩어리가 치밀어 올랐다. 뜨끈한 그 감정을 로지는 힘겹게 뱉어 냈다.

"……제, 남편이에요."

부어오른 눈에서 다시 눈물이 떨어졌다. 참담함이 밀려왔다. 서류를 받으러 다녀오겠다던 태평이 왜 오제근 병실까지 찾아간 건지, 치솟는 불길 속에서 그가 얼마나 괴로워했을지. 억울함과 원망, 애달픔에 숨이 막혀 질식할 것 같았다.

"제가, 김태평 보호자라고요."

코끝이 시큰거리더니 눈물이 다시 차올랐다. 태평과 떨어져서 보냈던 7년이 머릿속을 스치고 지나갔다. 그림자처럼 살았던 자신이 보였다. 그림자가 옅어져 갈 때마다 로지는 추억을 끌어안았다. 태평과 쌓았던 추억을 되새기며 어느 날은 웃고, 어느 날은 울었다. 다시는 그렇게 지내고 싶지 않았다. 지금의 나를 지워 낸 자리에 예전의 나를 덧칠하며, 아무것도 아닌 나로 미래를 살 수는 없었다.

"진정하세요. 남편분께서는 오로지 씨보다 더 빨리 회복 중이니까."

의사는 안심하라는 얼굴로 간호사에게 로지의 병실을 옮기라고 지시했다. 그 말을 듣자마자 로지는 침대에서 발을 내려 운동화를 구겨 신었다.

"김태평 씨는 병원으로 이송되는 중에 의식을 회복했어요. 조금 아까 화재 사건을 조사하러 온 경찰들하고도 만났고요. 몸에 큰 이상은 없는데 외상 후 스트레스 장애 반응으로 쇼크가 와서 의식을 잃었던 것 같아요."

로지를 직접 병실까지 데려다주며 의사가 친절하게 설명했다.

"외상 후 스트레스 장애요?"

의사는 엘리베이터 버튼을 누르고 말을 이었다.

"남편분의 고통을 알고 계시겠지만, 트라우마가 그렇게 쉽게 이겨 낼 수 있는 게 아니에요. 정신적 외상은 뭐랄까, 보이지 않는 도화선이 수십 갈래로 뻗어 있는 마음의 병이라서요. 외상을 겪었던 당시를 떠올리는 아주 작은 단서만 발견해도, 도화선에 불이 붙어 버려요. 트라우마를 자극당하면 뇌 전체가 흔들리고 몸이 감당하기 어려운 스트레스 호르몬이 분비되고요. 그러니 쓰러진 것도 무리가 아니죠. 화재 트라우마가 심한 사람이 불이 난 병실에 갇혀 있었으니."

태평이 입원해 있는 병실 앞에 선 의사는 로지 대신 끌어 주고 있던 이동식 링거대에서 손을 뗐다.

"들어가 보세요. 아마 주무시고 계실 거예요."

로지는 떨리는 손으로 병실 문을 열었다. 병실은 쾌적한 원룸 같은 모양새였다. 시원하게 뚫린 창 옆에는 소파가 놓여 있었고 한쪽에는 작은 샤워실과 화장실도 딸려 있었다. 태평은 소파 옆에 있는 침대에 길게 누워 있었다. 천천히 그쪽으로 걸었다. 바퀴가 달린 링거대에서 달그락거리는 소리가 따라왔다.

"태평아."

가까이에서 보게 된 얼굴에 다시 눈물이 났다. 진정제를 맞았다더니, 태평은 약의 기운을 빌려 곤히 자고 있었다. 멍하니 그의 얼굴을 바라보았다. 물에 젖었다가 마른 머리는 차분하게 가라앉아 있었고, 감겨 있는 눈꺼풀은 움푹 꺼져 보였다. 수척해진 얼굴을 부드럽게 쓸었다. 한층 날이 선 턱선이 만져졌다.

"이게 뭐야. 왜 아직도 자고 있어."

기절하듯 잠든 태평을 향해 중얼거린 로지는 고개를 들었다. 병실 벽에 걸린 시계가 오후 10시를 가리키고 있었다. 하루가 너무 길게 느껴졌다. 지우고 싶은 오늘의 기억을 띄엄띄엄 떠올리고 있는데 똑똑, 노크 소리가 들렸다.

"⋯⋯잠시, 실례하겠습니다."

문틈 사이로 들려온 남자 목소리에 고개를 돌렸다. 뜻밖에도 로지가 아는 얼굴이었다.

"형사님?"

태평의 병실로 찾아온 사람은 다름 아닌 희찬을 보러 갔을 때 만났던 강필승 형사였다. 그는 로지가 자신을 기억하고 있는 게 놀랍다는 듯 치아를 드러내며 환히 웃었다.

"기억력이 좋으신데요? 오랜만입니다."

"아, 예."

로지는 엉겁결에 고개를 숙였다.

"마침 여기 계셨네요. 안 그래도 할 말이 있었는데."

두 눈을 둥그렇게 뜬 로지에게 강 형사는 잠깐 밖으로 나와 줄 수 있냐고 손짓했다. 침대에 누워 있는 태평에게 잠깐 시선을 준 로지는 조용히 병실 밖으로 나갔다.

"지금 진정제 맞고 잠이 들어서요. 조사할 게 있으면 내일 아침에 와 주시면 안 될까요?"

휴게실로 들어가자마자 로지가 애원하듯 강 형사에게 말했다. 오늘 죽을 만큼 힘들었을 태평을 더 고단하게 만들고 싶지는 않아서였다. 강 형사는 그게 무슨 말이냐는 듯 의아한 표정을 지었다가 이내 고개를 끄덕였다.

"일단 거기 좀 앉아요. 조사하러 온 게 아니거든요."

그는 자신이 이 지역 담당 형사가 아니라며, 일 때문에 병원을 찾은 게 아니라고 말했다.

"우연히 이쪽에 사는 동기를 만나러 왔다가 삼겹살에 소주 한잔을 하고 있었는데, 갑자기 사건이 터져서요. 딱히 할 일이 없어서 친구를 따라갔는데 익숙한 이름이 보이더라고요. 오로지 씨 병문안도 하고, 오랜만에 안부도 전할 겸 해서 병원에 와 봤어요."

제 얼굴을 뚫어 버릴 듯 쳐다보는 강 형사의 눈빛에 로지는 고개를 숙였다. 뒤늦게 부끄러움이 몰려왔다. 지금 자신의 몰골이 말이 아닐 거라는 생각에서였다.

"많이 놀라셨겠습니다."

"……."

"아버지가 사망한 데다가 남자 친구도 병원에 실려 와서."

"……예?"

펄쩍 뛰듯 놀란 로지 앞에서 강 형사도 놀란 표정을 지었다.

"모르셨어요? 김태평 씨 말로는 같이 병실에 있었다고 들었는데."

"아뇨, 저는 처음부터 있었던 게 아니라, 불이 난 이후에……."

병실에서 치솟는 연기를 보고 찾아갔던 거라고 설명하자 강 형사는 아차, 하는 얼굴로 혀를 찼다.

"아이코, 내가 이거 큰 실수를 했네요. 같이 병원으로 실려 오셨다길래 이미 다 알고 계신 줄 알고."

강 형사는 태평이 진술했다는 내용을 짤막하게 말해 주었다. 태평이 오제근에게 인사를 하러 갔는데, 그가 병실 문을 열고 들어온 태평의 머리를 가격했다고.

"병실 안에는 CCTV가 없어서 복도에 달린 거로 확인했는데, 문이 닫히기 전에 아버지가 김태평 씨에게 달려드는 게 찍혔어요. 그 바람에 김태평 씨가 잠깐 정신을 잃었고요."

이후에 일어난 일은 듣는 것조차 괴로울 만큼 경악스러웠다. 태평이 쓰러져 있는 사이 오제근이 침대와 이불, 커튼에 죄다 불을 놓았다고 했다. 정신을 차린 태평이 뒤늦게 문을 열고 나가려 했지만, 병실 문이 열리지 않았다고.

"아버지가 간병인들의 출입을 그렇게 싫어했다고 하더라고요. 그래서 틈만 나면 문손잡이를 망가뜨려서 고장을 내곤 했대요. 아무도 병실에 못 들어오게 하려고. 쯧쯧, 치매에 걸린 사람 눈에는 아는 사람도 낯선 사람처럼 보이니 불안하기도 했겠죠. 의사한테 듣기로는 아버지가 멀쩡했을 때 강박증 비슷한 게 있었다고 하던데. 모든 걸 자기 입맛에 맞게 통제해야 안심하는 사람이라고요. 그런 사람이었으니 요양병원 생활이 지옥 같지 않았겠습니까."

연기는 차오르고 불은 더 타오르고, 설상가상으로 스프링클러도 작동하지 않아 패닉에 빠진 태평은 급한 대로 의자를 창문 쪽으로 집어 던졌다고 했다.

"그 직후에 오로지 씨가 병실로 들어간 것 같아요. 김태평 씨 말로는 오로지 씨 목소리를 듣자마자 아버지가 병실 문으로 달려갔다던데. 딸 얼굴을 본 게 이 세상을 향한 하직 인사였나 봐요. 의사가 들어오기 전에 뛰어내린 것 같더라고요. 말로 옮기다 보니 좀 잔인하지만, 병원 사람들은 이미 다 예상했대요. 조만간 오제근 환자가 큰 사고 한번 칠 거라고요. 얼마 전에는 포크로 자기 목을 찔렀고, 지난주에는 목욕 중에 샤워 호스를 목에 감고 죽겠다고 난리를 쳤다지 뭡니까."

강 형사는 오제근의 죽음을 무슨 무용담처럼 떠벌렸다. 병실 높이가 5층이었던 탓에 추락한 뒤에도 꽤 오래 숨이 붙어 있었고, 죽기 전까지 괴로움에 몸부림을 쳤다고 했다. 듣기만 해도 온몸에 소름이 돋아야 하는 말이었지만, 로지는 의외로 차분했다.

"나도 부모이긴 하지만, 오로지 씨한테는 아버지가 이렇게 돌아가신 게 다행이지 않나 싶어요. 치매만큼 고약한 병이 없잖아요.

병에 걸린 사람이 아니라, 간호하는 가족들 피를 말리는 병이니까. 이번 사건을 조사 중인 친구 말을 들어 보니, 아버지 쪽 가족들도 추가 조사고 뭐고 원하지 않는다고 했대요. 사실 이게 따지고 보면 병원 측 과실이 가장 큰데, 아무것도 묻고 따지지 않을 테니 신문에 오제근이라는 이름만 나가지 않게 해 달라고 했다더군요. 내 친구만 땡잡았죠. 귀찮은 사건 하나를 이대로 털어 버렸으니……."

잠시 말을 멈춘 강 형사는 아픈 사람을 너무 오래 붙잡아 둔 것 같다며 자리에서 일어났다. 로지도 그를 따라 몸을 일으켰다. 휴게실 문을 열고 나오는데 그가 깜빡한 게 하나 있다며 다시 입을 열었다.

"보험금 수령도 잊지 말고 해요. 지금까지 아버지 보살피느라 고생 많이 했는데 그거라도 챙겨야지. 나도 생명 보험이고 뭐고 잔뜩 들어 놨거든요. 혹시 내가 잘못돼도 우리 마누라하고 애들 먹고살 걱정은 안 하도록."

강 형사와 마지막 인사를 나눈 로지는 몸을 돌려 병실로 향했다. 걷는 내내 다리가 사시나무 떨듯 떨렸다. 그게 힘이 풀린 다리 탓인지, 마음이 떨려서인지는 알 수 없었다.

조용한 병실 안에서 태평은 여전히 잠에 빠져 있었다. 화장실에 들어간 로지는 깨끗한 물로 얼굴과 손을 씻어 낸 뒤 수건에 물을 적셔 나왔다. 침대 밑 의자를 꺼내 앉아, 물수건으로 그을음이 묻은 그의 얼굴을 가만가만 닦아 냈다. 단정한 이마와 높이 솟은 콧대가 조금씩 원래의 말간 빛을 찾아갔다.

하염없이 태평의 얼굴을 바라보던 로지는 바지 주머니에 손을 넣었다. 그 안에는 태평이 쓰러졌던 병실에서 주워 온 물건이 들어 있었다. 보물을 꺼내듯 조심스레 그걸 꺼냈다. 로지의 손바닥에 놓인 건 태평의 얼굴이 새겨진 지포 라이터였다.

흑―.

떨어지는 속도보다 차오르는 속도가 더 빠른 눈물이 볼을 타고 쉼 없이 흘렀다. 불이 난 병실에서 봤던 태평의 얼굴이 칼날처럼 날아와 가슴에 박혔다. 뜨거운 걸 아직도 싫어하면서, 트라우마를 극복하지 못했으면서. 왜 제 앞에서 괜찮은 척, 연기했던 건지……. 고개를 숙인 로지가 꺽꺽거리는 숨을 참고 있을 때였다. 잠에서 깼는지 태평의 목소리가 들려왔다.

"어디에 있다가, 이제 왔어?"

"……태평아."

조금 전까지 자고 있던 사람답지 않게, 그는 또렷하게 시선을 맞춰 왔다.

"얼굴이 엉망이네."

눈썹을 살짝 찡그리며 태평은 로지의 턱 끝에 맺힌 눈물을 손으로 거두어 갔다. 로지는 제 얼굴에서 떨어진 태평의 손을 끌어다 깍지를 꼈다. 7년 전 스티커 사진기 앞에서 잡았던 손과 같은, 마디가 굵고 단단한 손이었다.

마주 잡은 손처럼, 태평은 변한 게 없었다. 여전히 불을 무서워하고, 웃는 걸 즐기지 않았으며, 겨울에도 아이스커피만 찾는, 로지가 가장 잘 알고 있는 김태평이었다.

로지도 변한 게 없었다. 여전히 그림을 좋아하고, 태평을 보면 웃음이 나왔으며, 태평이 좋아하는 거라면 따라 좋아하고 싶은, 태평의 기억 속에 담긴 오로지였다.

익숙하고도, 생소했던 이 마음을 이제는 고백해야 할 때였다. 외로이 붙박인 섬과 같았던 너와 내가 만난 건 기적이었고, 서로가 그립다고 말할 틈 없이 서로를 사랑해 온 우리의 인생은 언제나 함께였다고.

로지는 짧은 숨을 몰아쉬고 입을 뗐다.

"할 말이 있어."

로지를 올려다보고 있는 태평의 얼굴이 기묘하게 굳었다.

"하지 마."

단호한 목소리에 로지의 눈이 조금 커졌다. 얼굴을 일그러뜨린 태평의 눈에 사나움이 몰아쳤다. 몇 번이고 입을 열었다가 닫기를 반복하던 그가 간신히 한마디를 뱉었다.

"무서워."

"⋯⋯무섭다니?"

"병원에서는 네 말을, 듣고 싶지 않아."

"왜?"

바보같이 또 되물을 수밖에 없었다. 그런 로지가 답답했는지 태평은 로지의 손을 그의 가슴팍으로 밀어 넣었다.

"여길 찢었으니까."

"……."

"7년 전에 네가 했던 말이, 내 심장을 찢었다고."

덧붙인 태평의 말에 로지는 답을 할 수 없었다. 석고상처럼 하얗게 굳어 버린 로지는 잠시 손바닥에서 느껴지는 심장 박동에만 집중했다. 미동도 하지 않는 태평의 얼굴과 달리 그의 심장은 보이지 않는 곳에서 세차게 뛰고 있었다. 그 고동에 술렁거리는 감정을 가라앉히고 해사하게 웃어 보였다.

"아니야, 그런 거."

로지의 맑은 미소가 의외였는지 태평은 더 안절부절못했다. 그의 가슴에서 떼어 낸 손을 얼굴로 가져갔다. 아닌 척하고 있었지만 태평의 깊은 눈매와, 우묵한 뺨, 각이 진 턱에는 숨길 수 없는 피로가 덕지덕지 붙어 있었다. 온 얼굴에 뭉쳐 있는 피곤을 살살 풀어 주며 말했다.

"조금만 자고 일어나라고, 그 말을 하려고 했어."

꼼지락거리는 로지의 손가락이 신경 쓰였는지 태평은 눈만 이리저리 굴리고 있었다. 그 작은 움직임에 사랑스러움이 북받쳐 올랐다. 로지는 고개를 내려 태평의 이마와 볼에 입술을 살짝 떨어뜨렸다.

"그래야, 하루라도 빨리 떠나지."

애정 어린 음성이 끼얹어진 태평의 얼굴은 놀라울 만큼 진지해졌다. 그의 얼굴처럼 로지도 진지함을 담아 속삭였다.

"너 따라서 스페인에 가고 싶어. 이제야 준비가 된 거 같아. 나를 다 비워 냈어. 하나도 남기지 않고 다 버렸어. 그러니까, 나도 데리고 가. 응?"

태평의 기다란 눈매가 더 가늘어졌다. 정지된 화면 같았던 그의 얼굴에 지금까지 본 적이 없던 환한 미소가 번졌다. 시선이 얽혀 들면서 둘은 누가 먼저랄 것 없이 서로의 입술을 찾았다. 가슴속에서 부풀어 오르는 감정이 무거워 로지는 태평을 두 팔로 끌어안았다. 로지를 품 안에 그러안은 태평이 만감이 깃든 목소리로 속삭였다.

"로지야."

"……응?"

"사랑해."

"……."

"그림보다, 내가 널 더 많이 사랑할게."

눈물로 얼룩진 로지의 볼에 잔키스를 뿌린 태평이 다시 입을 열었다.

"그림처럼, 널 배신하는 일 없이."

말을 끝낸 그는 다시 로지의 입술을 제 입술로 덮었다. 부드럽게 닿았다가 떨어지는 입술 위로 로지의 눈물이 스며들었다. 신기하게도 그 눈물에서는 태평의 맛이 났다. 비로소 느껴졌다. 다시금 서로의 곁에, 서로만 존재한다는 것이.

온 세상이 고요해진 시간, 태평이 눈을 뜬 것은 우연이었다. 상체를 일으킨 그는 한 치 앞도 보이지 않는 어둠을 훑었다. 나른하게 풀린 그의 눈에 소파에 누워 잠이 든 로지가 보였다.

침대에서 내려온 그는 팔에 달린 링거부터 잡아 뺐다. 피가 흐르는 왼팔을 수건으로 대충 문질러 닦는 그의 얼굴은 홀가분함을 넘어 행복으로 빛나고 있었다. 성가셨던 문제를 그만의 방식으로 해결한 걸 축하하듯.

"……으응."

잠결이었지만 로지는 자신의 어깨와 다리에 팔을 넣은 사람의 품으로 파고들었다. 가볍게 로지를 안아 올린 태평은 그녀와 함께 침대에 누웠다. 침대 끄트머리에 모로 누워야 둘이 간신히 누울 수 있었지만, 불편함은 전혀 없었다.

"오로지."

세상모르고 자는 로지를 두 팔로 보듬어 안았다. 작은 몸 하나를 품었을 뿐인데, 시도 때도 없이 치미는 허전함이 순식간에 메워졌다.

영국에서의 삶을 돌이켜 보면, 태평은 밤이 가장 싫었다. 어둠이 찾아올 때마다 미칠 듯한 외로움도 밀물처럼 밀려왔으니까. 로지가 없었다면 몰랐을 쓸쓸함이었다.

"남편이라……."

간호사가 와서 해 준 말을 떠올리며 태평은 소리 죽여 웃었다. 김태평이 제 남편이니 빨리 그를 보여 달라고 했다니, 이렇게 사랑스러울 수가.

로지가 불러온 행복에 취해 있던 태평은 휴대폰이 진동하는 소리에 미간을 좁혔다. 강필승에게서 온 문자였다.

[오로지 씨한테 필요한 부분만 설명했습니다. 내가 형사라고 믿고 있어서 어려운 건 없었어요. 안 그래도 오로지 씨 그림 때문에 온 세상이 시끄러운데 더 난리가 나겠어요. 천재 화가가 불행한 사고로 아버지를 잃었으니, 미디어에서 얼마나 떠들겠습니까. 이왕 이렇게 될 거였다면, 오로지 씨가 오제근을 더 빨리 만나러 갔으면 좋지 않았을까 싶어요. 오늘 죽으나 내일 죽으나 똑같은 사람이었는데, 죽을 때도 곱게 죽질 못했으니. 산 사람이나 하루빨리 편하게 살게 해 줬으면 좋았을걸.]

"우리 로지가 마음이 너무 여리고 착하거든요."

로지 이마에 입술을 붙였다가 뗀 태평의 얼굴에 다시 미소가 흘렀다. 그동안 로지에게 오제근을 만나러 오라는 문자를 수십 통이 넘게 보냈지만, 로지는 꿈쩍도 하지 않았다. 마음이 급해진 태평은 전략을 바꿨다. 타인에게 상처를 주는 걸 극도로 두려워하는 로지의 품성을 이용하기로. 로지는 역시 오로지였다. 오제근이 다른 환자를 괴롭히고 있다는 말에 태평을 따라나섰으니까.

'아저씨, 라이터 보면서 내 생각 좀 했어?'

7년 만에 만난 오제근은 살아 있는 송장과 같았다. 빛이 꺼진 동공은 먹처럼 새카맸고 검버섯이 올라온 피부도 흉물스러웠다.

벌어진 입에서 침을 질질 흘리며 그가 꺼낸 첫마디는, '밥 줘'였다. 기가 막힌 노릇이었다. 여러 사람의 인생을 짓밟은 남자가 이렇게 평화로운 노년을 보내고 있다니.

'이리 와 봐. 바깥 구경도 좀 해야지.'

율무를 부르듯 오제근을 불렀다. 간식이라도 받을 수 있을 거라 기대했는지 오제근은 순순히 태평이 서 있는 창가까지 제 발로 걸어왔다. 태평은 벤치에 앉아 있는 로지를 가리켰다.

'저기, 오로지 보여?'

오로지, 라는 이름에 오제근은 처음으로 반응을 보였다. 탁하기만 했던 그의 동공에 뭔가가 아른거렸으니까.

'지금 우리나라에서 오로지 이름을 모르는 사람이 없어.'

'……로지?'

'그래, 어린애도 아는 유명한 화가가 됐거든.'

'그럼, 누구 딸인데. 내 딸은 화가야!'

마약에 취한 사람처럼 환희에 찬 오제근의 얼굴에 비웃음이 절로 나왔다. 태평은 뇌리에 또렷하게 남는 냉정한 목소리로 그가 처한 현실이 어떤 것인지 친절하게 일러 주었다.

'로지는 나하고 같이 외국으로 떠날 거야. 그리고 좋은 것만 보고, 좋은 것만 먹고, 좋은 것만 입으면서 살 예정이고.'

'……'

'당신은 여기에서 늙어 죽는 거지. 모든 걸 다 잊어 가면서. 네 딸도, 네 가족도, 최후에는 너 자신도 싹 다 지워 버린 채.'

탄식하듯 가볍게 웃은 태평은 사납게 쭉 뻗은 시선을 다시 오제근에게 던졌다.

'어떻게 보면 부럽네. 나는 뼛속까지 새겨진, 빌어먹을 기억이 너무 많아 미칠 것 같은데. 당신은 내일이면 오늘 일을 다 잊을 거 아니야.'

오제근은 잊어도 태평은 잊을 수 없었다. 어린 로지의 목을 조르고, 신체적인 폭력보다 더 끔찍한 정서적인 학대까지 일삼은 인간을 어떻게 용서할 수 있을까. 로지에게 각인되듯 남은 고통과 상처만 생각하면, 오제근을 갈아 마셔도 용서가 되지 않았다.

'오로지, 내 딸아. 로지야! 제근이 여기 있다. 나 좀 꺼내 다오!'

창문에 매달린 오제근은 울먹이는 소리로 로지를 불렀다. 태평은 그의 어깨를 거칠게 잡아챘다.

'딸 같은 소리 하고 있네. 넌 인간도 아닌 새끼야. 너 때문에 한 여자는 물에 빠져 죽었고, 다른 여자는 목숨보다 소중했던 걸 잃었어. 알아?'

오제근은 질질 흐르는 침을 꿀꺽 삼키더니 악다구니를 쳤다.

'이 새끼! 내가 그때 너를 직접 죽였어야 하는 건데. 이 근본 없는 새끼가 어디서 감히 내 딸을 훔쳐!'

태평의 목을 조르려는 듯 오제근이 양팔을 한껏 벌렸다. 그걸 간단히 잡아 비튼 태평은 허연색 귀털이 삐죽 솟은 그의 귓구멍에 대고 소리쳤다.

'그렇게 딸이 보고 싶으면 죽어서 봐, 이 짐승보다 못한 새끼야.

살아생전엔 절대로 못 볼 테니까!'

'이, 나쁜 놈아! 내 오로지 돌려 내지 못해? 내 딸 당장 데리고 와!'

미친 듯이 날뛰던 오제근은 갑자기 뭔가 기억이 난 것처럼 태평을 쏘아봤다. 그는 비열하게 웃으며 손에 쥐고 있던 물건을 꺼내 보였다.

'오로지 데리고 와. 안 데리고 오면 넌 오늘 여기서 죽어! 너, 이것만 켜면 오줌을 질질 싸잖아.'

라이터를 켜며 협박하는 오제근 앞에서 태평은 코웃음만 쳤다.

'그래, 죽여 봐! 7년 전에도 못 죽였으면서, 이번엔 뭐가 다르려나?'

두려움으로 얼룩진 오제근의 얼굴 안쪽에서 언뜻 예전의 그가 보였다. 로지의 삶을 쥐락펴락할 수 있을 거라 자신했던 기고만장하고 비열한 그의 얼굴이.

인상을 사정없이 구긴 태평은 그의 심장에 대못을 박듯 또박또박하게 읊었다.

'네가 나를 향해 터트린 폭죽 때문에, 로지 왼팔에 칼자국이 남았어. 당신이 만든 흉터니까, 당신만이 지울 수 있어. 그러려고 로지를 여기로 데리고 온 거야. '오로지 씨, 제발 아버지를 만나러 와 주세요'라고 빌어 가면서. 오제근한테 받은 상처, 오제근한테 고스란히 돌려주고 새로 태어나라고.'

오제근의 흔들리는 눈동자가 태평의 얼굴로 날아와 박혔다. 인간다운 사고가 멈춘 지는 오래됐지만, 그의 감정까지 사라진 건 아니었다.

오제근은 저 밑에 가라앉아 있던 감정의 찌꺼기를 퍼 올렸다. 그건 분노와 광기, 그리고 자신을 향한 살기였다. 자아(自我)를 잃어 가고 있다는 상실감에 허우적대던 그는 입술을 올려 킬킬댔다. 그리고 들고 있던 라이터로 침대에 쌓여 있는 이불에 불을 질렀다. 완벽하지 않은 존재는 죽어 마땅하다고, 오제근도 오제근일 때만 살 가치가 있다고 중얼대며.

태평은 태연한 척 다리에 힘을 주었지만 막상 불길이 일렁이자 등줄기에 식은땀이 흘렀다. 동시에 뭐든 다 때려 부수고 싶다는 충동이 머리끝까지 차올랐다.

'오로지 데리고 오라고! 내 잘난 부모 새끼들한테 보여 줄 거야! 내 유전자에는 아무 문제가 없다고! 나는 열등한 인간이 아니라 우등한 인간이란 걸 증명할 거야. 내 딸이 그 증거라고, 너희들이 허접스러운 논문을 끼적이느라 피똥을 쌀 때, 내 딸이 그린 그림은 수십억에 팔리고 있다고. 아아악! 이 예술의 '예' 자도 모르는 것들! 날 평생 무시한 것도 모자라, 이젠 감옥에 가두기까지 해?'

두 눈의 흰자를 드러내며 소리치는 오제근 앞에서 태평은 서서히 한계를 느꼈다. 이대로 있다가는 자신이 품어 온 살의가 속살대는 소리에 금방이라도 굴복할 것 같았다. 로지를 만난 이후 한동안 꾸지 않았던 악몽이 다시금 그의 눈앞에 펼쳐졌다. 네 개의 붉은 점은 뱀처럼 간사한 목소리로 같은 말을 반복했다.

오제근을 어서 죽여. 처음도 아니면서 뭘 두려워해. 꿈속에서 네가 죽인 사람이 몇 명인데…….

'그래, 기꺼이 죽여 주지.'

로지가 있는 쪽을 흘낏 바라보며, 태평은 제 앞에 놓여 있던 의자를 창문 쪽으로 집어 던졌다. 바깥 공기가 병실 안을 메우고 있던 연기를 훅, 빨아들였다. 새빨간 눈을 닮은 점들도 밀려온 바람을 타고 자취를 감추었다. 벽에 기대선 태평은 희미하게 웃었다. 앞으로는 악몽 따위에 휘둘릴 일이 없을 거라는 직감이 들어서였다. 로지에게 이 기쁜 소식을 어떻게 전할까 고민하던 찰나.

'태평아!'

그는 자신을 구하기 위해 병실로 뛰어 들어온 로지를 만났다. 제 죗값을 대신해서 치르고 있던 천사이자, 이제 그 멍에를 벗고 하늘로 훨훨 날아오르게 될 뱁새를.

"진정한 해피 엔딩이네."

태평은 로지의 동그란 뒤통수를 가만가만 쓸었다.

"이번에도 네가 나를 구해 줬잖아."

자신 때문에 눈물을 쏟고, 자기를 위해 사랑을 고백하고, 자신과 함께 떠나고 싶다는 로지가 예뻐서 미칠 것 같았다.

"내 목숨을, 한 번도 아니고 두 번이나 살려 냈다고."

이렇게 귀엽고 사랑스러운 존재가 그의 품에 온전히 안겨 있다니, 가슴이 벅차 터질 지경이었다.

"이제 다 끝났어. 더는 자책하지 마."

아버지가 둘이나 생긴 것도, 어머니가 자살한 것도, 배다른 남동생이 제대로 보살핌을 받지 못한 것도, 태평을 영국으로 보내야 했던 것도 모두 자기 탓으로 돌려 온 로지였다. 곪고 곪아 버린 그 상처는 로지의 내면을 갉아먹었고, 로지는 결국 자신이 가장 사랑했던 그림마저 잃었다.

"내가 잘못한 건, 내가 수습할 테니까."

로지의 인생을 망쳐 버린 사람 중, 태평은 제 몫도 상당하다는 걸 알고 있었다. 의도한 건 아니었지만 로지를 둘러싼 인간들의 불안감을 들쑤시고 다닌 게 자신이었으니까.

"너는 아무것도 책임지지 마. 잘못한 게 하나도 없으니까."

로지가 저수지로 뛰어든 것 역시, 자신 때문에 얻게 된 죄책감 탓이었다.

그림 대신 로지의 곁을 평생 지키겠다고 다짐하며 태평은 로지를 꽉 끌어안았다. 로지를 안은 것만으로도 마음이 편안해졌다. 인생의 목표를 얻은 사람만 누릴 수 있는 행복과 기쁨이라는 게 이런 건가 싶을 만큼.

"비웠으면 채우면 돼. 부서진 건 재건하면 되고."

로지의 말랑말랑한 볼에 입을 맞추며 다시금 속삭였다.

"나를 믿어. 이 세상에 기적은 있으니까."

그의 목소리가 닿았는지 로지는 자면서도 입가에 미소를 매달고 있었다.

"내가, 바로 그 기적이야."

너를 만나고 잃었던 감각을 되찾았으니까. 뒷말은 따뜻한 입맞춤으로 대신하며 그는 두 눈을 감았다. 가슴에서 희망이 부풀어

올랐다. 그 희망은 온전히 미래를 향해 뻗어 있었다. 7년 전에는 태평을 잔인하게 버렸던 로지가, 지금은 그의 허리를 답삭 끌어안고 있었다. 그것도 태평이 가장 싫어하는 장소인 병원에서.

또 다른 기적이 일어날 조짐이 보였다. 끔찍했던 병원이 안락하게 느껴지기 시작했으니까. 로지를 사랑해야 할 이유가 하나 더 생긴 셈이었다.

7. 화, 畵

방문을 두드리는 소리에 실핀을 꽂는 로지의 손놀림이 더 빨라졌다.

"지금 나갈게."

거울에 비친 모습을 확인한 뒤 로지는 지난밤에 챙겨 둔 쇼핑백과 가방을 들고 방에서 나갔다. 외출 준비를 마친 태평이 로지의 짐을 자연스럽게 받아 들었다.

"빠진 거 없지?"

현관문을 열어 주며 태평이 물었다. 잠시 생각에 잠겼던 로지가 정원 쪽을 바라봤다. 태평은 애정 어린 웃음을 흘리며 로지의 이마에 콧날을 비볐다.

"율무 아침 줬어. 점심은 자동 급식기에 넣어 놨고."

그제야 안심한 로지는 집에서 나와 엘리베이터에 탔다. 태평의 차에 타서 벨트를 매고 있을 때였다. 운전대를 만지작거리던 그가 손을 뻗어 로지의 왼손을 가볍게 쥐었다. 고개를 틀자 걱정 가득한 눈길이 얼굴 위로 멎었다. 로지는 수줍게 웃으며 뜨끈해진 제 뺨에 태평의 손등을 가져다 댔다.

"괜찮아, 정말."

진심이 담긴 말이라는 걸 알았는지, 태평의 눈빛이 한결 부드럽게 변했다.

"당연히 괜찮아야지. 내가 있는데."

나직하지만 자신감이 넘치는 목소리로 말하며 그는 차에 시동을 걸었다.

출근 시간이라 도로는 언제나처럼 꽉 막혀 있었다. 꾸역꾸역 일터로 향하는 차들 사이에서 태평의 차도 느리게 움직였다. 로지는 천천히 지나가는 창밖의 풍경에 시선을 주고 있었다. 지루할 만큼 자주 보았던 건물과 표지판들이 오늘따라 새삼 낯설게 느껴졌다.

'2주 만이라, 그런가.'

일주일간의 단기 방학 뒤에 경조사 휴가 5일까지 붙여 쓴 로지는 보름 만에 학교에 가는 중이었다. 차창을 살짝 내렸다. 방향 없이 불던 바람이 창틈으로 훅 밀려 들어왔다. 어느새 더워진 바람을 타고 며칠 사이의 기억들이 하나, 둘 날아왔다.

유채 화랑에서 보았던 그림들, 물에 빠진 자신을 건져 올린 뒤 기함하던 태평의 얼굴, 앞으로 평생 인연을 이어 갈 소중한 친구들과의 만남, 오제근을 만나러 갔다가 당한 뜻밖의 사고까지.

병원에서 퇴원한 이후 로지는 태평과 거의 모든 시간을 집에서만 보냈다. 7년 전에 둘이 함께 보냈던 여름 방학처럼, 두 사람은 때와 장소를 잊고 편히 쉬었다. 몸은 피곤했지만 머리는 맑았고, 세상은 시끄러웠지만 마음은 평온했던 휴식이었다.

"점심은 민영 선배하고 먹는다고?"

학교에 거의 도착했을 무렵, 태평이 로지의 일정을 확인했다.

"응, 오늘이 마지막이니까."

자동차 뒷좌석에 올려 둔 쇼핑백에 힐끗 눈길을 주며 대답했다. 그 안에는 민영에게 주려고 산 선물이 담겨 있었다.

"나는 그때쯤 공항에 있겠네."

"아, 해리 씨가 오늘 영국으로 돌아가……."

로지는 하던 말을 천천히 멈추었다. 전방을 주시 중이던 태평의 얼굴이 희미하게 굳어졌기 때문이었다. 고개를 돌려 보려는데 그의 말이 더 빨랐다.

"허리 좀 숙이자."

왜냐고 물을 새도 없이 로지는 엉겁결에 상체를 숙였다. 그사이 차는 학교 정문을 지나 주차장으로 빠르게 진입했다.

"왜? 무슨 일 있어?"

차가 멈춘 걸 느낀 로지가 허리를 펴며 물었다. 얼굴을 찌푸린 태평은 주차장에서 멀리 떨어져 있는 학교 정문을 가리켰다. 학생이 아닌 일반인처럼 보이는 사람들이 정문 앞을 가득 메우고 있었다.

"웬 사람들이 저렇게 많지?"

"기자겠지."

"기자?"

로지는 맥락을 읽지 못한 얼굴로 태평을 바라보았다.

"네 얼굴 보러 온 사람들. 학교에 출근한다는 소식 듣고 달려왔을 거야."

"……아."

다시 정문 쪽을 바라보았다. 눈에 불을 켠 기자들이 정문을 통과하는 차마다 날카롭게 주시하고 있었다. 잠시 머뭇거리던 로지가 작게 말했다.

"신기해, 기자들이 날 궁금해하다니."

"신기하긴, 불쌍한 인간들이지."

"왜?"

태평은 로지의 등을 한 팔로 감싸 안으며 답했다.

"오로지 머리카락 한 올도 못 볼 테니까. 내가 꼭꼭 숨겨 놓을 거라서."

쿡쿡, 잔웃음을 터트린 로지가 그의 허리를 가볍게 안았다. 그 바람에 태평의 몸에는 로지의 웃음이 만들어 낸 작은 울림이 고스란히 전해졌다.

"태평아."

"응?"

로지는 그의 단단한 가슴팍에 이마를 비볐다.

"좋아서. 나한테도 숨을 곳이 생긴 게."

태평은 아무 말 없이 로지의 등을 쓸었다. 제 등을 훑어 내리는 손길이 너무 따뜻해서, 로지는 그의 품에 고개를 깊이 파묻었다. 그것만으로도 어지러웠던 마음이 한결 편해졌다. 느리게 로지의 등을 토닥여 주던 태평이 작게 물었다.

"오늘 저녁은 오랜만에 나가서 먹을까?"

로지는 고민 없이 그의 제안을 거절했다.

"율무 때문에 안 돼."

"율무?"

"응, 아침에 산책 못 했잖아. 저녁에라도 시켜 줘야지."

하, 한숨 같은 헛웃음을 길게 흘리며 태평은 차분히 설명했다.

"개한테도, 혼자만의 시간이 필요할지 몰라. 율무 지금 개춘기잖아."

그럴듯한 설득이었지만 로지는 단호했다.

"그러니까 더 같이 있어 줘야지. 안 그래도 오늘 우리 둘 다 집을 비워서 미안해 죽겠는데."

그냥 하는 말이 아닌 진심이었다. 요즘 로지의 걱정은 온통 율무에게만 쏠려 있었으니까. 천둥 번개를 무서워하는 율무가 사람도 하기 힘들다는 장거리 비행을 할 생각만 하면⋯⋯.

심란해진 로지의 표정에 태평은 두 손을 살짝 들어 보였다.

"알았어. 내가 졌다, 졌어."

조금 뜸을 들이던 그는 바로 말을 이었다. 공항에 다녀오는 길에 장을 봐 올 테니 먹고 싶은 걸 문자로 보내라고. 로지는 눈만 도로록 굴려 태평을 훔쳐보았다. 데이트 신청을 거절당한 게 실망스러웠는지, 목덜미를 매만지는 그의 얼굴이 어딘지 모르게 기운이 빠져 보였다.

"태평아!"

경쾌하게 태평을 부르며 로지는 그의 뺨으로 손을 가져갔다. 매끈하게 면도를 끝낸 살결이 손바닥에 착 달라붙었다. 너무 서운해하지 않았으면 좋겠다는 바람을 담아, 태평의 입술에 제 입술을 꾹 눌렀다가 뗐다.

"뽀뽀로는 안 되는데."

퉁명스레 대꾸했지만, 뭉쳐 있던 마음 한 자락이 풀어졌는지 태평은 부드럽게 입매를 휘었다.

교무실 앞에 도착한 로지는 잠시 호흡을 골랐다. 선생님께 꾸중을 듣기 위해 교무실을 찾은 학생처럼 걱정이 몰려왔다.

'별일이야 있겠어. 이미 뉴스로 다 봤을 텐데.'

정문 앞을 메우고 있던 기자들의 모습이 잠깐 눈앞에 스쳤지만,

로지는 용기를 내서 문을 열었다.

"어머!"

누가 냈는지 모를 목소리가 들리자마자 소란하던 교무실이 정적으로 바뀌었다. 로지는 묵묵히 앞만 보며 걸었다. 온몸에 쏟아지는 시선을 피해 자리에 앉았을 즈음이었다. 평소에 인사 한번 건네지 않았던 사람들이 로지의 주변으로 모여들었다.

"저기, 오로지 선생님."

저를 부르는 소리에 로지가 고개를 들었다. 어색함을 이기지 못하고 잔뜩 굳어 있는 얼굴들이 보였다. 마치 가면을 맞춰 쓴 것처럼 똑같은 표정을 짓고 있던 사람 중 한 명이 입을 열었다.

"축하한다는 말을 먼저 해야 할지, 위로를 먼저 해야 할지 모르겠어요."

할 말을 찾지 못한 로지가 침묵을 택한 동안, 그들은 대화의 물꼬가 터지기라도 한 듯 술술 말을 쏟아 냈다.

"진짜 놀랐어요. 오로지 선생님 이름이 뉴스에 나온 걸 보고."

"그 유명한 화가가 오로지 선생님의 그림을 베꼈다니, 믿을 수가 없더라고요."

"아버님은 잘 보내 드렸어요? 빈소도 없고, 조문도 받지 않는다고 해서 가 보지도 못했네."

"학교 그만둔다는 소식은 들었어요. 서운해요. 오로지 선생님이랑 밥 한번 같이 못 먹었는데."

로지는 아무런 말도 하지 못했다. 언론의 힘이 이렇게 대단했나 싶어 놀라기도 했지만, 하루아침에 자신을 대하는 태도가 달라진 사람들이 조금 무섭게 느껴졌다. 민망한 침묵을 깬 건, 로지의 가방 안에서 울리는 휴대폰 벨 소리였다. 교무부장에게서 온 전화라는 걸 확인한 로지는 모두에게 양해를 구했다.

"저, 잠시만요."

교무부장의 용건은 간단했다. 이사장실로 올라오라는 말이었다. 전화를 끊자마자 로지는 교무실에서 나와 화장실을 찾았다. 손을 씻은 뒤 거울에 몸을 비춰 봤다. 출근 첫날 입었던 검은색 정장을 입고 있는 그녀는 깔끔하고 단정한 모습이었다. 괜한 긴장감에 심호흡을 하고 있는데 재킷 주머니 안에서 휴대폰이 진동했다.

[지금 막 해리 픽업했어. 해리가 만나서 반가웠다고 전해 달래. 기회 되면 영국에도 놀러 오라는데? 너 좋아하는 케이크랑 스콘 많이 만들어 주겠대. 민영 선배, 창수, 준도 초대한다고.]

때맞춰 온 태평의 문자에 긴장이 풀린 로지는 방싯 웃었다.

[나도 해리 씨를 알게 돼서 정말 좋았다고 전해 줘. 다음에 만나면 내가 면도기 선물하겠다고 약속했거든? 그 약속 꼭 지키겠다고, 나 때문에 애써 줘서 고마웠다는 말도 전해 주고.]

빠르게 답장을 찍어 보낸 뒤 로지는 화장실에서 나와 계단을 올랐다. 한 계단씩 오를 때마다 학교에서 있었던 일을 떠올렸다. 첫 수업을 시작했을 때 마주 보았던 학생들의 눈빛, 민영과 마셨던 향긋한 커피, 급식실에 불쑥 나타났던 태평까지. 천천히 기억을 더듬다 보니 이사장실까지는 금방이었다.

"오로지 선생님이시죠?"

"네."

로지의 얼굴과 이름을 확인하자마자 비서가 이사장실로 전화를 연결했다.

"들어가세요."

비서의 안내를 받은 로지는 사무실보다는 카페처럼 꾸며진 곳으로 들어갔다.

"어서 와요."

소파에 앉아 있던 사람들이 한꺼번에 몸을 일으켰다. 부담스러움에 고개를 숙인 로지는 비어 있는 자리에 천천히 앉았다. 비서는 따끈한 녹차 한 잔을 로지 앞에 놓아 주었다. 그녀에게 감사하다고 말한 로지는 찻잔으로 손을 뻗었다. 따뜻한 찻물을 두어 번 삼키고 나서야 로지의 입술이 떨어졌다.

"계약 기간을 다 채우지 못하고 그만두게 돼서 죄송합니다."

일방적인 통보였지만, 로지를 바라보는 얼굴들은 한없이 너그럽고 인자했다.

"이해합니다. 상황이 상황이니만큼 어쩔 수가 없죠. 강유준 씨하고 법정 소송을 시작하셨다면서요. 수업할 경황이 있겠어요?"

"그럼요, 여기 모인 우리는 오로지 선생님의 결정을 이해합니다. 아버님마저 허망한 사고로 세상을 떠나셨으니……."

"강유준 화가 일로 억울함이 컸을 텐데, 아무쪼록 앞으로는 좋은 일만 있었으면 하네요."

로지의 사직서는 이례적으로 빠르게 수리되었다. 이사장은 내심 로지를 붙잡고 싶어 하는 눈치였지만, 교장과 교감은 학교 앞까지 찾아온 기자들 때문에 면학 분위기가 깨지면 어쩌나 하는 고민이 더 큰 것 같았다. 양쪽 입장이 모두 이해가 되었기에 로지는 조용히 입을 다물고만 있었다. 대화가 거의 마무리될 무렵이었다. 커피잔을 휘젓던 티스푼을 내려놓은 교장이 한마디 덧붙였다.

"오로지 선생님이 지도하셨던 반은 오늘부로 부담임이었던 이은경 선생님이 맡기로 했어요. 그러니 조용하게 마무리했으면 합니다. 가뜩이나 말이 많은 반인데, 더 큰 혼란은 없어야죠. 오로지 선생님을 유독 좋아하고 따랐던 학생들이잖아요. 이은경 선생님이 아이들 마음을 어떻게 다독여야 할지 고민이 많더라고요."

교장은 로지가 학생들과 따로 작별 인사를 하지 않고 학교를 그만두었으면 한다고 설명했다. 안타까운 마음이 절로 솟았지만, 로지는 선선히 고개를 끄덕였다. 이유가 무엇이 되었든 책임을 다하지 못한 사람이 자신이었기에, 개인적인 아쉬움을 내세울 염치가 없어서였다.

"알겠습니다."

이사장실에서 나온 로지는 짐을 정리하기 위해 곧장 교무실로 향했다.

수업이 시작된 탓에 학교는 숨을 죽인 것처럼 고요했다. 그 가운데 수업 중인 선생님들의 목소리와 중간중간 터지는 학생들의 웃음소리만 들렸다.

"이럴 줄 알았으면, 더 열심히 수업할걸."

나지막이 혼잣말을 뱉으며 로지는 학교의 안팎을 둘러보았다. 봄기운을 머금어 생기를 품은 학교 뒷산도, 학생들의 활기찬 음성도, 창 너머로 낮게 날아가는 참새들도.

한국에서 보는 마지막 풍경이라는 생각에 눈과 귀에 감겨 오는 모든 것이 귀하게만 느껴졌다. 두근거리는 가슴을 손바닥으로 지그시 누르며 교무실 문을 열었다. 이사장실에 가기 전만 해도 분주했던 교무실은 퍽 한산해져 있었다. 로지는 조용히 책상 앞으로 걸어갔다. 짐이라고 하기에 무색할 만큼 챙겨야 할 물건은 많지 않았다. 수첩 몇 개와 필기도구를 가방에 넣은 뒤 아침에 가져온 쇼핑백도 들었다. 교무실에 남아 있는 몇 명의 교사들은 로지가 다시 돌아올 거라 생각했는지 따로 말을 붙여 오지 않았다.

교무실에서 나와 적막한 복도를 걷던 로지의 걸음은 낯익은 교실 앞에서 멈추었다. 수업에 방해가 되지 않도록 로지는 창에 얼굴만 가까이 붙였다.

"방학이 끝난 지가 언젠데 아직도 정신을 못 차리니!"

이 선생의 카랑카랑한 목소리에 다 익은 벼처럼 늘어져 있던 학생들의 고개가 들렸다. 로지의 눈은 칠판을 보고 있는 뒤통수를 빠짐없이 훑었다. 눈을 마주 보며 할 수 없게 된 인사를 마음속으로 하면서.

학생들에게 미안함과 고마움이 뒤섞인 말을 전하던 로지는, 유독 눈에 밟히는 뒷모습에 한 번 더 눈길을 주었다. 오늘도 책상에 엎드려 자기 바쁜 준이었다. 로지의 입가에 작은 미소가 걸렸다.

"준아, 정말 너무 고마웠어."

그 말을 끝으로 로지는 교실에서 눈을 떼어 냈다. 더 보고 있다가는 복받치는 감정에 교실 문을 열고 들어갈 것 같아서였다. 정을 주지 않았다고 생각했는데, 저도 모르는 사이 학생들에게 마음을 주었던 모양이었다. 어쩌면 더 잘해 주지 못한 후회 때문일지도. 흔들리는 마음을 다잡듯, 로지는 들고 있던 쇼핑백 손잡이를 고쳐 잡고 천천히 걸음을 옮겼다.

"벌써 다 끝난 거야? 점심때나 돼야 시간 난다더니."

약속했던 시간보다 일찍 보건실에 도착한 로지를 민영이 격하게 반겼다. 로지는 보건실 내부를 빠르게 살폈다. 다행히 모든 침대가 비어 있었다.

"아무도 없어. 방학 끝난 다음 날엔 보건실도 한가해."

평화로운 보건실에서 로지는 민영과 커피를 마셨다. 커피를 마시는 내내 입술을 뗐다가 도로 다물기를 반복하던 민영이 어눌하게 끄는 목소리로 물었다.

"저기, 있잖아. 음, 아버지는 어떻게, 괜찮은 거야?"

민영의 말 사이사이에 찍힌 쉼표마다, 복잡한 감정이 고스란히 비쳤다. 갑작스레 들려온 비보에 로지가 또다시 무너져 내리면 어쩌나 하는 걱정을 온 얼굴로 쏟아 내면서. 눈시울이 뜨거워지려는 걸 간신히 참아 낸 로지는 선물을 건네는 것으로 궁상맞은 말을 대신했다.

"이게 뭐야? 나 주는 거야?"

명품 로고가 박힌 쇼핑백을 받아 든 민영은 입을 크게 벌렸다.

"응, 어제 너 주려고 산 거야. 내가 보는 눈이 워낙 없어서, 태평이하고 같이 골랐어."

어제저녁 태평과 백화점을 찾았던 기억을 떠올리며 로지가 방긋 웃었다. 제 옷을 살 때도 그렇게 고민해 본 적이 없었는데, 수십 개의 가방을 보느라 진이 다 빠졌던 하루였다.

가방을 꺼내 본 민영이 심각한 표정으로 로지를 바라봤다.

"이게 얼마짜린데. 네가 돈이 어디 있어서 이런 걸 사. 설마 김태평 돈으로 산 거야?"

"아니야, 내 돈으로 샀어. 적금을 하나 들어 놓은 게 있었거든."

거짓말을 들키지 않기 위해 로지는 맑은 웃음을 지어 보였다.

"진짜야? 야, 그래도 그렇지. 어렵게 모은 돈을 왜 나한테 다 써. 빨리 가져가서 환불받아. 나 가방 많은 거 알잖아."

가방을 상자 안에 넣은 민영은 풀었던 리본도 다시 묶기 시작했다. 로지는 친구를 말리며 언젠가 태평에게 배웠던 말을 야무지게 써먹었다.

"안 쓸 거면 버리든가."

"……."

"내가 들려고 산 거 아니란 말이야."

"……뭐라고?"

"참고로 환불은 절대 안 되고, 교환만 될 거야. 디자인이 마음에 안 들면 다른 거로 바꿔서 들어."

마땅한 말을 찾지 못해 잠시 입을 다물었던 민영은 다시 가방에 시선을 주었다.

"마음에 안 들긴. 왜 마음에 안 들겠어. 요즘 내가 제일 눈독 들이던 가방이었는데."

가방을 만져 보는 민영의 손끝이 희미하게 떨렸다. 그 떨림에서 친구의 마음을 거절하고 싶지 않지만, 고가의 가방은 받을 수 없다는 미안한 마음이 읽혔다. 로지는 마음 착한 친구의 등을 한 번 더 강하게 떠밀었다.

"그냥 기분 좋게 받아. 빚지면서 산 거 아니니까. 지금까지 너한테 제대로 된 선물 한번 못 했는데, 한꺼번에 받은 거로 해."

"그래도 그렇지. 이 가방, 경차 한 대 값이잖아."

로지는 가만히 커피만 마셨다. 김동우에게 멋모르고 받았던 돈 때문에 박혜진에게 시달렸던 날의 기억이 눈에 선했다. 천만 원을 빨리 갚으라고 독촉하던 박혜진의 협박이 끊긴 날, 민영에게 연락이 왔었다. 자신이 해결했으니 이제 마음 놓으라는 전화였다. 얼마 지나지 않아 민영을 만나러 갔던 날이었다. 민영은 언제나 그랬듯

환한 웃음을 짓고 있었다. 달라진 게 하나 있다면 지나치게 수수해 진 민영의 차림새였다. 늘 보던 명품 가방도 시계도 구두도 보이지 않았다. 그 모습이 로지의 머릿속에서 내내 잊히지 않았었다.

"로지, 화났어? 알았어, 받을게. 평생 이것만 들고 다닐 테니까, 화 풀어. 응?"

흐려진 로지의 얼굴에 놀랐는지, 민영이 애교 섞인 목소리로 말을 붙여 왔다.

"그래, 나 화날 뻔했어. 내가 저거 고르느라 얼마나 고생했는데."

로지의 과장 섞인 타박에 둘은 서로의 눈을 보며 기분 좋게 웃었다. 가방을 만져도 보고, 들어도 보며 좋아하던 민영은 다시 화제를 원점으로 돌렸다.

"쉬는 동안 정신없었지? 아버지 면회 갔던 날 김태평하고 네가 큰 사고를 당했단 말에, 나 잠 한숨 못 잤어. 병원에 가 보려고 했는데 김태평이 올 거 없다고 해서 가 보지도 못하고."

로지는 약간의 망설임 끝에 고개를 저었다.

"아니야, 진짜 올 필요 없었어. 친가 쪽에서 다 해결했거든. 나하고 관련된 문제는 강 형사님이 도와주셨고."

"강 형사? 그 사람은 또 누구야?"

"희찬이 일로 만났던 형사님인데……."

강필승 형사와 만났던 일을 설명하자 민영이 밝게 웃었다.

"그때 만났던 형사님을 또 만나다니, 너무 신기하다. 아무튼, 너한테 도움을 주셨다니 내가 다 고맙네. 아버지라고는 하지만,

아버지답지 않은 사람이었잖아. 그 사람 장례를 네가 치르고, 상주 노릇까지 해야 할까 봐 걱정했는데."

괜찮다고 다시 말하며, 로지는 민영이 커피와 함께 내놓은 초콜릿을 먹었다. 입에서 부드럽게 녹는 초콜릿 향이 강 형사의 얼굴을 떠올리게 했다.

'빈손으로 오기가 그래서 이거라도 사 왔는데.'

퇴원 준비 중인 로지를 찾아온 강 형사의 손에는 초콜릿 상자가 들려 있었다. 그걸 맛보는 동안 강 형사는 오제근이 가입한 보험 회사 명단과 보험금을 받는 데 필요한 서류를 알려 줬다. 그가 일러 준 서류를 준비해서 제출하자 보험금은 빠르게 지급됐다. 그 돈으로 학자금 대출을 모두 갚고, 남은 돈으로 민영의 가방도 살 수 있었다.

긴 생각 끝에 로지는 입술을 맞물었다. 참으로 아이러니한 일이 아닐 수 없었다. 존재만으로 자신을 극으로 내몰았던 사람이, 이젠 죽음으로써 자신의 발목에 채워져 있던 족쇄를 풀어 주었다는 것이. 더 신기한 건 로지의 머릿속에서 그 사람이 깨끗하게 지워졌다는 사실이었다. 마치 지우개로 지운 것처럼 그의 얼굴이나 목소리가 기억나지 않았다.

"로지야."

따뜻한 친구의 음성에 어렴풋했던 정신이 다시 또렷해졌다. 잠시 로지의 눈을 바라보던 민영은 어색하게 입술을 끌어 올리며 물었다.

"마음 정리는 끝낸 거야?"

로지는 대답 대신 조용히 미소 지었다.

"정말? 그럼 스페인으로 가는 거야? 언제?"

"여권 빼고는 준비할 게 없어서, 일주일 뒤에 가기로 했어."

짐작했던 것보다 빠른 출국 날짜에 놀랐는지, 민영이 한참 만에 다시 입을 열었다.

"잘했어. 한국에 뭐 좋은 게 있다고, 더 빨리 갔어야 했는데. 안 그래도 창수가 그러더라. 로지 선배가 당분간 해외에 나가 있어야 하는 거 아니냐고. 기자들이 너하고 인터뷰 한번 하려고 난리가 났대. 들리는 말로는 네 인터뷰 따 오는 기자한테 어마어마한 인센티브까지 준다고 했다더라."

잠시 말을 멈춘 민영은 원망스러운 눈길을 창밖으로 던졌다.

"강유준 그 자식만 아니었어도, 이렇게 멀리 돌아올 필요가 없었는데. 나는, 우리 고등학교 때 생각만 하면 아직도……. 내가 널 그 화실에 데려가지만 않았어도."

"민영아."

로지는 눈물을 글썽이는 친구를 부드럽게 불렀다.

"그런 생각 하지 마. 네가 그러면 내가 더 아파."

그러지 말라는 데도 민영의 눈에서는 기어코 눈물 한 방울이 떨어졌다.

"울지 마, 민영아. 나, 이제 그만 울고 싶어. 내 친구도 그만 울리고 싶고."

"알아, 네 마음 나도 알아."

엷게 웃는 로지의 얼굴에 고정시켰던 민영의 눈길이 아래로 떨어졌다. 티슈를 뽑아 눈물을 콕 찍어 낸 민영은 손부채질을 하며 흘리지 못한 눈물을 말렸다. 민영이 눈물을 그치는 동안, 로지도 눈물을 삼켰다. 지난 일주일간, 평생 흘려야 할 눈물을 다 쏟아 냈기에 더는 눈물을 보이고 싶지 않았다.

'……태평아!'

매일 밤 꿈에서 로지는 태평을 찾아 헤맸다. 태평이 보이지 않아 엉엉 울음을 터트리면, 자고 있던 그가 로지를 흔들어 깨웠다. 눈을 뜬 로지는 눈앞에 보이는 태평을 붙들고 다시 울었다.

'태평아, 태평아……. 나 두고 가지 마. 나보다 먼저 죽으면 안 돼. 응?'

태평을 놓칠세라 꽉 끌어안은 로지는 그간 제대로 목도하지 못했던 두려움을 눈물로 비워 냈다. 그때마다 태평은 다짐하듯 속삭였다.

'죽으라고 해도 안 죽어. 죽을 때가 되면, 너 죽고 나서 딱 하루만 더 살다가 죽을 거니까.'

그 위로가 가슴이 쓰릴 만큼 고마워서 로지는 속으로 결심했다. 앞으로는 태평과 눈물이 아닌 웃음만 공유하겠다고. 여태껏 홀로 견뎌 온 자신의 슬픔을 덜어 준 그를 위해 밝게 웃고, 행복하게 사랑하고, 영원히 간직하고 싶은 추억도 많이 만들겠다는, 그런 결심이었다.

잔잔하면서도 무거운 기억에 빠져 있던 로지는 민영의 발랄한 목소리에 현실로 돌아왔다.

"그래, 스페인이 뭐라고. 나 방학 있는 공무원인 거 알지? 앞으로 1년에 두 번은 스페인에 놀러 갈 거야. 네가 나 먹여 주고 재워 줄 테니까, 비행기 표만 끊어서 간다. 알았지?"

기대에 부푼 민영의 표정에 로지의 눈도 반짝거렸다.

"그럼, 내가 비행기 표도 보내 줄게. 비즈니스석으로."

"비즈니스석? 얘가 명품 가방 사 주더니 간이 제대로 커졌네."

언제 울었냐는 듯 깔깔 소리를 내며 웃은 민영은 점심을 먹자며 냉장고를 열었다. 민영이 꺼내 놓은 음식을 보는 로지의 눈이 휘둥그레졌다.

"내가 너 스페인 가는 거 알고 이걸 사 왔나 보다. 외국 나가면 이런 게 제일 그리워질걸?"

큰소리를 친 민영은 전자레인지로 '떡튀순' 세트를 데웠다. 로지는 보건실 창문을 활짝 열고 자리에 앉았다. 살랑거리는 바람을 맞으며 둘은 오랜만에 분식으로 점심을 먹었다.

"김태평이 좋아 죽지?"

오징어튀김을 집어 든 민영이 실실 웃으며 물었다. 달달한 고구마튀김을 입에 밀어 넣은 로지는 고개만 끄덕였다.

"그럴 줄 알았어. 너 모르게 걔가 얼마나 고생했는데. 해리 기자가 암스테르담에 간 것도 김태평 때문이었다더라. 선생님이 김태평한테 연락받고 인터뷰할 결심을 하셨대. 어제 선생님하고 통화했거든. 네 걱정 많이 하시길래 걱정 말라고 말씀드렸어. 우리 로지, 앞으로 꽃길만 걸을 테니까 선생님도 꽃가마 탈 준비만 하시라고 했지."

꿀 먹은 벙어리가 된 것처럼 로지는 고구마튀김만 우물거렸다. 뺨을 꽃빛으로 물들인 친구를 실눈으로 흘겨보며 민영은 놀리듯 말을 이었다.

"너 없으면 죽겠다는 사람이 김태평이잖아. 너한테 해 줄 수 있는 거라면 뭐든 다 해 주려고 하고. 나하고 창수는 네가 스페인에 안 간다고 할까 봐, 매일 그 걱정이었어. 그랬다가는 김태평이 좌절하는 정도가 아니라, 절망에 빠질 것 같아서."

튀김을 삼킨 로지는 어묵 국물을 한 모금 마셨다. 그래도 갈증이 가시지 않아, 컵에 있던 물도 모두 마셨다. 그 틈을 타서 민영이 물었다.

"말이 나왔으니 묻자. 마지막까지 널 고민하게 한 게 뭐야? 혹시 김태평한테 내가 모르는 못 미더운 구석이라도 있어?"

로지는 말없이 들고 있던 컵만 만지작거렸다. 머릿속을 굴러다니는 생각은 많았지만 그 어떤 것도 말로 내뱉을 수가 없어서였다. 태평이 가지고 있는 트라우마에 대해서도, 자신이 지금 그림을 그릴 수 없는 상태라는 것도, 7년 전 둘이 만나는 걸 반대했던 올리버 오빠도, 마지막까지 태평의 목숨을 위협한 오제근도.

"태평이가 아니라, 내가 문제였지."

주저하던 말을 얼버무린 로지는 기다란 한숨과 함께 먹먹한 감정을 지워 버렸다. 감당하기 어려운 상처가 많았지만, 태평 덕에 그

상처를 굳은살로 바꿀 수 있었으므로. 넘어지더라도 그의 손을 잡으면 다시 일어날 수 있었기에, 이젠 부단히 앞만 보고 걸어야 할 때였다.

깊은 생각의 마침표를 찍고 로지는 천천히 입을 열었다.

"나도, 태평이도 서로에게 너무 주려고만 했던 거 같아."

사랑이라는 걸 제대로 받아 본 적이 없는 두 사람이었다. 너무 어렸을 때 부모를 잃은 태평은 황금 알을 낳는 거위가 되어 야생에 내던져졌다. 그를 우연히 발견한 사람들은 틈만 나면 아이의 배를 가르려 들었다. 태평에게 삶이란 오로지 생과 사를 나누는 경계였을 뿐, 그 이상도 이하도 아니었다. 인간의 추악한 마음만 마주했던 그에게 사랑은 환각에 가까운, 현실에서는 존재할 수 없는 감정이었다.

부모의 품에서 성장했다고는 하지만 로지도 태평과 다를 바가 없었다. 부모가 만들어 놓은 세계에 갇혀 자신을 돌보지 못하고 늘 불안에 떨며 살아야 했으니까. 엄마에게 받았다고 믿었던 사랑은 사실 아빠를 향한 집착이었고, 엄마 자신에 대한 불안이었다. 그래서 로지에게 엄마란 기댈 수 있는 언덕이 아닌, 자신이 보호하고 지켜줘야 하는 대상이었다. 엄마를 잃었을 때 로지의 가슴에 납덩이처럼 얹혔던 죄책감이 바로 그 증거였다.

"우린 늘 더 주지 못해서 안달이 났었거든."

사랑을 전하는 느낌이 어찌나 황홀했던지, 로지는 태평에게 받은 마음을 항상 두 배로 돌려주고 싶었다. 제 마음에 샘솟는 감정이 신기해서, 제 옆에서 자는 태평이 너무 편안해 보여서, 제 미소를 보고 따라 웃는 얼굴이 좋아서 태평을 더 많이 사랑하고 싶었다.

"주는 것만 사랑인 줄 알았어. 받는 것도 사랑이 될 수 있다는 걸, 너무 오랫동안 몰랐어."

태평에게 짐이 되고 싶지 않아 열심히 살았더니, 그는 로지보다 더 독하고 치열하게 살았다. 태평을 기쁘게 해 주고 싶어서 웃었더니, 그는 로지를 울게 한 사람들을 찾아내 가만두지 않았다. 사랑하는 사람을 아프게 하고 싶지 않아 상처를 꼭꼭 숨겼더니, 그는 제 상처를 스스로 도려내며 로지를 몰아붙였다.

"사랑을 제대로 알기에 우린 너무 어렸고."

받아 본 적도 배운 적도 없던 사랑이, 둘에게는 지나가는 가을바람이었다. 어디선가 불어온 바람에 들풀이 제 의지와 상관없이 뒤엉키듯, 어디선가 날아온 사랑에 둘은 흉터가 가득한 서로의 몸을 어루만지고, 존재하는 줄도 몰랐던 감정을 마구 퍼 올렸으니까. 그 벅찬 사랑을, 서로에게 조금이라도 더 주고 싶어 몸부림을 쳤던 게 로지와 태평이었다.

로지는 테이블을 보고 있던 시선을 끌어 올렸다. 눈가를 붉힌 민영이 보였다. 울음을 터트리려는 친구를 어떻게 달래야 하나, 신중한 고민 끝에 로지는 만개한 봄꽃처럼 환히 웃었다. 사랑하는 친구의 눈물을 멎게 하는 데 이보다 더 좋은 방법은 없었으니까.

"민영아."

"⋯⋯으응."

"나, 염치없이 살아 볼까 해."

눈물을 훔친 민영은 로지를 똑바로 응시했다. 맑고 투명한 민영의 눈동자에 비친 로지의 얼굴에는 그 어떤 불안도, 걱정도, 두려움도 보이지 않았다.

"받는 사랑, 실컷 해 보려고."

"……."

"태평이가 지칠 때까지 받아 보려고 해."

"……."

"태평이 사랑이 말라 없어지면, 그땐 내가 태평이를 사랑하면 되니까."

"로지야."

울지 않으려 입술을 앙다문 민영이 로지의 두 손을 꼭 쥐었다. 로지도 민영의 손을 힘주어 잡았다. 손에서 전해진 온기가, 두 사람의 지난날을 한꺼번에 떠오르게 했다. 방울방울 터지는 추억에 젖어 있던 로지는 몇 번의 고민 끝에 민영에게 물었다.

"나, 그래도 되지?"

"……."

"그렇게, 이기적으로 살아도 되는 거겠지?"

두 사람 사이에는 더 말이 이어지지 않았다. 할 말이 많았지만 민영은 그 말들을 간추리지 못했고, 로지는 더 할 말이 없어 동그란 눈을 접고 예쁘게 웃어 보였다. 이제야 제자리를 찾은 듯한 친구의 미소에 민영은 영원할 것 같았던 정적을 깨고 말했다.

"잘했어, 정말 잘한 거야."

민영이 입꼬리를 시원하게 올리며 웃었다. 친구와 같이 우는 것 대신, 함께 웃는 것을 선택한 그녀의 미소는 어느 때보다 아름답고 화사했다. 로지는 부드러운 목소리로 대답했다.

"우리, 앞으로 눈물 나게 행복해지자."

과거에 흘렸던 뜨거운 눈물을 향해, 로지와 민영은 덤덤히 이별을 고했다. 오늘보다 내일, 내일보다는 모레에 더 많이 웃자고 다짐하며.

I need you more than anyone, darlin'.
(그 누구보다 내게는 당신이 필요해요.)
You know that I have from the start.
(처음부터 그래 왔다는 걸 당신도 알잖아요.)
So build me up Buttercup.
(그러니 어여쁜 당신, 나한테 좀 잘해 줘요.)
Don't break my heart.
(내 마음 좀 아프게 하지 말고요.)
— Build Me Up Buttercup, The Foundations —

블루투스 스피커에서 흘러나오는 노래를 들으며 태평은 그가 서 있는 언덕 아래를 내려다보았다. 넓디넓은 레몬 농장이 한눈에 들어

왔다. 묵직한 초록색 이파리마다 황금빛 광택을 자랑하는 레몬이 점을 찍듯 박혀 있었다. 빼곡히 자리 잡은 나무 사이로 사다리를 탄 일꾼들도 보였다. 레몬을 수확하느라 바쁜 사람들을 둘러보며 숨을 크게 들이마셨다. 서늘한 바람에 싱그러운 향이 한가득 실려 있었다.

"율무!"

바닥에 깔아 놓은 돗자리에 앉으며 낮은 목소리로 율무를 불렀다. 로지 옆에서 배를 깔고 누운 율무는 귀만 쫑긋 세울 뿐 뒤도 돌아보지 않았다. 시선을 옮겨 로지를 바라봤다. 담요 위에 앉아 있는 로지는 양손에 노트와 연필을 쥐고 눈 앞에 펼쳐진 레몬 농장을 뚫어져라 보고 있었다. 행복한 웃음을 흘린 태평은 가방에서 육포를 꺼냈다. 제 이름을 부를 때는 꿈쩍도 안 하던 율무의 고개가 단번에 태평 쪽으로 돌아왔다.

"와서 이거나 먹어. 누나 방해하지 말고."

태평은 육포를 씹는 율무의 머리를 쓰다듬어 준 뒤 돗자리 위에 벌렁 누웠다.

서걱서걱—.

푸른 하늘을 보고 있던 눈이 노트 위를 날아다니는 연필 소리에 스르륵 감겼다. 한가로운 언덕 위에 누워 있자니 지난 반년 동안 스페인에서 있었던 일들이 주마등처럼 스쳐 갔다.

스페인으로 오자마자 태평은 정신없이 일에 매달려야 했다. 스페인 조경협회에서 주관하는 가드닝 쇼에 선보일 작품을 디자인했기 때문이었다. 자연히 로지는 태평이 집을 비운 동안 혼자 지냈다. 언어도 통하지 않고 한국인도 없는 작은 마을이라 외로워하면 어쩌나 했는데, 다행히 로지는 주어진 시간을 알뜰히 사용하며 하루하루를 보냈다.

'태평아. 이거 봐! 내가 직접 볶았어.'

어느 날 로지는 구수한 냄새를 풍기는 원두를 보여 줬다. 시내에 있는 카페에 들렀다가 카페 주인에게 홈 로스팅을 배웠다면서.

'있지, 크리스마스 리스도 만들어 볼까 해. 사방에 널린 게 꽃이라서 아무렇게나 만들어도 예쁠 거 같아.'

태평이 직접 가꾸고 있는 집 앞 정원을 둘러보던 로지는 크리스마스가 기다려진다며 행복한 미소를 지었다.

'가스파초가 생각보다 만들기 쉽더라. 너 이거 좋아하잖아.'

어느 저녁에는 태평이 좋아하는 '가스파초(gazpacho: 차게 마시는 채소 수프)'도 정성껏 만들어 주었다.

시간이 흐를수록, 두 사람이 함께 지내고 있는 집은 로지가 만든 소박한 것들로 차곡차곡 채워지고 있었다. 태평에게는 눈물겹게 고마우면서도 미안한 변화였다. 그의 인생을 로지가 따뜻하고 풍요롭게 채워 줄수록, 로지에게 더 많은 것들을 해 주고 싶은 욕심도 커졌기 때문이었다. 그런 마음을 비칠 때마다 로지는 방긋 웃으며 고개를 저었다.

'나는 지금이 좋아. 나만을 위해 뭔가를 배우고 만드는 게 정말 행복해. 어떤 느낌이냐면…… 매일 새로운 장난감을 가지고 노는 기분이야.'

그림자가 드리워지지 않은 로지의 미소에 태평도 따라 웃었다.

행복하다는 그녀의 말이 뭉근한 화롯불처럼 느껴진 탓이었다. 뜨뜻한 온기를 품은 말 한마디에 가슴 깊이 숨겨 두었던 걱정은 봄눈 녹듯 사라졌다.

"……!"

쩝쩝거리던 율무가 조용해진 걸 느낀 태평이 고개를 들었다. 어느새 그의 곁을 떠난 율무가 로지의 옆구리에 머리를 비비며 응석을 부리고 있었다.

"다 썼어?"

태평의 물음에 율무의 등을 쓸어 주던 로지가 활짝 웃으며 고개를 끄덕였다. 상체를 마저 일으킨 태평은 로지가 앉을 자리를 만들었다.

"쓸 게 너무 많아서 시간이 오래 걸렸어. 레몬나무 봤어? 어쩜 그렇게 영롱한 노란색일까? 노르스름한 레몬도 예쁘지만, 그 레몬을 품고 있는 초록빛 잎들도 좋아. 태평아, 레몬은 왜 노란색일까?"

노트와 연필을 챙겨 돗자리 위로 올라온 로지가 엉뚱한 질문을 던졌다. 태평의 입가에 미소가 흘렀다. 아무도 궁금해하지 않을 것들을 궁금해하는 얼굴이 너무 귀여워서였다. 자연과 계절의 변화에 따라 달라지는 레몬의 색을 찬미하는 동안, 로지의 눈빛은 풀잎에 매달린 이슬을 머금은 듯 반짝였다.

"오늘도 그래서 세 페이지나 넘게 썼어. 그래도 부족한 거 같아. 글로 표현하기에는 너무 벅찬 풍경이야. 그림으로 그렸다면 더 쉬웠을까?"

들고 있던 노트를 내려놓은 로지는 아쉬움과 뿌듯함이 뒤섞인 미소를 지었다. 태평도 시선을 내려 노트를 바라보았다. 노트의 표지에는 〈그림 노트〉라는 네 글자가 또박또박하게 적혀 있었다.

"차 마실래?"

에코 백 안에 담겨 있는 보온병을 꺼내며 태평이 물었다. 로지는 마침 목이 말랐다며 손목 보호대를 차고 있는 오른손을 내밀었다. 보온병 뚜껑에 따뜻한 차를 따라 건넨 뒤, 그는 노트를 집어 들었다. 그리고 싶은 풍경을 발견하거나, 갈무리해 두고 싶은 감정이 솟거나, 생소한 경험을 할 때마다 로지는 이 노트를 펼쳤다. 물끄러미 노트를 바라보던 태평의 입에서 가벼운 한숨이 터졌다. 한국에 있을 때 로지에게 그림을 그리라고 다그쳤던 자신이 기억난 탓이었다.

"그림 때문에, 스트레스받을 거 없어."

미안한 기색을 숨기려다 보니 무뚝뚝한 말이 뱉어졌다. 다행히 마음이 상하지 않았는지 로지는 싱글싱글 웃으며 고개를 흔들었다.

"스트레스 안 받아."

태평은 의아한 표정을 했다. 그걸 믿지 못하겠다는 뜻으로 해석했는지 로지는 바람에 나부끼는 머리카락을 넘기며 계속 말했다.

"그동안 내가 그림한테 넘치는 사랑을 받았잖아. 그래서 이번에는 내가 그림을 짝사랑하기로 했어. 이뤄지지 않아도 실망할 필요가 없는 짝사랑!"

진짜 사랑은 너랑 하고 있으니까, 하고 속삭이는 로지가 귀여워

태평의 얼굴에도 덩달아 웃음이 번졌다. 그는 웃느라 동그랗게 부푼 로지의 뺨을 매만졌다. 한국에 있을 때보다 혈색이 좋아진 로지는 그 어느 때보다 사랑스러운 얼굴로 웃고 있었다.

"복숭아 먹어. 잘 익었더라."

차를 다 마신 로지에게 납작복숭아가 담긴 통을 건넸다. 스페인에 온 이후 로지가 매일 찾는 과일이었다.

"오, 진짜 맛있다!"

복숭아를 베어 물자마자 로지가 배시시 웃었다. 그 얼굴을 흐뭇하게 바라보던 태평의 한쪽 입술이 야릇하게 휘어졌다.

"맛있어?"

"응."

"나도 한 입만!"

반쯤 남은 복숭아를 내미는 손을 무시한 그는 로지의 입술로 달려들었다. 입술 사이에 맺힌 복숭아즙을 핥자 로지를 닮은 달콤한 맛이 느껴졌다. 곧이어 촉촉한 혀로 입 안을 탐했다. 로지가 미처 삼키지 못한 복숭아 조각 하나가 태평의 입으로 넘어갔다. 달짝지근한 복숭아를 맛있게 삼킨 그는 로지의 아랫입술을 쪽 빨아들였다. 다정하면서도 질척한 욕망이 섞인 키스에 로지가 그의 가슴을 살짝 밀쳤다.

"그만해, 밖이잖아."

태평은 무표정한 얼굴로 되물었다.

"왜?"

"왜냐니……."

불안한 눈빛을 한 로지는 뺨과 귓불도 붉게 물들였다. 그 모습에 태평의 입가가 부드럽게 휘었다.

"키스만 할 거야."

갈급한 욕망을 숨기며 달래 봤지만 로지는 못 믿겠다는 얼굴로 고개를 돌렸다. 완강히 키스를 거부하는 로지를 보며 그는 자조 섞인 웃음을 지었다. 어제 아침에 지은 죄가 뒤늦게 기억나서였다.

'다녀올게.'

출근 준비를 끝낸 태평이 현관에서 소리쳤을 때였다. 반바지를 입은 로지가 쪼르르 달려 나오더니 현관 옆에 놓아둔 나무 상자에 올라섰다.

'조심히 다녀와.'

30센티미터 정도 되는 상자의 도움을 받아 태평과 눈높이를 맞춘 로지는 그의 입술에 가볍게 입을 맞추며 인사했다. 그 짧은 입맞춤에 자제심을 잃을 줄 누가 알았을까.

'미쳐 버리겠네.'

반바지 밑으로 뽀얗게 드러난 허벅지에 이성을 놓친 태평은 로지를 가뿐히 들어 올렸다. 침실까지 갈 여유가 없었던 그는 로지를 소파 위에 눕힌 뒤 휘몰아치듯 안았다. 예쁜 입술 사이로 뜨거운 숨을 흘리는 로지가 귀엽고 사랑스러워 돌아 버릴 것 같았다.

'으응……. 태평아.'

얼굴은 물론 온몸을 발갛게 물들인 채 태평을 받아들이려 애쓰던 로지는 그의 정욕에 기름을 들이부었고, 태평은 기꺼이 폭주했다. 로지가 사슴처럼 커다란 눈망울에 눈물을 그렁그렁 담고 도리질을 칠 때까지.

"그러니까, 왜 뽀뽀를 해서 나를 건드리냐고."

끝까지 제 잘못은 아니었다고 중얼거리던 태평은 로지가 율무를 찾는 목소리에 정신을 차렸다.

"율무, 이리 와 봐! 누나 샌들을 누가 이렇게 만들었어."

태평은 로지가 벗어 놓은 샌들에 시선을 주었다. 발목을 고정해야 할 끈이 보기 좋게 끊어져 있었다. 저도 모르게 눈썹이 찌푸려졌다. 얼마나 잘근잘근 씹어 댔는지 아이보리색 샌들이 온통 끈적한 침으로 범벅이 되어 있었다.

"율무가 혼 좀 나야겠네. 아주 그냥 눈물이 쏙 빠지게."

혀를 쯧쯧 차면서도 태평은 만족스러운 얼굴을 숨기지 못했다. 로지의 사랑을 독차지하는 율무 때문에 쌓였던 설움이 이제야 조금 풀리는 기분이었다. 제 말은 들은 척도 안 하고 로지만 쫓아다니는 율무 때문에 어찌나 부아가 치밀던지.

잠시의 침묵 후, 로지는 굳어 있던 표정을 빠르게 풀었다.

"개껌도 사 줬는데, 왜 신발을 씹어. 몸에 안 좋단 말이야. 자꾸 누나 속상하게 할 거야?"

율무를 바라보는 로지의 시선에는 걱정이 가득했다. 주인의 기분이 풀린 걸 눈치챈 율무는 대뜸 배를 뒤집고 드러누워 갖은 애교를 피워 댔다. 로지는 언제 화를 냈냐는 듯 웃음을 흘리며 율무의 배를 간질였다. 로지와 율무의 꿍냥질에 태평의 표정은 순식간에 어이없음에서 공허함으로 바뀌었다.

"얄미운 자식."

못마땅한 기색을 온몸으로 뿜어내며 짐을 정리하고 있을 때였다. 묘한 시선이 느껴져 고개를 돌려보니 로지가 말갛게 웃고 있었다.

"태평아."

다정다감하게 제 이름을 부르는 로지를 태평은 부러 뚱한 얼굴로 응시했다.

"나 좀 업어 줘."

"……."

"맨발로 걸어갈 수는 없잖아."

미간을 잔뜩 찌푸리고 있던 태평의 얼굴에 희미한 웃음이 드러났다가 곧 사라졌다. 아주 잠깐, '사고는 오율무가 쳤으면서 왜 나더러 수습하라는 건데?'라는 반발심이 솟았지만, 말로 바뀌어 나오는 일은 없었다. 오로지 앞에서 내세울 김태평의 자존심이야, 인간의 꼬리뼈처럼 흔적 기관이 되어 버린 지 오래였으니까.

"그래."

가져온 짐을 에코 백에 모두 담아 한 손에 들고 무릎을 굽혀 앉았다. 로지는 새끼 코알라처럼 태평의 목에 팔을 두르고 상체를 바짝 붙였다. 청바지를 입고 있는 로지의 허벅지를 두 팔로 단단히 받친 태평은 가볍게 몸을 일으켰다.

"와아아!"

높은 산의 정상에 오른 사람처럼 로지의 입에서 기분 좋은 탄성이 터졌다. 그 목소리에 기분이 좋아져 다리에 더 힘을 주고 걸었다.

"높이 나는 새가 멀리 본다더니, 너한테 업히니까 세상이 달라 보여. 율무도 작아 보이고."

좁다란 오솔길을 따라 걷는 동안 로지는 종달새가 된 것처럼 잠시도 멈추지 않고 종알거렸다. 좀처럼 듣기 어려운 게 로지의 수다였기에 그는 최대한 느리게 걸었다.

달력은 연말을 가리키고 있었지만 두 사람이 지내는 곳은 풋풋하고 싱그러운 봄이 절정에 이르고 있었다. 새벽이면 은은한 안개가 온 마을을 은빛으로 물들였고, 저녁에는 따뜻한 아지랑이를 닮은 봄기운이 피어올랐으니까.

"태평아, 저쪽으로 가."

로지의 손가락이 캄파눌라와 루피너스가 피어 있는 오솔길을 가리켰다. 태평은 기꺼이 그쪽으로 성큼 걸음을 옮겼다. 연한 보라색 초롱꽃이 그의 발에 닿을 때마다 가볍게 몸을 떨며 향기를 퍼트렸다. 로지는 태평의 목을 끌어안고 감격에 찬 목소리로 속삭였다.

"그거 알아? 언덕 위가 온통 초록빛인데, 나무마다 전부 다른 초록색을 가지고 있는 거? 초록색 물감을 주황색 햇빛으로 녹여서 부은 거 같아. 뜨거운 초록빛도 있고 수수하고 따뜻한 초록빛도 있으니까. 녹음이라는 게 이런 거였구나. 검은색처럼 보일 만큼 짙은 초록색부터 누르스름한 연한 초록색까지 어우러져 있는."

로지는 신은 믿지 않지만 자연은 믿는다고 했다. 이 땅에 태어난 모든 생명체에게 겸손한 마음을 품게 하는 게 자연이며, 인간의 무한한 상상력도 자연의 신비로움은 따라잡기 어렵다면서.

"어? 벌써 다 왔네."

아쉬움이 묻어나는 로지의 목소리에 태평이 고개를 들었다. 야트막한 언덕 위에 있는 코티지(cottage: 시골 마을에 있는 작은 집)가 보였다. 반년 전부터 두 사람의 아늑한 보금자리가 되어 주고 있는 집이었다. 나무를 깎아 만든 문을 열고 정원에 들어서자 로지가 그의 볼에 살짝 입을 맞추었다.

"이제 내려 줘. 신발 신고 나올게."

로지를 집 앞에 내려 준 태평은 율무에게 물을 챙겨 준 뒤 정원을 살폈다. 요 며칠 비가 내리지 않아 흙이 조금 말라 있었다. 물뿌리개를 집어 들고 그가 직접 심은 꽃에 물을 주며 정원과 집을 둘러보았다.

사실 이 집의 주인은 해리의 삼촌이었다. 초상 사진 작가로 유명한 그는 유럽 전역에서 활동 중이었는데, 스페인으로 촬영하러 왔을 당시 이 집의 아름다움에 매료되었다. 가족의 반대를 무릅쓰고 집을 매매한 그는 해리와 태평을 초대해 작은 파티를 열었다. 해리를 따라 집을 둘러보게 된 태평은 그의 남다른 안목에 감탄했다.

1층은 고즈넉한 고택의 멋스러움을 간직한 집이라 좋았고, 2층은 기둥과 벽 없이 탁 트여 있는 공간이라 더 마음에 들었다. 창 너머로 아름다운 바다를 감상할 수 있는 2층이 로지의 화실로 삼기에 더없이 적당해 보여서였다.

"운이 아주 좋았지."

로지와 지낼 집을 찾고 있던 당시 태평은 큰 고민에 빠져 있었다. 스페인 남부에 있는 마을인 네르하와 미하스에 있는 집을 샅샅이 훑었지만 어느 곳을 봐도 눈에 차지 않아서였다. 그때 마침 해리의 삼촌에게서 연락이 왔다. 이번에 맡게 된 프로젝트 때문에 프랑스에서 5년 이상 머무르게 되었다면서, 주변에 스페인에 있는 집을 매매할 사람이 있는지 묻는 전화였다. 당장 계약서를 쓰자고 말한 태평은 다음 날부터 집의 인테리어 공사를 맡아 줄 디자이너를 수소문했다.

"태평아!"

자신을 부르는 맑은 목소리에 태평이 상체를 틀었다. 쟁반을 손에 든 로지는 얼음이 가득 담긴 레모네이드를 건넸다.

"이거 마셔. 나 업고 오느라 힘들었지?"

태평은 고맙다는 말 대신 로지의 고운 눈매에 입을 맞추었다. 로지와 나란히 서서 시원한 레모네이드를 마시던 그는 새삼스러운 눈으로 자신의 무릎 높이 정도 되는 꽃 덤불을 응시했다. 몇 주 전에 색깔별로 심어 놓은 푸크시아 꽃이었다.

"이상하네."

무릎을 굽혀 앉아 꽃의 잎사귀를 만지작거렸다. 태평을 따라 쪼그려 앉은 로지가 눈을 동그랗게 떴다.

"왜?"

"다른 꽃들은 모두 폈는데, 왜 얘만 잠잠한 걸까."

태평의 눈은 꽃망울이 맺히지 않은 푸크시아 꽃에 오래 머물렀다.

꽃이 위가 아닌 아래를 보고 피어서 '등꽃'이라고도 불리는 푸크시아는 품종이 다양한 꽃이었다. 태평은 그중 세 가지 색의 꽃을 골라 심었는데, 붉은색과 흰색 꽃은 흐드러지게 핀 반면, 연보라색 푸크시아는 꽃을 피울 기미가 보이지 않았다. 태평을 따라 꽃들을 둘러보던 로지는 방싯 눈웃음을 지으며 입을 열었다.

"급할 게 뭐가 있어. 지금은 우리 눈앞에 핀 꽃만 열심히 보면 되지. 피지도 않은 꽃을 걱정하다가, 이미 예쁘게 핀 꽃들도 못 보면 안 되잖아. 그러면 얘네가 얼마나 서운하겠어."

그렇네, 태평은 로지의 옆얼굴에서 눈을 떼지 않고 대꾸했다. 로지의 눈 가장자리에 어렸던 미소가 어느새 얼굴 전체로 퍼져 있었다. 로지의 말이 백번 옳다는 걸 실감한 순간이었다. 보름달처럼 얼굴 가득 떠오른 미소만 기다리다가 초승달처럼 작고 어여쁜 눈웃음은 놓칠 뻔했으니.

붉고 하얀 푸크시아에 눈길을 주고 있던 로지가 다시금 속삭였다.

"참, 다행이야. 너하고 내가 예전에 무슨 일을 겪었든, 지금은 이렇게 웃고 있으니까. 그래서 나는 지금이 제일 좋아. 오늘은 오늘 몫의 꽃을 보면 되고, 내일은 내일 몫의 꽃을 보면 되잖아."

꽃처럼 환히 웃는 로지 앞에서 태평은 습관처럼 손바닥으로 가슴을 눌렀다. 얼마 전까지만 해도 로지를 볼 때마다 속이 아렸는데, 이제는 아프지가 않았다. 엷은 구름이 내려앉은 것처럼 쓸쓸해 보였던 로지의 얼굴이 지금은 맑게 개어 있었으니까.

자기를 빤히 보고 있는 태평이 신경 쓰였는지 로지는 새치름한 눈초리를 하고 말했다.

"그만 좀 봐. 나는 꽃이 아니라 어제도, 오늘도, 내일도 볼 수 있는데."

웃음을 목 안으로 삼킨 태평은 로지를 와락 끌어안았다. 지금 제 눈앞에 피어 있는 꽃을 끌어안는 것 말고는, 할 수 있는 게 아무것도 없는 사람처럼.

페퍼민트 잎을 씹은 듯 청량한 기분에 휩싸인 그는 로지 모르게 환히 웃었다.

그에게 경이로움을 일깨우는 자연이란, 오로지라는 꽃밖에 없었으니까.

[저녁 먼저 먹어. 늦을 거 같아.]

태평의 문자를 확인하자마자 로지는 주방 창밖을 둘러보았다. 평소 같으면 붉은 석양이 내려야 할 시간인데, 빛 한 자락도 보이지 않을 만큼 하늘이 짙은 구름으로 뒤덮여 있었다.

"비가 많이 온다더니."

걱정 어린 마음을 숨기지 못하며 서둘러 태평의 문자에 답장을 보냈다.

[폭풍 주의보가 내렸어. 운전하기 힘들면 스튜디오에서 자고 와. 알았지?]

휴대폰을 내려다보는 로지의 눈 가장자리에 수심이 어렸다. 최근 막바지 작업에 바쁘다던 태평은 지난 일주일 내내 자정이 넘어 집에 돌아왔다. 지금까지는 서로 떨어져 밤을 보낸 적이 없었지만, 오늘처럼 날씨가 궂은 날에는 그가 외박하는 게 나을 것 같았다.

[잠은 오로지 옆에서 자야지. 여긴 비 한 방울도 안 와! 문단속 잘하고 있어.]

이어진 태평의 메시지에 로지는 앉아 있던 스툴에서 일어났다. 그리고 집 안 곳곳을 돌아다니며 창문이 제대로 잠겼는지 살폈다.

"문은 다 확인했고."

거실과 2층까지 둘러본 뒤 다시 주방으로 돌아와 태평과 먹으려고 준비했던 음식을 오븐에서 꺼냈다. 오늘 저녁 메뉴는 페타치즈를 넉넉히 뿌린 지중해식 가지 요리였다. 그릇에 랩을 씌워 냉장고에 넣던 로지는 입을 가리고 쿡쿡 웃었다. 요리를 할 때마다 자기가 하겠다고 나서던 태평이 떠올라서였다.

'내가 할게. 나, 이제 아무렇지 않다니까? 거실 벽난로에 불 한번 붙여 봐?'

오븐을 여닫을 때마다 식은땀을 뻘뻘 흘리면서도 태평은 큰소리를 쳤다. 로지는 그때마다 눈을 흘기며 그를 주방에서 쫓아냈다.

'됐고, 이따가 설거지나 해. 난 설거지하는 게 더 싫단 말이야.'

입을 삐죽 내밀고 거실 청소를 하러 나가는 태평을 보며 로지는 만족스럽게 웃었다. 한국을 떠나면서 했던 작은 다짐을 지킨 게 좋아서였다. 태평이 다시는 과거의 트라우마에 흔들리지 않도록 돕고 싶었으니까.

태평 생각에 빙그레 웃음을 짓던 로지는 차 한잔을 끓여 거실로 나갔다. 그리고 한국에서 가져온 유일한 가구인 분홍색 소파에 앉아 〈그림 노트〉를 펼쳤다.

[폭풍우가 치는 밤]

제목을 적은 뒤 다시 창밖으로 눈길을 돌렸다. 저 먼발치에서 보이는 바다 위로 잿빛 구름이 몰려오는 게 보였다. 그 모습을 물끄러미 바라보다가 다시 연필을 들었다.

[두툼한 먹구름이 붉은 하늘을 삼키고 있다. 구름에 삼켜지는 하늘이 안타까웠는지 덩치를 키운 파도가 크게 요동을 친다. 빗줄기를 품은 구름 떼에게 쫓긴 파도가 육지로 달음박질치고 있다. 몸부림치는 파도에게서 얼마 전까지의 내가 보인다. 비를 피해 육지로

달아나는 파도처럼, 나도 불행을 피해 도망만 쳤으니까. 파도는 바보다. 바다와 한 몸이라는 걸 잊은 채 마른 땅으로 달려들다니. 나도 바보였다. 불행이란 내가 떨칠 수 있는 게 아니었는데, 내가 쳐다보면 나를 따라 마주 보는 존재였을 뿐……]

로지는 문장을 채 맺지 못하고 고개를 들었다. 어두운 하늘을 번쩍하고 가른 번개에 놀란 것도 잠시, 우르릉우르릉하고 천둥이 구르는 소리가 들렸다.

"……율무!"

노트를 팽개치고 테라스 쪽으로 뛰듯 걸었다. 포근한 방석 위에서 늘어져 있어야 할 율무가 보이지 않았다.

"율무야, 율무 어디 있어?"

율무를 찾던 로지의 눈이 티크 원목으로 만든 수납장에 꽂혔다. 수납장 밑에 몸을 숨긴 율무는 기다란 꼬리만 카펫 위에 내놓고 있었다.

"이리 와. 오늘은 누나랑 같이 자자."

고개만 빼꼼 내밀었던 율무는 로지가 손을 내밀자마자 재빨리 거실로 뛰어들어 갔다. 로지는 침착하게 담요와 노트, 그리고 율무 간식을 챙겼다. 그 짧은 틈을 참지 못하고 다시 꽈앙, 하는 천둥이 울렸다.

"이쪽으로 와."

마구 짖어대기 시작한 율무를 달래 침실에 딸린 욕실로 들어갔다. 이 집에서 가장 방음이 잘 되는 공간이었다. 욕조에 담요를 깔자마자 율무는 그 안으로 들어가 제 몸을 숨기듯 웅크렸다. 욕실 문을 꼭 닫아 천둥소리를 차단한 로지는 욕조 위에 걸터앉았다.

"괜찮아, 누나가 있잖아."

로지의 따뜻한 위로에 율무가 구슬프게 울었다. 애틋함과 안쓰러움이 담긴 눈길로 율무를 더듬던 로지는 율무의 축 처진 귀를 여러 번 쓸어 주었다. 강아지였을 무렵, 건물 밖에서 방치되었던 기억 때문인지 율무는 천둥 번개가 치는 날을 유독 무서워했다.

"누나가 간식도 가지고 왔어."

수제 연어 쿠키를 손바닥에 올려 율무 코앞으로 가져갔다. 간식이라면 자다가도 벌떡 일어나던 율무는 한참을 머뭇거린 뒤에야 쿠키를 물었다. 로지는 활짝 웃으며 양손으로 율무의 두툼한 뺨을 조물거렸다.

"맛있지? 거봐! 앞으로 천둥 치는 날은 율무가 간식 먹는 날이야. 그러니까 무서워할 필요 없어."

차츰 안정을 되찾아 가는 율무를 지켜보던 로지는 욕실 바닥에 엉덩이를 대고 앉았다. 쓰던 노트를 마저 쓰고 휴대폰으로 시간을 확인했다. 민영이 출근 준비를 할 시간이었다.

[민영아, 여기는 지금 비가 막 쏟아지고 있어. 서울은 날씨가 어때?]

민영과 간단하게 안부를 주고받은 뒤 희찬에게도 잊지 않고 메시지를 보냈다.

[희찬! 학교 갈 준비는 다 했어?]

요즘 누나 이름이 자꾸만 텔레비전에 나온다는 희찬의 답장에 로지는 빙긋이 웃었다.

"다음 주에는 크리스마스 선물도 보내야겠구나."

엊그제 스페인에 온 것 같은데, 정신을 차려 보니 벌써 11월 말이었다. 지난 일주일 동안 친구들과 동생에게 보낼 선물을 준비하느라 바쁘게 보냈던 로지는 난생처음 크리스마스 기분을 만끽하고 있었다. 스피커로 조용한 캐럴을 틀어 놓은 뒤 다시 〈그림 노트〉의 맨 앞장을 펼쳤다. 그곳에는 태평이 직접 써 준 글귀가 하나 적혀 있었다.

[내가 너를 보는 것처럼, 너도 너를 보면 좋을 텐데.]

뜻대로 그림이 그려지지 않아 우울해하던 로지에게 태평이 해 준 말이었다. 그림을 그리든 그리지 않든, 그에게 로지는 로지라는 말과 함께. 그 말에 용기를 얻어 〈그림 노트〉를 쓸 결심을 했다. 로지는 어제 노트에 적었던 일기를 찾아 눈으로 읽었다.

[꿈이라는 건 참 묘하다. 눈을 뜨고 있을 때는 전혀 의식하지 않았던 것들이 꿈에서는 나타나니까. 태평이하고 스페인에서 지낸 이후, 나는 가끔 엉뚱한 꿈을 꾼다. 어제도 그런 꿈을 하나 꿨다. 푸른 빛을 띤 안개가 자욱하게 서린 산을 하염없이 보고 있는데, 태평이가 옆에서 말했다. 저 산은 진짜 산이 아니라, 네가 그린 산이라고. 놀라서 다시 보니 내가 그렸다는 건 산이 아니라 바다였다. 겹겹이 몰아치는 파도가 모여 계곡을 만들고, 높다란 산줄기도 그려 내고, 하얀 물보라를 일으켜 아름다운 꽃도 피우는 바다가 만들어 낸 산이었다.]

거세게 떨어지던 빗소리가 줄어들면서 노트를 읽던 로지의 눈꺼풀이 느리게 깜빡였다. 얼마 지나지 않아 잠을 이기지 못한 몸도 스르륵 무너져 내렸다.

"……으응."

간밤에 언제 비가 왔냐는 듯, 아침 일찍 떠오른 해가 침대를 기웃거렸다. 눈꺼풀 위로 번진 빛무리에 눈을 뜬 로지는 자신이 덮고 있는 이불을 바라보았다.

'어제, 율무하고 욕실에 있지 않았나?'

밤사이 뭉텅 잘려 버린 기억을 열심히 더듬고 있는데 눈을 감고 있는 태평이 시야에 잡혔다. 졸음기가 가득한 눈으로 태평을 바라봤다. 침대에 누워 있는 사람답지 않게 그는 면도를 말끔하게 끝낸 얼굴이었다.

"태평아."

"……."

"자?"

대답이 없는 태평의 품에 파고든 로지는 그의 어깨를 앙, 물었다. 낮게 웃음을 터뜨린 태평이 눈을 뜨고 로지를 바라봤다. 사랑이 넘쳐 흐르는 눈길이 로지의 얼굴 위로 고스란히 쏟아졌다. 가슴이 두근대서 시선을 내렸는데 태평이 기습적으로 입을 맞춰 왔다. 그리고 복수라도 하듯 로지의 뺨을 아프지 않게 입술로 깨물었다.

"……아야, 언제 왔어?"

"새벽에."

"지금도 새벽인 것 같은데."

시계를 찾아 꿈질대는 로지의 몸을 태평이 가볍게 덮쳐 안았다. 꼼짝없이 그의 품에 갇힌 로지는 간신히 고개만 들어 올렸다.

"율무는?"

미세하게 얼굴을 찌푸린 그가 이로 로지의 코를 가볍게 물었다가 놓았다.

"정원에 풀어 놨어. 좋다고 뛰어다니고 있겠지."

"잘했어. 너도 더 자. 몇 시간 못 잤을 텐데."

무의식적으로 감기는 눈을 이기지 못한 로지가 중얼거렸다. 다시 잘 준비를 하고 있는데 목덜미에 날카로운 코끝이 파고들었다.

"그만 자고 일어나지."

"……왜?"

"나하고 같이 갈 데가 있으니까."

"어디를?"

졸린 탓에 성의 없이 대구 중이었는데 태평이 모호한 웃음을 흘리며 입을 열었다.

"정원 구경하러. 어제 작업이 끝났거든."

"……."

"정식으로 오픈하기 전에 보여 줄게."

"진짜?"

마음 같아서는 침대 밖으로 뛰어 내려가고 싶었지만, 태평에게 결박당한 탓에 로지의 목소리만 하늘 높이 날아올랐다. 어서 준비하겠다고 말하려던 로지가 입을 꾹 다물었다. 하체에 불쑥 와 닿은 무엇 때문이었다. 젖은 혀로 로지의 입술을 가볍게 빨아들인 태평이 담백하게 속삭였다.

"자라며. 혼자 자면 심심하니까, 같이 자자."

붉게 부푼 로지의 입술이 당황으로 꾹 다물렸다. 자신도 알 수 없는 짓궂음을 느끼며 태평은 로지의 봉긋 부풀어 오른 볼에 입을 맞췄다.

"오늘은 나보다 먼저 잠들지 말고. 지쳐 쓰러져 잠든 널 보면, 괜히 미안해지니까."

안 된다고 말하려는 로지의 입술을 제 입술로 뭉개듯 누른 그는 이윽고 로지의 잠옷을 끌어 내렸다. 옷이 벗겨진 게 부끄러웠는지 로지는 고개를 비틀었고, 태평은 그녀의 정수리에 코를 깊이 묻었다. 입에 침이 고일 만큼 달콤한 체향에 온몸의 피가 애욕으로 들끓는 느낌이었다. 새벽 어스름이 내린 방 안에는, 얼마 지나지 않아 로지의 이름을 부르는 음성과 쾌감을 이기지 못한 신음이 낮게 깔리기 시작했다.

"로지야."

태평의 눈에서 불꽃이 일었다. 정신이 혼곤해진 로지는 온몸이 붕 뜨는 느낌에 주먹을 쥔 손으로 그를 떼밀었다. 솜방망이만도 못한 로지의 주먹질에 태평은 뜨겁고 거친 숨을 흘렸다.

"……사랑해."

로지의 이마에 난 가지런한 잔머리에 입을 맞춘 그는 로지를 두 눈에 담았다. 발그레하게 생기가 도는 얼굴이 예뻐 죽을 것 같았다. 잔여울을 일으키며 파르르 떨리는 속눈썹도, 도톰해서 더 매력적인 아랫입술도, 활짝 핀 꽃송이를 닮은 커다란 눈망울도.

"태평아."

떨리는 목소리로 태평을 부른 로지가 고개를 젖혔다. 심장의 떨림을 토해 낸 그 목소리에 태평의 가슴이 요동쳤다. 한 치의 틈도 없이 맞붙은 몸이 강하게 떨린 순간, 두 사람은 터지려는 숨을 서로의 입으로 틀어막았다. 고대해 온 절정인 만큼 여운도 길었다.

밭은 숨을 고르고 있던 로지가 감았던 눈을 뜨고 태평을 바라봤다.

연신 눈만 깜빡이던 그녀는 태평의 귀에 '나도 사랑해'라는 고백을 흘려 넣었다.

태평은 팔을 뻗어 로지를 끌어안았다. 품 안에서 퍼지는 온기를 닮은 따뜻한 바람이 창틈 사이로 불어왔다. 그 바람결에는 이름 모를 새의 지저귐과 정원에 핀 꽃향기가 한가득 실려 있었다. 하지만 태평의 가슴에는 그보다 더 크고 화려한 행복이 부풀어 올랐다.

"로지.

로지의 뺨에 입을 맞추며, 태평은 자신만을 위해 찾아온 봄을 기쁘게 맞았다.

"와, 날씨가 너무 좋아."

태평의 차에서 내린 로지는 율무와 함께 펄쩍펄쩍 뛰었다. 그만큼 설레는 기분을 감출 수가 없었다. 따스한 눈길로 로지를 바라보며 태평이 손을 내밀었다. 그 손을 마주 잡고 걸으며 로지는 차에서 다 하지 못한 질문을 이어갔다.

"그러면 이번 정원의 콘셉트는 '섬'인 거야? 해안의 느낌을 살린?"

고개를 끄덕인 태평은 그래서 정원에 심을 식물을 고르는 게 힘들었다고 했다. 해안가에서도 살 수 있는 꽃과 나무로만 골라야 했다고 덧붙이면서.

"정원 크기는 얼마나 돼? 한 시간 정도면 돌아볼 수 있어?"

"글쎄, 2헥타르 정도니까 6천 평쯤 되려나? 규모로만 보면 정원이라기보다는 작은 공원에 가까워서."

부푼 가슴을 안고 태평을 따라 정원으로 들어섰을 때였다.

「벤!」

누군가 태평의 이름을 큰 소리로 불렀다. 뒤를 돌아보니 우락부락하게 생긴 외국인이 빠른 속도로 걸어오는 게 보였다. 무슨 문제라도 생겼는지 남자의 표정이 심상치 않았다.

「마침 잘 왔어. 주문한 테이블이 왔는데 디자인이 미묘하게 달라!」

이어진 남자의 외침에 태평은 슬며시 인상을 찌푸렸다. 그의 눈치를 보던 로지가 태평의 손에 들려 있던 율무의 목줄을 잡았다. 태평은 미안한 얼굴로 로지에게 양해를 구했다.

"같은 스튜디오에서 일하는 친구인데."

"괜찮아, 율무랑 천천히 보고 있을게."

로지는 자신을 빤히 쳐다보며 걸어오는 사람에게 눈인사를 건넨 뒤 자리를 피했다.

"율무야, 여기가 시작인가 봐."

산책로를 따라 걸으며 로지는 태평의 손길이 묻어 있는 공간을 하나도 빠뜨리지 않고 두 눈에 담았다. '섬'을 모티브로 삼아 디자인했다는 정원은 눈이 번쩍 뜨일 만큼 아름다웠다. 인간의 손으로 꾸민 정원이었지만 자연스러운 정경이 돋보였고, 수변 공간을 적재적소에 활용한 덕에 정말 바닷가 근처에 있는 섬을 둘러보는 느낌이었다.

"어떻게 이런 정원을 만들었을까."

따스한 햇볕을 담뿍 받고 있는 정원을 거닐던 로지는 목재 파티션으로 둘러싸인 공간으로 들어섰다. 그곳에는 동그랗게 구멍이 뚫려 있는 퍼걸러 천장도 설치되어 있었다. 그 밑에 서서 명상을 하듯 두 눈을 꼭 감았다. 눈을 뜨고 있을 때는 들리지 않던 소리가 파도처럼 밀려들었다. 통나무로 만든 도랑에서 돌돌거리는 물소리도, 풀잎이 서로의 몸을 비비며 사각거리는 소리도, 창공에 뿌려지고 있는 새들의 활기찬 재재거림도.

"정말 신기한 정원이야."

감았던 눈을 뜨고 작게 속삭였다. 먼바다에 외로이 떠 있는 섬을 닮은 정원인데, 맑고 싱그러운 생기로 출렁이다니. 땅과 하늘에서 피어오르는 생동감에 취한 로지는 현기증을 느낄 만큼 강렬한 전율에 휩싸였다.

"율무야, 누나랑 여기에서 잠깐 쉬자."

로지는 그늘 밑에 앉아 집에서 챙겨 온 단출한 짐을 풀었다. 가장 먼저 율무의 산책용 물그릇을 꺼내 생수를 부었다. 찹찹 소리를 내며 물을 달게 마시는 율무를 보다가 로지도 사과 한 알을 깨물어 먹었다.

"있지, 율무야."

입을 헤, 벌린 율무가 호기심 어린 시선으로 로지를 쳐다봤다. 율무의 이마에 쪽, 하고 뽀뽀를 하며 로지는 말을 이었다.

"너는 잘 모르겠지만, 누나가 예전에 그림을 그렸거든? 그때 지금 우리가 보고 있는 풍경을 상상하면서 그렸어. 언젠가, 내가 그린 그림 속의 풍경을 직접 볼 날이 오지 않을까, 꿈꾸면서."

기분 좋은 미소를 한껏 머금은 로지는 〈그림 노트〉와 태평이 손수 깎아 준 연필을 꺼냈다.

[Peaceful Garden]

고심 끝에 생각해 낸 제목이라 그랬는지, 한 글자씩 적을 때마다 작은 불씨가 가슴 안으로 날아드는 느낌이었다. 야릇한 열기에 휘둘린 로지는 쥐고 있던 연필을 고쳐 잡고 떠오르는 생각을 글로 옮겨 적었다.

[태평이가 만든 정원은 푸른 바다 위에 떠 있는 섬이었다. 오늘 이 정원을 보기 전만 해도, 내게 섬이란 '죽음'과 닿아 있는 자연물일 뿐이었다. 끊임없이 때려 대는 파도와 거세게 몰아치는 바람에 풍화하고 마모되다가 끝끝내 소멸하는 게 섬이니까. 그런데 돌덩어리에 불과하다고 생각했던 섬이 내 눈앞에서 살아 숨 쉬고 있다. 훈기가 도는 바람에 향기까지 실어 보내며……]

두서없이 글을 적던 로지는 고요해진 주변을 느끼고 고개를 들었다. 서너 걸음 떨어진 곳에서 바닥에 엎드린 채 꼼짝도 하지 않는 율무가 보였다. 무슨 일인가 싶어 자세히 살펴보던 로지가 풋, 소리를 내며 웃었다. 노란 나비 한 마리가 율무의 까만 코에 앉아 날개를 접었다 폈다 하고 있었다.

"우리 율무가 형을 닮았네."

나비의 휴식을 방해하지 않으려 숨을 죽이고 있는 율무의 모습이 오랫동안 잊고 있던 기억 한 조각을 떠오르게 했다. 로지는 주머니에 넣어 두었던 MP3를 꺼내 이어폰을 귀에 꽂았다. 태평과 학교에 갈 때마다 들었던 노래가 흘러나왔다.

I'll walk you home safe, from the dark.
(어둠으로부터 안전하게 널 집까지 데려다줄게.)
I'll give you my jacket, I'll give you my heart.
(내 재킷도 너한테 벗어 줄 거야. 내 심장도 네게 줄 거야.)
─ Heartbeat, Scouting For Girls ─

"태평이를 처음 만났던 날에도, 노란 나비를 봤었는데."

율무에게 고정했던 눈길을 내린 로지는 제 오른손과 왼손을 바라보았다. 생채기로 가득했던 손끝이 지금은 깨끗하게 아물어 있었다. 그걸 멍하니 쳐다보다가 오른손에 채워져 있는 보호대를 풀어 내렸다. 한결 가벼워진 손목을 두어 번 돌린 뒤 노트의 중간 부분을 펼쳤다. 줄이 없는 도화지 같은 종이에는 태평의 사진 한 장이 붙어 있었다. 호정고등학교에서 일했을 때 로지를 취재하러 왔던 학생이 주고 간 잡지에서 찢어 낸 사진이었다.

"너도, 나도 너무 많이 외로웠던 거 같아."

그늘이 잔뜩 서린 태평의 사진 속 얼굴을 하염없이 바라보던 로지가 천천히 고개를 들어 올렸다. 그새 나비 친구를 떠나보냈는지 율무는 다른 흥밋거리를 찾아 풀밭에 코를 묻고 있었다. 뭔가의 냄새를 열심히 맡는 율무를 지켜보던 로지의 입가에 의미 모를 미소가 떠올랐다.

"우리 율무가 보물을 찾았네."

〈Peaceful Garden〉이라는 제목을 적었을 때 반딧불처럼 날아들었던 불씨가 로지의 가슴을 환히 밝히기 시작했다. 그 불씨는 로지의 가슴속에 꼭꼭 숨겨져 있던 검은 덩어리에 불을 붙였다. 그건 바로 어떤 존재를 오래도록 보지 못해 생긴 그리움이 쌓여 만든 숯덩이였다.

활활 타오르기 시작한 숯이 사월 무렵, 로지는 들고 있던 연필을 내려놓고 연초록 잎이 무성한 나무 밑에서 단잠에 빠졌다. 그 누구도 거부할 수 없는 낮잠이었다. 따스한 햇볕은 포근한 이불이었고, 아기의 옹알거림을 닮은 물소리는 평화로운 자장가였으니까. 영원히 깨고 싶지 않은 로지의 달콤한 잠을 깨운 건, 뜻밖에도 율무가 낑낑대는 소리였다.

"……율무야."

누워 있던 몸을 일으키고 율무를 불렀다. 왕, 하고 짖는 소리에 고개를 돌려 보니 율무는 태평 옆에 앉아 있었다. 별생각 없이 태평을 부르려던 로지는 벌렸던 입을 닫았다. 그가 들고 있는 〈그림 노트〉가 시선에 걸린 탓이었다.

자리에서 일어나 노트를 응시하고 있는 태평 쪽으로 다가갔다. 율무는 미동이 없는 주인의 생각을 읽어 보려는 듯, 노트를 들고 있지 않은 태평의 손가락을 할짝거렸다.

"언제 왔어?"

되도록 평범한 목소리로 물으려 했는데 말끝이 살짝 떨렸다. 태평은 입을 꾹 다문 채 의미심장한 눈길만 노트 위에 떨어트리고 있었다. 그곳에는 노란 꽃으로 뒤덮인 풀밭 위에서 뛰노는 어린 태평과 로지, 그리고 강아지인 율무가 그려져 있었다. 태평은 서로를 바라보며 웃기 바쁜 아이들을 한참 동안 바라보았다. 두 아이의 미소가 어찌나 찬란하고 환했던지, 그림을 보는 것만으로도 맑은 웃음소리가 먼 산울림처럼 귓가에 들리는 듯했다.

"이 그림."

흐트러지지 않은 자세로 곧게 서 있던 태평의 입에서 떨리는 목소리가 흘러나왔다. 로지는 눈만 들어 올려 태평을 바라보았다. 그는 온갖 회한에 눌린 사람처럼 이 상황을 기뻐해야 할지, 두려워해야 할지 모르겠다는 표정을 짓고 있었다. 부러 환한 미소를 지어 보이며 로지가 입술을 뗐다.

"율무가 버터컵을 찾아낸 게 너무 기뻐서 그려 봤어. 네가 예전에 그랬잖아. 한국의 토끼풀만큼, 유럽에는 버터컵이라는 꽃이 흔하다고."

"……."

"저게 버터컵 맞지? 스페인에 온 지가 언젠데, 이제야 저 꽃을 보다니. 그동안 뭘 보며 살았는지 모르겠어."

대답이 없는 태평을 올려다본 로지는 잠시 숨을 참았다. 손바닥으로 입가를 가린 그의 얼굴은 잔뜩 이지러져 있었다. 곧이어 눈가까지 붉힌 그는 로지에게서 급히 등을 돌렸다.

"내가 지금, 꿈이라도 꾸는 건지."

덤덤하지만 울음을 눌러 담은 목소리로 태평이 중얼거렸다. 로지는 그의 허리를 뒤에서 끌어안고 찬찬히 입술을 열었다.

"꿈, 아니야. 내가 그렸어."

꿈이 아니라고 했지만, 로지 자신도 믿기지 않는 현실이었기에 그녀는 태평의 등에 귀를 붙였다. 가슴속에 쌓인 게 많았는지, 그의 심장은 무겁게 뛰고 있었다. 자신과 로지에게 주어진 거라면 무엇이든, 홀로 감내하겠다는 듯이. 울지 못하는 그의 뒷모습이 안쓰러워 로지는 다시 말문을 열었다.

"절실하지 않으니까, 그려졌어. 그리지 못하면 죽는 줄 알았는데, 살아 있잖아. 그림이 없어도, 살고 싶게 만든 사람이 생겼으니까."

말을 더 꺼내려던 로지는 이내 입을 닫았다. 제 팔에 감겨 있는 허리가 들썩인 탓이었다. 꿈이 아니라니, 라는 말을 되뇌던 태평은 두 눈을 꽉 감았다가 떴다. 그래도 마구잡이로 흘러내리기 시작한 눈물을 막을 수는 없었다. 그의 뜨거운 눈물은 로지의 손등으로 우수수 떨어져 내렸다.

"더는, 바랄 게 없었는데."

진득한 물기가 배어 있는 태평의 음성에 로지의 눈물도 방울져 떨어졌다. 작았던 흐느낌은 어느새 울음으로 변해 갔고, 태평은 몸을 돌려 엉엉 우는 로지를 마주 안았다. 오랫동안 태평의 품에서 울던 로지가 더듬더듬 말을 이었다.

"태평아."

"……."

"네가 나한테 더 많이 기대하고, 더 많이 바랐으면 좋겠어."

"……."

"내일은 오늘보다 더 좋은 그림을 그릴 거야. 내일의 나는, 오늘과 비교도 할 수 없을 만큼 너를 더 많이 사랑하게 될 테니까."

태평은 말없이 로지를 꽉 끌어안았다. 멈춘 줄 알았던 눈물이 다시 떨어졌다. 아팠던 기억 위로 새로운 미래가 덧입혀진 걸 축하하는, 행복한 눈물이었다. 눈물이 한 방울씩 떨어질 때마다 태평의 온몸을 뒤덮고 있던 피멍과 상처가 말끔하게 걷혔다. 생의 고달픔도, 사랑하는 사람을 지키지 못했던 괴로움도, 제 손으로 로지의 그림을 빼앗았다는 죄책감마저도.

한바탕 눈물을 흘린 태평은 로지를 향해 눈을 내리깔았다. 눈물로 얼룩져도 예쁘기만 한 로지의 얼굴에는 눈물보다 진한 미소가 펼쳐 져 있었다.

"태평아, 고마워."

"……뭐가?"

"지하철에서 졸다가, 나하고 같이 미술관에 가 줘서."

태평의 곧은 눈길이 로지의 연한 갈색 눈동자로 향했다. 허공에 서 맞닿은 시선에, 지난 추억들이 자연스레 떠올랐다.

〈검은 정원〉을 감상하던 로지의 눈빛, 온 세상을 꽃향기로 물들 일 것 같았던 꽃다발, 소나기를 흠뻑 맞으며 로지에 대한 제 마음 을 인정했던 어느 날, 스티커 사진기 앞에서 잡았던 작은 손, 그리 고 별빛이 녹아 흐르는 골목길에서 했던 7년 만의 키스까지.

넋을 놓고 있는 태평의 손을 로지가 살며시 붙잡았다.

"내 손 놓지 않고, 끝까지 잡아 준 것도."

격해진 숨을 고른 태평은 로지가 그려 준 그림 속의 자신처럼 눈 을 접고 웃었다. 맑고 푸른 하늘 아래에 로지가 존재하고 있었다. 그것만으로도 로지에게 더는 바랄 것이 없었다. 로지도 그를 따라 동그란 눈을 예쁘게 휘며 말을 이었다.

"우린 참 행복했고, 지금도 행복하고, 앞으로도 행복할 거야."

그래, 라는 대답과 함께 태평은 고개를 내려 로지의 이마에 입 을 맞췄다. 그리고 맹세했다. 오직 로지의 행복만을 위해 부단히 노력하겠다고. 자신의 행복과 기쁨은 언제나 로지에게서 비롯되었 기에.

"로지야."

가만히 로지의 이름을 불러 보았다. 사랑이라는 말 대신, 끊임없이 부르고 싶은 그 이름을.

외전

"아으, 추워 죽겠네. 눈이 내려도 왜 하필 출근길에 내려서."

민영은 패딩 점퍼에 묻은 물기를 탈탈 털며 보건실 문을 열었다. 온풍기부터 찾아 켠 그녀는 꽁꽁 언 손을 녹이며 커피 머신 물통에 물을 채웠다. 따끈한 커피를 마실 생각에 굳어 있던 몸이 서서히 풀리는 게 느껴졌다. 점퍼를 벗어 옷걸이에 걸고 자리에 앉은 그녀의 눈이 전교생이 제출한 건강 조사서로 향했다. 해가 바뀌고 나이도 한 살 더 먹었지만 민영의 일상은 지난해와 달라진 게 없었다.

정신없이 일하던 그녀를 멈춘 건 가벼운 노크 소리였다.

"들어오세요."

문을 열고 고개만 빼꼼 내민 준이 민영의 잔소리가 쏟아지기 전에 엄살부터 부렸다.

"쌤, 저 머리가 너무 아파요."

"어디가 어떻게 아픈데?"

"빈혈이라도 생겼나 봐요. 속도 너무 울렁대서……."

담임 선생님에게 허락을 받았다고 덧붙인 그는 침대 쪽으로 성큼성큼 걸어가 벌렁 드러누웠다.

"빈혈 좋아하시네. 이게 어디서 꾀병이야?"

민영의 타박에 준이 억울하다는 얼굴로 대답했다.

"진짜예요. 말로만 듣던 고3병이 이런 건지 입맛도 없고, 밤엔 잠도 안 오고."

말도 안 되는 헛소리 하지 말고 당장 교실로 돌아가라고 말하려던 민영은 문을 두드리는 소리에 움직임을 멈췄다. 그와 동시에 준은 재빨리 침대 옆 커튼을 치고 제 몸을 숨겼다. 준을 향해 혀를 찬 민영이 보건실 문을 열었다. 선생님이나 학생일 줄 알았는데, 문밖에는 뜻밖에도 우편집배원이 서 있었다.

"안녕하세요. 홍민영 씨 맞으시죠?"

아침에 등기가 온다는 문자를 받긴 했지만, 당연히 집으로 올 줄 알았던 민영은 부랴부랴 신분증을 보여 주고 우편물을 받았다.

"어? 로지가 보낸 거네?"

보건실 문을 닫고 자리로 돌아온 민영이 혼잣말처럼 중얼거렸다. 침대에 늘어져 있던 준은 그 소리에 벌떡 몸을 일으켰다.

"오로지 쌤 소식이에요? 저도 같이 봐요!"

빈혈이 있다던 준은 잽싸게 민영 옆에 앉았다. 이번 한 번만 봐주는 거라고 준에게 엄포를 놓은 민영은 친구가 보낸 등기를 뜯어 보았다. 그 안에는 사진 몇 장과 편지가 들어 있었다.

"와, 우리 쌤 겁나 예쁘네. 쌤이 이렇게 웃는 건 처음 봐요."

사진을 훔쳐본 준이 놀랍다는 목소리로 소리쳤다. 민영은 잠시 말을 잊고 준을 따라 사진에 시선을 박았다. 알록달록한 꽃들이 어우러진 정원에서 로지는 태평과 나란히 서 있었다. 하늘하늘한 크림색 원피스를 입고 부케처럼 보이는 연보라색 꽃다발을 든 채.

"처음 보긴, 원래 이렇게 잘 웃었어."

티 없이 맑게 웃는 친구를 바라보던 민영은 그 옆의 태평에게도 시선을 주었다. 그는 몸에 꼭 맞는 검은색 슈트를 입고 로지를 따스히 내려다보고 있었다. 카메라가 있건 없건, 그의 세상에는 로지만 존재한다는 듯 그는 사진 속에서도 로지만 좇느라 바빴다.

"벤 형도 끝내주게 멋있네. 아, 쌤도 보고 싶고 형도 보고 싶다. 쌤! 우리 스페인에 언제 놀러 가요?"

찡찡대는 준의 투정에 작게 웃어 보인 민영은 로지가 손수 쓴 편지를 펼쳐 읽었다.

[사랑하는 민영이에게.

매일 연락하고 있지만 오늘은 네게 편지를 쓰고 싶어서 펜을 들었어. 한국은 추위가 매섭다고 들었는데 이 편지를 받는 날만큼은 포근했으면 좋겠다.

얼마 전에 해리 씨하고 해리 씨 삼촌을 초대해서 같이 저녁을 먹었거든. 해리 씨가 한국에서 만났던 친구들에게 안부 전해 달라고 했어. 너한테 보낸 사진은 해리 씨 삼촌이 찍어 주신 거야. 태평이하고 혼인 신고만 하고 결혼식은 하지 않았다고 했더니 사진은 한 장 남겨 두는 게 좋지 않겠냐고 해서……]

"아, 이게 결혼사진이에요?"

민영과 편지를 함께 읽고 있던 준이 사진을 뒤적거렸다.

"그래서 성당 앞에서 찍었구나. 그런데 쌤 드레스 디자인 진짜 특이하네요. 재질이 실크 같은데 어떻게 이런 꽃 자수를 넣었지? 네크라인이며 기장이며 암만 봐도 쌤을 위해 만든 커스텀 드레스 같은데. 벤형이 맞춘 거겠죠? 근데 우리 쌤은 뭔 생각으로 풀밭에 앉아 사진을 찍은 걸까요? 이런 비싸 보이는 드레스에 풀물이라도 들면 어쩌려고"

걱정이 태산인 준의 어깨를 토닥이며 민영이 활짝 웃었다.

"괜찮을 거야. 로지는 이 드레스가 어디 건지, 얼마짜린지 전혀 모를 테니까."

다시 편지를 살펴본 준은 한숨을 쉬며 제 이마를 짚었다. '우리 쌤은 그림만 그릴 줄 알지, 세상 물정은 하나도 모르는 것 같다'고 웅얼대며.

준의 반응에 웃음을 터트린 민영은 다시 편지를 읽었다.

[사람 마음이 참 간사해. 결혼식에 특별한 로망이 있는 것도 아니었는데, 막상 하려고 마음먹으니 준비할 게 많더라고. 그런데 너무 신기하게도 하루 만에 다 해결됐어. 태평이하고 우연히 들른 빈티지 드레스 숍에서 내 몸에 꼭 맞는 드레스를 찾았고, 우리 마을의 가장 예쁜 성당에서 사진을 찍을 수 있게 된 것도 그렇고. 원래 그날 성당에서 준비 중이던 행사가 있었는데 취소가 됐다고 하더라고. 말 그대로 거짓말 같은 하루였어. 태평이하고 기념이 될 만한 사진 한 장 남겨 보자 했을 뿐인데 모든 게 다 척척 진행되다니.

이렇게 길게 설명하는 이유는 네가 혹여라도 서운해할까 봐 그래. 이 사진을 남긴 날이 내 인생에서 가장 즉흥적이었던 날이라, 누굴 초대할 생각을 전혀 못 했어.

그래도 서운함이 남는다면 이번 방학에는 스페인에 꼭 놀러 와. 지난 방학에는 창수가 화랑 일로 바빠서 시간을 못 냈잖아. 너한테 보여 주고 싶은 곳도 많고, 해 주고 싶은 음식도 많고, 하고 싶은 이야기도 너무 많거든.]

편지에서 눈을 뗀 민영이 창밖으로 시선을 돌렸다. 민영의 눈치를 보던 준은 전원이 켜진 커피 머신 앞으로 다가갔다. 물만 추출해 커피 찌꺼기를 제거한 뒤 그는 캡슐을 넣고 조용히 커피를 내렸다. 최근 유채 화랑을 더 유명하게 만든 오로지 선생님의 그림 〈모성애〉를 떠올리면서.

선생님의 그림을 위작했다는 걸 극구 부인하던 강유준은 그의 집에서 발견된 〈모성애〉 앞에서 진실을 실토했다. 답보 상태에 머물렀던 자신의 재능에 한계를 느끼고 후배의 그림에 손을 댔다고. 그 덕에 유채 화랑은 이전보다 더 유명해졌다. 오로지 선생님이 〈모성애〉를 유채 화랑에 기증했기 때문이었다.

캡슐이 떨어지는 소리에 생각을 멈춘 준이 민영에게 커피를 건넸다.

"커피 드세요. 룽고 맞으시죠?"

"고맙다."

후루룩하고 커피를 마시는 소리에 차가웠던 보건실 공기가 한결 따뜻해졌다. 마저 읽자는 민영의 목소리에 고개를 끄덕인 준은 얼마 남지 않은 선생님의 편지를 아껴 읽었다.

[민영아, 나는 있지. 요즘 눈을 뜨고 있는 시간이 가장 행복해. 눈에 보이는 것마다 사랑스럽고, 예쁘고, 귀여워서 눈을 깜빡거리는 순간조차 아까워. 그래서 그런지 네가 더 많이 보고 싶어. 너한테 내가 그린 그림들도 보여 주고 싶고.]

"그림?"

약속이라도 한 것처럼 민영과 준의 입에서 똑같은 단어가 튀어나왔다.

[쑥스럽지만 집 근처에 있는 미술관에서 작은 전시회를 열기로 했어. 대단한 건 아니고 지난해 말부터 올 초에 그린 그림 몇 점을

선보이는 게 다야. 해리 씨가 동료 기자를 데리고 온다고 해서 조금 부담이 되지만, 너하고 창수한테 꼭 보여 주고 싶은 그림이라 이렇게 소식을 전해. 이번 봄 방학에 시간 되면 우리 집에 놀러 오지 않을래? 비행기 표도, 숙식 제공도 내가 다 해 줄게.]

민영은 숨을 참고 편지의 한 부분을 여러 번 훑었다. '지난해 말부터 올 초에 그린 그림 몇 점'이라는 구절을. 가만히 눈을 감고 로지의 얼굴을 생각하던 민영의 입가에 숨길 수 없는 미소가 스르르 떠올랐다. 로지가 그림을 그렸다는 사실에 입에서는 웃음이 흘렀지만, 눈에서는 눈물이 났다.

"당연히 가야지. 이럴 때 친구 덕을 안 보면 언제 보겠어. 내가 이날이 오기만을 얼마나 기다렸는데."

눈꼬리에 맺힌 눈물을 닦는 민영을 힐끔대던 준은 휴대폰을 몰래 꺼냈다.

[벤 형! 저도 스페인에 갑니다. 선생님 첫 전시회 축하하러 민영 쌤하고 창수 형 따라서 스페인으로 갈 거라고요.]

답장은 생각보다 빠르게 날아왔다.

[고 3이 오긴 어딜 와. 공부나 해.]

인상을 찌푸린 준은 재킷 안주머니에 손을 넣어 보물처럼 들고 다니던 교내 신문을 꺼냈다. 그리고 기사의 일부를 사진으로 찍어 태평에게 보냈다.

[형, 이 신문 읽어 본 적 없죠? 선생님이 뭐라고 대답했는지 궁금하지 않아요?]

준은 손에 들고 있는 신문을 보며 간신히 웃음을 참았다. 〈호정고등학교 소식지〉에는 오로지 선생님이 학교를 그만두기 전에 작성한 인터뷰가 실려 있었다. 준이 찍어 보낸 건 바로 '오로지 선생님의 첫사랑은 언제, 어디서, 누구와?'라는 질문이었다.
예상대로 얼마 지나지 않아 준의 휴대폰이 울렸다.

[담배부터 끊어. 그러면 표 보내 줄 테니까.]

환희에 찬 표정으로 준이 민영에게 소리쳤다.
"쌤, 금연 패치 있죠? 저 오늘부터 금연하니까 빨리 붙여 주세요."

아침 일찍 눈을 뜬 태평은 습관처럼 품 안의 로지부터 살폈다. 잠을 자고 있을 때조차 미소를 짓고 있는 귀여운 얼굴이 보였다.

오목조목하게 예쁜 이목구비마다 입을 맞췄다. 그의 입술이 귀찮았는지 로지의 눈썹이 꿈틀거렸다. 움직임을 멈춘 그는 로지의 숨소리가 다시 고요해지길 기다렸다가 조용히 침대에서 빠져나왔다.

"누나 더 자야 하니까 방해하지 마."

침실 문 앞에서 서성이는 율무에게 아침을 챙겨 주고 태평은 가볍게 세수를 했다. 이마를 덮은 앞머리를 쓸어 올리며 주방으로 걸어간 그는 냉장고를 열어 달걀과 시금치, 슬라이스 햄이 있는지 확인했다. 오늘 아침 식사로 로지가 좋아하는 에그 베네딕트를 준비할 계획이었다. 언제 요리를 시작하면 좋을까, 고민하던 그가 벽에 걸린 시계를 흘깃 바라봤다.

"한 시간은 더 재워야겠네. 어제도 그림 그린다고 늦게 잤으니까."

혼잣말을 내뱉으며 태평은 커피 한 잔을 진하게 내렸다.

반년 전, 미술관에서 소박한 전시회를 열었던 로지는 피카소의 나라에 '오로지'라는 이름 석 자를 성공적으로 각인시켰다. 스페인의 각종 미디어에서는 강유준이 〈월드 아트 페어〉에서 로지 그림의 위작을 선보였던 사건을 대서특필했고, 그로 인해 파생된 관심은 모조리 로지에게 쏟아졌다. 관람객 없이 지인과 기자 몇 명만 초대한 비공식 전시회였지만 어떻게든 그림을 보겠다고 달려온 미술 애호가들은 로지의 그림을 향한 극찬을 아끼지 않았다. 활기가 넘치는 시선으로 세상을 탐구한 모네(Claude Monet)의 인상주의 화풍과 견줄 만한 걸작이라고 칭송하며.

"오늘은 또 어디에서 메일이 왔나……."

에스프레소가 담긴 컵에 얼음을 잔뜩 넣고 태평은 노트북이 놓여 있는 테이블로 걸어갔다. 차가운 커피로 머리를 맑게 한 뒤 그는 자리에 앉아 노트북을 열었다. 그가 직접 관리 중인 로지의 SNS 공식 계정을 둘러보고 있는데 그라나다 미술관의 수석 큐레이터가 보낸 메일이 떠올랐다. 조만간 그라나다에서 열릴 로지의 개인전에 마드리드 왕립 미술원도 지대한 관심을 보이고 있으며, 파블로 피카소와 살바도르 달리가 다녔던 왕립 미술원에 로지의 그림을 전시할 기회를 준다면 영광으로 여기겠다는 내용이었다.

"우리 작가님의 그림을 걸고 싶다는 곳이 너무 많아서요."

엷은 웃음을 흘린 태평은 숙고 뒤에 연락을 주겠다는 답을 하고 다음 메일을 확인했다.

[안녕하세요, 오로지 작가님. 작가님의 작품을 사랑하는 팬입니다. 얼마 전 유채 화랑에서 작가님의 〈모성애〉를 보고 마음이 찡해져서 이렇게 메일을 써요. 작가님께서 이걸 보실지는 모르겠지만……]

로지에게 보낸 팬레터를 읽는 태평의 얼굴에 만족감이 번졌다. 강유준이 보관 중이던 〈모성애〉는 로지의 뜻에 따라 유채 화랑에서 전시 중이었다. 연일 많은 관객이 유채 화랑을 찾고 있었고, 창수와 그의 누나들은 〈모성애〉로 올린 수익금을 장학 재단을 설립하는 데 쓰기로 했다.

"답장은 드릴 수 없지만, 작가님께 감사 인사는 꼭 전하겠습니다."

느긋하게 커피를 마시며 로지와 전속 계약을 맺고 싶다는 미술관 디렉터들의 메일을 훑던 태평이 멈칫했다. 메일 제목에 익숙한 이름 하나가 떠 있었다.

[로지야, 잘 지내니? 올리버 오빠야.]

침실 쪽에 흘낏 눈길을 준 태평은 건조한 얼굴로 올리버가 쓴 메일을 읽었다.

[오랜만이지? 얼마 전에 신문을 보다가 우연히 네 소식을 들었어. 스페인에서 전시회를 준비 중이라면서? 태평이하고 지내는 건 어떤지도 궁금하네. 기회가 되면 나도 스페인으로 가서 축하를 해 주고 싶은데.

예전 일로 로지가 내게 좋지 않은 감정이 남아 있을까 봐 초대장을 보내 달라는 말은 차마 못 하겠어. 내가 로지 마음을 아프게 한 건 사실이니까. 그래서 말인데 우리 스페인 말고 다른 곳에서 얼굴 한번 볼 수 있을까? 로지에게 진심으로 사과도 하고 싶고, 태평이 소식도 듣고 싶어.

로지도 알지 모르겠지만 태평이가 부모님은 물론 나하고도 연락을 끊고 지내고 있거든. 이유야 전부 내 탓이지. 내가 로지한테 잘못한 게 많잖아. 내 얼굴을 보기 싫겠지만 가능하다면 로지가 기회를 줬으면 해. 나를 위해서가 아니라, 태평이를 키워 준 우리 부모님을 생각해서라도 아주 잠깐만 시간을 내 줄 수 없을까? 태평이한테 말하면 난리를 칠 테니까, 우리 둘이서만 보면 좋겠어.]

올리버의 연락을 어느 정도 예상하고 있었던 태평이 피식, 비웃음을 흘렸다.

"연락을 할 때가 되긴 했지. 지금쯤이면, 돈줄이 말라비틀어졌을 테니까."

마음 같아서는 메일을 삭제하고 싶었지만 태평은 없는 인내심을 쥐어짜 냈다. 단칼에 정리하는 게 좋을까, 잔인하지만 달콤한 희망 고문을 겪게 한 뒤에 사망 선고를 내리는 게 좋을까. 생각을 고르던 그는 올리버가 자신이 아닌 로지에게 메일을 보냈다는 점을 상기했다.

"여전히 비겁하고, 끝까지 괘씸한 새끼."

낮게 욕설을 뇌까리며 태평은 키보드를 경쾌하게 두드렸다.

[안녕하세요, 올리버 오빠. 오빠에게 메일을 받게 될 줄은 몰랐는데, 먼저 용기를 내 주셔서 감사해요. 저는 태평이와 아주 행복하게 신혼 생활을 즐기고 있어요. 사실 꿈을 꾸는 기분이에요. 태평이 일도 잘 풀리고 있고, 저와 계약하자는 디렉터도 많아서요. 앞으로 제가 얻게 될 것들을 주변 사람들과 나누며 살라는 신의 뜻이겠죠?

안 그래도 이번 주에 태평이 따라 영국에 갈 일이 있거든요. 오빠

시간 되시면 잠깐 봐요. 태평이 모르게 저 혼자 나갈게요. 단, 제 부탁 하나는 들어주셔야 해요. 제가 오빠한테 드렸던 그림 있죠? 그것만 가지고 나와 주세요. 태평이가 부모님과 다시 원만히 지낼 수 있도록 설득할 때 그 그림을 보여 주려고요.]

간략히 답장을 쓰고 전송 버튼을 누르자마자 태평을 찾는 목소리가 들렸다.

"태평아, 일어났어?"

표정을 가다듬은 태평은 노트북을 덮고 자리에서 일어났다.

"어, 씻고 나와. 아침 먹자!"

고개를 돌린 그의 눈에 졸음이 잔뜩 묻어 있는 로지의 얼굴이 들어왔다. 황급히 입술을 깨물어 봤지만, 태평은 절로 터지는 웃음을 막지 못했다. 낮은 그의 웃음소리에 로지는 왜 웃냐고 물었고, 태평은 대답 대신 진하게 웃어 보였다. 로지만 보면 튀어나오는, 이젠 습관이 되어 버린 미소를.

"뭐야, 아침부터 왜 사람을 보고 실실 웃어."

로지는 제 얼굴에 뭐가 묻기라도 했냐고 툴툴대며 화장실로 들어갔고 태평은 꺼내 놓은 재료로 에그 베네딕트를 만들었다.

식탁에 마주 앉은 둘은 느긋하게 브런치를 즐겼다. 로지는 알맞게 익은 수란을 포크로 터트리며 활짝 웃었다.

"다른 건 몰라도 수란은 네가 만든 게 최고야!"

행복한 미소를 지으며 자신을 칭찬하는 로지를 사랑스럽게 바라 보던 태평은 그녀의 입가에 묻은 소스를 손가락으로 훔쳐 핥았다. 그리고 주말에 집을 비워야 할 것 같다는 소식도 전했다.

"이번 주말에 영국에 다녀오려고."

"영국? 이번에는 거기에서 작업하는 거야?"

"아니, 참석해야 할 세미나가 있어서. 오래 걸리지는 않을 거야. 사나흘 정도?"

대수롭지 않게 말하던 태평은 기쁜 기색을 숨기지 못하는 로지를 포착하곤 표정을 굳혔다.

"너 또 하루 종일 그림 그릴 생각하고 있지."

위로 끌어 올렸던 입술을 빠르게 내린 로지는 고개를 저었다.

"아닌데? 무지 서운해하는 중이었어. 널 무려 3박 4일 동안 못 볼 생각을 하니까."

실소를 흘린 태평은 하루에 다섯 시간 이상은 그림을 그리지 말라고 못 박았다. 손목 찜질을 할 때마다 영상 통화를 걸라는 말도 덧붙이면서.

입에 있던 빵을 꿀꺽 삼킨 로지는 자기만 믿으라는 듯 상큼하게 웃어 보였다.

도수 높은 안경을 올려 쓴 올리버는 실제보다 작아 보이는 눈으로 카페 안을 살폈다. 금색을 입힌 화려한 몰딩 장식과 테이블마다 배치된 섬세한 조명이 돋보이는 호텔 카페 안은 향긋한 차향으로 가득했다. 힐끗 돌아본 눈에 근사하게 차려입은 중년 부부가 보였다.

「여기 스콘이 얼마나 대단하길래, 한 달 치 예약이 꽉 차 있나?」

「스콘도 좋지만 차 맛이 더 좋대요. 아무튼, 애들 덕분에 호강하네요. 이런 호텔에서 우리 결혼 30주년을 축하하다니요.」

부부의 대화를 훔쳐 듣던 그는 깡마른 몸을 숨기려 어깨를 활짝 폈다. 그리고 테이블 위에 올려져 있는 'Rosy'라는 예약자 이름이 적힌 카드를 훑었다. 차가운 물로 타는 속을 달래고 있는 와중, 붉은색 머리카락을 솜씨 좋게 묶은 웨이터가 다가와 메뉴판을 건넸다.

「주문하시겠습니까?」

웨이터의 물음에 대충 고개를 끄덕인 올리버는 메뉴판으로 시선을 돌렸다. 탄산수 한 잔 값이 어지간한 샌드위치 가격을 넘어서는 걸 보자마자 저절로 한숨이 나왔다. 푹 팬 볼을 문지르던 올리버가 떨어지지 않는 입술을 겨우 벌렸다.

「아직 일행이 오지 않아서요. 수돗물 한 잔 부탁합니다.」

웨이터는 예의 바른 웃음을 지어 보이며 올리버에게 물을 한 잔 가져다줬다. 수돗물을 달게 들이켠 올리버는 추레한 제 차림을 살폈다. 6개월 전 신용 불량자 신세가 된 그는 임금의 80퍼센트 이상을 압류당하고 있었다. 부모님 역시 법원에 집을 압류당해 템스강에 떠 있는 '하우스 보트'에서 생활 중이었으며 설상가상으로 그는 약혼녀에게 파혼을 당하고, 회사에서도 퇴사를 강요받고 있는 상태였다.

「착한 애였으니까, 내 사정을 말하면 이해해 줄 거야. 내가 그래도 태평이 형인데……. 태평이하고 결혼했으면 우리 부모님도 이젠 로지의 시부모님이고.」

힘없이 혼잣말을 하던 올리버의 눈에 어릴 적 로지가 어른거렸다. 순수하고 해맑은 미소를 지으며 자신을 오빠라고 불렀던 소녀의 얼굴이.

땀이 차기 시작한 손바닥을 냅킨으로 닦으며 그는 휴대폰을 꺼냈다. 그리고 한국에서 로지에게 받았던 마지막 문자를 다시 읽었다.

[오빠, 태평이 건강이 어떤지만 알려 주세요. 눈이 아직도 안 보이는 거라면 제 눈이라도 주고 싶어요.]

오래도록 지우지 못했던 문자를 삭제한 그는 집에서 가져온 쇼핑백으로 눈길을 돌렸다. 그 안에는 로지가 태평과 자신을 그려 주었던 그림이 담겨 있었다. 테이블의 모서리를 만지작거리던 올리버는 입가를 씰룩댔다.

「어쩌다가 내 신세가 이렇게 됐지. 하나밖에 없는 동생의 얼굴도 못 보고, 이젠 로지한테 구걸 비슷한 걸 해야 하다니.」

올리버의 머릿속에는 꼬여 버린 그의 인생에 대한 의문이 꼬리에 꼬리를 물었다. 그 끝에 태평에게 연락해 돈을 구해 오라던 어머니의 얼굴이 떠올랐다. 그를 이 자리에 나오게 만든 부모님의 독촉을 하나씩 되새기고 있는데, 낮은 목소리가 정적을 갈랐다.

「오랜만이네.」

시선을 올린 올리버는 당황하여 입만 크게 벌렸다. 방금 마셨던 물이 도로 역류하는 기분이었다. 벌렸던 입을 꽉 닫은 그의 눈길이 급히 아래로 떨어졌다.

「네, 네가 나올 줄은 몰랐는데.」

대꾸를 하긴 했지만, 올리버의 목소리는 상대의 귀에 제대로 들리지 않을 정도로 작았다. 날카롭게 찢어진 눈매를 휘며 태평은 여유롭게 자리에 앉았다. 'Rosy'라는 이름으로 예약한 사람이 도착한 걸 확인한 웨이터가 메뉴판을 들고 태평에게 다가왔다.

「얼그레이와 레몬 한 조각 부탁합니다. 그리고 여기에 적은 것들은 따로 포장해 주세요.」

태평이 건넨 쪽지를 받아 든 웨이터는 올리버를 쳐다봤다. 차보다는 독한 위스키가 절실했지만, 올리버는 태평과 같은 차를 달라고 주문했다. 망연자실한 얼굴로 동생을 응시하던 그는 천천히 입을 열었다.

「……로지한테 들었니? 내가 메일 보냈다고?」

로지가 형제 사이를 이간질이라도 했나 싶어 조심스럽게 물었는데, 태평의 얼굴에 싸늘한 웃음이 떠올랐다가 이내 사라졌다.

「아니, 로지 메일 내가 관리해. 오늘처럼 질 나쁜 새끼들이 들러붙을까 봐.」

졸지에 질 나쁜 새끼가 되어 버린 올리버는 입을 다물었고, 둘 사이에는 어색한 침묵이 찾아왔다. 긴장감으로 불편해진 호흡을 고르며 올리버는 태평의 얼굴을 살폈다. 날카롭게 찢어진 눈매나 굳게 다물린 입술이 예전의 동생을 연상케 했지만, 그의 분위기는 확연히 달라져 있었다. 간혹 온화하고 부드러운 느낌이 엿보인다고 해야 할까.

「좋아 보이네.」

작게 뱉은 올리버의 말에 태평의 입꼬리가 슬며시 올라갔다.

「어, 좋아. 사는 게 즐거워서 미칠 만큼.」

순간 의자 밑에 늘어뜨리고 있던 올리버의 다리에 힘이 풀렸다. 사는 게 즐거워서 미치겠다니, 동생의 입에서 나올 거라 짐작도 못 했던 말이었다.

때맞춰 웨이터가 찻주전자가 올려진 트롤리를 끌고 두 사람이 앉아 있는 테이블로 걸어왔다. 웨이터는 요크셔 풍경화가 핸드 페인팅된 찻주전자를 테이블 위에 내려놓은 뒤, 은으로 만들어진 티스푼과 거름망을 차례대로 세팅했다.

「좋은 시간 보내십시오.」

웨이터의 인사에 미소로 답한 태평은 거름망을 얹은 찻잔에 얼그레이 티를 천천히 따랐다. 쪼르륵하고 찻물이 떨어지는 소리가 멈출 무렵, 태평의 입이 열렸다.

「이 차 한 잔을 다 마실 동안만이야. 내 얼굴을 보는 건.」

오늘 이후로 죽을 때까지 만나지 말자는 태평의 말에 올리버는 눈길을 떨궜다. 잠시 머뭇거리던 그는 덜덜 떨리는 손으로 가져온 그림부터 태평에게 건넸다. 태평은 비뚜름하게 웃으며 그가 건넨 걸 받아 들었다. 타는 가슴을 뜨거운 차로 달랜 올리버는 대역죄라도 지은 것처럼 목소리를 작게 줄여 말했다.

「제발, 우리 좀 도와줘라. 부모님이 막말로 돌아가시기 직전이야. 방 한 칸 월세도 감당할 형편이 안 돼서 보트에서 생활하고 계셔. 그것도 정박료를 아끼려고 2주에 한 번씩 자리를 옮겨 가면서……. 부모님 빚을 내가 갚고 있는데, 계속 이렇게 지내다간 나도 회사에서 잘리고 말 거야. 그러면 우리 가족이 전부 길거리로 내몰릴 거라고.」

동정심을 자극하기 위해 늘어놓은 올리버의 말에 태평은 싱거우리만큼 짧게 반문했다.

「그래서?」

꿰뚫듯 자신을 들여다보는 태평의 눈을 피해 올리버는 시선을 떨어뜨렸다. 그리고 맥없는 목소리로 자신의 죄를 고백했다.

「예전에 내가 저지른 일들, 진심으로 잘못했다. 네 돈을 함부로 가져다 쓴 것도, 로지에게 못할 말을 한 것도 미안해. 그렇지만 다시 돌아간다고 해도 나는 같은 선택을 할 거야. 부모님은 우릴 길러 주신 분들이고, 로지는 남이잖아. 그때 두 사람이 헤어진 건 안타까운 일이지만, 그래서 둘이 잘된 건지도 몰라. 생각해 봐. 너하고 로지가 한국에서 계속 살았더라면, 네가 가드너가 될 수 있었을까? 로지 역시 무슨 수로 강유준의 죄를 밝혔겠어.」

스산한 눈빛으로 올리버를 쏘아보던 태평은 눈빛만큼 차갑게 말했다.

「회개는 신부 앞에서나 해. 나한테 해 봐야 네 죄만 더 늘어날 뿐이니까.」

가슴이 덜컥 내려앉는 기분에 올리버는 퀭한 눈을 들어 올렸다. 그리고 울 것 같은 목소리로 애원했다.

「그냥 도와 달라는 거 아니야. 차용증이건 뭐건 다 쓸 테니까 런던 동쪽에 방 한 칸만 구할 수 있게 해 줘. 우리 부모님이 지낼 곳은 있어야 하잖아. 남이 아니라 벤, 너의 부모님이라고!」

올리버는 부러 태평을 벤이라고 불렀다. 태평은 미간을 찡그리며 찻잔에 레몬 조각을 띄웠다. 그리고 얼굴에 희미한 웃음을 걸친 채 물었다.

「네 손목 하나 잘라 줄 수 있어?」

홧홧해진 얼굴을 손바닥으로 감추느라 올리버는 반 박자 늦게 답했다.

「……뭐라고?」

찻잔을 느리게 입술로 가져가며 태평이 말을 이었다.

「로지 오른손이 아파. 그쪽 때문에 하지 않아도 될 일을 하다가 얻게 된 병이거든. 로지가 멀쩡한 손목을 갖게 해 주면 생각해 볼까 하는데.」

저절로 벌어진 입을 다문 올리버가 재킷 주머니를 더듬었다. 담배 한 대가 필요해서였다. 속에서 올라오는 감정을 누를 방법은 그것밖에 없었다. 담배를 꺼내 입에 물자마자 놀라 달려오는 웨이터가 보였다. 물고 있던 담배를 손으로 꺾어 쥐며 올리버는 제 서러움을 토해 냈다.

「우린 가족인데 어떻게 나한테 이래. 너를 위해 우리 부모님과 내가 희생한 건 다 잊었어? 그래, 부모님이 네게 살갑게 대하지 않은 건 나도 인정해. 필요할 때만 널 찾았던 것도 알아. 그렇지만, 나는 달랐잖아. 밤마다 널 둘러업고 병원으로 달려갔던 사람이 누구였어? 한국으로 가고 싶다고 해서, 한국에서 일하며 널 돌봤던 게 나야. 내가 널 키웠다는 건 부정할 수 없는 사실 아니야?」

분노와 섭섭함이 명치끝까지 차오른 탓에 올리버는 잠시 말을 끊고 숨을 몰아쉬었다.

「부모님도 많이 변하셨어. 너한테 진심으로 사과하고 싶다고 매일 울며 반성 중이시라고. 과거야 어찌 되었든, 지금 너나 로지는 부족함 없이 살고 있잖아. 돈은 돈대로 벌면서, 전 세계에 이름도 알리고. 명예와 부를 가진 두 사람이 모든 걸 잃은 나와 부모님을 이렇게 조롱해야겠어?」

「어이, 올리버 맥어보이 씨.」

태평은 구둣발로 올리버가 신고 있는 운동화를 툭 찼다. 턱에 힘을 준 올리버의 눈에 웃음기를 지운 태평의 얼굴이 보였다.

「조롱이라니? 내가 그쪽한테 침을 뱉었어, 아니면 욕을 했어?」

주변의 공기가 무겁게 가라앉는 걸 느끼며 올리버는 한숨만 크게 내쉬었다. 그사이 차를 한 모금 더 들이켠 태평은 카페 밖을 바라봤다. 화려한 카페 내부에 눈길을 빼앗기고 있던 창밖의 관광객들이 태평과 눈이 마주치자 눈썹을 크게 들어 올렸다. 그들에게서 고개를 돌린 태평은 잠시 눈을 감았다. 문득 만사가 다 귀찮았다. 로지가 그림을 그리는 걸 지켜보며 낮잠이나 자면 좋았을 걸, 하는 생각이 들 만큼.

부모도 있고 형도 있었던 지난날을 돌이켜 보던 그는 천천히 입을 열었다.

「그래, 나한테 형이라는 사람이 한때 있었지. 내가 사고를 치면 달려와서 수습해 주고, 악몽을 꾸면 병원에 데려다주고, 억지를 부리면 못 이기는 척 들어줬던 사람이.」

태평의 입에서 흘러나온 말들은 따뜻하기 그지없었지만, 올리버는 손을 들어 가슴을 쓸었다. 자신을 현재형이 아닌, 과거형으로 말하는 동생의 말이 날카로운 칼이 되어 심장을 쿡쿡 쑤시는 것 같았다.

쏟아지는 햇빛 속에 서 있어도, 어딘지 모르게 그늘져 있던 어린 시절 태평이 보였다. 몸과 마음이 너덜너덜해질 만큼 괴로운 일을 수도 없이 겪어야 했던 동생은 아무 말이 없었지만, 그래서 더 쓸쓸해 보이곤 했었다. 밤마다 살려 달라고 소리치며 울부짖던 동생을 볼 때마다 올리버는 뜻밖의 안도감을 느꼈다. 눈을 뜨고 있을 때보다 감고 있을 때의 동생이 더 살아 있는 사람처럼 느껴진 탓이었다.

내리뜨고 있던 눈꺼풀을 천천히 들어 올린 태평이 올리버의 이름을 불렀다.

「올리버.」

동생에게서 불린 제 이름에 올리버의 눈에서는 굵은 눈물 한 방울이 떨어져 내렸다. 눈물을 떨구자마자 그의 시야에 빛 한 점 없는 어둠이 들이찼다. 그건 바로 태평의 얼굴을 보는 게 이번이 마지막이 될 거라는 직감이 불러온 환영이었다.

고른 숨소리만 뱉던 태평이 천천히 입을 열었다.

「10년 동안, 맥어보이라는 성을 가진 사람들과 살며 배우고 느낀 게 딱 하나가 있는데 그게 뭔지 알아?」

「…….」

「'맥어보이'들에게 감사한 마음을 돌려줄 방법은 돈밖에 없다는 거.」

냉기 어린 태평의 일갈은 올리버의 명치에 꽂혀 들었다. 두 눈을 질끈 감은 올리버의 귀에 태평의 목소리가 계속해서 울렸다.

「로지가 개를 한 마리 키워. 한국에 있을 때부터 돌보던 개였는데 기어코 스페인까지 데리고 왔지. 처음에는 로지를 이해 못 했어. 개보다 더 불쌍하게 살고 있던 게 로지였거든. 개한테 쓸 시간과 정성을 자기한테나 쓰지 왜 저러나 싶었으니까. 그런데 요즘엔 로지 마음을 알 것 같더라고. 이름만 불러 줘도 꼬리를 흔들고, 내 기분이 별로면 다가와서 손을 핥고, 산책을 데리고 나가면 신이 나서 뛰어다니는 개를 볼 때마다 내가 사람답게 느껴졌으니까.」

시간이 흘러 더욱 진하게 우러난 차를 찻잔에 따른 태평은 티스푼으로 레몬 조각을 짓이겼다.

「네가 볼 땐 내가 감정도 뭣도 없는 미친놈이었겠지만, 나도 그냥 평범한 사람이었던 거야. 그걸 로지 덕에 17년 만에 깨달았어. 내가 가진 게 돈밖에 없는 놈이 아니라, 존재 자체만으로도 가치가 있는 사람이라는 걸.」

뜨거운 눈물이 맺힌 눈으로 올리버는 태평의 얼굴을 빠짐없이 훑었다. 이젠 동생이라고 부를 수 없는 사람의 얼굴에는 행복에 겨운 미소가 펼쳐져 있었다. 올리버는 말을 뱉는 대신 입술만 씹었고, 태평은 천천히 말을 이었다.

「그러니까, 이쯤에서 그만해. 맥어보이 가족에게 나는 떠돌이 개만도 못한 신세였다는 걸, 다른 사람은 몰라도 너는 알잖아. 더군다나 내가 당신들한테 받은 은혜는, 이미 내 전 재산으로 차고 넘치게 갚았다고 생각하는데. 안 그래?」

"태평아."

눈매를 일그러트린 올리버는 태평의 이름을 쓰게 불렀다. 태평을 동생으로 아껴 왔지만, 그를 길들이고 싶어 안달을 냈던 자신을 되돌아보며. 누구에게도 복종하는 법을 몰랐던 태평이 제 앞에서만 꼬리를 흔들기를 욕심냈던 지난날을 후회하면서.

과거를 회상하던 올리버는 태평의 눈을 피해 한국어로 말했다.

"그래, 네 말이 다 맞아. 나는 네가 평생 불행하길 바랐다. 밤마다 악몽을 꾸었으면 했지. 늘 내 도움이 필요하도록. 오만하게도 나는 네게 일종의 신 같은 존재가 되고 싶었다. 네 아픔은 나만 치유할 수 있다고 믿었으니까. 죽어 가던 네게 손을 내민 사람이 나였기에, 네 목숨도 내가 쥐락펴락할 수 있는 줄 알았는데……."

태평은 이제 와서 당신의 진심이 무슨 소용이 있겠냐는 얼굴로 남은 차를 단숨에 들이켰다. 올리버는 태평이 찻잔을 내려놓기 전에 다급히 입을 열었다.

"너를, 돈으로만 본 건 절대 아니었어. 부모님은 그랬을지 몰라도 나는 아니라고. 네가 나를 형이라고 불렀던 날부터, 너는 내 동생이었단 말이야. 가족이니까, 우린 가족이라는 테두리 안에 함께 묶였으니까 너와 나는 한배를 탄 운명 공동체라고 믿었다. 나는 부모님과 너를 위해 가진 모든 걸 내놓을 수 있으니까, 너도 마땅히 그래야 한다고 생각했고."

자리에서 일어난 태평은 무감한 눈초리로 올리버를 내려다봤다.

「그래? 그러면 이번엔 네가 동생의 마음을 헤아려 주면 되겠네. 네 부모는 네가 책임져. 로지한테 질척이지 말고. 한 번만 더 로지에게 그딴 메일 보내 봐. 내가 가진 전부를 걸고 '맥어보이' 집안의 씨를 말려 버릴 테니까.」

요즘 부쩍 늘어 버린 흰머리 탓에 희끗희끗해진 구레나룻을 매만지며 올리버는 피를 토하듯 제 마음을 내뱉었다.

"미안했다. 네게도, 그리고 로지에게도."

진심을 담은 사과였지만 태평은 시큰둥한 얼굴로 등을 돌려 걸었다. 태평의 뒷모습을 보며 올리버는 참고 참았던 눈물을 흘렸다. 정신없이 흐르는 눈물을 닦지도 못하고 바닥에 떨구고 있는데, 몇 걸음 걷던 태평이 다시 뒤돌아 왔다. 올리버는 절망과 희망이 교차한 얼굴로 태평을 올려다봤다. 하지만 그는 올리버가 아닌 테이블 위에 있는 영수증에 눈길을 주며 말했다.

「로지 그림, 버리지 않고 보관해 준 보답으로 오늘 찻값은 내가 계산해 줄게.」

테이블 위에 올려진 50파운드짜리 지폐를 쳐다보며 올리버는 주먹을 쥔 손으로 눈가를 박박 문질렀다. 그게 용서받고 싶다는 호소처럼 느껴졌는지 태평이 한숨 섞인 목소리로 속삭였다.

「돈이 그렇게 필요해? 그러면 말이 아니라 행동으로 빌어야지.」

실낱같은 희망이 부풀어 오르는 걸 느끼며 올리버는 젖은 얼굴을 들어 올렸다. 태평은 그에게 가까이 오라고 손가락을 까딱거렸다. 그러고는 다가온 올리버의 귓가에 속삭였다.

「오늘 당장, 네 부모하고 네가 나한테 했던 짓을 낱낱이 밝혀. 이왕이면 네가 직접 작성한 기사로.」

"그, 그게 정확히 뭘 말하는 건지."

더듬거리는 올리버를 향해 태평은 또박또박 끊어서 설명했다.

「지금까지 네 부모가 '벤 맥어보이'라는 이름을 팔아서 유명세를 얻었잖아. 그게 다 거짓이었다는 걸 네가 네 입으로 밝히라고. 그들이 조카의 유산을 어떻게 갈취했는지, 나를 양자로 삼으면서 내게 해 준 게 뭐가 있었는지. 그간 영국 언론과 한국 언론에 흘린 파렴치한 거짓말을 네가 다 바로잡으라고. 그게 기자가 할 일, 아닌가?」

"……."

「SNS를 이용하면 더 좋겠네. 쓰자마자 온 세상 사람들이 다 볼 수 있잖아? 너도 알겠지만 나하고 달리 로지는 정이 흘러넘치거든.

올리버 오빠가 어렵게 지내고 있다는 소식을 듣자마자 어서 도와주자
고 할지도 몰라. 네가 좋아하는 돈으로 말이지. 현재 전 세계에서 가
장 주목받고 있는 작가님이니만큼 로지가 재력이 넘치거든. '존 맥어
보이'와 '이윤목' 씨가 보트 대신 육지에서 살게 해 줄 수 있을 만큼.」

할 말을 끝낸 태평은 올리버에게 셰익스피어의 명언으로 작별 인
사를 대신했다.

Farewell! God knows when we shall meet again.
(잘 지내! 신만이 우리가 언제 다시 만날지 알겠지만.)
― *William Shakespeare* ―

올리버와 헤어지자마자 공항으로 향한 태평은 두 시간 10분 만
에 바르셀로나 공항에 도착했다. 말라가 공항으로 가는 국내선으로
환승하기 위해 대기 중일 때였다. 커다란 공항 스크린에 뜬 기사에
사람들의 시선이 모여들었다.

'벤 맥어보이'의 형 '올리버 맥어보이'의 충격 고백

어린 나이에 영국 정원계를 석권한 것은 물론 최근 '스페인 왕립 정원
쇼'에서 3관왕에 오른 '벤 맥어보이'는 유럽의 인기 스타다. 그의 양부모
로 알려진 '존 맥어보이'와 '이윤목'도 벤 덕에 유명 인사가 됐다. 벤을
친부모 대신 길러 온 그들은 최근까지 입양아를 훌륭하게 양육한 경험에

대해 영국 각지에서 강연해 왔다. 많은 영국인은 고아가 된 조카를 따뜻한 가슴으로 품은 맥어보이 부부에게 끝없는 존경심을 표했다. 하지만 오늘 그들은 벤이 아닌 '올리버 맥어보이'의 폭로성 고백으로 구설에 올랐다. 맥어보이 부부의 장남인 그는 SNS를 통해 자신의 동생인 벤을 둘러싼 가족사에 어두운 진실이 숨겨져 있다고 고백했다.

올리버 맥어보이가 올린 SNS 게시 글에 따르면, "벤은 일곱 살이었던 당시 친부모님을 사고로 잃었고, 자신의 부모는 벤에게 상속된 유산 때문에 조카를 입양하기로 결심했다"고 밝혔다. 이어서 그는 "벤이 성장하는 동안 그들은 돈이 필요할 때만 벤에게 연락했다"고 덧붙였다.

올리버는 "그간 부모님이 자신의 동생인 벤 맥어보이를 팔아 막대한 강연료를 챙겨 왔다"고 주장했으며, "자신 역시 벤을 학대한 가해자 중 한 명이었고, 벤이 열일곱 살이었을 때 그의 유산을 편법으로 가로채 아버지가 운영하던 회사의 부도를 막았다"고 설명했다.

이어 올리버는 "벤 맥어보이의 기사에 부모 이름이 꼬리표처럼 따라붙는 걸 볼 때마다 죄책감을 느껴 왔다"고 토로했으며, "이제라도 사실 관계를 바로잡기 위해 SNS에 글을 올렸다"고 털어놓았다.

또한 올리버는 그의 글이 사실임을 뒷받침할 증거로 자신이 동생의 후견인이었음을 증명할 서류와 그의 부모가 벤에게 돈을 달라고 요구하는 문자 일부도 공개했다.

현재 존 맥어보이와 이윤목 부부는 기자들의 연락을 피하고 있으며, 그들의 입장이 나오려면 시간이 걸릴 것으로 보인다.

사람들 틈에서 기사를 읽던 태평은 조용한 장소를 찾아 걸으며 휴대폰을 꺼냈다.

ㅡ태평아!

휴대폰 너머로 들려오는 반가운 목소리에 그의 입가에 자동으로 미소가 걸렸다. 예상대로 로지는 올리버의 기사를 한 줄도 읽지 않은 게 분명했다. 한국에서도 그랬지만 스페인에 온 뒤로 로지에게 휴대폰이란 메시지를 보내고 통화를 하는 용도가 전부였다. 한국에서 기자들에게 쫓겼던 기억이 싫었는지 태평이 전해 주는 굵직한 소식을 제외하곤, 포털 사이트에 뜨는 기사에는 눈길도 주지 않았으니까.

"공항이야, 조금 있으면 탑승 시작해."

ㅡ정말? 오늘 집에 온다고?

그가 예정보다 하루 일찍 돌아간다는 소식에 로지의 목소리가 급격히 밝아졌다.

"응. 넉넉히 세 시간 후면 도착하겠네."

ㅡ너무 좋다. 나 그러면 시내에서 너 기다릴래. 우리 자주 가는 카페 있지? 거기로 와!

"그래."

짧은 통화를 끝낸 태평은 휴대폰을 가방에 넣으려다가 다시 고쳐 잡았다. 영국에서 흔히 쓰는 포털 사이트를 띄우자 올리버의 이름이 심심찮게 보였다. 기사 몇 개를 검색해 훑어보던 그는 검색창을 닫고 은행 앱을 실행시켰다.

"오로지하고 살다 보니까, 마음이 너무 약해져서 큰일이네."

올리버의 계좌로 정확히 1파운드를 이체한 그는 고개를 빳빳이 들고 걸었다. 맥어보이 가족에게 무려 1,500원어치의 자비를 베푼 자신을 뿌듯하게 여기며.

"율무야, 오늘은 비 오니까 우비 입고 산책가자."

율무에게 투명한 방수 우비를 입혀 준 로지는 우산을 챙겨 집 밖으로 나섰다. 물이 튀지 않게 조심조심 걸으려 했지만 태평 생각에 걸음이 자꾸만 빨라졌다. 시내에 도착하자마자 로지가 찾아간 곳은 이탈리아 사람이 운영하는 파스타 가게였다.

「안녕하세요.」

수줍음이 가득한 로지의 인사에 라비올리를 만들고 있던 가게 주방장이 반갑게 소리쳤다.

「어서 와요. 남편은 어디에 두고 혼자 왔어요?」

이탈리아 억양이 섞인 영어라 알아듣기 어려웠지만 남편이라는 단어를 알아들은 로지는 천천히 대답했다.

「영국에 갔어요. 오늘 와요.」

콧잔등이 주근깨로 덮여 있는 주방장은 제 머리보다 큰 모자를 고쳐 쓰며 빠르게 말을 쏟아 냈다. 로지는 귀를 쫑긋 세웠다. 하지만 아쉽게도 이번에는 귀에 걸리는 단어가 없었다. 영어 듣기에는 실패했지만 저녁은 사수해야 했기에, 손가락으로 주방장이 갓 만든 라비올리를 가리켰다.

「포르치니 라비올리 주세요. 2인분이요.」

손가락 두 개를 펴서 보여 주자 주방장은 남편과 먹을 거냐면서 라비올리를 넉넉히 담아 줬다.

「고맙습니다.」

로지는 인심이 후한 주방장에게 활짝 웃어 보인 뒤 율무를 데리고 파스타 가게에서 나왔다. 가게에서 나오자마자 율무가 어디로 갈지 안다는 것처럼 앞장을 섰다. 로지는 웃음을 참으며 율무를 따라 카페로 들어갔다. 율무는 로지의 지정석인 창가 쪽 테이블로 뛰듯 걸었다.

"한 시간만 기다리면 형 만날 수 있어."

얌전히 앉아 있는 율무의 머리를 쓸어 준 로지는 따뜻한 라테를 한 잔 주문했다. 원두를 갈던 주인은 로지를 흘낏 쳐다보며 태평을 찾았다.

「웬일로 혼자 왔어요? 아이스 아메리카노는 어디 가고?」

'태평이 영국으로 출장을 갔다'는 말을 영작하느라 바쁜 머리 대신 로지의 입이 먼저 미소를 지었다. 태평 때문에 메뉴에도 없던 아이스 아메리카노를 만들게 된 주인은 언젠가부터 태평을 벤이 아닌 '아이스 아메리카노'라고 불렀다. 따끈한 커피를 받아 든 로지는 태평이 곧 카페로 올 거라고 말했다. 주인은 냉장고 문을 열더니 한쪽

칸을 차지하고 있는 커다란 얼음 봉지를 보여 줬다. 그럴 줄 알고 얼음을 넉넉히 주문해 놨다는 것처럼.

「고마워요. 이따가 아이스 아메리카노 두 잔 시킬게요.」

주인에게 감사 인사를 전하고 로지는 자리로 돌아왔다. 김이 모락모락 오르는 머그잔에 입술을 막 대려던 순간이었다. 휴대폰이 작게 울렸다.

"민영아!"

─로지, 지금 통화할 수 있어?

떨리는 민영의 목소리에 로지는 머그잔을 내려놨다.

"어, 말해."

─……나 어떻게 하지?

"왜."

─로지, 나 진짜 어쩌면 좋아. 내가 이럴 줄은 몰랐는데.

피어오르는 불안감에 로지는 쥐고 있던 휴대폰을 더욱 세게 잡았다.

"뭔데 그래."

─그러니까, 그게. 나 임신했어.

두 눈을 크게 뜬 로지는 입술을 꽉 깨물었다. 민영은 고맙게도 로지의 대답을 기다리지 않고 말을 이었다.

─지난달에 창수하고 너 보러 스페인에 갔었잖아. 그때 사고 친 거 같아. 계산해 보니까 날짜가 그렇더라고.

"……어어, 그랬구나."

덤덤한 말투로 대답했지만 로지의 뺨은 터질 듯 빨개졌다. 민영과 얼굴을 마주 보고 있는 게 아니라 다행이라 생각하며 로지는 침착하게 입을 열었다.

"그게 왜 사고 친 거야. 너희 결혼 약속 한 사이잖아. 부모님도 다 알고 계시고."

─그건 그렇지만. 계획대로라면 내년 봄에 할까 했는데. 그러면 난 만삭일 테고. 창수한테 뭐라고 해야 할지도 모르겠어.

이후 로지는 커피가 완전히 식을 때까지 민영과 통화를 했다. 일단 창수에게 알린 뒤에 결혼식을 앞당기는 게 어떻겠냐는 현실적인 조언부터, 언젠가 만날 아이였는데 조금 더 일찍 만나게 된 걸 축하한다는 말을 두서없이 전하면서. 울먹이는 목소리로 로지에게 전화를 했던 민영은 조금씩 안정을 되찾아 갔다.

─그래도 너한테 이렇게 말하고 나니까 마음이 놓인다. 속도위반이 내 이야기가 될 줄 누가 알았겠어. 그냥 창수 부모님하고 누나들 얼굴 볼 생각하니까 하늘이 노래지더라고. 애는 나 혼자 만든 게 아닌데, 억울해 죽겠어.

"억울하기는, 창수도 알면 정말 좋아할 거야. 나도 듣자마자 행복했는걸? 내가 이모가 되다니 믿을 수 없을 만큼 좋아."

로지의 입에서 나온 '이모'라는 말에 민영은 잠시 입을 다물었다. 말하지 않아도 서로의 마음을 잘 알고 있는 탓에, 두 사람이 만든 침묵 속으로 따끈따끈한 온기가 흘러들었다. 흠, 하고 목을 가다듬은 민영이 애써 밝은 목소리로 말했다.

─이래서 내가 너한테 제일 먼저 전화하고 싶었나 봐. 불안했던 마음이 싹 사라지네. 너처럼 든든한 이모가 어디 있겠어. 맞아, 창수하고 한국 돌아오는 비행기 안에서 그런 말도 했었는데. 우리가 나중에 아이 가지게 되면 태교는 네 그림 보면서 하면 되겠다고. 설마 한창수가 뭘 알고 그런 말을 한 건 아니었겠지?

기쁜 기색을 감추지 못한 얼굴로 로지가 답했다.

"알고 그런 건지, 모르고 그런 건지 얼른 물어봐. 창수 성격에 왠지 울 거 같아. 아빠 된다는 말 들으면."

─야! 그냥 눈물만 흘리면 다행이지. 오열할까 봐 겁난다. 지나가는 아이들만 봐도 예쁘다고 눈을 못 뗐거든. 자긴 딸이건 아들이건 가리지 않고 바보가 될 예정이라면서.

소리 죽여 웃고 있는데 민영이 생각지도 못한 걸 물어 왔다.

─너희는 계획이 어떻게 돼?

"계획? 어떤 거?"

─아이 말이야. 너 자리 잡으면 낳으려고 계획한 거 아니었어?

"……우린, 아직 그런 이야기 안 해 봤어. 태평이도 바쁘고, 나도 바빠서."

─하긴, 너 이제 막 빛 보기 시작했는데 아직 아이는 이르겠다. 그리고 보면 김태평이 은근 속이 깊어. 보통 결혼하면 아이부터 생각하는 게 남자인데. 걘 네 외조가 우선이잖아. 스페인에 갈 때마다 깜짝깜짝 놀란다니까? 천하의 김태평이 설거지하고, 화장실 청소를 하다니. 그뿐이야? 수건까지 다리미로 곱게 다리던 걸 보면.

민영의 목소리에 귀를 기울이고 있던 로지는 동그란 눈을 접고 웃음을 흘렸다. 여자가 임신하면 호르몬이 제멋대로 분비된다더니, 그 말이 사실인 것 같았다. 친구의 입에서 태평을 향한 찬사가 이토록 오래 흐를 줄이야.

정신없이 말을 잇던 민영은 히히 웃으며 민망한 어투로 물었다.

―휴대폰이 뜨거워져서 보니까 우리 한 시간째 통화 중이다. 그림 그리고 있던 거 아니지?

"아니야, 지금 율무 데리고 시내에 나와 있어. 태평이 기다리면서."

―그렇담 다행이고. 그런데 나 진짜 웃긴 거 알아? 산부인과에서 나오자마자 네 전시회 날짜부터 확인했어. 다행히 그쯤엔 안정기에 접어드니까, 스페인에 갈 수 있겠더라.

화들짝 놀란 로지는 민영을 진정시켰다. 일단 네 몸과 아기가 우선이니 그런 생각은 나중에 하라고.

―알았어. 너도 건강 챙겨 가면서 그림 그리고. 창수한테 말하고 다시 연락할게.

민영과 통화를 끝낸 로지는 잠깐 생각에 잠겼다. 결혼을 앞둔 민영이 엄마가 될 예정이라니, 얼떨떨하면서도 행복한 마음이 뒤섞여 들었다. 친구에게 임신 축하 선물로 뭘 보내야 할까, 고민에 잠겼는데 누군가 로지에게 말을 걸었다.

「실례합니다.」

고개를 돌리자 밝은 금발이 인상적인 남자가 시야에 들어왔다. 갑작스러운 남자의 등장에 놀란 사이 남자가 다시 입을 열었다.

「이 근처에 저렴한 호스텔이 있나요? 휴대폰 배터리가 다 돼서요.」

「……아, 호스텔이요?」

말끝을 길게 늘이며 로지는 카페 안을 둘러봤다. 주인은 자리를 비운 상태였고, 손님은 로지가 유일했다. 남자를 도와줄 사람이 자신밖에 없다는 걸 알게 된 로지는 시내에 있는 호스텔 두어 군데를 떠올렸다.

「호스텔이, 오른쪽으로 돌아서 쭉 가다 보면.」

가느다란 로지의 목소리가 잘 들리지 않았는지 남자는 눈썹을 크게 꿈틀거리며 로지 쪽으로 얼굴을 붙였다. 훅 끼치는 농도 짙은 향수 냄새에 놀란 로지가 얼굴을 뒤로 뺐다. 그리고 가방에서 노트를 급히 꺼내 들었다.

「잠시만요.」

남자와의 거리를 확보한 로지는 노트 위에 약도를 그렸다. 어설픈 영어로 길을 설명하기보다는 그림이 더 나을 것 같아서였다. 빠른 속도로 완성되어 가는 약도에 시선을 주고 있던 남자의 입이 점차 커다랗게 벌어졌다.

「여기가 카페고, 호스텔은 여기하고, 여기에 있어요.」

로지는 노트를 쭉 찢어 남자에게 건넸다. 그걸 홀린 듯 쳐다보던 남자는 갑자기 메고 있던 배낭을 내려놨다. 그리고 배낭에서 두툼한 여행 책자 한 권을 꺼내 로지가 준 약도를 조심스레 끼워 넣었다.

「비라도 맞으면 안 되니까요. 제 평생 이렇게 아름다운 그림,

아니, 약도는 처음 봅니다. 이곳에 들를까 말까 고민을 했었는데, 이 약도를 얻으려고 신이 저를 이 마을로 안내했나 봐요. 한 달째 스페인을 돌아다니고 있는데 지금껏 봤던 지역은 기억이 안 날 만큼 이 마을이 아름답게 느껴지네요.」

미세하게 떨리는 양 볼을 가라앉히며 남자는 로지의 얼굴을 가만히 응시했다. 카페에 들어왔을 때부터 자꾸만 눈이 가던 여자였다. 보통 혈통이 아닌 듯한 기품 있는 개를 옆에 둔 여자는 햇빛만 보고 자란 사람처럼 티 한 점 없이 맑았다. 투명한 피부, 반짝이는 눈빛, 방싯 웃을 때마다 부풀어 오르는 복숭앗빛 뺨까지 전부 남자의 취향이었다. 하지만 그의 말문을 연 건, 여자의 외모만이 전부가 아니었다. 굳이 따지자면 그녀의 간질간질한 미소 때문이라고 해야 할까? 통화하는 내내 사르르 웃는 여자를 눈으로 좇던 남자는 어느새 그녀를 따라 헤벌쭉 웃고 있었다.

즉흥적인 성격도 아니고 낯선 여행지에서 일탈을 꿈꿀 어린 나이도 아니었는데, 남자의 가슴은 제멋대로 울렁였다. 그리고 그 설렘은 여자의 약지에 반지가 없다는 걸 포착한 순간 용기로 바뀌었다.

「이 마을에 사시나 봐요. 저는 스위스에 살고 있는데 매년 이맘때 배낭여행을 하거든요. 괜찮으시면 제가 차 한잔 사도 될까요? 약도까지 그려 주셨는데, 감사 인사를 말로만 하는 게 민망해서. 아니면 저녁을 대접할 기회를 주셔도 좋고요.」

남자의 목소리에 집중하고 있던 로지는 '감사'하다는 말을 듣곤 환히 웃으며 고개를 절레절레 흔들었다. 포근하고 따뜻한 미소에 남자의 가슴에는 두근거림이 고여 들었다. 하지만 그 기분 좋은 박동은 불쑥 카페 문을 열고 들어온 남자에 의해 단번에 잦아들었다.

"태평아!"

누군가의 이름을 부르는 여자의 얼굴에 황홀하리만큼 커다란 미소가 걸렸다. 찬란한 그녀의 미소에 남자는 인터라켄의 해돋이를 마주했을 때처럼 눈을 찌푸리며 상체를 돌렸다. 카페의 입구에는 그보다 키가 더 큰 남자가 한 명 서 있었다. 직업이 운동선수가 아니라면 억울할 만큼 어깨가 떡 벌어진 남자는 날렵한 걸음으로 걸어왔다. 지나치게 강렬한 시선을 두 사람 사이로 찔러 넣으며.

로지와 금발 머리의 남자 사이를 비집고 선 태평이 평온한 어조로 물었다.

"누구하고 통화 중이었어?"

오랜만에 보는 태평의 얼굴이 그저 반가웠던 로지는 해맑게 답했다.

"전화했었어? 못 받아서 미안해. 민영이하고 중요한 이야기를 하느라."

남자는 태평과 로지의 얼굴을 번갈아 살폈다. 낯선 언어로 대화 중이라 무슨 내용인지 몰랐지만, 남자의 귀에는 '지금 나를 두고, 네가 감히 바람이라도 피우는 거냐', '아니다, 카페에서 처음 만난 남자가 말을 걸었을 뿐이다'로 해석되어 들렸다. 당황하여 눈만 굴리고 있던 남자는 까만 머리칼 사이로 번뜩 드러난 태평의 눈빛에 헛기침만 작게 했다.

「이 남자는 뭔데 여기 이러고 서 있지?」

로지에게 던진 태평의 질문에, 반응을 보인 쪽은 남자였다. 내심 여자의 영어 실력과 비슷할 줄 알았던 남자의 입에서 완벽한 영어가 흘러나오자 그는 영혼이 반쯤 나간 얼굴로 입을 열었다.

「길을 물었을 뿐입니다. 계획 없이 놀러 왔다가 숙박할 곳을 찾지 못해서요.」

괜한 오해를 일으켜 여자가 곤란해질까 걱정이 된 그는 여행 책자에 끼워 두었던 약도를 꺼내 보였다. 그런데 약도를 쳐다본 남자의 얼굴이 더 사납게 이지러졌다. 일이 뭔가 잘못돼도 한참 잘못된 듯싶었다. 남자의 오해가 풀리긴커녕, 더 깊어졌다는 걸 눈치챈 그는 어쩔 줄 모르겠다는 얼굴로 로지를 쳐다봤다. 매끄러운 미간에 세로 주름을 깊게 새긴 태평은 남자의 손에 들려 있던 약도를 낚아채듯 가져갔다.

「카페에서 나가자마자 왼쪽 길로 들어서서 20미터쯤 걷다 보면 오른쪽에 꽃집이 하나 나올 겁니다. 그 꽃집을 끼고 돌면 호스텔이 하나 보일 거고.」

태평의 얼굴에서 눈을 뗀 남자는 약도를 물끄러미 쳐다봤다. 약도라고 하기엔 풍경화를 닮은 아름다운 그림이었다. 중세 시대에 지어진 건물들이 그대로 보존된 구시가지의 소박한 분위기를 담아낸, 그래서 액자에 넣어 두고 싶은 그림이었는데. 남자의 간절한 바람이 읽혔는지 태평은 약도를 접으며 말을 이었다.

「아무나 가질 수 있는 그림이 아니라서요. 내 아내가 그린 그림은.」

태평의 입술을 타고 흐른 '아내'라는 말에 남자의 가슴 언저리가 욱신거렸다. 약도를 빼앗긴 것도 억울한데, 첫눈에 반한 여자에게 대시조차 할 수 없게 된 그는 실망한 얼굴로 배낭을 들쳐 멨다. 그러면서도 그의 눈은 물색없이 여자의 얼굴을 힐끔거렸다. 어째서 작은 새 한 마리처럼 여려 보이는 당신이, 이런 맹수 같은 남자와 결혼을 택한 겁니까, 라는 물음을 담은 채. 미련이 뚝뚝 흐르는 남자의 표정에 태평이 날카롭게 덧붙였다.

「호스텔 말고, 다른 용건이 있습니까?」

남자는 고개를 설레설레 흔들며 카페에서 나갔다. 그리고 꽃집을 찾아 부지런히 걸었다. 비를 맞으며 실연의 아픔을 달래던 그는 자신을 더욱 서럽게 만들 일이 펼쳐질 거라고는 짐작도 못 했다. 첫눈에 반한 여자의 남편이 알려 준 곳이 호스텔이 아니라 정육점이라는 건, 나중에 알게 된 사실이었다.

금발 머리의 남자가 카페에서 사라지자마자 로지가 태평을 보며 물었다.

"내가 그려 준 약도가 이해 안 됐대? 호스텔이 어디 있냐고 물어서 알려 주려고 한 건데."

태평은 로지가 그린 약도를 가방에 넣으며 불편한 심기를 다스렸다. 로지가 들으면 펄쩍 뛰며 아니라고 손사래를 치겠지만, 남자의 본능만큼 남자를 제대로 꿰뚫어 볼 수 있는 건 이 세상에 없었다.

'새끼, 보는 눈은 있어서.'

험한 말을 속으로 씹어 삼키며 그는 금발 머리의 남자를 떠올렸다. 로지를 쳐다보던 그의 음흉하고 짙은 눈빛에 하마터면 남자의 멱살을 잡을 뻔했던 제 심경도 고스란히 되살아났다. 냉기 어린 표정을 갈무리한 태평은 허리를 숙여 로지의 뺨에 입을 맞췄다. 말랑하고 보드라운 살결이 입술에 닿자마자 치솟던 화가 빠르게 가라앉았다.

"내가 잘 설명했으니까 알아서 잘 찾아갈 거야."

부드러운 태평의 대답에 로지는 안심했다는 얼굴로 자리에서 일어났다. 로지의 짐을 챙긴 태평은 율무의 목줄을 잡고 카페 문을 열었다.

보슬보슬 내리는 비를 감상하며 집으로 돌아온 두 사람은 로지가 라비올리를 넣고 끓인 만둣국으로 저녁을 먹었다. 로지는 만둣국을 두어 수저 뜨다 말고, 태평이 영국에서 사 온 디저트 상자를 열었다.

"밥 마저 먹고 먹어."

뒤늦게 잔소리를 해 봤지만 로지의 손은 이미 레몬 타르트를 집어 든 이후였다. 풍미 좋은 버터와 싱그러운 레몬 향이 어우러진 타르트에 로지는 행복한 미소를 지었다. 타르트 한 조각을 천천히 해치우고 또 어떤 디저트가 있나 눈을 굴리던 로지는 태평이 들고 온 쇼핑백에 눈길을 주었다.

"태평아, 이건 뭐야?"

빠르게 식사를 마친 태평은 수저를 내려놓으며 대꾸했다.

"네 그림."

제 그림이라는 말에 로지의 손이 쇼핑백을 열었다. 그림을 보관할 때 쓰는 박엽지를 걷어 낸 로지는 놀란 얼굴로 그릇을 정리하려 일어난 태평을 쳐다봤다. 그 시선이 느껴졌는지 그가 짧게 설명했다.

"오전에 올리버 만났어. 이사하다가 찾았다고 가져왔더라."

딱히 할 말을 찾지 못한 로지는 그림으로 시선을 떨어트렸다. 그건 로지가 고등학생일 때, 올리버와 태평을 그린 그림이었다. 바닷가를 걷고 있는 두 사람의 모습이 로지를 과거의 어느 날로 데려갔다. 올리버 오빠가 어떻게 지내고 있는지 물어볼까, 입술을 달싹이고 있는데 싱크대에 그릇을 넣어 두고 돌아온 태평이 로지 곁으로 다가왔다.

"민영 선배하고 무슨 통화를 그렇게 오래 했어?"

"어……."

올리버 생각에 깊이 빠져 있던 로지는 말꼬리를 길게 늘였다. 태평은 다 알고 있다는 얼굴로 로지의 볼을 가볍게 쥐었다가 놓았다. 따뜻한 그의 손길에 머릿속을 꽉 채우고 있던 올리버를 지운 로지는 한참 만에 중얼거렸다.

"민영이가, 엄마가 될 예정이래."

"그래?"

민영이 아이를 가졌다는데 왜 제 얼굴에 열이 오르는지. 로지는 괜스레 헛기침을 하며 민영과 주고받았던 이야기를 전했다.

"한창수가, 한 건 했네."

두 눈을 질끈 감은 태평이 탄식하듯 중얼거리자 로지가 작게 웃음을 터트렸다. 로지의 입가에 묻은 타르트 부스러기를 털어 준 태평은 자리에서 일어났다. 로지와 밀린 이야기를 나누려면 일단 목부터 축여야 할 것 같아서였다.

"설거지하고, 차 한잔 타 올게."

"나는 잉글리시 브랙퍼스트! 영국 디저트랑 어울리게."

"그래."

전기 포트에 물부터 채운 뒤 태평은 고무장갑을 양손에 꼈다. 설거지를 순식간에 끝낸 그는 찻잔 두 개를 꺼내 티백을 넣었다. 옅게 우러난 로지의 차에 무지방 우유까지 야무지게 따라서 다시 거실로 돌아갔다.

"고마워."

로지는 태평이 건넨 따끈한 차를 냉큼 받아 들었다. 향기로운 차와 상큼한 루바브 파이를 정신없이 먹던 로지가 불쑥 입을 열었다.

"우리도 당장은 아니지만, 언젠가는 생각해 봐야겠지?"

"뭘?"

"아이 말이야."

태평은 말없이 로지를 보던 눈을 내리깔았다. 차를 마시는 태평을 잠시 지켜보던 로지가 조용히 말했다.

"급한 건 아니지만, 그래도 우린 아이를 가지려면 준비해야 할 게 있으니까."

찻잔을 내려놓은 태평은 짤막하게 답했다.

"3년 치 스케줄이 빼곡한 사람이 욕심도 많네."

줄줄이 잡힌 전시회 일정을 지적하는 태평의 반응에 로지는 눈도 깜빡이지 않고 그를 마주 보았다. 지금껏 제 질문에 회피한 적이 드물었던 태평이었는데.

"그림이야 임신해서도 그릴 수 있지만, 아이는 아무 때나 낳을 수 있는 게 아니잖아."

저도 모르게 아이를 조르는 듯한 말을 내뱉은 로지는 차가워진 손가락을 말아 쥐었다. 태평의 눈썹이 비딱하게 사선을 그리고 있었다. 그게 단순히 부모가 될 생각에 걱정이 돼서 그런 건지, 아니면 아빠가 될 생각이 전혀 없다는 거부감 때문인지 가늠이 되지 않았다. 후자가 아니길 바라며 로지는 다시 입을 열었다.

"부담을 주려는 건 아니야. 나도 아직은 엄마가 될 자신이 없으니까. 그래도, 너 닮은 아이가 우리한테 찾아오면 좋겠다고 바란 적은 더러 있었어. 넌 그런 생각 해 본 적 없어? 나를 닮든, 너를 닮든 우리가 낳은 아기가 커 가는 모습을 함께 지켜보고 싶다는 생각. 서로의 어린 시절이 이랬겠구나, 하고 상상해 보면서."

큰 욕심 없이 건강하고 잘 웃는 아이로 키우고 싶다고 덧붙이려던 로지는 자신 쪽으로 다가오는 태평을 보며 멈칫했다. 한 팔로 로지를 끌어안은 그는 그녀의 볼에 쪽, 하고 입을 맞췄다.

　"좋은 엄마가 되고 싶은 네 마음은 아주 잘 알겠는데. 그 전에 좋은 아내부터 되는 게 어때."

　입술을 미묘하게 비튼 그는 따져 물으려는 로지보다 먼저 입을 열었다.

　"남편이 출장 간 사이에 외간 남자한테 그림이나 그려 주고 말이야."

　얼이 빠져 힘이 풀린 로지의 상체를 제 쪽으로 끌어당기며 태평은 낮은 웃음을 흘렸다.

　"다른 남자한테 그림 그려 주지 마. 나 미치는 거 보고 싶지 않으면."

　가벼운 경고를 끝낸 그는 로지를 번쩍 안아 올렸다. 가슴 한구석에서 '뒤끝 한번 긴 새끼'라는 말이 튀어 올랐지만, 그는 이성적인 자아비판을 단번에 묵살했다. 동시에 내일 당장 로지의 왼쪽 손목에도 보호대를 채워야겠다고 결심했다. 조만간 묵직한 다이아몬드 반지가 그녀의 약지에 끼워질 테니까.

　[태평아, 지금 통화할 수 있냐?]

창수에게서 온 메시지에 회의 중이던 태평은 시간을 확인했다. 로지에게 매일 민영의 소식을 들어왔기에 짧게 끝날 통화가 아님을 직감한 그는 5분 뒤에 전화하라고 답을 보냈다.

「한 시간만 쉬었다가 다시 모이죠.」

브레이크 타임을 갖자고 말한 뒤 그는 커피 한 잔을 들고 답답한 회의실에서 나와 정원으로 향했다. 나무 그늘 밑에 서서 커피를 한 모금 들이켜자마자 휴대폰이 울렸다.

"여보세요."

─김태평! 놀라지 말고 들어. 나, 아빠 된다.

눈물 섞인 창수의 목소리에 태평은 혀를 쯧쯧 찼다. '놀랄 일도 많다'고 속으로 중얼거리며.

─지난 주말에 부모님께도 말씀드렸어. 누나들한테 예비 신부 맘고생 시켰다고 실컷 두들겨 맞았다. 어머니는 민영 누나가 입고 싶은 드레스 못 입으면 어쩌냐고 두 시간 동안 잔소리하고, 아버지는 며느리 줄 보약 지어야 한다고 한의원으로 달려가고.

창수는 지난 일주일간 있었던 일을 말하며 세 번, 아니, 네 번쯤 울었다. 평소 같으면 진즉 전화를 끊었겠지만, 사안이 사안인지라 태평은 가슴속에 참을 인 자를 새기며 묵묵히 친구의 말을 들어줬다.

─그렇게 한바탕 난리가 났었는데, 우리 작은누나가 시간 낭비할 때가 아니라고 했어. 민영 누나가 학교에서 일하는데 속도위반으로 결혼했다는 소리 나오면 좋을 게 없다면서. 어차피 하기로 했던

결혼, 앞당기자고 해서 이번 달 말에 하기로 했다.

"이번 달에?"

—어, 얼마 전에 아버지 도움으로 아파트 한 채 분양받았거든. 결혼식장은 호텔 쪽을 알아보다가 유채 화랑 정원에서 하기로 했어. 안 그래도 화랑 정원을 결혼식 용도로 쓰고 싶다는 문의 전화가 많이 왔었거든. 민영 누나도 내심 로지 선배하고 네가 야외에서 결혼식을 한 걸 부러워하기도 했고. 드레스나 신혼여행은 누나들이 알아서 도와주기로……

흘러나오던 눈물이 쏙 들어갔는지 결혼식 준비 과정을 말하는 창수의 목소리가 점점 밝아졌다.

"잘됐네. 축하한다."

—네 축하하는 전화가 아니라 얼굴 보고 받고 싶다. 우리 욕심이긴 하지만 로지 선배하고 시간 낼 수 있어? 민영 누나는 지금 그 걱정 중이야. 결혼식 날짜가 앞당겨지는 바람에 로지 선배 없이 결혼해야 할까 봐.

우려 섞인 창수의 말에 태평은 비딱하게 웃었다. 친구의 일이라면 지구 반대편, 아니, 우주라도 찾아갈 로지였다.

"그 걱정은 할 필요 없고, 필요한 거 있으면 말해."

결혼 선물을 주겠다는 말을 멋없게 던진 태평이 웃겼는지 창수는 킥킥거리며 웃어 댔다.

—너야말로 선물 걱정은 할 거 없어. 유채 화랑에서 로지 선배 그림을 독점으로 전시 중인데, 내가 뭘 더 바라냐? 아, 내가 그 말을

했나? 준이 우리 화랑에서 도슨트로 일한다고? 외국인 관람객이 계속 늘어나는 바람에 안 그래도 도슨트를 추가 채용 하려고 했었거든. 지난달부터 인턴 딱지 떼고 일하는데, 분위기가 심상치 않아. '도슨트계의 스타'가 탄생했다고 SNS에서 난리가 났어. 오로지 화가의 제자였던 학생이 선생님의 그림을 설명하게 된 상황도 한몫했지만, 준이 외모만큼 말도 멋있게 잘하잖아. 외국인 관람객뿐만 아니라 한국인 관람객도 준만 따라다닌다니까?

진한 남색 정장을 갖춰 입은 모습을 사진으로 찍어 보냈던 준을 떠올리며 태평도 피식 웃었다. 이후 창수는 시간 가는 줄 모르고 이야기를 늘어놓더니, 자기 할 말이 떨어지자 뜬금없이 오지랖을 부렸다.

―아빠가 된다고 하니까 괜히 어깨가 무겁다. 매일 아침에 눈을 뜰 때마다 오늘 하루도 열심히 살자고 결심하게 됐다니까? 이런 게 가장의 책임감인가 싶기도 하고. 그러다 보니 궁금해졌는데, 넌 언제쯤 김태평 주니어를 만날 계획 중이야? 이왕이면 비슷한 시기에 낳아서 우리하고 같이 키우면 좋을 텐데.

"네가 알아서 뭐 하게."

불퉁한 태평의 답에 창수는 머뭇거리다가 말을 이었다.

―그, 네 형 있잖아. 올리버 맥어보이가 쓴 기사, 나도 읽었어. 네가 어렸을 때 부모님을 잃었다고 듣기만 했지, 어떤 사고를 당했던 건지는 잘 몰랐는데. 어찌 되었든, 너하고 로지 선배가 만난 게 참 다행이다 싶었어. 같은 아픔을 가진 사람 둘이 만나서 행복

해졌잖아. 앞으로 로지 선배 닮은 아이 낳아서 기르면, 더 행복해질 거고.

감상에 젖은 친구의 목소리가 듣기 싫었던 태평은 창수의 말을 툭, 잘랐다.

"로지 닮은 애가 나올지, 날 닮아서 성질이 더러운 애가 나올지 어떻게 알아."

─그걸 뭐 하러 걱정해? 네 유전자를 타고난 애라면, 네가 잘 다룰 거 아니야.

만만치 않은 창수의 반격에 태평이 미간을 좁혔다.

"내 유전자 좋아하시네. 어느 한쪽만 닮으면 다행이지. 외모는 로지인데, 성격은 날 닮은 애면 어쩌려고."

무덤덤하던 태평의 표정이 조금 굳었다. 무서울 게 없는 김태평이었지만, 방금 제가 뱉은 말은 조금 무서웠다. 뱁새처럼 동글동글하게 생긴 귀여운 아이가 저처럼 성깔을 부리는 상상을 하다 보니. 머리를 가볍게 털며 쓸데없는 생각도 털어 버리고 있는데 창수가 그의 속도 모르고 한술 더 떴다.

─일단 낳아 봐. 낳아 보면 알겠지. 그리고 아빠가 돼야 너도 철이 들 거고. 로지 선배는 생각이 있는 것 같던데 넌 왜 한발 빼고 있는 거야? 로지 선배가 원하는 거면 뭐든 들어줄 놈이면서.

"민영 선배가 그래? 로지는 원하는데 내가 싫어한다고?"

─……아닌데?

아니긴, 퍽도 아니겠다. 예비 아빠에게 험한 말까지는 하고 싶지 않았기에 태평은 목 끝까지 올라온 말을 삼켰다.

"난 아이 가질 생각 없어."

―왜?

어차피 로지와 한 번은 해야 할 이야기였기에 태평은 기탄없이 제 마음을 털어놓았다. 로지가 그에게 직접 듣는 것보다, 민영 선배를 통해 듣는 게 나을 수도 있으니까.

"애 낳는 거, 여자한테 쉬운 일 아니야. 로지한테는 건강이 최우선이고. 좋아하는 그림, 원 없이 그리려면."

―그렇지만 로지 선배가 원한다잖아. 그리고 애는 로지 선배가 혼자 키우냐? 네가 아이 돌보는 동안 선배는 그림 그리면 되지. 우리 누나들도 아이 낳고 나서 더 열심히 사회생활하는 거 몰라? 그런 핑계가 통했으면, 우리 인류는 진작 멸망하고도 남았겠다. 아이 낳는다고 여자 인생이 끝나는 것도 아니고.

이 자식이 언제부터 이렇게 말발이 좋았나, 짜증이 확 일어서 귀에서 떼어 낸 휴대폰을 노려보고 있는데 창수가 다시 웅얼거렸다.

―로지 선배 핑계 대지 말고 솔직하게 말해 봐. 네가 정말로 아이를 원하지 않는 이유가 있다면 로지 선배도 알아야 하잖아.

그제야 태평은 창수가 단순히 제 결혼 소식을 알리려고 전화를 한 게 아니라는 걸 깨달았다. 로지와 결혼 이후 '아이'와 관련된 주제가 나오면 은근슬쩍 피했던 자신을 낚으려는, '보이스 피싱' 전화였다는 것을. 한숨을 깊이 내쉰 그는 담담하지만 묵직한 목소리로 속내를 털어놨다.

"올리버가 쓴 기사 봤다며."

―응.

"그럼 우리 부모님이 나 때문에 돌아가신 것도 알겠네."

창수는 잠시 말이 없었고, 태평은 일곱 살의 크리스마스이브로 돌아갔다. 트리를 밝힌 꼬마전구를 계속 켜 두겠다고 고집을 부렸던 자신과 어린 아들의 부탁을 들어주었던 부모가 보였다. 그리고 그날 밤, 꼬마전구의 누전으로 시작된 화마에 끔찍한 사고를 당했던 기억도 차례차례 지나갔다.

"인간의 목숨이란, 그렇게 어처구니없는 사고로 사라질 때가 많아. 그리고 부모 없이 어린아이가 자라기에 이 세상은 가혹하기만 하지."

―…….

"로지도, 나도 고아야. 우리 아이한테는 할머니도, 할아버지도 없단 뜻이고."

태평은 쓰디쓴 뒷말을 눌러 참았다. 로지가 낳은 아이라면 그에겐 로지만큼 소중할 텐데. 그 아이가 만에 하나라도 자신 없이 자라야 하는 일이 생긴다면, 죽어서도 눈을 감지 못할 거라는 말을.

그런 공포 속에 하루하루를 보내느니 지금이 나았다. 어차피 세상은 '차선'보다는 '차악'을 선택하도록 설계되어 있었다. 아이가 주는 기쁨을 욕심냈다가, 그보다 더 큰 슬픔을 감내할지도 모르는 모험을 할 바에야 지금처럼 로지만 바라보고 로지를 위해서만 살고 싶었다. 로지 없이 보냈던 7년만으로 그는 할부로 겪었어야 할 평생의 슬픔을 일시불로 끝냈으니까.

ㅡ야, 김태평!

허, 코웃음을 친 창수는 태평의 이름을 버럭 소리치듯 불렀다.

ㅡ뭔 소리를 그렇게 섭섭하게 하나? 너 지금부터 내가 하는 말에 바로 대답해! 내가 진짜 부정 탈까 봐 이런 말까지는 절대 안 하려고 했는데, 오늘은 해야겠다. 만약 민영 누나하고 내가 불의의 사고를 당하면, 넌 우리 자식 못 본 척할 거야?

"그럴 리가⋯⋯."

태평의 대답을 끊으며 창수가 말을 이었다.

ㅡ네 마음이, 우리 마음하고 같은 거 몰라? 네 아이라면, 내 아이와 마찬가지라고. 그리고 할머니하고 할아버지가 없긴 왜 없냐? 우리 부모님, 건강 관리라면 우리나라에서 상위 1퍼센트에 들 정도야. 우리가 낳은 아이들이 대학교에 입학할 때까지 정정하실걸? 어디 그뿐인가? 로지 선배 덕에 유채 화랑이 잘돼서 늘 고맙다고 하시는 분들이야. 매일 너희가 한국에 놀러 오기만 바라신다고. 솔직히 말해서, 우리 부모님만큼 너하고 로지 선배를 아끼는 사람도 없어요. 지난주에도 너희한테 보낸다고 매실 장아찌를 얼마나 담갔는지 알기나 해?

창수의 외침에 태평은 저도 모르게 느슨하게 웃었다.

ㅡ하여간 사람 서운하게 하는 데는 도가 튼 놈이지. 로지 선배

하고 민영 누나가 피를 나눈 자매보다 더 애틋하다는 거 알면서. 그리고 네가 방금 한 말, 미디어에서 떠들면 바로 매장당해. 아이를 낳을 자격 중에 양가 부모가 살아 계셔야 한다는 조항이 있는 것도 아닌데. 됐고! 우리 결혼식에나 꼭 와. 선물 같은 거 안 받으려고 했는데 마음이 바뀌었어. 뭐로 고를지는 모르지만 제일 비싼 걸로 받아야겠다.

마음대로, 라고 짧게 답한 뒤 태평은 전화를 끊었다. 그의 눈길은 곧장 휴대폰 액정으로 떨어졌다. 액정에는 율무를 끌어안은 로지가 환히 웃고 있는 사진이 떠 있었다. 문득 로지가 했던 말이 머리를 스쳤다.

'넌 그런 생각 해 본 적 없어? 나를 닮든, 너를 닮든 우리가 낳은 아기가 커 가는 모습을 함께 지켜보고 싶다는 생각. 서로의 어린 시절이 이랬겠구나, 하고 상상해 보면서.'

웃음기 어린 얼굴로 태평은 로지의 말을 곱씹었다. 궁금하긴 했다. 로지를 닮은 아이를 낳는다면, 로지의 어린 시절을 엿볼 수 있을 테니.

"늘 최악만 생각하며 산 탓인가."

태평은 고개를 들어 제 눈 앞에 펼쳐진 정원을 바라봤다. 가드너로 일하며 씨앗이 발아하는 광경을 수없이 봐 왔던 그였지만, 정작 제 가슴속에서 움트는 감정은 눈치채지 못했다. 로지로 인해 발아한 그 감정의 씨앗은 언제나처럼 조용히 싹을 틔웠고, 로지를 통해 그것의 뿌리는 칡넝쿨처럼 굵게 뻗기 시작했다. 그 새싹이 어떤 꽃을 피우고 어떤 열매를 맺게 될지 짐작도 못 한 채, 태평은 앞만 보며 걸었다.

에필로그

　요즘 태오는 엄마와 아빠의 눈치를 보느라 바빴다. 엄마가 작업실에만 콕 박혀 있는 통에 그랬다. 그때마다 아빠는 엄마더러 쉬엄쉬엄해야 한다고 잔소리를 했다.

　"오늘 하루는 쉬기로 했잖아."

　도로록 굴러간 태오의 눈이 엄마에게 향했다. 엄마는 침울한 얼굴로 고집을 부렸다.

　"두 시간만 더 그리면 완성할 수 있어. 내일모레가 크리스마스잖아. 친구들하고 마음 편히 보내려면 지금 그려야 하는데."

　"그래도 안 돼. 오늘은 무조건 쉬어. 태오하고 트리 만들기로 한 약속은 어쩌고."

냉랭한 아빠의 목소리에 엄마는 태오 쪽으로 고개를 돌렸다.

"태오야, 트리는 저녁에 만들면 안 될까? 엄마가 일이 밀려서."

태오는 새파랗게 날이 선 아빠의 눈빛을 무시하고 씩씩하게 대답했다.

"응, 태오는 괜찮아. 엄마 그림 그려."

엄마는 단박에 태오의 작은 몸통을 끌어안았다. 엄마의 품에 안긴 태오는 숨을 크게 들이마셨다. 엄마에게서 자신이 제일 좋아하는 포근한 냄새가 났다.

"고마워, 엄마가 딱 두 시간만 그릴게. 저녁에 엄마하고 트리도 만들고, 밥도 맛있게 먹자."

꽃이 피듯 활짝 웃는 엄마 얼굴에 태오도 덩달아 입을 벌려 웃었다. 엄마가 웃을 때마다 태오의 발가락이 꼼질거렸다. 엄마가 웃는 건, 봐도 봐도 좋았다. 마치 잔디밭에 누워 햇볕을 쬘 때처럼 온몸이 따뜻해졌으니까. 그래서 태오는 엄마의 미소를 택한 제 선택이 불러올 후폭풍을 종종 깜빡하곤 했다.

"그래? 그럼 태오는 아빠하고 두 시간 동안 놀아야겠네."

서늘한 아빠의 음성에 태오는 급히 엄마를 찾았다.

"엄마, 나 그림 옆에 있어도 되지? 율무하고 쉬이 할게."

작업실에서 놀고 싶다는 태오의 부탁에 엄마는 아빠를 바라봤다. 가늘어졌던 눈매를 부드럽게 푼 아빠는 인자하게 웃어 보였다. 언제나처럼 진심이라고는 눈곱만큼도 담기지 않은 무시무시한 미소였다. 하지만 엄마는 아빠의 가짜 웃음에 항상 속아 넘어갔다.

"엄마 그림 그리면 태오랑 못 놀아 주잖아. 아빠하고 노는 게 훨씬 재미있을 거야."

아닌데, 아빠는 지금 날 못살게 굴 생각 중일걸? 태오는 자신을 지그시 바라보는 아빠의 시선을 느끼며 어쩔 수 없이 고개를 주억거렸다.

"오랜만에 태오하고 서핑이나 하러 가야겠네. 날씨가 서핑하기에 딱이잖아?"

아빠의 말뜻을 뒤늦게 헤아린 태오의 얼굴이 일그러졌다. 창밖으로 보이는 하늘에는 회색빛 구름이 둥둥 떠 있었다. 오늘도 태오는 아빠 덕에 세상 이치에 눈을 떴다. 하나를 얻으려면 다른 하나는 포기해야 하고, 엄마를 기쁘게 하려면, 때로는 아빠의 심술을 견뎌야 한다는 것을.

"여기에서 잠깐만 기다려. 아빠 차에서 짐 좀 꺼낼 테니까."

아빠에게 안겨 차에서 내린 태오는 눈을 홉뜨고 바다를 쳐다봤다. 백사장을 후려치듯 밀려오는 커다란 파도에 한숨이 절로 나왔다. 엄마는 분명히 집에서 가까운 시내로 가서 '산책'만 하라고 했었다.

'12월이라 태오가 물에 들어가기엔 너무 추워. 추로스나 하나 사

먹고 와.'

엄마의 당부에 아빠는 어깨만 으쓱여 보였다. 그러고는 태오와 율무를 차에 태우고 시내 반대 방향으로 달렸다. 도착한 곳은 파도가 너무 세고 거칠어서 마을 사람들도 자주 찾지 않는 바닷가였다.

"태오!"

저를 부르는 목소리에 태오가 마지못해 고개를 돌렸다. 웨트슈트를 입은 아빠가 그를 몇 걸음 떨어진 곳에서 내려다보고 있었다. 날렵한 서프보드를 사이에 두고 치열하게 눈싸움을 하던 두 사람은 율무가 짖는 소리에 시선을 엇갈렸다.

"율무하고 놀고 있어. 30분만 타고 올게."

집에서 나온 이후 아빠와 단 한 마디도 주고받지 않았던 태오는 이번에도 말없이 아빠가 가리킨 쪽으로 걸어갔다. 성질이 나서 발소리를 쿵쿵 내며 걷고 싶었는데, 고운 모래사장은 태오의 발을 가볍게 삼켰다가 놓을 뿐이었다.

"엄마한테 다 이를 거야. 추로스도 안 사 주고, 여기로 왔다고."

엄마가 입혀 준 두툼한 카디건을 풀어헤치며 태오는 모래 위에 철퍼덕 앉았다. 그래도 화가 풀리지 않아서 입술을 질겅질겅 씹었다. 율무는 그런 태오의 속도 모르고 앞발로 모래 구덩이를 신나게 파고 있었다.

"나도 수영하고 싶다."

태오는 입술을 비죽이며 바다로 달려가는 아빠에게 눈길을 주었다. 날렵한 서프보드 위에 선 아빠는 파도를 가르며 힘차게 달리고 있었다.

바로 그때였다. 바닷가를 거닐던 여자 둘이 태오에게 말을 걸었다.

「안녕, 꼬마야. 저 사람이 네 형이니?」

「…….」

태오는 입을 꾹 다문 채 가늘게 찢어진 눈으로 여자들을 응시했다. 낯선 사람과 절대 말하지 말라고 엄마가 가르쳐 줬으니까. 매섭게 치뜬 태오의 눈을 피하며 한 여자가 속삭였다.

「영어를 못하나? 서퍼하고 형제가 맞는 것 같은데.」

「물어볼 것도 없어. 둘이 완전 데칼코마니잖아. 동생하고 놀아주는 척하면서 기다려 볼까? 맥주라도 한잔하자고 말해보게.」

주먹을 꽉 쥔 태오는 제 옆에서 꼬리를 흔드는 율무에게 작게 말했다. 지금 일어날 일은 너하고 나만 아는 비밀이라고.

「우리 아빠는, 엄마하고만 맥주 마셔요.」

또렷한 태오의 목소리에 킬킬대던 여자들의 웃음소리가 멎었다. 태오는 아빠하고 똑 닮은 싸늘한 눈초리로 그들을 훑어보며 말을 이었다.

「난 혼자 노는 거 좋아해서 놀아 줄 사람도 필요 없고요.」

태오는 보란 듯이 자리에서 일어나 입고 있던 카디건을 벗어 던졌다. 율무가 그러면 안 된다고 낑낑거렸지만 열이 오를 대로 오른 태오를 막지 못했다. 아빠만큼은 아니지만 수영에 자신이 있던 태오는 바지를 벗고 바다로 달려갔다.

"하나, 둘, 세엣!"

기합을 단단히 넣고 하얗게 물보라를 일으키는 파도로 뛰어들었다.

온몸을 감싸는 바닷물이 몸서리치게 차가웠지만 바다 수영을 숱하게 해 왔던 태오에게는 문제가 되지 않았다. 크게 휘몰아치는 파도에 몸을 맡기고 부지런히 팔을 휘젓고 있는데 드센 파도가 자꾸만 그의 진로를 방해했다. 좀처럼 얕은 바다를 벗어나지 못하는 게 짜증이 나서 바닷물에 머리를 쑥 집어넣었는데, 누가 태오의 발목을 잡아 물 밖으로 꺼냈다.

"태오!"

"……."

"엄마가 수영하지 말라고 했는데, 왜 약속 안 지켜."

태오는 뒤집힌 세상을 따라 거꾸로 보이는 아빠를 빤히 바라봤다. 물에 젖은 머리를 사납게 털어 낸 아빠는 태오의 발목을 붙든 손을 크게 흔들었다. 시계추처럼 좌우로 흔들리는 몸을 느낀 태오가 지지 않고 소리쳤다.

"아빠도 엄마 약속 안 지켰어. 엄마가 바다에 가지 말라고 했는데!"

아빠의 팔에 붙들려 허공에 대롱대롱 떠 있던 태오는 양팔을 마구 휘저었다. 그래도 타오르기 시작한 분이 사그라지지 않았다. 버둥대는 태오를 지켜보던 아빠는 그를 옆구리에 끼고 꽉 끌어안았다.

"김태오. 우리가 왜, 바다에 오게 됐지?"

태오는 고개를 틀어 아빠를 노려봤다.

"아빠가 데리고 왔잖아. 시내에 가기로 해 놓고."

태오의 볼멘소리에 아빠는 외까풀의 긴 눈매를 더욱 가늘게 떴다.

"아니지, 아빠 때문이 아니라 너 때문이었지. 태오가 엄마한테 그림을 그리라고 하지 않았다면, 지금쯤 우리가 크리스마스트리를 만들고 있었을 테니까."

"태오 잘못 아니야. 엄마는, 그림 좋아해. 엄마 그림 예뻐서 나도 좋은데……."

왠지 모를 억울함에 태오의 목소리에는 울음기가 섞였다. 눈물을 찔끔 흘리는 태오를 안고 아빠는 백사장 쪽으로 걸었다. 태오는 저를 바닥에 내려놓는 아빠를 슬쩍 곁눈질했다. 무표정할 줄 알았던 아빠는 선선하게 웃으며 태오의 머리를 쓸었다.

"엄마가 그림을 좋아하는 건 맞지만, 태오보다 좋아하지는 않잖아."

손등으로 눈물을 슥슥 비벼 닦은 태오는 아빠의 말을 묵묵히 들었다.

"그러니까, 태오가 엄마하고 놀아 줘야지. 그게 엄마를 가장 기쁘게 하는 일이니까."

다정한 아빠의 음성에 태오는 고개를 갸웃거렸다. 아빠 말이 맞는 것 같으면서도 틀린 것 같은데. 혼란에 빠진 태오는 제 볼을 꼬집는 아빠를 올려다봤다. 아빠는 엄마를 바라볼 때처럼 태오를 사랑스러운 눈길로 쳐다보고 있었다.

"김태오."

"응?"

"아빠하고 너하고 둘 다 행복해질 방법을 알려 줄까?"

태오의 작은 머리통이 위아래로 크게 움직였다.

"태오가 엄마한테 떼를 쓰는 거야. 그림은 그만 그리고 태오하고 놀아 달라고."

"……진짜야? 엄마랑 놀자고 졸라도 돼?"

"그럼, 엄마는 태오만 보면 좋아서 웃잖아. 엄마를 웃게 하는 아들이 좋은 아들이지."

백사장으로 떠밀려 온 서프보드를 일으켜 세운 아빠는 태오에게 가까이 오라고 손짓했다. 그 손짓이 어찌나 달콤했던지 태오는 정신없이 고개를 끄덕이며 아빠에게 안겼다. 따지고 보니 아빠 말이 하나도 틀리지 않았다. 엄마는 태오를 좋아하고, 태오도 엄마를 좋아하니까 매일 같이 있고 싶은 건 당연하지.

"아빠랑 약속한 거지?"

태오는 눈을 빛내며 응, 이라고 큰소리로 답했다.

"좋았어. 우리 서핑하고, 추로스 먹으러 가자."

무릎을 굽혀 앉은 아빠의 등에 태오가 원숭이처럼 올라탔다. 눈꼬리를 접으며 웃은 아빠는 바다로 달렸고, 태오는 파도 소리보다 더 크게 아빠를 불렀다.

"아빠아!"

"응?"

"태오는 아빠도 좋아해."

"……뭐?"

"엄마 다음으로, 아빠가 제일 좋아!"

어린아이의 활기찬 웃음소리가 철썩대는 파도 소리 사이로 부서져 내렸다. 구름이 잔뜩 낀 하늘이었지만 아들을 업고 서핑을 즐기는 태평에겐 그 어느 때보다 화창한 날씨처럼 느껴졌다. 바닷가를 거닐던 사람들은 자유자재로 파도를 잡아타는 태평과 그의 등에 매달린 아들을 부러운 눈길로 바라봤다. 속사정이야 어떻든, 사람들의 눈에 태평과 태오는 질투가 날 만큼 보기 좋은 부자지간이었다.

가느다란 햇살이 여러 갈래로 뻗어 있는 그림을 훑는 로지의 눈이 반짝였다. 조금 전 완성한 그림에는 찰나의 순간을 담은 장면이 그려져 있었다. 쨍한 햇빛에 놀라 날쌔게 도망가는 물고기도, 포근한 햇볕에 닿자마자 파안대소하듯 벌어진 꽃망울도, 햇볕의 열기에 여물 대로 여문 라임이 나뭇가지에서 툭 떨어지는 모습도.

미동도 않고 캔버스를 바라보던 로지는 노트를 꺼내 그림의 제목을 적었다.

[어느 찰나에]

뿌듯한 미소를 머금은 로지가 기지개를 크게 켰다. 배가 고픈 걸 보니 태평과 태오가 돌아올 때가 된 것 같았다. 저녁으로 뭘 먹으면 좋을까 고민하며 시계를 찾던 로지의 눈이 서서히 커다래졌다.

"세상에!"

앉아 있던 자리에서 벌떡 일어나 앞치마를 벗어 던졌다. 두 시간만 그리겠다고 약속했는데 벌써 9시가 넘었다니.

"태오야!"

아들의 이름을 부르며 1층으로 내려간 로지를 기다리고 있는 건, 설거지 중인 태평의 뒷모습이었다.

"밥 먹었어?"

망설이다 조심스럽게 물었는데, 태평은 말없이 턱으로 식탁을 가리켰다. 그 위에는 로지를 위한 저녁이 차려져 있었다. 미안함에 어쩔 줄 몰라 하며 로지가 작게 사과했다.

"미안해, 정신없이 그리다 보니까 시간 가는 줄 몰랐어."

"됐어, 애초에 기대도 안 했으니까."

쌉싸름하게 뱉은 태평의 말에 로지는 두 팔을 벌려 그를 뒤에서 안았다.

"화났어?"

"……."

"화내지 마. 응? 오늘 열심히 그려서 크리스마스 연휴는 완벽하게 쉴 수 있단 말이야."

태평의 등에 뺨을 비비며 로지는 그를 더 세게 안았다. 잠시 숨을 참고 있던 태평은 부드럽게 풀린 입술을 감추지 못하며 몸을 돌렸다.

"건강 해칠까 봐 그래. 12월 들어서 작업을 너무 많이 했잖아."

느릿하게 등을 문지르는 태평의 손길에 로지는 후후 웃으며 그의 품에서 얼굴을 떼어 냈다.

"태오는?"

"곯아떨어졌어. 저녁 먹자마자."

"정말?"

태평이 빼 준 식탁 의자에 앉으며 로지는 집을 나서던 아들을 떠올렸다. 엄마 대신 아빠하고 놀라고 했더니, 심통이 잔뜩 나서 복어처럼 퉁퉁 부은 얼굴로 나갔었는데. 구운 바게트에 잘 익은 토마토를 문지르며 로지가 물었다.

"태오하고 화해한 거야?"

태평은 눈썹을 찡그렸다.

"화해라니? 싸운 적이 없는데."

로지는 제 빵에 얇게 저민 하몽을 올려 주는 태평을 보며 웃음을 흘렸다.

"누가 붕어빵 부자 아니랄까 봐. 아니, 어떻게 고작 네 살밖에 안 된 아들하고 눈만 마주치면 싸워?"

"붕어빵이라니, 누가 누구한테 할 소리를. 태오는 내가 아니라 널 닮았지."

태평은 증거를 보여 주겠다는 듯 식탁 위에 있는 미니 이젤을 가리켰다. 거기에는 로지가 그린 태오와 태평의 그림이 올려져 있었다. 로지는 자신이 그린 그림을 보자마자 웃음을 터트렸다. 태평을 **빼닮은** 아들이 너무 귀여워서였다. 검은색 머리칼, 양쪽으로 길게 찢어진 눈매, 팔다리가 길쭉한 체형까지. 눈을 씻고 찾아봐도 태오에게서는 태평밖에 보이지 않았다.

"이걸 보면서도, 그런 말이 나와?"

도대체 태오의 어디가 날 닮은 거냐고 따지려는데, 태평이 먼저 선수를 쳤다.

"눈동자 색이 같잖아."

로지의 눈이 다시 그림 쪽으로 향했다. 연한 갈색 눈동자를 가진 태오가 그림 속에서 활짝 웃고 있었다. 태평이 찾아낸 태오와 자신의 공통분모에 허를 찔린 로지는 식사를 마칠 때까지 웃음을 참지 못했다.

"거실로 가 있어. 차 끓여 갈게."

태평의 말에 로지는 담요부터 챙겼다. 사계절 내내 따뜻한 곳에서 살고 있었지만 12월에는 평균 기온이 15도 안팎인지라 밤에는 제법 쌀쌀했다. 천천히 걸음을 옮기던 로지는 생경한 거실 풍경에 감탄사를 내뱉었다.

"아름다워라."

거실 한구석에는 우거진 푸른 숲의 색을 닮은 커다란 트리가 세워져 있었다. 로지는 정성껏 꾸며진 트리를 한참 동안 바라봤다. 민영이 선물해 준 아기자기한 인형과 준이 보내 준 독특한 오너먼트는 물론, 희찬이 제주의 정경을 담아 만든 먼나무 리스까지 매단 트리는 눈이 부시게 아름다웠다.

"차에 꿀 좀 넣어 줄까?"

트리 쪽으로 가까이 가려던 로지는 낮게 울리는 목소리에 멈칫했다. 뒤를 돌아보자 머그잔 두 개를 든 태평이 평소와 다름없이 웃고 있었다.

"아니야, 그냥 마실게."

태평과 함께 소파에 앉은 로지는 따끈한 차를 마셨다. 코에 맴도는 그윽한 차의 향기를 즐기는 동안에도 로지의 눈은 색색의 꼬마전구를 두른 트리에서 떨어지지 않았다. 일정하게 깜빡이는 전구를 홀린 듯 바라보고 있는데 태평이 로지의 어깨를 잡아당겼다.

"태오가 엄마 몰래 만들어야 한다고 고집을 부려서."

로지는 아무 말 없이 태평의 가슴에 얼굴을 기댔다. 태오가 크리스마스트리를 만들고 싶다고 했을 때, 꼬마전구까지 설치할 생각은 전혀 없었다. 태평의 아픈 기억을 건드리고 싶지 않아서였는데.

"이번 전시회는 야외에서 열고 싶다고?"

다른 생각에 빠진 로지를 일깨우듯 태평은 그녀의 이마에 입을 맞추며 물었다.

"어, 지난번에는 초상화를 실컷 그렸으니까, 이번에는 풍경화로 개인전을 열까 해."

꼬마전구에 집중했던 신경을 분산시키며 로지는 태평에게 이번 전시회에 대해 말했다. 지난해 스페인의 왕립 미술원에서 개인전을 열었던 로지는 무려 40만 명의 관람객을 동원했다. 전시회의 흥행을 예상했던 사람들조차 혀를 내두를 만큼 대단한 성공이었고, 로지와 일하고 싶어 하는 큐레이터들도 줄을 섰다. 그중 로지가 선택한 사람은 영국 로열 아카데미 관장이었다. 그녀를 선택한 이유는 단순했다. 태평이 디자인한 빅토리안 스타일의 정원에서 자신이 그린 그림을 전시하고 싶어서였다. 물론 태평은 아직 그 사실을 모르지만.

"밖에서 전시하면 재미있을 것 같아. 인공적인 조명이 아니라 햇빛 아래에서 봤을 때, 더 아름다운 그림을 그려 보고 싶었거든."

나긋나긋한 로지의 음성에 귀를 기울이고 있던 태평이 느리게 입을 열었다.

"이번엔 최소한 120만 명이 네 그림을 보러 오겠네."

로지는 눈을 크게 뜨고 태평을 쳐다봤다. 어떻게 갑자기 관람객의 수가 세 배로 뛴 건지 이해가 가지 않는다는 눈빛을 담고.

"내가 관람객이라면, 아침, 점심, 저녁에 맞춰서 전시회를 찾을 테니까. 해가 뜨고 질 때마다 쏟아지는 빛깔이 다른데, 네 그림 역시 빛에 따라 다르게 보일 거 아냐."

말을 멈춘 태평은 고개를 내려 로지의 입술에 입을 맞췄다. 따뜻한 숨결이 녹아드는 키스에 거실 안의 공기가 단번에 훈훈해졌다. 미지근해진 온도로 만족할 수 없었던 태평은 로지의 얼굴 여기저기에 입을 맞췄다. 아들을 일찍 재우기 위해 서핑을 열심히 했던 자신을 남몰래 칭찬하며. 하지만 태오의 체력은 아빠를 닮아 그리 쉽게 방전되지 않았다.

"아빠! 나한테 또 거짓말했어!"

귓가를 두드리는 태오의 목소리에 로지는 태평을 급히 밀어 냈다. 태평은 씩씩대는 아들을 천연덕스레 바라봤다.

"트리, 내가 엄마한테 보여 줄 건데!"

내일 아침, 제가 만든 트리로 엄마를 깜짝 놀라게 할 작정이었던 태오는 원망스러운 눈길로 아빠를 노려봤다.

"태오야, 미안해. 아빠 잘못이 아니라 엄마가 거실에 왔다가 본 거야."

재빨리 사태 파악을 한 로지가 해명했지만, 태오는 김태평의 아들답게 분기탱천해 소리쳤다.

"엄마! 아빠 거짓말쟁이야. 아까 나하고……."

태평은 벌떡 일어나 태오를 한 손으로 안아 올렸다. 고개를 빳빳이 든 태오는 계속해서 고자질을 이어 가려 했지만 아빠의 속삭임에 입을 다물었다.

"아빠가, 벽난로 켜 줄게."

"난로?"

"태오가 비밀 지키면."

아들의 생각이 바뀌기 전에 태평은 재빨리 움직였다. 이 날씨에 태오를 바닷물에 들어가게 했다는 걸 로지가 알게 된다면 당분간 바다 쪽으로는 고개도 돌리지 못할 게 뻔했다. 로지는 태평이 뭘 하려는 건지 짐작조차 가지 않는다는 얼굴로 그를 쳐다보고 있었다. 태오만 신이 나서 율무를 붙잡고 조잘거렸다.

"율무야, 산타 할아버지는 추운 데서 살아. 그래서 따뜻한 집에 사는 애들한테만 선물을 갖다 줘. 아빠가 그래서 우리 집을 따뜻하게 만들 거야. 율무는 산타 할아버지 보고 짖으면 안 돼. 그러면 형이 너 간식 안 줄 거야."

태오의 조잘거림에 놀란 로지는 태평을 말렸다.

"불을 뭐 하러 피워. 태오한테 그거 장식용이라고 설명해 뒀어. 그냥 달래서 재우면 될 걸."

안절부절못하는 로지를 소파에 앉힌 태평은 씨익 웃어 보였다.

"아들과의 약속은 지켜야지."

로지의 걱정을 뒤로하고 태평은 가스 벽난로에 불을 피웠다. 이윽고 세라믹으로 만든 모조 통나무에 빨갛게 불이 붙었다. 나무 장작이 아니라서 나무가 타는 소리도, 연기도 나지 않았지만 태오에게는 후끈한 열기를 뿜어내는 벽난로가 진귀한 볼거리였다.

"와아아! 우리 아빠 멋있어!"

태평은 불꽃을 보며 방방 뛰는 아들을 번쩍 안아 로지 옆에 앉힌 뒤 자신도 그 옆에 앉았다. 엄마와 아빠 사이에 앉아 크리스마스에 대해 신나게 이야기하던 태오는 얼마 안 가 꾸벅꾸벅 졸기 시작했다.

"태오야, 좋은 꿈 꿔."

아이의 정수리에 입을 맞춘 로지는 태평의 손을 찾아 잡았다. 그러고는 잠시 벽난로에서 일렁이는 불꽃에 시선을 주었다. 너울대며 훨훨 타오르고 있는 불길이 포근한 온기가 되어 몸과 마음에 스며드는 기분이었다.

"오늘 그린 그림의 제목은 뭐야?"

곤히 잠든 태오를 사이에 두고 태평이 물었다. 로지는 그와 눈을 맞추며 살포시 웃었다. 그 미소에 태평은 로지를 끌어안고 입을 맞췄다. 입술이 떨어지자 예쁘게 눈을 흰 로지가 속삭였다.

"어느 찰나에."

태평은 로지가 정한 그림의 제목을 여러 번 되뇌어 보았다. 로지도 조용해진 그를 따라 사색에 빠졌다.

'행복해, 태평아. 너와 함께한 시간들이 내겐 전부 찰나 같아. 불꽃이 타닥타닥 소리를 내는 지금도, 나를 바라보는 네 눈이 깜빡이는 순간도, 갓난아기였던 태오가 걷고, 뛰기 시작한 날들도. 그 모든 찰나가, 내겐 행복이었으니까.'

행복하다는 마음이 읽혔는지 태평은 로지를 바짝 끌어안았다. 태평의 품에 안긴 로지는 그를 처음 만났던 날처럼 환히 웃었다. 그때의 아팠던 자신과 태평도, 찰나처럼 스쳐 지나갔다는 걸 실감하며. 벽난로에서 활활 타오르는 불꽃도, 화려한 불빛을 뿜어내는 꼬마전구도 더는 아프지 않았다.

이젠 가족이 된 친구들과 맞을 크리스마스가 다가오고 있었다. 크리스마스 선물을 기대하며 단꿈에 빠진 태오처럼 두 사람의 심장도 기분 좋게 두근거렸다.

〈完〉